MIGO

DARCY RIBEIRO

MIGO

São Paulo
2014

global EDITORA

2ª Edição, Global Editora, São Paulo 2014

Diretor Editorial
Jefferson L. Alves

Editor Assistente
Gustavo Henrique Tuna

Gerente de Produção
Flávio Samuel

Coordenadora Editorial
Flavia Baggio

Revisão
Esther O. Alcântara

Foto de capa e segunda orelha
Istock
Luciana Whitaker/Folhapress

Capa
Victor Burton

Projeto Gráfico
Tathiana Inocêncio

CIP-BRASIL. Catalogação na publicação
Sindicato Nacional dos Editores de Livros, RJ

R369m

Ribeiro, Darcy, 1922-1997
Migo / Darcy Ribeiro. – 2. ed. – São Paulo : Global, 2014.

ISBN 978-85-260-2035-1

1. Ficção brasileira. I. Título.

14-09874 CDD: 869.93
CDU: 821.134.3(81)-3

Global Editora e Distribuidora Ltda.

Rua Pirapitingui, 111 – Liberdade
CEP 01508-020 – São Paulo – SP
Tel.: (11) 3277-7999 – Fax: (11) 3277-8141
e-mail: global@globaleditora.com.br
www.globaleditora.com.br

Obra atualizada conforme o **Novo Acordo Ortográfico da Língua Portuguesa**

Nº de Catálogo: **3644**

Para
Mário, meu irmão

CONSTELAÇÃO DE AGEU RIGUEIRA

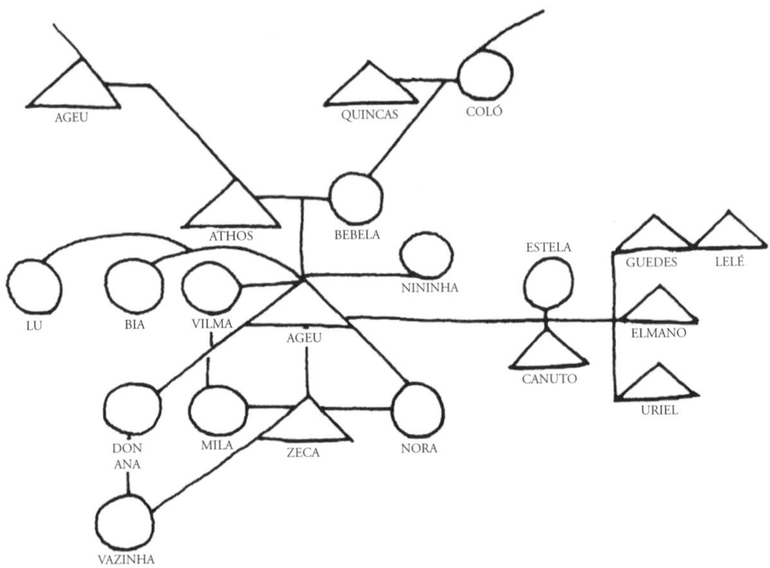

Minha gente eu vou m'embora
Mineiro tá me chamando
Mineiro tem esse jeito
Chama a gente e vai andando
Folclore mineiro

NOTA EXPLICATIVA

Migo foi publicado pela primeira vez em 1988, pela Editora Guanabara. Durante o processo de reedição do título para publicação desta segunda edição, chegou às mãos da Global Editora, através da Fundação Darcy Ribeiro, um exemplar com anotações grafadas pelo próprio autor.[1] Diante disso, entendeu-se que Darcy Ribeiro registrou sua disposição pessoal para realizar algumas correções e alterações no texto original. O autor procurou, ademais, identificar a autoria de citações por ele feitas ao longo de todo o romance.

Durante a revisão, notou-se que algumas frases de autores citados por Darcy estavam incorretas, possuindo palavras discrepantes ou lacunas em relação às obras de onde foram extraídas. Procurou-se aqui recuperar o texto originalmente escrito pelo autor citado. Além disso, algumas atribuições de autorias de textos estavam incorretas e optou-se por corrigi-las. Por último, faz-se necessário registrar que se buscou também identificar as autorias de textos citados que não haviam sido identificados pelo autor, o que nem sempre foi possível.

Os editores

[1] No exemplar cedido pela Fundação Darcy Ribeiro, encontra-se uma inscrição que aponta que as anotações feitas pelo autor visando à próxima edição datam de fevereiro de 1990.

ROTEIRO

Este é um romance esquisito. Tão e tanto que recomendo variadas leituras. A mais ordinária delas é a horizontal, papai-mamãe, que se lê página por página, na sequência natural, bloco por bloco, do primeiro ao derradeiro capítulo.

Outras leituras possíveis, atabalhoadas, é verdade, mas divertidas, são as verticais. Você lê seguindo a coluna que escolhe deste roteiro. Se optar por essa leitura, saiba que meu formalismo não é bitolado nem colunável. Você vai ter encontrões.

Na primeira coluna, me reconstituo de menino até agora, contando vida, sustos e amores vividos e viventes, dando sempre fato e circunstância. Até parece romance antigo.

Na segunda, conto o que acontece em torno de mim, no dia a dia aqui de casa, geralmente manso, por vezes assustador. É leitura para pecador professo, que não lê para julgar nem para curtir, mas para também sentir, emocionado, pronto a se solidarizar comigo. Só peço que não se escandalize, é matéria para adultos.

A terceira fala dos amigos que me frequentam. É pelo menos intrigante, porque todos se detestam entre si e a mim também. E eu mais ainda a eles. É um fuxico só. Mas é meu lastro, sem ele eu nem seria inteligível, se é que sou. Saltando essa coluna você gostará mais de mim.

A quarta coluna é a da mineiridade e outras bobagens de meu estofo de escritor, suportável para leitor nostálgico, sentimental, disposto a rir de mim e de nós ou a chorar conosco, teorizando dores e gozos.

Você também pode ler bobamente, salteando capítulo a capítulo, como se lhe dê na santa gana. Afinal, o livro é seu, e sem conivência do leitor não há romance que se aprume. O acaso pode bem resultar melhor do que minha compaginação.

Há uma leitura mais, bizarra, recomendável para leitores preguiçosos. É a dos capítulos de título **grifado**. Neles, nem Ageu nem eu metemos o bedelho. São os próprios personagens que falam, se espelham, confessando-se diretamente a você.

Há, ainda, uma sobra de capítulos que juntei em duas séries, ao final. Esse resto é indispensável a qualquer leitura e se trata do que há de mais emocionante em romance. Não deve é ser lido isoladamente. Jamais. Pode até levar você ao suicídio.

Vamos, minha cara, meu caro, vamos logo. Sente, se abanque, porque ler deitado faz mal à vista, acomode-se bem, me leia e desfrute, se puder.

A. R. *Maricá*. Agosto, 1988.

SUMÁRIO

MIGO

DIÁRIO

Li hoje, embasbacado, o lamento do velho Frieiro. Leia comigo as palavras dele: tomei uma decisão suicida. Resolvi queimar e queimei ontem, chorando, meu velho diário. Vinte e dois cadernos, quatro mil páginas manuscritas cobrindo dez anos de escrita confessional e memorialística. Nelas relatava, minucioso, a vida cotidiana e as futricas provincianas de Belo Horizonte. Noêmia e eu, queimando os cadernos, chorávamos aos prantos:

– Era sua obra-prima, bem – me dizia ela.

Lendo esse lamento, decidi escrever, eu também, meus vinte e dois cadernos. Não para queimar – c'ê besta!. Mas para me expressar e guardar. Quem sabe, publicar. Para isso se escreve.

Tomarei o cuidado de não meter aqui maledicência nenhuma. Nem azedume, nem ciumeira, ou apreciação vexatória das que obrigaram o velho Frieiro ao suicídio literário. Será o livro de registro das sapiências e besturas que me ocorram daqui pra frente, como tantas que me vieram antes e se perderam.

Confesso logo que minha intenção real é ir compondo assim meu novo romance. Rascunharei aqui capítulos que depois debulharei. Isso é que corresponde a meu jeito de ser e de escrever, me enganando, de escanteio. Se tento trabalhar diretamente, só me sai aula, literatura não sai nada. Dá aquele branco.

Escrevo como quem vomita o inconsciente às golfadas, pondo para fora o que há lá dentro, no fundo de mim. Tudo metido em palavras e frases legíveis. Verdadeiras? Por vezes. Mas sem nenhum fanatismo de veracidade, misturando passado e presente como me saiam. Espontaneamente. Quando tomo o comando, me envolvo tanto que me atrapalho todo. Se me enrosco até não me metendo, quanto mais.

Só sei mesmo deste meu livro – diário? romance? biografia? – é seu nome provável: Migo. Não sei bem por quê. Será talvez para expressar minha identidade mais íntima: a-migo, co-migo. Lembra também inimigo. Que mais? Sei lá! Migo seja, isso me basta. Suspeito também que Migo seja eu. Sou eu.

Como todo romance, este, se sair, será uma autobiografia inventada, de mentira. Impostada. Nem tanto, porque mesmo quando falso terá de se ajustar a mim como um dos tantos eus que eu poderia ter sido e vivido. Eu e você, me creia, porque, querendo ou não, você me coautora, ajudando a romanceá-lo. Pondo em palavras as cogitações que esvoaçam dentro de mim, me livro delas, mas as vou metendo uma a uma no seu bestunto.

Não se iluda, esperando maravilhas. Prepare-se para bestagens. Disso é feita a vida e a literatura também. Sua matéria são bobagens sentimentais, bobagens amorosas, bobagens raivosas que saem de mim, sentidas, e a que você, conivente, lendo com emoção, vai dando voz, revivendo. Sem você, sem sua ajuda, eu não faço romance nenhum. Eu nem ninguém. Mas isto é mesmo um romance?

Andei pensando, por muito tempo, em escrever o romance de minha vida, essa coisa tão bestoca. Toda gente pensa que sua vida é romanceável. Eu também. Nesse caso, seria o romance de um sessentão, olhando para trás, saudoso. Forma que só pode dar numa falsa autobiografia muito da chata. Descanse, não me quero tanto que converta isso numa autolouvação. Não sou de exageradas estimações nem de execrações figadais, comigo nem com ninguém. É certo que às vezes amoleço e me dissolvo em ternuras. Outras vezes me exalto em iras e danações. Mas aqui vou me conter, para rastrear os traços dos meus enlaces e desenlaces.

Quero um livro claro. Se possível solar, em que reconstitua, passo a passo, tocando em nervos, como vim a mim. Como em você, em mim e nos outros todos que conhecemos se fazem homens que nem eu ou mulheres como você. No meu caso, um escritor, professor aposentado, simpaticão. No seu, não sei que diacho seja. Será o que a vida terá feito de você e não tem conserto.

O tempo é a minha matéria, o tempo presente, os homens presentes

Carlos Drummond de Andrade

NÓS

Acabei de tomar um café quentinho que Nora me trouxe. Vivo aqui em casa com ela, minha nora postiça, e seu marido, Zeca, meu filho adotivo. A ela, desde o dia em que vi pela primeira vez, chamo de Nora. Não é uma nora, nem é minha nora. É Nora só.

Zeca é filho de uma empregada que trabalhou aqui anos e anos, cozinhando, arrumando. Uma noite entrou em dores, trouxeram a parteira e ela pariu lá no quarto dos fundos. Atolada no filho, ficou aí, cada vez mais desatenta. Quando Zeca tinha perto de cinco anos, ela, uma tarde, entrou aqui e me disse, seca:

– Vou me casar, seu Ageu, depois venho buscar Zeca.

Pegou seu dinheiro e lá se foi com o ferroviário dela. Nem Zeca sabe para onde. Jamais deu notícia. O guri de então cresceu aí, malcuidado pelas empregadas, ajudando num servicinho ou noutro, sobretudo nas compras, e se pagando com o troco. Completou o primeiro grau, começou o segundo, mas desistiu dizendo que queria é trabalhar. Qual o quê! Queria farrear. Passei a dar uma mesadinha curta, pro cigarro e pro cinema, um pouco mais quando perdia o emprego. Perdeu inumeráveis.

Zeca não é flor que se cheire. Ou cheira demais: fede. É mais novo que Mila, que também quer ser filha minha. Será? Ambos terão agora perto de vinte e cinco anos. Rapagão, morenaço, bem-posto, risonho, dentes branquíssimos, Zeca é simpático de doer. Mesmo me esforçando muito, nunca consegui detestá-lo.

Metido a conquistador como não vi outro. E eficaz. Quando solteiro tive que me meter muitas vezes pra ele não desfolhar menininhas aqui em casa. O sacana teria até me deixado rebarbas das gurias – e insinuou – se eu aceitasse.

Afinal, para minha surpresa, casou-se com a mais direitinha que achou. Um dia, faz isso ano e meio, caiu ele aqui com ela pra me apresentar. Foi logo dizendo, despachado:

– Me caso, professor. Com ela, caso bem. Esta teteia é professora e filha única de pai rico e sovina.

– Algum amor terá também! Ou não? – Reclamei.

– Claro, adoro minha donzelinha. Ela a mim, muito mais. Vou acabar de criar esta gracinha. Daqui a um ano, buchudinha, o senhor há de ver a formosura.

Nunca vi objetividade ou falta de caráter como a de Zeca. Seu oportunismo também é sem igual. Para ele, na vida, tudo é pão-pão, queijo-queijo, explicado, explicitado. Não engana ninguém nem julga, só usa.

Dois meses depois da lua de mel, ele já estava na farra, dormindo fora, atendendo cínico a telefonemas de moças, combinando encontros nas barbas da mulher. Começaram a brigar, então. Até hoje brigam que é um horror.

Não encontrando apoio em mim nem no pai, que adora o Zeca, Nora se fechou. Agora ri, querendo parecer indiferente ao ouvir suas cantadas telefônicas. Ao vê-lo preparar-se para sair à noite, bonitão, perfumado, registra:

– Já vai sair, belo? – E se manda pro quarto. Antes ia chorar. Agora, não sei. Ouço seus passos andando do quarto para o banheiro, de lá para a cozinha, dando voltas na sala. Não me intrometo.

Só conversamos, e pouco, na hora do almoço ou do jantar. Outro dia, ela me disse que Zeca é apresentado pelo sogro como o filho que queria ter tido. Disse mais, que o pai não só dá dinheiro ao genro para as farras como adora ouvi-lo contar sacanagens.

Com o Zeca não trato disso. Ele é que às vezes me fala de Nora. Agora, com crescente má vontade, reclamando que ela está ficando insuportável, implicante, ciumenta e que não pare.

– Só se salva pela ordem que pôs aqui em casa e pela comida. Melhorou demais, não é verdade? – Lá isso é, mas essa Nora está aprendendo é a odiar. Curso intensivo. Uma noite me preocupei com o barulho de pancadaria lá no quarto. Na manhã seguinte vi na cara dela as marcas – mal disfarçadas com creme e pó. – O olho roxo e a boca machucada.

Quem é que está aí, agora, se roçando em minha porta? Nora não será. O toque dela é inconfundível. Ela sabe perfeitamente que, quando escrevo, tenho meus melindres. A moleca da Vazinha, será? Essa menina ainda leva pau. Enxerida demais. Era ela! Chamei, a danada saltou fora como sempre.

ME LEIA

Stela passou a tarde aqui comigo. Comemoramos, só nós dois, o meu aniversário; bebendo, com o-porto que ela trouxe, mais cálices de pinga que o habitual. Sessenta anos fiz. Sexagenário sou. Sex-agenário? Ninguém sabe disso, felizmente. Só Stela. Sessent'anos é lá coisa que se festeje?

Ela acabou de sair, oxigenada e espavorida como entrou, gritando, como sempre, lá da rua:

– Me leia! Me leia! – Leio não.

Stela, minha amiga mais antiga, é mulher competentíssima, autora de livros – coletâneas de artigos, digamos – que fizeram sucesso até na Alemanha, diz ela. A mim, seus escritos me dão engulho.

Pode-se lá dilacerar, destroçar, um romance ou um poema no que tem de texto significativo ou de sentimento coparticipado, para examinar tão só frases e palavras soltas, retornelos, redundâncias? É como se dissesse que uma galinha se conhece melhor pelas penas, ou pelas vísceras, sem olhos para vê-la cacarejando, dando pro galo, ciscando, botando ovo, chocando, comendo gafanhoto, cavucando minhocas.

Stela é minha colega da faculdade, ou foi. Eu me aposentei, cansado, enjoado daquilo. Stela que tem mais tempo de serviço que eu, lá ficou. Não larga a sala de aula. Sua aflição, muita. Sua glória, parca.

Ela andou tempos sem fim pelas europas. Supusemos até que não voltasse. Um dia, pra nosso espanto, estava aí, belorizontando. Igualzinha no caráter, madurona nos anos. Stela é mulher de trabalho, profissional. E como trabalha, a pobre! Trabalho ruim, de obrigação, que ela faz sem a menor criatividade, tal como aprendeu, e executa, servil.

Eu sempre fui preguiçoso. Disso não me envergonho nem me vanglorio. Stela detesta este meu jeito manso de ser, de me ser, sem pressa, lento, demorando, degustando as tarefas que me dou. Só não alcanço o ideal de me dar inteiro ao lazer. Creio que por fastio ou falta de energia e talento para viver. E pelo vício de ler e escrever, que não me larga. Vivi, vivo, como uma traça. Me alimento é de papel impresso.

É certo que exerço esse meu ofício por gosto, prazenteiro. Mas ele me cansa tanto, que mal me sobra o tempo que precisaria para o puro convívio humano, gozoso, a que aspiro. O fato é que não tenho competência para não fazer nada, nem pensar, só viver, que é meu ideal inatingível. Sou todo o avesso de Stela, que se construiu desde mocinha como se tivesse a destinação de ser sempre uma solteirona guerreira, lúcida, que existe pro trabalho. Eficientíssima.

Sem suas visitas eu nem sei como viveria. Stela e Canuto são minhas pontes para o mundo, este mundinho provinciano detestável, mas desfrutável para quem não tem outro. O pedágio que pago a esta ponte não é pequeno. Tenho que suportar a competência eloquente de Stela e a sabedoria minuciosa de meu único discípulo, Canuto. Com eles é ruim. Sem eles, pior.

Meu trato mudo e mútuo com Stela é de que ela nunca fale de meus livros. Jamais! Uma vez ousou escrever um artigo competentíssimo sobre minha literatura. Eu me danei tanto que ela nunca mais comentou suas bestagens comigo.

Não vá pensar que Stela seja uma chata. Qual! Stela não critica ninguém botando defeitos, nem é sovina de elogios ou maldizente. O diabo é que se leva a sério demais. Sua crítica é de escarpelar, dissecar, analisar, fria e insuportável, o esforço do escritor que lhe caia nas garras.

Crítico bom para mim era o velho Frieiro. Malvado com toda literatice. Compreensível, até capaz de alegrias, com um livro novo em que encontrasse qualidades. Criticava à luz de toda a imensidade de suas leituras, esclarecendo sentidos ocultos. Eu tive dele os dois tratamentos. Pirrônico com o meu primeiro livro; vivaz e inteligente com o segundo.

Stela, decerto, estranharia demais se lesse isto. Eu, que sou tão atencioso com ela, quase adulão, aqui invisto deste jeito. Por quê? Preciso me cuidar, senão acabo escrevendo outro diário de Frieiro, que vou ter de queimar.

É feia. Mas é uma flor. Furou o asfalto, o tédio, o nojo e o ódio.

Carlos Drummond de Andrade

AGEU

É hora de me apresentar direito a você. Sou Ageu Rigueira, mineiro bom, natural de Mangueiral, filho de Athos, músico boêmio de vocação, de ofício guarda-livros. Minha mãe, Bebela, católica orante, morreu de me parir.

Em Mangueiral vivi infância vadia. Aqui em Belo Horizonte, mocidade atormentada, querendo me matar. Vim aos vinte anos, aqui estou atolado há quarenta, sempre com vontade de escapar. Ainda escapo!

Perdi a mocidade e a inocência lendo romances e vendo filmes, primeiro. Mais tarde, ouvindo o professor Veloso filosofar. Era o único intelectual daqui que assumia suas leituras e suas tesões. Ambas desvairadas. Foi o horror indignado e o espanto invejoso dos letrados de sua geração e o pastor-fauno da nossa. Vendo sua coragem de ser e de viver, plena, fazíamos das tripas coração pra nos assumir. Eu nunca consegui.

Escrevi demasiados livros, publiquei dois. *Amaro*, a estória de um garimpeiro durão, que vive sua vida inteira na certeza de que vai enricar amanhã com o diamante maior que há. E *Xisto*, o romance de um par de mendigos. Um, preto, músico de mil instrumentos, que atravessa os caminhos, ruas e ruelas de Minas, pecando, pedindo esmolas pros santos e fazendo violas pros melhores violeiros. O outro, um índio, Tuim, o último Crenac. Expulso de suas terras, ele sai pelas igrejas e capelas procurando Deus e protestando na sua língua que só ele fala e ninguém entende. Os dois atravessam o romance bêbados de Deus e de pinga, conversando, cada qual em sua fala.

Por que gostarei de escrever estórias desventuradas? Não sei não. Este livro meu não será assim, prometo a você. Tenho outro romance, que nem ouso publicar, até engraçado. Mas dele não falo não, ainda não. Só adianto que se chama *Asalternosas* e é o transplante parodial de quanto se escreveu sobre essas Minas.

Agora começo este novo livro pr'ocê. Por quê? Sina, decerto. Mas o que é mesmo? É um diário ou é um romance? Estaria eu possesso dele, necessitando vomitá-lo do meu inconsciente? Qual! Isto é literatice dessas que me dão às vezes. Releve.

Nem sei como ele será. Só saberei à medida que me vá saindo. Tal como você que saberá à medida que for lendo. Lá pela página 50, saberemos ambos que temas versará. No fim, seremos íntimos amigos de infância. Tomara.

Um homem sem fortuna, um nome por fazer.

Homero

SOMA

Que é um menino que acaba de nascer, afrontado, arroxeado, chorando aos berros, agarrado pelos pés e suspendido no ar pelo médico? Que médico? No Mangueiral, onde nasci, não tinha nenhum. Tinha é Licota, mulata parteira, gorda, madurona, comadre de todo mundo. Dava bênção a cada menino que passava. A mim também.

Licota lá ia suspender ninguém pelos pés, como se tivesse pondo no mundo um acrobata? Qual! Incapaz! Ela deve é ter me lavado com água de cheiro, morna, tratado com carinho meu umbigo intumescido, me enrolado em panos relavados por mamãe e me posto ali. Ali, onde? Quem me terá dado de mamar pela primeira vez? Sei lá!

Dói pensar naquela bolinha de gente, amarfanhada, banguela, careca, que era eu, saindo do ventre de mamãe. Perdi ali, então, o oco quentinho que, em vão, ando procurando pelo mundo. Expulso de lá, caí na vida.

Nascido, só tinha olhos para sofrer as doídas luzes da claridade. Ouvidos, para me espantar com os ruídos cá de fora. Aflito, buscaria, saudoso, o ritmo perdido das badaladas do coração materno. Algum medo teria, de que me ressurgissem os roncos intestinais de mamãe, que eu ouvia lá no oco.

Meu corpo inteiro armado de tato apalparia, em vertigem, o vazio abismal em que caí. E o faro? Creio que meu susto maior ao me ver cá fora terá sido com a fedentina deste mundo. Aromas, ali ao meu redor, não imagino nenhum.

Onde ficou meu cálido nicho? Agitando braços e pernas como um inseto virado de patas pro ar, eu piscava, tossia, chorava. Vivia, afinal, meu destino de ser autônomo, condenado à solidão de uma existência própria, desgarrada.

A paz, meia paz, me veio quando alguém, substituindo mamãe, afundou minha cara no travesseiro de carne que eram seus peitos. Sobretudo quando minha boca sôfrega achou a fonte prodigiosa da seiva da vida. Ali me fiz a mim mesmo, chupando, mordendo, mamando, engolindo, regurgitando. Faria alguma diferença o fato de que eu não mamava em minha mãe? Qual! Parando, por instantes, de sugar, eu ouviria, ao longe, o tambor do coração daquela mãe postiça, minha mãe de leite, batendo tranquilidade.

A paz inteira veio com o primeiro sono. Mergulhado em mim, me devolvi inteiro, por horas, ao nicho de carnes que nunca me consolei de perder. Até hoje, nesse mergulho, sonhando, é que levo minha existência aspirada. Consolando muita dor de viver, revivendo alegrias da vida. Às vezes, também, dela me apavorando, até no sonho.

Ali estava eu me sendo. Era nada, ainda, e estava completo, armado de todas as potencialidades para me fazer gente humana, de gênero masculino.

– Ó! Que beleza de menino: um rapagão! – Alguém terá dito, me olhando. Mas dito a quem? À minha vó Coló, talvez!

Dotado da liberdade de ser qualquer coisa, de papa a motorneiro, esse foi o capital com que vim ao mundo. Condenado a sê-lo carnalmente da única forma genuína: vivendo, crescendo, mudando. E permanecendo eu mesmo, ao longo de todas as mudanças. Recém-nascido estava eu ali, pronto para exercer-me em mil papéis.

Antes daqueles escassos três quilos de matéria organizada, eu menino, saído da minha mãe, fui simples óvulo, minúsculo ovo. Já então eu portava em mim, nas instruções detalhadíssimas que mamãe e papai, insensatos, me impuseram, confluindo alhures, o capital genético de suas gentes tão contrastadas. Nascemos enciclopédias vivas de sabedoria que prescreve e obriga a forma precisa do nariz, a cor dos olhos, a textura do cabelo, a capacidade de ser infeliz, o riso, a distribuição dos pelos pelo corpo, gestos ancestrais reconhecíveis, ojerizas patentes de minha gente paterna, espantos de viver de meu clã materno.

A vida minha que devo – devemos: eu e você – a um ato de amor papai-mamãe – dos meus, dos seus, em separado, é claro – eu venho, desde então, gastando, desgastando, perdendo. Você também.

O impulso germinal é o que há de mais prodigioso. É explosivo. Saltamos em nove meses de óvulo a gente, num crescimento sem paralelo. Felizmente, com o nascimento desaceleramos. Nos vinte anos seguintes, de criança a moça ou a rapaz, acabamos de crescer lentamente, e nos outros tantos vinte anos, de jovem a homem-feito ou a mulher erada, completamos nosso fazimento. Começa então a decadência. Primeiro em ritmo lento, depois meio acelerado, ao final, às carreiras.

Assim cheguei a essas mãos enrugadas e encardidas, atravessadas de veias grossas azuis, pulsantes, que vejo escrevendo este romance. Romance da vida, da minha vida, da sua vida, que é tão só o desdobramento de algumas daquelas potencialidades com que nascemos. Simultânea com o estreitamento e a anulação das outras todas.

Chegada a hora, eu viria a ser não o médico que tanto supus e quis, mas o escritor que jamais cogitei. Ainda estou aprendendo a me ser, eu mesmo, comigo: Migo, nas pautas variadas em que estou sempre me sendo e me mudando. Assim será fatalmente, até que não mais seja nem esteja. O certo é que sairei sofrido, com o sentimento fundo de estar deixando o mundo desconsolado para sempre da orfandade de perder-me.

Eis que eu mesmo me torno o mito mais radioso

Carlos Drummond de Andrade

ELA

Nora deu seu toque na porta e lá se foi. Assim me saúda duas vezes por dia, todo dia. De manhã, com uma batida somente, com o nó do dedo indicador, na almofada da porta. É quando sai para dar aula, indagando se quero alguma coisa da rua. De tarde, quando volta, dá outro toque para dizer que chegou. Só entra se chamo. Vem singela, sem sorrisos nem muxoxos. Quando vêm visitas é ela quem anuncia, com duas pancadas secas. São raras, semanais, uma ou duas, quase só de Stela e Canuto.

Zeca nem merecia uma mulher assim de discreta e calada. E é bonita essa Nora, bem bonita. Sobretudo neste último ano, em que ganhou corpo, engordou um pouco, pondo carne balouçante nos peitos e carne dura na bunda. É mais para baixa do que para alta. Morena clara, olhos melados, boca gorda, pescoço longo, pernas grossas, coxas muito juntas, tornozelos secos, pés pequenos. Enxuta.

Nos primeiros tempos de casada ela me pareceu casmurra de tão quieta e calma. Emburrei, ela me desarmou com o sorriso leve, doce, que abre sempre que se depara comigo, e que me desaponta. Jamais alcançamos qualquer intimidade de convívio nestes quase dois anos, só coexistimos. Como também falo pouco, ou nada, com o Zeca, a ideia que ela fará de mim será a de um velho casmurro, pirracento, que existe para escrever e ouvir música, só se abrindo a uns poucos amigos. Assim será e me basta.

Almoçamos juntos, nós dois, quase sempre sozinhos. Com o Zeca, se ele está em casa, o que é raro. Ele vem mais é pro jantar. O café da manhã e o da tarde eu tomo só. À hora certa está posto na mesa com biscoitos novos, o pão de queijo que ela faz, a manteiga, a coalhada, algum doce e a fruta que tenha em casa. Depois da janta, trago o termo pra cá com o cafezinho da noite.

Sei que Nora não desgosta de mim. Gostar também não gostará, seria demais. Eu, idem. Mas é uma coisa boa, reconheço, tê-la aqui. Raramente falamos. Nunca de assuntos pessoais. Ela não parece precisar muito de conversa. Eu, menos ainda. Atenção do marido, também, não terá muita. Zeca se levanta cedo e sai para abrir a loja do sogro. Lá almoça e passa o dia. Às vezes só vem mudar de roupa e jantar para sair de novo. Frequentemente dorme fora. Passa dias no Serro, cuidando da fazenda do sogro, junto com ele ou sozinho. Esse sogro, pai de Nora, arranjou um cativo. Fez de Zeca o que o pai de Vilma quis fazer de mim.

Vazinha está demais. Volta e meia me cai aqui. Sobretudo nas horas em que Nora não está. Às vezes, muitas vezes, com Nora aí, ela insiste em arreliar.

Hoje, na hora do almoço, deu de atentar. Eu, sentado na cabeceira, comendo meu picadinho de carne de sol no quiabo junto com Nora ali ao lado, veio Vazinha, pé ante pé, fazer palhaçada. Pôs-se atrás de Nora, como quem não quer nada. Mas sabendo muitíssimo bem – ela e eu também – da malvadeza. Levantou os braços, deixando o rasgão do vestido cair bem em cima do bico do seio. Foi aquele raio fugaz! Ainda não tinha começado a ver, quando ela desceu os braços. Instantânea. Assustou Nora e fugiu correndo pelo terreiro, saltou o muro meio caído do fundo e fugiu para a casa dela. Sumiu. Fiquei olhando feito besta. Nora que nunca comenta nada, não resistiu:

– Essa menina tem visgo? O senhor não tira os olhos dela!

Serão ciúmes? Disfarcei, dizendo que Vazinha é capeta em demasia. Um azouge. Nora não disse palavra.

Aqui pra nós, leitor-leitora, o que é que Nora tem a ver com as safadezazinhas da menina? Não é da conta dela e não é da sua conta também não. Leitor não é censor. Não fique aí me julgando. Não consinto. Nosso trato é eu escrever a estória de Gê, minha história, para você ler. E estamos falados! Julgar-me é privilégio meu, de que não abro mão. Só meu.

MEXERICO

Canuto, antigo aluno meu, hoje bom amigo, é um pobre diabo. Não no caráter, admirável. Nem na inteligência, lúcida. Mas na figura e na vida: feio como a necessidade. Esquelético, cabelo duro, que ele corta demais, boca fina, ornada com um bigodinho ridículo. Sempre vestido de preto.

Pela cara se vê que, nele, viver dói. Sofre. Pouco se queixa, mas queixa-se o suficiente para se saber que o estômago é um estrupício; as tripas, piores ainda; rins e fígado, imprestáveis. Além disso, é hipersensível, cismático, triste. Que gozo de viver tem um sujeito assim? Por que Canuto não se mata, meu Deus?

O que Canuto come mesmo, insaciável, é literatura: romance e poesia. Devora! Com bom gosto, é certo, rejeitando o ruim, o reles, apegando-se amoroso ao bom. Terá lido Drummond mil vezes; o Rosa, quinhentas; a mim, mais de cem. Sabe melhor que eu da minha obra inteira, em detalhes miúdos. Até erros ortográficos, datilográficos e de impressão, que ele só deixa ver que já tinha visto há tempos, quando eu mostro. Lê, também, contente ou raivoso, tudo o que se escreve sobre mim, desde simples crônicas, até críticas e reportagens. Sofre demais com o pouco apreço dos entendidos à minha obra.

– Obra de quem eles apreciam? Até do Rosa, enquanto viveu, maldiziam.

Nas visitas que me faz, uma ou duas semanais, conforme a fartura de notícias, sempre me fala do que está lendo. Li muito autor através dos relatos minuciosos de Canuto. Isso é importante para mim, que hoje não leio quase nada, confesso, do que escrevem meus confrades em poesia ou prosa. Só releio.

Nossas conversas começam sempre com o relato das novidades que ele traz. Segue-se o diz que diz da literatura e dos literatos, de que Canuto é informadíssimo. Sei por ele quem está cantando ou comendo quem. Quem está escrevendo quê. Quem achou editor e quem procura. Quem desancou alguém e como o outro revidou. Jornal falado da literatura, sairá ele daqui com matéria nova para a mesma difusão. Assim é que tem de ser, necessariamente. Como saberia ele de novidades, se não reciprocasse com algumas de sua lavra?

Tudo o que pago a ele por escutá-lo e comentar suas falas é fazê-lo beber comigo, a contragosto, meio cálice de minha boa pinga. Será sua única extravagância na vida. Canuto teria tudo para ser literato dos melhores, se fôssemos feitos de erudição. Não é nem parece desejar. Sabe-se lá por quê. Vexames de um criador hipercrítico? Bem pode ser.

Para que quer viver um sujeito tão mal-armado de máquina de viver? Nem um suposto talento literário que poderia consolá-lo de não sei que mágoas nele vingou. Amores carnais, creio que não tem, nunca teve nenhum, ou oculta bem demais. Gostar de mulher bonita, gosta. Fala delas de olhos vidrados. Canuto será talvez um grande punheteiro. Tem imaginação para tanto. Talvez até seja armado de uma senhora pica, de tanto que a põe em função, manipulando. Terá comido com a mão, maquinando, imaginando, meio mundo. Essa será – quem sabe? – sua forma de gozar a vida e de fazer literatura, na imaginação desvairada. Nós todos, literatos, não seremos uns onanistas? Não trocamos a vida real, gozosa ou sofrida, mas real, de toda gente que sabe vivê-la, por fantasias de personagens, amores inventados, substitutivos masturbatórios?

IDOS

Aqui estou eu, velho ou quase, me lavando nas águas de eu menino. É o melhor que posso fazer. Em lugar de antecipar achaques que virão, adivinho; retomo, escrevendo, quanto o permita a memória, os ares daqueles idos.

Cantar o começo da vida, isso quisera. É impossível. Só uma criança, um jovem, na inocência e no espanto dos sentidos mal despertos, da razão desarmada, poderia. Mas também não podia. Nem teria para que, ocupado que estaria em viver.

Anos meus jovens, que vivi sôfrego e distraído, voltam à minha lembrança aqui, agora, no esplendor daqueles espantos inscientes. Olhos inaugurais, de ver tudo pela primeira vez: encantados, assombrados. Ouvidos, que se afinam para entender o que escutam, apreciando sonoridades graves e agudas, estridências, harmonias. Tatos de me apalpar, despertando os demônios do corpo e de sentir o mundo: uma pedra cinzenta, redonda, fria; uma tábua envernizada, lisa, roxa; uma mão carnosa, mole; o espermacete das penas brancas de um pato. Nariz curioso de catingas e cheiros, reconhecendo bostas de bichos e de gentes, podridões variadas, mas também gozando cheirar alfazema, bogarim, murta. Fala fina de menino, se engrossando, tão engraçada para os outros, tão fora de hora pra mim. Boca de mil talentos se degustando em doces e salgados, repelindo azedos e apimentados. Inteligência do mundo, aprendendo o nome e o sentido das coisas, ajuizando, julgando.

No centro dessas saudades que curto, curto o meu mais velho sentimento de mim. Lembro o primeiro grande alvor da bola morna do meu Migo, que guardo no peito. Essa bola é órgão não capitulado dos meus miúdos, que eu sei que tenho. Mais que o coração, minha bola é que rege minha vida de emoções. Se aquece e se exalta cada vez que sou feliz. Se esfria, chega até a me doer, gelada, se eu me entristeço muito. Lembro, me lembrarei sempre da felicidade em que transbordei naquele dia de pura alegria. Minha alma esvoaçava, exaltada. Eu gritava, calado, pra dentro de mim:

– Rita me deu, me deu, me deu.

Todo eu tão mais aceso então que agora. Hoje a meus sentidos gastos, tudo sabe insosso. Os olhos buscando em vão novidades, neste mundo tão igual demais. Preciso às vezes ver boa pintura para lavar os olhos de ver. Eu mesmo, olhando o mundo, acho tudo sem graça. Até um pôr do sol desassombrado, desses que explodem vermelhos, eu olho, achando exagerado como cenário de teatro chinfrim. Meus ouvidos, viciados em musicalidades, exigem sempre mais e mais. O simplesmente belo de uma voz humana quente, cantando singela, só ouço se alguém recomenda: ouça! A boca enfastiada acha tudo sem graça. Me obriga a exagerar no açúcar, no sal e na pimenta, e depois ainda se queixa, amarga.

Sou uma máquina de viver desgastada, mas insaciável, querendo mais e mais, sem fruir o que já tem em demasia. Vivo, hoje, ruminando a vida vivida, tirando sarro de recordos, travosos ou doces. Esses sobejos são agora minha vida. O melhor dela é recordar.

Correm os dias, correm os anos; eu aqui, parado, persisto. Faço de conta que resisto, mas o tempo me rói, corrói. Seus ácidos suaves, eficazes, me dissolvem. A cara que tive se foi, com meus cabelos. Minhas antigas mãos, longas, alvas de envaidecer, são hoje mãos de outro. O tempo me gasta, tão lentamente, tão silenciosamente, que eu mal sinto. Mas não para de me carunchar, mansa, devagar, inexoravelmente.

Dias e anos vivi aqui, me resguardando de correntes de ar. Um dia, consertando um banheiro entupido, eu vi o operário tirar chumaços de cabelos meus, acumulados ali, em anos e anos de tomar banho, me acarecando. Me resguardando, me cuidando contra todo risco, me guardo de quê? – pra quê? –, se não me resguardo do tempo? As águas que correm nesse rio correm céleres para a morte. E não podem parar. Nelas, aos trambolhões, lá vou eu, em derrocada.

!tanta vida y jamás! !Y tantos años,
y siempre, mucho siempre, siempre, siempre!

César Vallejo

NININHA

O melhor que me sucedeu na vida foi ser irmão de Nininha. Uns anos mais velha que eu e desde sempre madura, ela me deu o carinho morno de que me nutri. Ainda me nutro. Minha ideia mais remota de mim mesmo, me devolve chorando de pé, com a cara metida no peito de Nininha, que segura minha cabeça com as duas mãos, consolando.

Depois, vem uma sequência interminável de lembranças em que estou sempre agarrado nela. Nininha me faz dormir. Nininha me acorda. Nininha me banha. Nininha me veste. Nininha me manda pra escola. Nininha faz os deveres comigo. Nininha me cuida doente. Nininha limpa meu nariz. A mais cálida delas é daquela noite de confusão, com a casa cheíssima, quando eu dormi abraçado na Nininha.

Nininha é morena, é magra e melancólica. É bela. De uma beleza tranquila, realçada pelos olhos grandes, mansos, que se movem lentamente. Está sempre de olheiras sombrias, românticas.

– Nininha, por que você está triste? Chora não, Nininha.

– Gê, meu bem-querê. É saudade de mãe, Gê.

Vi Nininha crescer, se pôr moça, mulher. Envelhecida não vi. Sofri demais com o encantamento que ela despertava nos rapazes e nos homens. Todos de olhos pregados nela. Nos seus peitos nascentes, crescentes. Nas suas pernas peludas. Nas suas mãos tão finas. Nos seus pés miúdos. Na sua cara triste, sorridente. No seu olhar sombrio. Cada vez que Nininha cortava o cabelo, ou apenas arrumava a cabeleira, eu me zangava feio. Investia sobre ela. Seus vestidos todos, eu examinava, coibindo exibições. Queria vê-la, tê-la, como a imagem pura da pureza. Casta e recatada. Pecados, só pra mim.

Aos dez anos, Nininha me vestiu de homenzinho. Fez de mim uma caricatura de gente. Assim passei a ir com ela à missa domingueira, vestido de calça comprida, paletozinho abotoado e gravata. Creio que isso me inibiu um pouco a infância, afastou-me da garotada. Influiu mais ainda para me isolar, o pendor de ler desbragadamente que era tanto meu como de Nininha. Ela lia demais, romances e poesia, principalmente. Gostava mesmo era de ler para mim e de me fazer ler para ela. Incansavelmente.

Mas as coisas findas,
muito mais que lindas,
essas ficarão.

Carlos Drummond de Andrade

SOGROS

Caí na família mineira, estou perdido. Vivi hoje o dia mais besta. Nessa não caio nunca mais. Nora com seu jeito doce vai me dobrando. Hoje exagerou. Trouxe o pai e a mãe para um ajantarado em família. Uma merda.

Primeiro passeamos pelo quintal. Eu, mostrando o que é bogarim, o que é murta. A sogra de Zeca, colhendo, arrancadas, minhas flores arcaicas. O sogro gabando até a altura das mangueiras. Nora, vexada, mostrando o conforto da rede. Zeca, rindo zombeteiro, decerto me gozando.

Afinal, nos sentamos para comer, eu numa cabeceira e o sogro-pai na outra. Uma merda! Arroz de forno com uma capinha de queijo ralado, meio derretida, que a sogra trouxe. Para beber, cerveja preta, que é a do gosto do sogro, disse Zeca. E tome conversa besta. O cara quis saber a sério que é mesmo que eu conto nos meus livros. A mãe falou das prendas da filha única na cozinha, na costura, em crochês e bordados, na escola como professora. Só faltou falar de seus talentos na cama, mas isso é assunto do Zeca, que come quieto. Felizmente.

Nem esperei o café. Levantei, na voz de um texto que tenho de entregar amanhã cedo, e me enfurnei aqui. O sogro, despachado, risonho, boçalão, está todo à vontade. Ficou tão amigo meu que bem pode bater na porta para um dedo de prosa na despedida. Se eles voltam aqui, eu viajo. Sumo. Prometi comer o ajantarado lá deles, domingo que vem, mas avisei que sou casmurro, caseiro.

– Fazemos questão, doutor. Fazemos questão, professor!

Queria agora era ouvir esse concerto de Bach para violoncelo que Stela trouxe, mas tenho medo. Pensarão que, se escuto música, não trabalho. Escutar zumbido, calados, não vão querer. Graças!

Que barulho é esse lá fora? A família mineira se desentendeu? Parece. O sogro fala alto e grosso, a sogra resmunga, Zeca ri desenxavido, Nora choraminga. Não vou lá, sou doido de me meter nisso? Zeca, espertalhão, fundou uma família autêntica, tem mulher, respeito e dinheiro. Tenho medo é da filharada que quer dar aos sogros, loucos de vontade de serem avós. Antes do primeiro berrar ponho todo mundo na rua. Esta casa é minha. Puta que os pariu! Quem parir Mateus que se foda.

O PAR

Guedes esteve aqui a tarde toda. Trouxe para me conhecer um amigo cura. Ele, simpaticão, com sua conversa erudita e amarga. O Cura, calado, magro como uma hóstia, fará economia até de bosta. Fiquei o tempo todo olhando as mãos dele esvoaçarem nervosas em cima da batina. Seus olhos de aço cintilavam maldadez, acompanhando meus olhos, queriam ver para onde eu olhava. Esse Cura deve se achar juiz do mundo. Aí está, ouvindo, ponderando, absolvendo, condenando. Diante dele me sinto nu. Devassado.

Guedes, bestão, sempre ofegante, respirando forte no meio da fala, falou outra vez, incansável, de seus ancestrais supostos. Como sempre, perdi a paciência. Disse a ele que toda genealogia é besteira. A certa hora exagerei na chacota, dizendo a Guedes que ele é o conde extranumerário da Casa da Ponte.

Guedes ficou zangadíssimo com a caçoada, levou a sério demais. Reclamava, se explicava, convencido de suas razões, mas danava-se cada vez mais. O padre batia com as asas das mãos na batina, cada vez mais aflito. Afinal, entrou na conversa com voz esganiçada, mas com um humor inesperado, para fazer Guedes voltar a si. Disse que concordava comigo e, voltando para Guedes, comentou:

– Você, meu caro Ton'Zé, é mesmo passadista demais. Veja só: quem aqui em Minas, ou lá embaixo, nesses Brasis, fala oxalá? Outrossim? Quejandos? Alarde? Mequetrefe? Supimpa? É só você, Ton'Zé! Só você, meu conde.

– Deixe de nhenhenhén, cura somítico.

Ultimamente, esses dois ficaram inseparáveis – diz Stela. Juntos, vão pra faculdade, e o padre espera Guedes dar suas aulas. Juntos, saem por aí tomando café. Juntos, vão às livrarias. Guedes falando, falando, o padre escutando, batendo asas com os braços, suando e limpando as mãos suadas na batina, ensebadíssima pelos lados.

Confortado e aquietado pelo cura, Guedes conseguiu atrair de novo minha atenção e minha irritação falando sobre nós, mineiros, como o povo continental.

– Ora, siô, nós mineiros é que guardamos as virtudes ancestrais que Portugal dissipou. Quem não vê? – E continuou por aí afora.

– Criando mundos, mundo afora, com sua rica porra, os lusitanos se esvaíram. Agora, taí, só restamos nós mineiros para retomar o ímpeto lusíada. – É incrível a necessidade que Guedes tem de crer que essas Minas são maravilha e que nós mineiros temos destinações. Contestei:

– Qual, Guedes! Como é que, ilhados neste mar de pedra, enterrados nesta morraria, podemos ter qualquer destinação mundial? Minas acabou, seu Guedes. Acabou antes de ser: o ouro esgotou, a mata queimou, o povo amofinou. Nós, intelectuais, desbundamos.

A discussão acendeu outra vez. A raiva de Guedes fervia. Bobagem minha estar brigando com ele. Guedes não é de nada. Perco meu tempo nessa convivência vã. Mas que fazer se, sem convite, ele vem me ver? Isto aqui virou, há tempos, um parlatório de intelectuais vadios: Stela, mulher falante; Canuto, macaquinho pessimista. O pior de todos é Guedes, historiador frustrado, poço de erudição fútil: tudo sabe sobre tudo que não tem importância nenhuma. O Curita, ao que parece, se realiza no despotismo dos fracos: rogando pragas, maldando.

Guedes saiu e eu me sentei aqui para anotar essa conversa impossível. Os arrazoados dele são acompanhados de mil gestos, inclinações, caretas, expressões de espanto. Não sei se pela qualidade da pinga que bebemos, se pelo que eu disse chacoteando, o certo é que ele hoje se excedeu como nunca. Sua geringonça, que é o que se pode chamar de dialeto mineiro da fala brasileira, chegou a extremos. Ele se apura tanto em falar mineiramente, ou tem tanto talento mineiral, que sua língua é única, feita de siôs, trens, uais acentuados por mesuras, tapinhas e caretas mil.

CREDO!

Stela não sai daqui. Está agitadíssima. Fica horas comigo assistindo televisão, comentando a doença de Tancredo. Pesado esse Tancredo. Horas antes de empossar-se como presidente do Brasil tem essa cólica, se interna, é operado. Pelo jeito, morre. O vice, bioniquíssimo, foi empossado. Tento sair do desconsolo, pilheriando. Nora, que estava olhando televisão conosco, se zangou e saiu. Fiquei brincando com Stela:

– Sarney é nosso rei. Loucura pura!

– Zé Aparecido, Ministro da Cultura. Beleza pura!

– E Aureliano, o que é? É ladrão de muié!

Saí com ela de carro para receber a aposentadoria. Estou voltando. Ficamos zanzando um pouco pela avenida. Com quem é que me deparo? Com Solzinho. Ela não me viu, ou fez que não me via. Estava com a filha, mocinha, linda. Envelheceu demais, Solzinho. Demais. Eu preferia não a ter visto assim, grisalha, murcha. Será só da idade? Não é tanta. Estará doente? Há tantos anos não me telefona. Como não posso perguntar nem telefonar, nada sei de Sol, desde que se foi.

Como amei Solzinho. Quanto. Ela tinha – tem – outro amor, é certo: o marido. Mas é diferente. Aquele nosso amor secretíssimo iluminou nossas vidas. Teria sido uma pena para mim, para ela também, se não tivesse acontecido.

Nos amamos por quase dez anos, com interrupções imensas. Como amei Solzinho. Como, quanto, esperei por ela. Sol foi o sol dos meus quarenta aos cinquenta anos. Eu fui, sei que fui, o seu amor amado, dos vinte aos trinta anos dela. Entretanto, se somássemos todos os dias que nos vimos, dariam talvez um mês, se tanto.

Você estará aí, matutando que um amor tão partido e compartido não terá sido tanto amor assim. Bobagem sua. Pode-se amar profundamente de mil modos. Até dessa forma espaçada, esgarçada. Pode, sim, digo a você. Digo de experiência própria, vivida, carnal. Digo, também, pensando no outro amor de Sol, que em cada vida cabem muitos grandes amores. Você sabia? Pode-se até ter dois, três amores, grandes amores, simultâneos.

Me comovi demais com esse encontro. Uma trombada. Fiquei até meio trêmulo. Fiz tudo para Stela não notar. Repassei de longe a menina de Sol, apalpando com os olhos. Olhei-a toda, inteira, lavando meus olhos de vê-la. Olhei quanto pude, tocando, acariciando a guria com o olhar. Procurava traços meus, parecenças. Nada! É esbelta, com certo jeito de pássaro, porte esguio, lembra vagamente, muito vagamente, Nininha mocinha. Aliás, não lembra, não. É clara demais. E como posso saber? Só a vi de relance, olhando mais pra Solzinho. E as vi mais longamente foi de costas, elas andando uns metros à nossa frente. A mãe, um pouco mais baixa, encurvada, velha. A filha, esbelta, bem-feita, andando com molejo vago de onda discreta.

– Em que espelho ficou perdida
a minha face?

Cecília Meireles

SANTINHA

Morro de vergonha das confluências venais em que estou afundado há meses. Começou na tarde em que topei com Belém na avenida. Ele me achando macambúzio, com seu jeito desabusado, perguntou à queima-roupa:

– Você tem fodido, Ageu?

– Hom'essa! Por quê?

– Quem não fode, se fode, definha, rapaz! Vou levar você comigo agora mesmo. Fomos direto ao apartamento da Santinha, ali perto, no edifício JK na Raul Soares. Ela recebeu meu amigo, contente. Gostou também de me conhecer. Um novo cliente, calado, ressabiado. Só reclamou não termos avisado antes. Seríamos melhor servidos. Nos levou para uma sala interior, deixando livre a de visitas. Decerto esperava alguém.

– Só vim trazer o mestre aí. Precisa pastar.

– Burro velho... – respondeu ela, rindo. Vai ter quanto quiser. Bebemos os três, conversamos bestagens, sempre num tom respeitoso. Umas moças passaram pela saleta, vagarosas, saudaram e se foram, discretas. A certa altura, Santinha saiu dizendo que já sabia o que é que me servia. Eu aproveitei para dizer a Belém:

– Isto me vexa, companheiro. Não como puta desde rapaz.

– Que puta, que nada, Ageu. Moças casadoiras, senhoras casadas. Sérias todas, bonitas. Só fazem programa, meu caro. Programa não é putaria.

Santinha voltou, afinal, trazendo uma moça deslumbrante que nem conversou. Me pegou pela mão e levou pro quarto. Lá me fez boliná-la, vê-la, tocar suas belezas. Começou, então, cuidadosamente a me apalpar. Quando enrijeci, me lambeu, me comeu. Funcionei mal, mas funcionei. Saí jurando nunca mais voltar. Mas nas quartas-feiras seguintes estava lá. Na próxima também lá estarei. Não dispenso mais as moças de Santinha. Logo na segunda visita, ela perguntou:

– Quer a mesma, mestre? Não se acanhe. Quis outra, para a outra vez. Bela essa liberdade que a gente tem com mulher paga, toda vez tenho uma nova. O estoque de Santinha é inesgotável. Vexado, embora, virei adepto da putaria vespertina. Belém fala de casas melhores para orgias, mas ele mesmo pondera.

– Me dá medo. Já tive meu enfarte. Você ainda não, não é, Gê? Terá! É só esperar.

A mim me basta por agora a moçada de Santinha. Não tem nada que ver com a putaria da rua Guaicurus, que é a preferida de Uriel. Outro dia dei a receita a Canuto, que se espantou muito, demais.

– Mas custa o preço de dez aulas, mestre, dez aulas por uma hora de rapariga? Esse Canuto, positivamente, não dá pé.

E esse alheamento do que na vida é porosidade e comunicação.

Carlos Drummond de Andrade

ZECA

Meu ofício é ler gente. Ofício e gozo. Mergulho, hoje, é no bestunto desse filho torto do Gê. Ouviu, Zeca? É você quem vai me falar, agora. É sua hora! Vamos logo, desembuche.

– Pois não, patrão, pois não. O velho é um bandalho, não gostou da visita do meu sogro e da minha sogra. Quer ficar é aí na dele, escutando música de puxar tristeza, fazendo de conta que escreve romances. Tá bem, que viva como quiser o resto da vida que vai viver. Mas não me empate. Sei muito bem que, dele, não vou ter nada, mas não concordo. Protesto! Vou herdar é do meu sogro. É dele que espero a fortuna de que preciso para viver. E vou ter. Adulando, ajudando, trabalhando, vou agarrar o que ele soube juntar e eu sei gastar, só tenho é que prenhar a filha dele. Avô, Tadeu tudo me dará. Prenhar essa Nora é minha tarefa na vida. Tenho feito tudo, mas a danada não dá fogo. Não é de nada. Fode gostoso, gozosa, mas será que não deseja ter filhos? Será que rejeita? Desse meu professor Ageu não espero nada, mas se puder forço a mão. Vi na gaveta do escritório, quando ele saiu da viagem, os documentos de propriedade desta casa, de uns lotes em Guarapari e a gorda relação de bens da tal Ana Amélia Quiroga de Sá, irmã dele, a Fazenda do Buritizal, com a gadaria, a casa do Mangueiral, ações e contas bancárias, a loja e outro bens muitos que enumera detalhado. Para quem ele vai deixar tudo? Fico nem com a merda de um lote em Guarapari? Para mim não será, bem sei. Seria para os dois netos, filhos da Mila, que ele não suporta? Acaba ficando mesmo é pra eles. Eu não vou ver nada. Não deixo assim não! O que puder fazer, faço, pra forçar esse velho a me dar o que me deve. Quantas vezes pode ele me diz, a mim e a quem queira ouvir, que eu sou uma espécie de objeto da casa, um trem, um bem semovente. Minha suposta mãe, empregada dele, me teria parido aqui e sumido no mundo, prometendo voltar para me buscar. Nunca voltou. Eu fui crescendo aqui como coisa, nem afilhado dele sou. Batizado e registrado fui, já crescido, porque seu Guedes, amigão dele, tomou a providência, enfrentando resistência de seu Ageu, que parecia achar que nem registrável eu era. Até festejaram no escritório o meu batismo, bebendo. Ele e meu padrinho Guedes, dona Stela, Canuto e seu Uriel. Até o nome que me deram foi patifaria. Não sei se o Gê meteu o bedelho nisso. Mas só pode ter metido. Pensa que eu sou personagem de romance? Puto! Zeca é como me chamam. E de Zeca saiu José, no registro. Mas precisava ser José Parido? Claro que todo mundo é parido, mas eu tinha que levar o parto de minha mãe no nome? – José Parido da Silva – quer dizer, das ervas. Um pai qualquer, que ninguém sabe quem seja: Silva. Uma mãe, Parida. Não perdoo. Não perdoo esse nome que me deram. Sempre me perguntei se não sou mesmo filho desse Gê. Pela boataria daqui do bairro, sou. Reconheço em mim gestos e gostos dele que só podem ser herdados. Sou ele escarrado, pelo jeito. Sou seu Gê em moreno, dizem. Como ele não gosta de ninguém, nem da filha legítima, nem dos netos remelentos, nem dos amigos, a mim também é indiferente. É da natureza dele esse jeito seco de quem não se dá. Com o casamento, dei uma dentro, ele estrilou, pondo prazo para eu me mudar. Agora, está todo contente. A casa limpa, arrumada, comida boa, atençõezinhas de suco gelado e cafezinho no escritório que minha mulher dá com carinho. A ela, ele chama de Nora. Nora é mulher do filho. Como é que eu não sou filho? Vejo que ela ganhou o velho. Gostam um do outro. E é aí que eu vou me fazer. Rejeitado como filho, dou a seu Gê a filha que Mila não quis e não quer ser. Meus filhos é que serão os netos dele. Juntos, viveremos esse destino. O futuro dirá. Seu Gê passa dos sessenta, tosse demais, tem enfisema, não vai durar muito demais. Enquanto durar – e é preciso que dure, para que meu destino se cumpra. Nora e eu amansamos esse bandalho. Ora se.

MILAGRE

Visita boa, gostosa, do gordo Uriel. Ficou comigo a tarde inteira. Tomamos um café – eu, ele tomou cerveja – com biscoito e pão de queijo fresquinho, quentinho, que Nora fez pra nós. Sentamos no quintal e lá ficamos longo tempo, nos refrescando na sombra da mangueira. Depois, viemos pra cá. Outra vez se repetiu o que fazemos desde nosso tempo de rapazes no Mangueiral e aqui. Uriel levanta, vai à estante, pega um livro, folheia e, sem olhar a página, começa a recitar. Às vezes erra, mas vão saindo os versos de dentro dele, naquele vozeirão único.

Pasar haciendo caminos,
caminos sobre la mar.

Antonio Machado

Pigarreou um pouco, queixou-se do pigarro, mostrou a mecha branca que vai tomando conta da cabeleira crespa. Envelheceu. Mas o que mudou mais nele não foram as cãs, foi a gordura. Uriel está envolto em toucinho. Chega a ser nojento de tão gordo. Envelhece mal. Como eu, também, talvez. Lá se foi ele:

Todo pasa y todo queda,
pero lo nuestro es pasar.

Antonio Machado

Relembramos idos, sem saudades, concordando que o mundo melhora. Falamos mal dos amigos, discretamente, simulando compaixão.

Afinal, caímos no nosso assunto preferido: falar de Minas. Queixar. Minas, meu amor, é minha fonte maior de desamor. Minas, minha terra, minha gente, minha Minas não é essa que aí está mediocrando. Meu povo não é este, gentil, mofino. Sou da Minas do dezoito. Meus conterrâneos, coetanos, são minha tristeza.

Antônio Francisco, que eles xingam de Aleijadinho, se nascesse agora, morria de fome – disse a Uriel. Ninguém em Minas, hoje, com poder ou com dinheiro para obrar fazimentos, tem o menor apreço pela beleza.

– É verdade – concordou – mas não exagere. – Perguntei o que pergunto a mim: por que no dezoito se deu o milagre, Uriel? Minas viveu meio século grego-mulato de criatividade prodigiosa, bela e própria. Única. Boa arquitetura. Boa pintura. Boa escultura. Boa literatura. Até boa música. Além de excelente artesanato. Tanta beleza junta não se explica pela riqueza. O ouro escasseava quando ela brotou. Por que não renova?

– Milagre não se explica nem se repete de forma nenhuma. Se se explicasse, a gente até podia remilagrar. Impossível!

– É verdade. Hoje – afora o que ficou daquela quadra, para nos dar ser e presença neste mundo – nada temos. Ou só temos a Pampulha oscárica que muita gente detesta.

– Eu, inclusive, Gê, não posso com o comunismo e a simpatia do Oscar. É demais pra mim. Dose dupla.

– E JK, Uriel, como é que nasceu aqui?

– Aborto da natureza, Gê, você não vê? Filho desnaturado. Um mineiro de Diamantina, secretário do Benedito, capitão-médico de polícia, fazer Pampulha e depois Brasília? É um fenômeno teratológico. Foi, aliás.

É espantoso mesmo, demais. Sempre me pergunto como é que, prefeitando do Belô, no tempo de Dom Cabral, JK pôde fazer a igrejinha de São Francisco que Roma levou trint'anos pra consagrar? Continuamos falando de nosso espanto inesgotável de que aqui no meio desta mineirada tosca, atrasada, caturra, ele conseguisse plantar tudo aquilo: o Iate, o Cassino, a Casa do Baile? Obras todas de uma arquitetura nova, nunca vista.

– Quem diria, hein, Uriel? Quem diria que foi aqui que a arquitetura mundial deu a volta por cima? Ali na Pampulha, quando a marquise da Casa do Baile saiu feito besta pra fora do prédio, barrocando. Ali se viu que a função verdadeira da arquitetura não é servir a funcionalidade nenhuma. É tão só criar beleza.

– É, seu Gê, esse Oscar é das arábias. Aprendeu a lição do Aleijadinho bem aprendida.

– Que aleijadinho que nada, Uriel. Diga Antônio Francisco Lisboa, pra mim ele era mais são do que eu e você. – Passamos a tarde nessa louvação lamentosa. Uriel, ponderando pragmático que milagre é milagre, irrepelível. Eu querendo remilagrar.

– O diabo é que perdemos régua e compasso. Essa gente aí só sabe construir bancos em prédios feios e fortes.

SAUDADES

Saudades de mim. Saudades de meus idos, dos sidos e dos que deviam ter sido. Romancear enredos é curtir saudades de mim na carne dos heterônimos que me dou. Margem a margem, por toda a extensão deste meu rio de palavras, sou eu que me resumo e me alterno, falando a você – sinceramente, intimamente – de mim, de nós. Tocando ao vivo meus nervos e seus nervos vivos, me redivivo, rememorando e pondo aqui, devolvidos, prazeres e dores. Penas e glórias que dormiam abafadas, esquecidas, me voltam, reviscejam. Curte saudades, você também? Saudades de quê?

Serpentinas que desenrolei sobre Bia naquele carnaval longínquo.

Três tiros que dei, nenhum mortal, menino e rapaz.

Um beijo ou dois, roubados de minha prima, Guguta.

Outros furtos, perpetrados e descobertos, ou até hoje secretos.

O suicídio daquele poeta louco que se suicidou por mim.

Meu primeiro verão carioca, radioso, eu tão mineiro e tolo.

A vitória apenas entrevista: Alas!

A neve suja que derreteu na minha mão: brancura impura.

A moça que me piscou e fugiu da janela.

A sonhada senhora de *peignoir* florido que nunca mais milagrou.

A clara dona, que veio depois de anos de espera, veio e ficou.

Gentes gentílicas que vi, amei, tão completas.

Obras que edifiquei e aí ficarão, testemunhando.

Música, enchendo espaços latifundiários de mim.

Aulas que dei, tantíssimas, esquecidas.

Aquela golfada de sangue no hotel.

A mordida de tubarão que tirou a metade melhor de mim.

Meu medo pânico de me saber vulnerável, mortal.

A eleição perdida e a glória entrevista.

Esta escritura contraditória.

O que me veio, se foi, só me deixou vazios. Quem veio a mim, chegou, partiu. Quem ficará para a próxima hora? A hora próxima. Qual?

O que serei, não sei. Sei só que se realizará em mim e nos outros, como sina. Sou, entre passado e presente, a ponte de tempo que se lança a si mesma, se constrói e se tomba a cada instante, continuamente, até que enfim, por fim, finda ela, finda a mim também, me desaba!

Raros sábados, tantas segundas-feiras. Só sei que um dia de semana vou morrer para ser enterrado na sepultura granítica, negra, de minha avó. Pelando ao sol, ela me espera lá no Mangueiral: boquiaberta.

Me moriré en París con aguacero

César Vallejo

GUARDIÃ

Meu coração flutua pra lá, pra cá. Saudades de mim. Saudades de Nininha, daquele apego nosso em que crescemos juntos. Minha irmã é suavidade e indolência, promessa ofertada e contida de carícia.

Lá estará ela, Nininha, sozinha. Sonhará Nininha alguma vez com uma cara barbada, mal barbeada, espinhenta, roçando a cara lisa dela? Pensará em lábios quentes, beijos carnais? Pecados maiores, gozos? Pecará Nininha em pensamento? Sim, mas eu não consinto.

Com Nininha no coração, sentado aqui no escritório, percorro lentamente, mão na mão de Nininha, nossa velha casa inteira. O corredor comprido, onde vovó vigia para não ganharmos a rua. Do lado de lá, a sala de fora, clara, janelas abertas ao sol e ao vento, de par em par. Do lado de cá, a alcova branca de Nininha, cerrada, sombria. Os quartos de dentro, cada um com uma pessoa dentro, bordando, costurando, conversando. Para onde foram tantas gentes? Na cozinha, aquele rebuliço. No quintal, comigo, a meninada toda da vizinhança.

Para me esquecer de mim, de Nininha, de nós, saí passeando pelo quintal meu, daqui. Espairecendo. Fiquei longo tempo tranquilo, vendo e ouvindo galinha cacarejar. Aí, saltou Vazinha com o irmão e, atrás deles, um bando de crianças. Ela, na frente, se adiantou, entrou numa touceira e voltou alegre com um ovo na mão.

– Toma. Toma. – Mandei brincar com uma palmada leve no bumbum. Lá se foi ela, de cara feia, malcriada. Logo voltou. Sempre arreliada; querendo atenção. Voltei pra cá expulso de meu quintal.

Isso é que dá rir, brincar, com pirralha. O quintal de Vazinha, pegado ao meu, separado por um muro – de fato unido, porque o muro está caído – forma um só conjunto de árvores e de flores, cheio de galinhas e gatos que é – para meu desgosto – o lugar preferido da criançada da redondeza. O bando de vozes entra aqui no escritório. Eu os ouço agora, álacres, incomodando. Aí estão soltos os netos que nunca tive, correndo livres, endiabrados, pagãos, saltando, rindo, gritando. Eu, cá da janela, parado, atento, quero de volta meu silêncio. Nora me salvou. Felizmente, finalmente. Foi lá, ralhou, pôs todos pra correr.

Nininha, minha maninha Nininha. Ela lá, eu cá, nunca nos afastamos de verdade. Ela me tem no peito. Eu trago Nininha sempre comigo, em mim, como meu bem mais íntimo. Nos une um amor triste, dado às quietas alegrias da pureza. Gestos mansos, timidamente carinhosos, condescendências breves, assustadiças, impuras ternuras puras, puras ternuras impuras: fome e fastio.

Fui na minha vida de Mangueiral o menino de Nininha, minha mãe menininha. O menino que ela criou. Um dia evadi, deixando tudo, eu também, lá nas mãos dela. Caí no mundo, aventurosa desventura. Nininha continuou, de lá, a me cuidar, até a me sustentar. Vive sempre no medo medonho de que meu pai renasça em mim, na bebida e na boêmia. Não tema mais, Nininha, já não corro risco nenhum. Afora esse cuidado, Nininha sempre foi até consentida comigo. Creio que se orgulhava de me ver um homem no meio dos outros, atolado em carnes.

Nininha, guardiã blindada de meu destino. Zelosa chaveira de minha dispensa. Dadivosa irmã minha querida, Nininha minha. Vida para si mesma perdida, no ofício de me dar rumo. Guiar o irmão em que ela via, teima ainda em ver, o menino fofo, vulnerável.

Nininha de si mesma tão esquecida, você me dói, Nininha, dói demais. Tanto, tantíssimo tempo nessa servidão inútil. Por quê? Para quê? Não há nada que temer, Nininha, nada mais que esperar, o que havia de ser já é, ou não é, e não tem remédio. Jamais será. Esgotou-se nosso tempo, Nininha. Já tarda, diga, diga logo: chega! Basta dessa servidão a meu irmão!

– Mas para que tanta liberdade agora, Gê?

CHORO

Não escrevi nada nas últimas semanas. Eu, como nós todos, estive parado, estatelado, diante da televisão, sofrendo a agonia de Tancredo. Nunca pensei que ele tivesse tanta importância para mim. Tem, demais.

Hoje, afinal, a notícia explodiu. Era a coisa mais sabida e mais esperada. Apesar disso, todos nos assustamos.

– Tancredo morreu! Morreu Tancredo! – o Brasil chora, Minas inda mais. Stela chegou logo depois da morte anunciada, reclamando:

– Foi um alívio, Gê, a gente não aguentava mais tanta agonia.

É verdade. Tancredo vivia de puro milagre médico. Doutoríssimos emitiam boletins. Um porta-voz sibilante lia recitado para nos comover, espichando, aumentando a angústia nacional. Quase estourou o coração da gente. Eu ficava a imaginar o pobre, lá em São Paulo, resfolegando, todo furado, ligado a mil aparelhagens. Afinal, a morte venceu a técnica e declararam Tancredo oficialmente defunto.

Sarney continua. Eleições, agora, é o que cabia. Ulisses tinha que pegar a faixa, atravessar a tiracolo e assumir. Mas, fazendo isso, seria obrigado a convocar eleições. E Brizola está aí mesmo, de alcateia, com o povo atrás, querendo votar. Isso apavora. Ulisses deve ter pensado: trinta dias só, agora, de glória? Eu, rei por trinta dias? Seria como os trinta dinheiros, aqueles. E depois, nada? Nada! Qual! Melhor é o deixa estar pra ver...

Assim é que Sarney reinará por dois anos, quem sabe quatro. Enquanto isso a história gira, Brizola envelhece, gera-se outro presidente palpável, palatável para os donos do mundo.

Esse Sarney tem estrela. Nasceu de bum pro sol. Salta de presidente da Arena milica a presidente do Brasil, com a missão de nos democratizar. Oxalá, queira Exu. Saravá!

Nem hoje, com essa angústia toda de saber Tancredo lá, sendo velado, meus amigos se aquietaram. Stela e Canuto brigaram adoidados. Ele, sarneyista. Ela, rabugenta. Não conseguindo tranquilizá-los, propus um passeio. Saímos no carro de Stela com a ideia doida de rever o Parque que não víamos todos nós há anos. Diminuiu horrores, é uma pena. As árvores cresceram ainda mais, se encorparam. O Parque mesmo mixou. Lá, vi uma meninada louçã e uma moçada namoradeira. De noite, o espetáculo deve ser melhor.

Agora aqui, de volta, soube que o corpo de Tancredo virá pra cá. Vi pela televisão. Vem para ser exposto e homenageado pelos mineiros no Palácio da Liberdade. Daqui irá para São João Del Rei. A família quer enterrá-lo lá.

Nora está comovidíssima. Entrou de mansinho, ficou atrás de mim vendo televisão. Quando me voltei, vi que chorava, a cara lavada em pranto. Bonita.

Estou voltando do Palácio da Liberdade. Horrível aquilo. Nem consegui me aproximar do féretro. Vi foi o desastre funesto. Morreu muita gente. O povo tanto e tão aflito derrubou a peito a cerca de ferro. Pisando uns nos outros, avançaram pra ver Tancredo morto. Morreram muitos. Muitíssimos ficaram feridos. Horror pior que a morte de Tancredo. Horror horroroso.

PUCELA

Stela é um pouco mais nova que eu. Ou era. Hoje, pelas contas dela, sou muitíssimo mais velho. Começamos o namoro assim que me formei. Eu vivia ainda da mesada que Nininha mandava e de um bico no jornal, que Uriel arranjou. Praticava advocacia no escritório do Deodato, sabidão, que nunca me pagou.

– Pago com ensinamentos. – Diria, se eu cobrasse. Nunca cobrei.

Stela, assistente do professor Veloso, na Faculdade federal, ganhava muitíssimo. Através dela ou de suas relações, esgalhadíssimas, me esgueirei do magistério.

Namorávamos na rua e na rua continuamos um namoro cerrado até que aluguei o quarto do apartamento novo de Uriel. Lá montamos ninho. Ela continuou morando na casa dos pais, com as irmãs. Hoje ainda mora lá, sozinha. As irmãs, loucas, estão internadas. Naquele aconchego nosso, o amor floriu. Tanto que eu teria casado com minha donzela Stela, por mim descabaçada, ao pé da figueira maior da avenida João Pinheiro, bem defronte da Faculdade de Direito. Isso para mim foi artigo de fé, até hoje seria, se não insinuassem outra história. Coisa de Uriel.

Nunca pus isso a limpo. Mas o amor matrimonizável amainou e a paixão carnal incendiou. Até conhecer Stela, eu só tinha comido criadas e putas, principalmente putas. Exceto aquela dona casada, no Mangueiral, que uma vez – uma vez só – me deu ou me comeu. Eu, rapazola, ia à casa dela sempre que podia; ficava rondando por lá, horas, na esperança de vê-la andando da sala para a cozinha, da cozinha pro quintal, no seu *peignoir* florido. Ela via meu encantamento de ginasiano, gostava, creio. Um dia me chamou lá do quarto de costura. Fui... Ela fechou a porta, me abraçou de pé, abriu o *peignoir* tão junto de mim que nem vi sua nudez branca. Nacarada? Desabotoou, ela mesma, minha braguilha, tirou meu pinto duro, pôs pra dentro dela e dançou sobre mim a dança encantada. Tudo tão desejado, tão inesperado, tão instantâneo, tão maravilhoso, que duvidei – ainda duvido – terá mesmo acontecido? Não seria uma fantasia de quantas compus na imaginação, trepando aquela beleza com a mão?

Mas eu me lembrava era de Stela. Ela era, então, e foi por muitos anos, uma mulher bela, longa, alourada, elástica, peitos rijos, bunduda, com o sexo cheiroso, armado de tesão bravia. Amava falante, clamante, chorosa, como nunca vi ninguém.

Foi Stela, de fato, quem me domesticou. Com ela comecei meu longo aprendizado de que se ocuparam, depois, tantas generosas damas. Minhas amadas, namoradas, amantes, cortesãs. Nosso amor, de Stela e meu, acabou malmente, cruelmente. Destino? Sina? Sim, assim será. Vivemos desde então cada qual sua vida, mas nos mantivemos sempre de almas atreladas. A ninguém estou tão amarrado quanto à Stela. Mais que dela, só gosto mesmo é de Nininha.

A bruteza de meu rompimento com Stela foi, quem sabe, o maior ato de fraqueza de toda a minha vida. Acabando de ouvir as peçonhas do Uriel, preocupado de não me deixar casar com mulher furada, caí em crise. Calado, tomei inteiro o fel de Uriel e uma garrafa de pinga ruim, bebida pelo gargalo, deitado, noite adentro, chorando. De madrugada, bêbado, caí da cama, me machuquei. Acordei, boca de fel, me prometendo ser homem. Largar Stela. No outro dia caí no abismo, comi novamente Stela, com raiva, muita raiva, machucando. Assim, continuei pelo ruim caminho de amar e odiar, sentindo-me saqueado, ferido, bebendo azedo o doce amor que ela me dava.

Escapei daquele casamento que devia ter casado, só para entrar na minha concha, matutando, até casar mais tarde um outro casamento que não devia ter casado jamais. Esses tortos feios transes meus e de Stela me conformaram. Sou o produto deles. Triste, fazendo-me de alegre. Solitário, fazendo-me de sociável. Querendo parecer bacana, sorridente, contente. Eu sei por quê. Difícil é saber para quê.

Stela era para mim, naquela hora, naquele dia, naquele mês, naquele ano, o meu amor. Eu não sabia. Só muito depois, reconstituindo, compreendi quanto amava, quanto amo Stela. Na minha ignorância, exigi dela, inocente, o único que ela não podia me dar: um cabaço.

Ali, naquela volta me perdi. Perdi minha capacidade de amar, pura, inocente. Saber, malmente, por Uriel, que ela transou antes com Elmano e que foi bolina do Veloso foi pra mim a maior humilhação, a mais sentida de toda a minha vida. Tão funda foi e me marcou tão fortemente, que nunca mais voltei a mim.

Exagero, talvez, mas creio mesmo que da perda de Stela me vem esta angústia invencida. Este desejo silente, dentro de mim, de secretamente soluçar de dó de mim. Esta risada minha, imitada da risada de minha avó Coló, risada que se quer sardônica, se possível, até satânica, é meu disfarce: máscara, me mascara.

Qual o quê! Vem é dos fundos de mim mesmo, de meu caráter, desse meu jeito de ser. Este orgulho que ostento, invulnerável, é falso. Digo sempre que cada qual sabe de si. Não é verdade, eu sei. Nada sabemos de nós mesmos nem de ninguém. Vendo o efeito de meu escudo, de minha máscara, sobre os outros, me rio deles. Os pobres-diabos me levam a sério e me amam ou me detestam pelo que eu mostro a eles que sou, sem ser. Você também disfarça? Dissimula?

RIO

Estou chegando do Rio. Fui participar de um painel literário, com um bom plantel de sumidades locais e de fora, além de quantidade de gente jovem. Como esses doutores em Letras sabem literatura! Como falam bem: catedráticos! Ouvindo-os, constato que nós, literatos, somos perfeitamente dispensáveis.

O pior foi a arguição que sofri de uma douta dona que apareceu lá. Descabelada. Leu tudo que é meu, não só o que escrevi, mas o que ela quis ler. Pelo visto, não gostou de nada. Apesar disso, queria saber ainda mais de mim, de minha obra. A cretina, além de me apertar com perguntas de ponta, impossíveis de responder e até de entender, me ridicularizou. Demais.

– Então, Rosa vomitou o *Grande Sertão*? Bolas! – Ela acha que sabe perfeitamente bem quem eu sou, como escrevo, tudo, tudo. Pra ela quem não sabe de mim sou eu. Terá razão, talvez, mas é feia demais. Nariguda como judia antiga. Cabaçuda, tenho certeza. Cabaço empedrado, impossível. Estrupício de mulher.

Me doeu mais foi ver a moçada da sala rindo de mim, gozando do interrogatório da virago e de meu constrangimento. Ela provou para todos, naquela sala, que literatura é coisa séria demais; literato, não. Sobretudo literato mineiro, tão bestas que nem sabem disso. Confessam que escrevem como quem respira. Inscientes. Terá razão? Ela é uma cientista, nos estuda observando atentamente, assim como outros fazem, experimentando com bichos. A cobaia dela sou eu. Vá estudar a puta que a pariu! Diante dessa gaja, Stela é pinto.

Ao contrário do pessoal do congresso, as raparigas em flor da praia de Copacabana me entusiasmaram. Demais. Vestido à mineira – terno cinzento e gravata –, lá fiquei, no primeiro dia, andando na calçada. Suadíssimo, mas babando só de vê-las. Tremores tesuais me percorriam em pleno sol.

As bundas mais formosas deste mundo estão ali, dançantes. Nunca cuidei que houvesse tantas, tão belas e variadas: bundas alçadas, bundas caídas, bundas pontudas, bundas redondas, bundas compridas, bundas secas, bundas papudas, bundas duras, bundas trêmulas. Será o lombo e as virilhas à mostra dos novos biquínis que realçam tanto? O que mais gostei de ver foram as meninas de longas camisetas, deixando ver, por debaixo, as bochechas da bundinha. Andavam, à minha frente, e eu as seguia extasiado.

Deus seja louvado, por sua criação perfeita e inumerável

Só visitei Darcy e Claudia. Avisando antes, claro. Tudo bem. Ruim foi encontrar lá o Elmano. Aqui não tenho o desprazer de vê-lo. Lá não necessitava. O corno estava plantado na sala, falante. Não o via há anos. Está grisalho, olhos sempre vivos, me gozando, acho. O bode velhaco deve viver vida mais tranquila nessa sua meia velhice. Está de férias em Paquetá, louvou muito a praia. Imagine: Elmano paquetou. Ou terá lá alguma lambisgoia? Isso será.

Passei a manhã de ontem, toda a manhã, outra vez, vendo o mar. Cada vez que vejo, vejo novamente, de olhos inocentes, como vi pela primeira vez. Fiquei sentado num pedral, vendo de olhos vivos o mar marear. Aceso, eu olhava e via como ele era e como se movia. O mar, para mim, desde que o vi aquela vez, há tanto, tanto tempo, é o que é: o mar! O mar! Alto-mar! Mar largo. Mar grosso. Mar picado. Mar bravio. Mar encapelado. Negro mar. Mar negro. Mar morto. Mar manso. Mar geral. Mar oceano. Verdes mares. Mar sonoro. O mar! Marítimo. Marujo. Marinheiro. Onda. Marola. Banzeiro. Vaga. Vagalhão. Maré. Maré cheia. Preamar. Abra. Angra. Cala. Pélago. Tempestade. Turbilhão. Procela. Imensidade. Abismo. Amplidão. Mar de mineiro é isso aí: infinito mar, marzão destampado. Escancarado.

Um céu deitado no chão

SINA

Antes de nascer, de me compor, eu era o quê? Nada! Não, nada não pode ser. Não falo dessas coisas de espírito transmutando nos corpos para curtir pecados ou fruir virtudes. Isso é assunto pra Chico Xavier, de Pedro Leopoldo. Eu, modéstia à parte, sou é do Mangueiral.

Sei bem é que não nasci em branco. Sei também que nasci sem destino certo, previsto. Nasci livre e cativo como aquele canário de Nora que está ali na gaiola, cantando só de besta. Nós dois fomos compostos minuciosissimamente pra sermos tal qual somos. E você que me lê? Você também. Ele lá, o canarinho, cantando. Eu, cá, escrevendo. Você aí, me lendo. É a mesma cantiga.

Nininha me chamava de Gê, os outros passaram a me chamar também de Gê. Devia ser Ageu, mas na minha infância inteira fui Gê. Aqui em Belo Horizonte, não sei por que, o nome também pegou, e é assim que meus amigos me tratam. No fundo eu sei, de certeza certa, que sou mesmo é o Gê da Nininha. Só no fundo. Na superfície, no convívio comum diário, aqui em Belô, eu sou e quero ser para todos é o senhor professor Ageu de Sá Rigueira. Isso sou.

Assim me vejo. Assim quero ser visto. Assim me fez o mundo. Sabendo, embora, que é uma máscara, eu a carrego com toda a compostura. A suposta liberdade arbitrária de cada um fazer-se a si mesmo é balela. Bobagem. Podia eu, pode lá alguém, ser nada do que quer, contra tudo, contra todos mancomunados em nos fazer aquilo que pensam que devemos ser? Você não acha?

Muito antes do meu nascimento, aconteceram demasiadas coisas com força de comandar minha vida. Ao destino, resistir quem há de? Se tudo não está escrito, como se diz, o grosso estava ao menos delineado. Só nas rebarbas se pode ir retificando algum risco. Nasci, cresci, me fiz, mais forçado por inscrições cromossômicas, imposições externas, burradas minhas mesmo, do que por atos de lúcida vontade voluntária.

Você aí, é autor de si? Verdade? Eu, de mim, sei que não sou. Influí pouco. Sempre achei que quem me fez não foi Deus. Para me fazer, ele teria que ter feito tanta gente e tanto bicho miúdo e graúdo, que seria uma perda descomunal de tempo. Qual! Eu, você, todos nós, somos a resultante de uma imensa confusão em que tudo se enovelou em cadeias de antecedentes e consequentes, nos enredando para todo sempre. Amém.

Que existência livre pode lá se opor às taras genéticas que se herdam? Demasiadas vezes, os Sá de mamãe se revelaram em mim em jeitos deles, inconfundíveis. Os Rigueira, de meu pai, por igual, de boa ou de má vontade, se exibem em parecenças, tiques, manias que, atravessando o tempo de geração em geração, me ligam àquela gente boêmia e musical. A mistura malcozida desses barros impuros jamais daria uma porcelana prestante. No máximo podiam dar uma botija de cerâmica, ou talvez um pote d'água daqueles grandões, que tantas vezes saciaram minha sede nos idos do Mangueiral.

Tanto como essas taras e talentos inscritos no fundo da gente, talvez mais, muito mais, nos modelam ódios e amores e o conluio de medos furiosos e de suspiradas esperanças. Elas se concentram, densas, naquele convívio intenso, insuportável das pequenas cidades fechadas em que todos sabem de tudo. Como resistir a ter nascido no Mangueiral, de gentes consabidas por todos, como eram, e de cada qual o que se podia esperar?

Acresce ainda que somos contemporâneos de grandes homens lá de fora, das estranjas e aqui do Brasil, poderosos fazedores do destino de milhões. Antes de nascermos, muitíssimos outros caras – índios daqui, negros da África, romanos, egípcios, sei lá quem mais – andaram fazendo coisas que nos afetam. Todos eles devem ter encostado o dedo em mim, como num inseto, empurrando pra lá, pra cá, a me fazerem tal qual.

Eu nasci num dia
em que Deus estava enfermo,
grave.

César Vallejo

ABORTO

Dia ruim. Confusão aqui em casa, dessas que incomodam demais. Fui chamar Nora pra pedir um café, que demorava, gritei por ela lá do corredor e ela não respondeu. Avancei mais, gritei de novo por ela. Nada. Assim fui chamando até chegar no quarto. Entrei, lá estava Nora na cama, revolvendo-se em dor. Pus a mão na testa suada e confirmei: febre alta.

– Não é nada – me disse. – Vi bem, era muito, era demais. Fui correndo à casa de don'Ana: pedir socorro. Ela está lá agora. Está lá, há mais de hora. Já fez a filha, Vazinha, ferver água na cozinha e levar pra lá. Já pediu água gelada da minha geladeira aqui de dentro. Eu espero.

Desde que se casou com Zeca e veio morar aqui pra cuidar dele, de mim, Nora é minha família. Para corresponder ao trato que lhe dou, ela podia me chamar de Sogro, meu sogro, ou seu Gê. Não me chama de nada, me ignora. Suporto. Pudera, nunca fui tão bem tratado na vida. Ninguém cuidou de mim tão bem como essa minha Nora. Mas ela me cuida a mim como cuida do canário. Sou um xerimbabo, não uma pessoa. Eu retribuo com o mesmo trato, frio, indiferente, educado, marcando distância.

Zeca está fora, cuidando da fazenda do sogro. É sempre assim. Quando se precisa dele, não está. Só chega amanhã.

Don'Ana saiu, afinal, com Vazinha, pra casa dela. Antes, passou aqui, deixando a filha lá fora, pra me dizer:

– Foi outra vez a vontade de ter filho. Gorou. Sangrou muito, mas passou.

Adivinhão, Zeca voltou antes do que era esperado. Viu a mulher mal e mal e veio a mim, perguntão. Queria saber se Nora – para ele é Silviana – abortou por gosto, tomando beberagens, ou se perdeu mesmo o filho dele.

– Como é qu'eu vou saber? – Aproveitando o instante de intimidade para conversas que nunca temos, Zeca quis saber se eu quero ter um neto. Custei a entender.

– Neto, eu, como? – Aí caí em mim e respondi – Claro. Claro que sim. Quero. Faço gosto. Um menino ia alegrar esta casa. Seria como você crescendo aqui, da casa pro quintal.

Vivemos aqui em casa os três. Eu, metido neste escritório, lendo, escrevendo, escutando música. Nora, zanzando pela casa toda, quando volta da escola onde dá aula pela manhã. Zeca, se virando daqui pra loja, na rua do Mercado, de lá pra fazenda do sogro, que ele adula, servil e submisso, de olhos na herança. Está certo. No que erra e muito é em pensar que não sou só padrinho dele. Sou é pai, acha ele. Qual! Pai sou, talvez, é de minha filha Mila. Acho até que não sou. Aqueles filhos remelentos dela, netos meus, eu bem que dispensava, também.

GUEDES

E esse Guedes? Hoje é a vez dele. Qual é a sua, Guedes? Quero saber mais de você. Preciso. Por que se dá esses ares de mineiro mais mineiro que ninguém? Vamos, Guedes, desembucha. Que mineiridade é essa sua, obsessiva?

– Tenho minhas razões, muitas. Muitíssimas. Meu trisavô, modéstia à parte, é o velho tabelião Guedes, avô do Morgado da Casa da Ponte; de seus bagos venho. Gê fica aí a dizer besteiras, somando o número milenar dos avós que terei tido naquela geração para mostrar que sou neto até de Pedro Álvares Cabral. Contam-se as gerações é na linha que vai de um a outro, daqueles avós da gente que tiveram bens, escravos e terras que guardaram, passaram a filhos e netos que também guardaram e legaram, deserdando irmãs e cunhados, roubando viúvas, enganando órfãos. Tudo isso para se apossar de mais bens e se manter a prumo na crista do mundo. Mesmo muito dividido o legado do Morgado, ainda sobrou algum para mim. Minhas terras dos Confins são gleba minúscula das cem sesmarias de meu trisavô Morgado. Terras apropriadas pelo velho Guedes, sabidíssimo tabelião baiano que nos idos de seiscentos e vinte armou a maior grilagem que jamais se viu: cento e sessenta léguas de terras são-franciscanas, mil quilômetros de comprimento, uns trezentos de largura. Esta era a chácara de meus ancestrais. Tudo isso posto na mão forte de um neto empreendedor, Antônio Guedes de Brito, que deu existência real àquele papelório bem tramado. Para tanto, saiu a campo, despovoando aquele mundo de terras, dos índios que as infestavam e povoando de gado e de facinorosos. Ganhou fama tamanha, que ressoou em Lisboa, e o rei fez dele Mestre de Campo, ornado com o Hábito de Cristo e, depois, Morgado da Casa da Ponte. Está sepultado na matriz dos Jesuítas, de Salvador, na Bahia. Fui lá ver. Vi com meus olhos o padrão de nossa glória, entalhado em pedra para registrar as grandezas daquele meu avô. Governando a Bahia de então, o velho Guedes governou foi os Brasis. Nossa gente estava há décadas aqui nestas Minas, adonada de terras sem conta, quando chegaram com seus índios os invasores paulistas, mamelucos, que só falavam Tupi. Tardios, eles vieram, mas descobriram pedrarias e metais que quiseram carrear pra eles só: arrobas de ouro, diamantes à mão-cheia. Guerreamos muito tempo. Nessas guerras se atracaram e se misturaram muitos baianos antigos, muitíssimos paulistas velhos, demasiados lusitanos recém-chegados e uma escravaria sem conta, além de mulheres demais que tomamos da indiada. Brigando e fornicando, aqueles meus avós puseram seus filhos bastardos em ventres de índias e de negras gestando este nosso povo mineiro, cor de rapadura escura, desde sempre regido pela vontade da mão morta do tabelião Guedes, inscrita nos documentos de propriedade das sesmarias dos Guedes. Só por isso este povo preguiçoso trabalha. Sabem que, saindo de uma fazenda nossa, caem noutra fazenda igual, demarcada dentro da gleba planetária. Gosto demais de pensar naquele meu trisavô, tabelião grileiro, que foi o real ordenador e regedor do destino dessa imensa gadaria bovina e dessa, ainda maior, gadaria humana das Minas Gerais. Antes de existir, Minas já era dele, nossa. Minha. Esses amigos do Gê, esquerdistas questionantes, comunistas, brizolistas e lulistas, são uns inocentes. Leem tolices marxistas quando deviam ler é a história-pátria mineira para saber do fundamento da propriedade fundiária e de outras posses mais ferozes e eficazes como a das gentes escravizadas, avassaladas, assalariadas. Sem nós, que urdimos a trama legal em que o povo já nasce tolhido, que abrimos as terras mineiras à civilização, não houvera as mil e tantas toneladas de ouro que enricaram Portugal, a corte e seus amos ingleses. Foi com meu ouro que o Marquês reconstruiu Lisboa depois do terremoto. Com ele foi que aqui edificou fortalezas tantas até no mato mais bravio. Tudo isso e muito mais se pagou com as riquezas arrancadas das minas de nossa província. Tantas que ficamos sendo Minas Gerais, quando devíamos ter por nome Gadaria ou Currais São-franciscanos ou talvez até, melhor, País do Rio das Velhas. De toda essa riqueza prodigiosa, só nos ficou, aí está, a glória sem par das igrejas barrocas mais belas que já se viram. Tudo obra nossa, minha, de nós, os Guedes, que nessa empresa nos esgotamos. Tantos e tamanhos bens nossos se dissiparam porque demais se fornicou, e demais se fez parir. Tão desbragadamente geramos filhos legítimos e bastardos com direitos de herdar o pendor de roubar, que todo aquele imenso terrame nosso se esfarelou. Sobrou-me dele, a mim, direito hereditário sobre mil alqueires da gleba dos Confins que ainda há de me enricar. Não por roças, que não sou de plantar, nem por criações, que não é meu forte! Mas no dia que acabar de vencer minha demanda com os que construíram nelas esse aeroporto portentoso das Gerais. Oxalá, oxalá. Quando falo nessas coisas, Gê se irrita demais. É inveja! Em lugar de se vestir no papel de trisneto do Barão de Gurutuba, ele ri. Gosta de dizer, malvado, que meu ancestral mais velho é o Homem de Lagoa Santa. Safado. Mineiro que não respeita tradição não é mineiro não. Gerações e gerações de avós meus e dele, aqui viveram, pecando e sofrendo, se persignando de manhã, rezando de noite. Esperando chuva. Quentando sol. Labutando com negros na bateia, com vaqueiros mestiços no laço, com enxadeiros curibocas, cavando covas de mandioca e campas sepulcrais. Todos queixando-se, inconsoláveis, de que a vida fica cada vez mais cara. Nos tempos de fartura maior, um boi gordo, um cavalo xucro, comprava um barrilote de pinga. Três deles valiam um negro boçal, mas se precisava pagar seis bois, seis cavalos ou seis barrilotes para comprar uma crioula, mulata ou negra. Se ela fosse fodível valia mais, muito mais se tinha que pagar em onças d'ouro ao dono dela. Mais se pagava depois, ai de nós, a ela mesma, atendendo a seus caprichos mil. Umas chicas dessas ficaram faladas. Mas as chicas foram tantas que são incontáveis. A carne mais nobre de Minas é feita da carne delas. Essa é minha história, de minha gente que se gastou garimpando e vaquejando nessas morrarias, atravessando rios que correm pelas goelas da montanha buscando saídas. Nomes esquisitos, como Passa-Vinte, Passa-Trinta, Passa-Três, Passa-Quatro, é a conta das vezes que se passava cruzando aquele córrego, ou de quanta gente de cada vez atravessa numa pinguela. Pouso Frio, Rio das Velhas, Roça de Garcia Rodrigues e Roça do Alferes são velhas terras mineiras minhas, lavadas do suor de meus negros. Se eu tivesse mando no destino do mundo, o que eu queria fazer mesmo era restaurar e conservar essa Minas tal e qual.

JANELAS

Aí pelos quatorze anos, o mundo se abriu para mim, escancarado. Duas janelas prodigiosas me deram o tempo e o espaço, o passado e o presente, o mundo inteiro. Não aquele meu mundinho Mangueiral, nem Minas apenas, mas o planeta Terra. O universo inteiro.

Escancaradas janelas minhas foram a leitura e o cinema. Ambos, me falando minuciosamente, me deixaram ver tudo detalhadamente: reis e bandidos, santos e mártires, lagos e rios, mares e oceanos, gentes e bichos, vícios e virtudes. Sublimemente. Escabrosamente.

Desde então, vivi de livro na mão; por anos inteiros vi cinema diariamente. Estou feito disto, de palavras impressas e de imagens de lanterna. Isso sou, nesta minha vida reflexa.

Jamais me capacitei de que estava sendo logrado. Vivia uma vida de fazer de conta, enquanto meus desprezados companheiros viviam suas vidas verdadeiras, namorando, dançando, cantando, fodendo, jogando, fazendo e acontecendo. Já então, eu estava perdido, essas minhas masturbações viciosas tinham se arraigado tanto, que eu só sabia viver nelas, me sendo de mentira, fazendo de conta: era uma vez...

Hoje não vou mais a cinema ou só vou rarissimamente. Mas o visgo da leitura desdobrou-se em escritura e ainda me retém de bunda pregada nesta cadeira a maior parte de minhas horas. Passei minha vida toda lendo e escrevendo, um horror. Nisso gastei minha existência, tirando o corpo de toda ação, para me dar só a elucubrações próprias e alheias, expressas em palavras, imagens.

Essa realidade irreal, reflexa, postiça, artificial, simbólica, conceitual, é minha realidade mais real. Meu mundo é o da escritura, da representação. Nisso é que verdadeiramente vivo, apenas saindo em fugas para atender a urgências fisiológicas ou mercar palavras com outras pessoas. Isso mesmo com o sentimento fundo de que estou perdendo tempo, roubando-me de minhas vivências.

Até meus amores mais amados, quando me dava conta, estavam me enfadando pelo tempo que me roubavam do meu tempo de mais ler, de ver cinema, de escrever. Creio que até do amor teria escapado, se minhas amadas não passassem comigo tantas horas no cinema ou me vendo escrever e ouvindo ler textos próprios e alheios.

Vilma, minha mulher, quando acabou comigo, rompeu primeiro foi com esses hábitos. Não quis saber mais de cinema nem de leitura, nem de mim mesmo. Caiu em outro vício: me cornear. Vi que tudo estava mesmo acabado quando percebi, uma noite, que ela, deitada ali na cama a meu lado, se masturbava. Eu, em lugar de chamá-la a mim, amá-la; enfadado, também me masturbei, ali ao lado.

MÃE

O pai se aguentou em sua dor até com o corpo morto de mãe posto na sala de visitas. Estatelou-se lá, empertigado, mastigando sua dor.

Calado, rijo, acompanhou o enterramento com a mão na alça do caixão. Terá talvez jogado, trêmulo, ele também, um punhado de flores, sua pá de cal. Depois, de volta, é que se rendeu, chorando sem termo e bebendo sem comer, dias e noites, noites e dias. Semanas.

Assim foi, me contam. Até que vó mandou levá-lo para o Buritizal. Tonto como vivia, não se aguentaria no cavalo. Foi levado num carro de boi por um dia e uma noite ou duas. Sempre chorando e bebendo. No Buritizal, continuou carpindo sua mágoa sem remédio.

Por anos, Athos, meu pai, amou Isabel, mamãe, sempre de longe. Olhando, sem poder chegar-se a ela. Ela, decerto, adivinhava o amor do seresteiro que amanhecia na esquina, enchendo a noite com os trinados de seu bandolim. Só se viam, suponho, nas noites de lua cheia. Ele debaixo da mangueira da esquina. Ela, da janela, atrás da gelosia.

Um dia, quem sabe como, se falaram. Suponho que na missa domingueira. Vó soube, proibiu terminantemente. Era inimaginável o casamento da filha única e rica da senhora dona Coló Quiroga de Sá com o boêmio, seresteiro, forasteiro. Mãe se fechou, anos, em seu amor. Sem dizer palavra em casa, não falava nem com vó. Só falou, quando, desesperada, vovó Coló consentiu no casamento.

Casaram-se logo, sem a festa que correspondia. Pai foi morar com mãe na casa de minha avó. Que jeito? Ressabiados decerto, mas felizes. Ele ia de manhã, a cavalo, para o emprego de guarda-livros, ofício que herdou do pai. Voltava para o jantar, os dois sós iam pro quarto. Viveram sempre nesse apego.

Com um ano de casados, nasceu Nininha, que reconciliou, mal e mal, os dois com vovó Coló. Quatro anos depois, vim eu, desastrado, matando minha mãe para nascer. Morreu no quarto de seus amores. Morreu de dores, comigo atravessado na barriga. Gastei as energias dela por uma noite e um dia. Afinal, nasci quando mamãe morria.

Meu pai, suponho, nem me viu. Só tinha olhos, o pobre, para o corpo morto de mãe, sendo lavado pela parteira para o sepultamento.

Se senti falta de mãe? Decerto senti, sou sentimental. Nada comparável com Vera, que ficou órfã figadal, pulando corda no quintal, com a mãe morta exposta na sala de visitas. Só de desespero.

Eu fiquei só diante da vida. E todas as coisas me assustaram.

Emílio Moura

ELOÁ

Vivo no vazio, banzando. Não escrevo há dias. Há dias não faço nada, nem a rotina de ler e escutar, livros e músicas. Só faço é comer e beber, andar pela casa e pelo quintal, zanzar. Zeca está fora, na farra. Nora, de férias, anda e desanda como eu, pela casa e pelo quintal. Acho que aflita.

– Não – diz ela me tranquilizando. – Estaria até contente com essa folga da escola e do Zeca.

Falamos aos trancos, no almoço, ou quando ela me traz alguma coisa aqui, sem nunca nos estendermos em conversa espichada. Ela diz coisas breves, oblíquas, eu comento e nos calamos. Nessas falas resumidas, fiquei sabendo de novidades. A maior delas é que Nora gosta de Zeca. Ainda gosta. Não tanto quanto gostava.

– Casamento – disse eu – é que é ruim. Não há amor que aguente a rotina matrimonial. Toda paixão carnal se congela na irmandade, quase incestuosa.

Surpreendi-me muito de ouvi-la dizer que teme muito ser largada pelo Zeca, ter de voltar pra casa. Quase disse que não está condenada a voltar, mas me contive. Briga de marido e mulher é rusga que se recompõe na cama. Não há nada, hoje, que eu queira mais na vida que esse convívio morno aqui de casa com Nora. Zeca, o besta, casou foi para mim. Eu é que desfruto desta vida doméstica, a dois, com minha Nora.

Quero ambos os dois aqui. Essa é a única forma de tê-la aí, filial, me cuidando, carinhosa. Inventei até uma teoria da concupiscência para consolar Nora das infidelidades de Zeca.

– Seu marido tem a inocência de um pagão, Nora. Zeca não tem noção ética de gozo ou de luxúria: come comida ou come gente, gozoso. Inocente.

– Pagã, assim, queria eu ser – disse ela.

– Cuidado, Nora, você tenta o que tentou Eloá: a impossível sedução do demônio.

Tirae os olhos de mim,
[...]
Que me estais namorando.

Gil Vicente

Tudo isso foram coisas de mais uma manhã tranquila. Agora à tarde a vida encarpelou. Mila passou aqui por casa, espavorida como sempre.

Mal falou comigo. Chegou, me saudou, largou as crianças no quintal, recomendando que não me atentassem, e se foi. Está de mudança pra Belo Horizonte. Veio assinar uns papéis no cartório, passando para seu nome a fazenda do ex-marido.

Assinou, voltou, pegou os filhos e se mandou. Nem quis esperar o jantar. Eu também não insisti.

Como será meu convívio com essa minha filha que volta a viver na cidade? Pelo jeito se vê que ela não é de agarramentos filiais. Eu, menos ainda, de apegos paternais. Minha fé de avô também é parca.

Não troquei palavra com meus netos nem eles comigo. Mas passei a tarde incomodado, sem olhar para as janelas dos fundos, porque sabia que os dois estavam lá, me olhando. Uma hora me senti culpado e, vendo inocência neles, me cheguei, chamei os dois, dei umas balas; passei, ríspido, a mão nas carapinhas deles e os mandei de volta, brincar. Eles se chamam, creio eu, Jamil e Jonas, nomes dos outros dois avós. Só faltava se chamarem Athos e Quincas.

DOM

Minhas janelas, dois quadrados de luz e céu, são cortadas a cada instante pelo voo das andorinhas. Não fossem elas eu nem veria o azul do céu. Vendo-as, me apossei desses dois quadros meus que tenho aí, sempre tive, à minha frente, invisíveis.

Até hoje só tive olhos para ver daqui as frondes de verdor dos arvoredos: as mangueiras, o cajueiro, o umbu, as bananeiras ou, chegando junto, os troncos saindo do chão, as galinhas ciscando embaixo. Via, sobretudo, a Vazinha, me olhando da janela. Essa é a cena melhor do meu cinema caseiro.

Gostei tanto de ganhar esses quadrados meus de luz e céu, que hoje comentei sua beleza com o bispo Dom Cortez, que veio aqui de visita. Besteira minha, falar disso. O reverendíssimo se agarrou no assunto para comentar e louvar, sábio e pio, meus olhos capazes de ver as maravilhas do mundo. Por aí se meteu, querendo invadir minha consciência com citações de sua bíblia de missal.

Esse bispo é, sem qualquer dúvida, o mais eminente funcionário de Deus aqui nas Minas. Não hierarquicamente – porque estas são altitudes do santo Cardeal, que não fala com ninguém –, mas efetivamente. Dom Cortez sabe de tudo e se mete em tudo. É o bedelho mais enxerido daqui.

Entra nos assuntos íntimos de qualquer um, sem nenhuma cerimônia. Fala sempre como se fosse o consultor-geral de Deus e o conselheiro augusto do Cardeal, em cujos nomes pastoreia e patrulha todos os mineiros. A mim, me enche o saco. Sua figura magra, sua secura que, de pé, na sotaina apertada, fica ainda mais magra, é a imagem da santidade oficial. Sua economia de gestos, só de braços e mãos – parcos mas cortantes, como se eles fossem facões –, é impressionante. Sua carne enxuta, sua barba feita – tão bem-feita que a fará duas, três vezes ao dia –, todo ele é sobriedade estudada. Quando fala se torna sabedoria ríspida.

– Então, professor Ageu, o senhor se vangloria de não crer? Besta demais, eu entrei em explicações, dizendo que não me envaideço porra nenhuma. Meu negócio com Deus é pau a pau. Ele não me dá fé, eu não dou bola a Ele. Claro que não falei assim. Quisera.

O danado do bispão, sentado à minha frente, de pernas cruzadas – muito bem-vestidas de calça preta, listrada, saindo fora da sotaina que ele abriu para sentar –, me olhava. Era todo um juiz. Eu só perguntava: entre as pernas, ele terá uma pica? Indagava: ativa?

– O senhor é que é feliz, reverendíssimo, servido de tanta fé.

– Deus seja louvado – disse, caindo em si de sua suficiência insuportável.

Visita ruim a dessa eminência. Aparentemente vem me ver em pura visita de cortesia – anunciada antes pelo telefone –, visita pastoral que faz ao louvado escritor, como diz ele, ao intelectual eminente. Na verdade, me vê como sua ovelha, ou melhor, como o bode de seu rebanho. Vá à merda, senhor bispo. Vá à mais santa merda. Mas vá!

VIDA

Há quem curta tristeza. Carlos acha até que mineiro gosta mesmo é de puxar angústia:

E o hábito de sofrer, que tanto me diverte,
é doce herança itabirana.

Carlos Drummond de Andrade

Eu não, gosto é das alegrias. Sem espalhafato, é verdade. Discretas, se possível. Até secretas. Nelas mergulho contente de mim, olhos abertos para as belezas do mundo.

A feiura há, existe, demasiada até. Prefiro não vê-la. Para mim, são imperfeições do real que, por natureza, é belo. Umas vezes, de um belo forte demais que espanta pela forma e pela catinga, mas a seu modo encanta: cactos e açucenas. Outras vezes, de um feio necessário, no trânsito de uma beleza à outra: estrume e flor.

A propósito de que caí nesta lenga-lenga? Nada. Nonada, diria Rosa, só o gosto de palavrear enredado. Qual! Nada é gratuito neste mundo. Esses timbres altos – e a bola morna no peito – me vêm é quando estou em paz com o mundo. Amando ou, ao menos, sendo acarinhado.

Que será hoje? A magnólia cheirosa, a comidinha boa de doente que Nora me trouxe e comi aqui, olhando para ela. Sentindo o cheiro dela; doce, acre, bichal. Pensar que Nora é vertebrada, mamífera, primata. E é! Ela sua, menstrua, caga, tosse, espirra. Como você, minha leitora querida. Tal e qual!

Está escuro. Entardeceu. De repente o céu se encheu de nuvens negras e eu nem vi. Um dia mais vivido aqui entre quatro paredes. Tranquilo. Dia perdido? Achado, digo eu, ganho, na santa paz de meu morno sem que fazer.

Tenho a vida que quero e mereço, sem novidades maiores, rotineira. Duras dores ou felicidades álacres são grandezas instantâneas, igualmente ruins. Bom é ir comendo assim a carne da vida, devagar, enquanto dura.

Assim vou levando a vida, sem estridências. Sou o que quero ser, escritor de livros legíveis, sem maiores pretensões artísticas ou poéticas. Escrevo é para entreter você. No máximo comover, jamais me impor, exemplar, persuadir, convencer. Para tanto precisava ter certezas, convicções, que não tenho. Oco, nenhuma fé me ilumina. Os méritos a que aspiro são os do artesão que faz uma boa cadeira confiável. Não os do cura virtuoso, que prega; nem os do político, que perora.

Me leia confiante. Atrás destas frases minhas se desdobrando a seus olhos, está uma pessoazinha igual a você. Meio perplexa, mas confiante, sorridente, confiável. Meu defeito é ser meio trapalhão, contraditório e inconstante. Tome qualquer afirmação minha como provisória. Não tenho compromisso com minhas ideias. Quando uma descola, jogo fora; apanho outra, como faço com cueca usada. Comprar minhas ideias descartáveis seria como comprar minhas cuecas velhas. Faça isso não.

SEXO

Minha lembrança mais antiga de mim me devolve na figura de um menino sujo, nariz escorrendo, que ele limpa no braço nu, para Nininha não ver. O cabelo de palha, em penacho, sobre a testa. Um pé descalço com um dedo estropiado enrolado num pano sujo. Grandes olhos pretos, vivos. Banguela, boca fina, fechada para esconder a janela. Será recordação mesmo ou recomposição, posterior, a partir de alguma fotografia? Sei lá. Outras imagens assim me ocorrem. Eu me vejo menino de dez, doze anos, mas aí já sei com certeza que são retratos dos que Nininha guarda num álbum grande, de couro, cheio de mim.

Daqueles meus passos, primeiros, minha memória registra quantidade de tolices. O gosto que me dava colecionar palavras que tremiam na minha boca: arco-íris, labareda, libélula, calmaria, solfejo, nexo, sexo. Sexo aprendi com uma tia: nexo nunca soube o que era. Perguntando, a tia Nonó explicava:

– Sexo é sexo, ora. Você é do sexo masculino, é homem. Eu, do feminino, mulher. É como touro e vaca.

– Já sei, tia, macho e fêmea. Mas qual deles é sexo?

Recordo também algumas sensações perdidas, principalmente a de gastura, que me dava muito. Assim se chamava um mal-estar esquisito nos dentes, que de repente ficavam sensíveis demais, coçando. Outra sensação era a de pé-de-galinha, que me dava não sei por que, provocando erupções na pele que se enroscava. Uma perna inteira, por vezes, ou parte apenas. Um braço que se eriçava, às vezes só a mão. Meus talentos apreciados pela meninada eram balançar as orelhas, ambas, abanando, sem tocar nelas; estalar os dedos, dobrando as falanges com ruídos secos de quem quebra graveto. Nunca consegui foi ficar de cabelo em pé, por gosto, como fazia Zé Melo. Também não sabia enrubescer, como Nininha, ou levantar um por um, cada um dos dedos do pé, outro talento dela.

O que gosto muito de lembrar daqueles tempos é das feiras de Mangueiral. Eu, menino, com medo, andando ali entre bichos e gentes, ao redor do mercado. Vendo a gente matuta, escura, saída daqueles fundos. Muito cavalo de sela, muito jumento cargueiro, muita bruaca, muito pote vermelho, muita mercadoria para vender. O amarelo vivo e o cheiro impossível das montanhas de piquis. Os cestos de mangabas doces, macias. Os cachos de coquinho azedo. Beiju, tapioca.

Uns homens barbados, ressequidos, se olhando, calados. Umas mulheres encarquilhadas, saias longas, peitos de fora, amamentando crias. Moças virgens já banguelas, desgrenhadas, peitos de cabras furando cabeçotes.

Humilde gente minha das grotas, das brenhas, vinda para a hora das alegrias de mercar. Aquela trouxe uma leitoa; aquele, duas peruas. Ela quer levar remédio pra filha que não menstrua e dói. Ele veio comprar querosene para a candeia. As moças procuram homens que as roubem e levem pra algum lugar. Um velho manca, mostrando e escondendo seu rico dinheiro com medo de ladrões malvados, de meganhas desgraçados, desgraçadores.

Havia na feira até uma quadra de mendigos pedindo esmolas de cuia de farinha e de feijão. Um deles trazia a sua riqueza no ombro, uma araponga branca com o timbre de imensa bigorna, que não vendia nem dava. Só para ela vivia, esmolava.

Também é bom de lembrar o banho de rio. A meninada pelada, saltando, espadanando, nadando cachorrinho, correndo, brigando. Uma vez chegou alguém dizendo que ali, logo abaixo, tinha uma dona tomando banho, nuinha. Fomos todos ver, desabalados. Era mentira, não tinha dona nua nenhuma, não. Aquela nudez primeva que não havia e que eu não vi é hoje tão viva ou mais que todas as que, depois, tanto vi.

Foi meu primeiro alumbramento

Manuel Bandeira

Ser rapaz para mim no Mangueiral não foi fácil. Nunca fui de bailes nem serenatas. Quase não namorei. Putanhei muito, desde cedo, orgulhoso de mim. Nininha, contente com o irmão que não ia a bailes, que vivia para ler. Mal sabia, inocente, onde eu andava.

Moças, namoradas minhas de Belo Horizonte, tive diversas. Algumas, aceitando meu jogo duplo, correspondiam, regateiras, se guardando. Queriam intocada a virgindade, cancela de se casar. Casar! Assim foi, até que topei com Stela, aurora de meus amores. Depois dela, veio Vilma, crepuscular.

Também aqui em Belô continuei trotando nos mesmos hábitos de putear. Comendo putas na rua Guaicurus, mais caras, muito, que as de lá. Mais baratas, muito mais e muito mais doces, que as putas caras da Lapa. Ou, pelo menos, aquela única que eu, querendo comer, me fodeu quando fui conhecer o Rio.

Daquela visita ao Rio, lembro-me bem do mar: o mar! Dessa puta faceira, de uma conferência que ouvi na igreja positivista e de um poeta. Atravessamos a noite bebendo cerveja, ouvindo seus versos que ele dizia, pausado. Guardei esse noturno dos tês...

Ó procelárias, eu quisera vê-las,
Asas abertas para um céu de estio
tontas de tanta luz pelas estrelas

Pereira da Silva

NORA

Vamos mergulhar agora nesta falsa Nora. Quero ler o miolo dela. Fale, Nora. Qual é a sua, mulher? Fale.

– Seu Gê? Acho até simpaticão, todo mundo se impressiona com ele. Eu não! Zeca, então, se estufa de orgulho. Que será que papai e mamãe pensarão do velho Gê? Só tinham se visto na cerimônia do casamento civil. Mamãe até reclamou, na época, que ele parecia claro demais pra pai do Zeca. Não estiquei o assunto. Meus velhos gostaram do ajantarado e da casa. Gostaram dele também, até demais. Queriam é voltar. Isso eu vi na cara deles. Isso vejo. Gostam mesmo é de almoçar com o homem importante. Saíram daqui comentando o almoço, alvoroçados. Papai, na loja; mamãe, na vizinhança. Quem não gosta de se dar, de ser meio parente do professor Ageu Rigueira? Até eu gosto de dizer que sou a nora dele. Que é isso comigo? Hoje só quero pensar sacanagem. Eu não sou disso não. Nem quando solteira. Mentira! Pensar, pensava demais. Nunca fui de chamegar, nunca tive namorado de agarrações, nem sei bem como é. Deve ser bom demais, Deus me guarde, eu pensava. Meu namoro mais demorado foi com o professor Xisto, do Instituto. Anos flertei de longe com ele, para ele fiz meus melhores exercícios. Ele rindo, empertigado. Não sei se de mim. Não sei se pra mim. Saber, de certo, ele sabia, via em mim a adoração que eu não escondia. Gostar, talvez gostasse, não tinha é coragem de me animar. O único toque que me deu foi o aperto de mão na festa da despedida e o beijo na minha bochecha, que fiz resvalar para a boca. Daquele beijo roubado, instantâneo, me ficou por muito tempo, a coceira do bigode eriçado e o sarro forte de cigarro. Durante aquele ano e depois, por muito tempo mais, com os folhetins de Zéfiro que Lucélia me emprestava e com a imagem do Xisto na cabeça, eu animei minhas longas noites brancas. Vivi as orgias mais safadas, fodendo com ele de todos os modos e jeitos, sobretudo os mais brutais. Imaginando, eu e Xisto fizemos até bacanais. Eu, levando uma colega. Ele, um cúmplice, professor. Virgindade burra aquela minha, tão pura como impura. Meu grelo grande, que Zeca gaba tanto, cresceu foi naquelas noites sem conta, me tocando, com Xisto no pensamento. Antes disso, foi aquela minha longa infância, pura demais, vigiada também demais. Tanto que nem gosto de lembrar. Não gosto? Até que gosto. Cresci pedindo a Deus que me livrasse de todo mal, amém. Todo o mal, mamãe dizia, era a sem-vergonhice. E não acrescentava nada mais, eu adivinhava vagamente. É preciso cobrir as coxas. É preciso não mostrar as calcinhas. É preciso não rebolar. É preciso ter recato. Sobretudo, é preciso não fazer indecências. Quais? Não pode isso. Aquilo não pode. Cuidado! Você é uma menina, respeito. A certa altura descobri, meio apavorada, que carregava comigo, entre as pernas, a coisa suja, a fonte de todas as indecências. Desde então comecei a tocar na coisa pelo prazer que ela me dava; primeiro tocava levemente, depois fortemente. Brincando com minhas primas, na casa delas, nos acariciando, nos abraçávamos e nos beijávamos, como se faz com gato e cachorro de estimação. Assim, fui descobrindo outras zonas ilumináveis de mim, capazes de acender. A nuca, as palmas das mãos, as coxas, a passagem da barriga para a virilha, o monte da vulva, os beiços. Com essas descobertas, aprendi a ter um medo apavorado de todo menino. Sabia que um toque deles valia mais que mil abraços e beijos das meninas. Sentia, desejava, queria. Mas sabia muito bem que eles eram a fonte de todo o mal, amém. Eram a perdição. Podiam me causar danos irreparáveis. Podiam me fazer sangrar. Podiam até me matar de vergonha. O pavor mais medonho era de que me acontecesse o que eu via suceder com os cachorros e cachorras que trepam e ficam atrelados um no outro. Seria um horror. Nem pensava em gravidez. Tinha certeza de que menina e moça solteira não parem, só mulher casada. Assim fui me descobrindo, me iluminando, com gozo e com receio, até aquele dia, do pavor pavoroso. Um empregado da loja foi lá em casa entregar uma encomenda e me acompanhou até a despensa. Lá, inesperadamente, me agarrou, eu tinha onze anos. Arrancou minha calcinha e, tremendo e babando e tapando minha boca, tirou a pica, encostou em mim e forçou duro para aquilo tudo entrar em mim. Graças a Deus, ouviu-se a voz da minha mãe entrando na cozinha e ele saiu, ligeiro. Eu fiquei lá na despensa, estatelada, sem calça, um tempão. Não podia nem fechar os olhos. Assombrada. Eu tinha culpa também naquilo, achava eu. Tanta, que nunca contei nada. Passei foi a ter mais pavor ainda dos homens. Agora sabia, concretamente, do perigo, tinha visto o que devia temer: o caralho. Entre esses homens estava meu pai. Eu sentia, como um fogo, os olhos dele me olhando, vendo meus seios crescerem, fixando-se nas minhas coxas roliças, se o vestido levantava por um instante. Fechei-me ainda mais em mim, até deixei de me tocar. Tudo era proibido: *O primeiro foi meu pai, o segundo meu irmão, o terceiro...* (Folclore). Por que diabos esse refrão não me sai da cabeça? Eu sei bem por quê. A primeira pica que encostou em mim foi a de pai. Meninota, ele me sentou no colo, junto da janela, onde toda a família olhava o corso. Os carros passavam enlaçados de serpentina, cheios de foliões, jogando confetes, esguichando lança-perfume, rindo, cantando. Eu estava naquele encantamento quando senti duro, debaixo da minha bunda, o pai, o pau de papai. Saltei longe, fui me encostar em mãe. Desde então, nos conhecemos nós dois, nos olhamos de longe, nos sabemos. Não há inocência. Somos todos culpados. Comecei aí minha longa espera de que, afinal, corresse meu sangue menstrual. Minhas amigas todas, minhas primas todas já sangravam, eu não. Custei muito. Meu primeiro incômodo só veio aos quinze anos. Copioso, estagnado, fétido. Eu, sabendo que tinha que contar à mãe, tinha que mostrar a ela, tinha que pedir ajuda dela, mas com medo. Medo de quê? De tudo e de nada. Se ela me dissesse que eu tinha sido desvirginada, eu acreditava, não saberia como. Nos meus sonhos, nos meus toques, no empurrão daquele homem lá na despensa. Sei lá, tudo temia, tudo.

NECRO

Esses meus amigos, que só praticam o gênero literário da conversa, morrem de curiosidade sobre meu livro novo: este. Sabem que estou escrevendo. Perguntam. Eu desconverso. Nunca mostrei uma página, nem vou mostrar. Nem mesmo falo dos temas versados ou por versar aqui – e eu lá sei quais são, quais serão? – Uns veem meu silêncio como desprezo – Stela –, outros como egoísmo – Canuto. Novidadeiro de ofício, ele se frustra demais. O que gostaria é de sair por aí contando meu romance, inédito e nem escrito. – Eu gozo. Gozo eles dois.

Não posso é maltratá-los demais. Um deles escreverá meu necrológio para o *Jornal de Minas*. O outro para o *Estado de Minas*. Que dirão? Foi um homem honrado. Ora essa, e daí? Bom escritor. Têm mesmo ambos de dizer. Professor admirável? Jamais diriam isso de mim. E o que é que me importa a mim, póstumo, morto, sepultado, o que essas bestas digam? Não serei mais eu nem nada.

Quando a indesejada das gentes chegar

Manuel Bandeira

Meus livros é que continuarão aí falando interminavelmente de mim, por mim, se é que duram. Serei julgado pelas dicas de meus personagens. É justo? Pus neles muitos eus meus, melhores que eu, piores que eu. Mas lá pus também gentes opostas em tudo a mim, gentes nas quais demonstrei o meu desprezo pelos papéis que encarnam na vida. De fato, nenhum deles sou eu, Ageu.

Quem sou eu? Alguém dirá que fui feliz? Quem ousará? Quem negará? Nem eu sei. Sei só que meu talento para a infelicidade é parco. Para a felicidade, idem. Gozo meu gozo, discreto. Curto minhas dores, calado. Nessa gangorra, balancei a vida inteira, me equilibrando. Somatória: zero.

O certo é que me preocupo, mais do que devia, com o que os outros pensam e pensarão de mim. Fraqueza. Gostaria de ser como o Elmano, que não dá bola para julgamento alheio. Será que não dá? Comeu Stela mocinha, o puto. Antes e depois comeu muitíssimas, principalmente meninotas. Safado! Essa é a fama ruim e boa que ganhou. Merecida? Acho mesmo que, implacável, comeu inumeráveis. Só me dá inveja. A crônica de Elmano relatada por Canuto é diabólica. Aliás, Canuto não sabe do caso de Stela com Elmano. Por mim jamais saberá. Pode é supor, porque todos falam dele como tendo traçado quanta moça tesuda e dadeira floresceu nessas Minas.

Livro maldizente este meu, não é mesmo? Mas de mim você verá que não falo. Entrego é quem a mim se achega confiante. Tenho é que me cuidar. Disfarçar mais, para que isto seja publicável. Não me esqueço do velho Frieiro.

Canuto caiu aqui, de repente, trazendo novidades das suas. Hoje foi a notícia do lançamento da pedra fundamental de um monumento monumentalíssimo que vão erigir a não sei o que, não sei pra que nem sei onde, aqui em Belô.

Canuto afirma que será coisa grandiosíssima. Um Moloc de concreto, diz ele, frente ao qual o Cristo Redentor carioca será um jesuscristinho miudinho. Nós, mineiros, estamos ficando novidadeiros. A novidade maior, no caso, é o mistério que cerca o tal trem. Trenzão.

NONADA

Nora entrou aqui, sorriu e me perguntou sobre o que estou escrevendo. Sobre o que é mesmo? Nada. Nonada. Aqui relato meu viver disperso. O bom da vida vivida, peneirado, vá lá que, desfrutado, eu delate. Mas falar do pombo que esvoaçou para além da janela. Por quê? Reconstituir na mente e aqui, em palavras, um a um os pontos da linha que ele compôs ocupando, movente, seu lugar no espaço? Para quê? Lá se foi ele. Nada ficou. Ou só ficou a lembrança, pouco mais que nada.

Importará mais saber, dizer, que não botamos ovos nem chocamos? Qual! Só importa mesmo registrar que tenho os olhos com que vi, a alma com que senti o frêmito de seu voo instantâneo. Em resumo, um homem só, aqui, à falta de melhor, olha seu mundinho e se descreve. Noves fora: nada.

– Viu, Nora? Nada! Nonada.

Sobre nada é que escrevo. O tudo, oposto a este nada, é a punção que, hoje, me lanceia: Minas. Sonho, quem não sonha? Sonho outra patrinha mineira, brasileira, aquela que pode ser. Há de ser: madrinha. O diabo é que ela não será feita de palavras, que é meu tijolo; nem de sonhos, que é meu cimento. Se fará de atos, fortes atos, que reneguem este mundo de pobres verdades e tristes mentiras misturadas. Que sobre o caos dele construa outro mundo, de fortes, belas verdades. Um mundo sem tantos donos, de todos participado.

Minhas saudades mais fundas são dos meus idos. Mas sofro também saudades dos tempos que hão de vir, do futuro que esperei a vida inteira em vão, que ainda espero e não chega, e não vem. Não vem, não. Mas há de vir, há de ser. Não falo de tempos felizes nem de utopias, falo da trama solidária que aqui e agora se podia urdir. A lã cardada aí está, em fios de todas as cores, à espera. Basta tecer.

Com este meu povo mineiro, de tantas façanhas passadas, alguma coisa hoje se pode fazer? Vamos fazer! Pobre, bravo, forte, fraco, povo meu, dependurado sobre escarpas e abismos, em cima de morrarias abruptas, no fundo das minas mais fundas, se acabando pro mundo ficar tal qual. Eles não gostam qu'eu sei. Eles não querem, tenho certeza. Queriam é seus braços dar a outra sorte, mas não dá. Trabalhar é preciso para comer e viver, aqui e agora, enquanto o patrão enrica e castiga.

Tanta terra, tanta mata, tanta gente com vontade de plantar e só dá nisso que aí está. Nesse gentio famélico de menininhas vinteaneiras caindo na velhice; de homens desenganados, gesticulando, vazios; de mulheres trepando, aflitas, se perguntando, pra quê? E respondendo: pra nada! Pra nada! Pra nada!

O mundo não tem remédio...
Os suicidas tinham razão.

Carlos Drummond de Andrade

ALCOVA

Vem a mim, agora, nítida, a brancura de cal da alcova alva de Nininha. Quatro paredes caiadas, altas. Uma porta de bandeira. Janela nenhuma. Lá vive, sempre viveu, minha Nininha, sua vida tão atenta a mim, de si tão distraída. Posso ver hoje, dentro de mim, que é ali e só ali, onde ela existe, que eu existo, persisto. Aquela Nininha, minha irmã menininha de toda noite, de tantas noites, de tantos meses, de tantos anos da vida inteira.

Nininha gosta de dormir sem colchão, sobre o couro cru esticado no catre. De dia, sentávamos lá, lendo na penumbra, conversando, rindo. De noite, ali era o espaço de Nininha. Só dormia depois que eu ia, me despedia. Sempre a encontrei sentada, de camisola, abraçando os joelhos com os dois braços, balançando os pés suspensos sobre os calcanhares finos. Eu abraçava a cabeça dela, de Nininha, e me ia.

– Boa noite, bem, sonha bonito. Sonha comigo.

– Gê, meu bem-querê. Toda noite sonho com'cê, Gê.

Naqueles altos tempos meus de sair à noite, eu já não era todo de Nininha. Há tempos que eu não era. Ela já não me despia nem me vestia. Levei anos para conquistar essa autonomia. Envergonhado, não consentia que Nininha me desse banho. Ainda assim, ela insistia, entrava, raspava os coscorões atrás de minha orelha, esfregava meus pés com bucha, ralhava doce e se ia. Afinal, aceitou meu recato. Não entrou mais.

Nininha e eu uma vez dormimos juntos, muito abraçados. Não vou esquecer jamais. Foi na noite da morte de vó, na cama grande em que ela sofreu e morreu. Fugíamos das gentes, tantas, que velavam a defunta, falando, comendo, bebendo, enchendo a casa toda. Não me esquecerei nunca, nem quero esquecer jamais, daquela noite de orfandade, mais minha que de Nininha. Sepultada vovó Coló, Nininha me assumiu inteiro. Nininha, moça feita, era minha mãe menininha. Mãezinha do rapazote, filho único dela. Órfãos nós dois de mamãe e de Coló.

Procuro no fundo de mim recordos dos tempos que vieram depois, mas não me vem nada. Só eu crescendo sempre mais e mais, sempre mais que Nininha. Lembro também de Alina, a moça doida lá de casa, que um dia fez um escândalo gritando para Nininha que eu estava de pau duro debaixo da calça. A mesma Alina que me tocava bolinante, me dava banho beijando, estalante, minhas partes.

Eu caindo na vida e ela, Nininha, lá, esperando no catre, aquele abraço da boca da noite. Tantas vezes saí da alcova de Nininha para a bandalha, com enorme sentimento de culpa. Nininha calada, lá ficava. Lá ficou a vida toda, sempre calada: à toa, à toa, na sua alcova branca, branca.

Hermano, hoy estoy en el poyo de la casa

César Vallejo

CALEI

Sou uma máquina de pensar. Sou, sofro ser. Tiro dela o gozo que me pode dar. Comando, quase sempre, essa minha máquina, quero dizer, a mim, a minha mente. Quando quero recordar passados, me abro e eles me vêm desordenados, inesperados, surpreendentes. Mas sempre enredados em sequências de cenas significantes. Eu recuso uma, recuso outra, pego alguma, aprofundo, escarafuncho.

Nestes últimos dias, entretanto, no esforço de recordar passados, por alguma razão que ignoro, se desencadeou em mim um fluxo lateral de imagens inesperadas que fogem ao meu comando. Não me impedem de pensar. Posso pensar no que quiser, elas ficam aí se ascendendo e se esfumando dentro de mim. Acordado, passo horas vendo desfilar essas imagens. Dormindo também, suponho, o projetor que pisca-pisca dentro de mim não para de piscar. Comendo, trabalhando, não fazendo nada, em silêncio, falando, ele permanece aí, operando. Meu projetor íntimo, acendendo e apagando dentro do espaço de meu cérebro, apenas deixa espaço a meu espírito para dirigir a mão com que tomo a sopa ou para as meias respostas a quem puxa conversa comigo. Meu sono é um sonho sem fim dessas imagens que não impedem, aliás, outros sonhos de serem sonhados também.

Que é isso, afinal? É tudo e não é nada. É mais um sentimento de espanto diante do jorro de mil visões sucessivas do que uma ideia dizível. É simples ideia, eu sei, porque é mental e não corresponde a coisas. Mas reproduz, desenha, configura animais, coisas sidas, não sidas, existentes, inexistentes ou por vir a ser. Tudo me vem sem sequência, uma imagem não tem nada a ver com outra; surge, se apaga e surge outra nova, sem nenhuma conexão inteligível para mim.

Tudo isso parece mais projetado de fora de mim para dentro de mim do que produto de algum metabolismo interno que pulse dentro de minha caixola. Agora mesmo, neste justo momento, é – era – um ser feito de um olho de boi arrancado vivo, olhando dentro de um cubo perfeito. Olhando para quem? Olhando o quê? Olhando pra quê? Sei lá. Esplendeu e sumiu. Agora, quero dizer, depois, foi uma teia de aranha, onde ela, a aranha, estava agarrada, tremendo o coto de onde a bunda foi arrancada. Por quem? Por quê? Não sei. Depois, agora, não, é impossível seguir esta sequência louca, interminável, instantânea.

Só tem uma constante. Além de sucederem-se como imagens visuais vivíssimas, são sempre absolutamente insensatas. Será mesmo? Ou haverá algum senso oculto que não alcanço compreender? Outra singularidade é a de não serem ideias minhas. Elas se iluminam, se apagam, se sucedem na minha mente, como as imagens de uma tela de cinema, vindas de fora de mim. Se não fosse assim, eu é que seria insensato, louco, tresloucando. Não sou, nem estou. Tanto que posso pensar e até escrever enquanto elas se sucedem na sua loucura atropelada.

A última, penúltima, derradeira, mas já passada e ultrapassada, era de uma escada – holandesa? – que se construía a si mesma, um degrau saindo do outro e a balaustrada se estirando, mas invertida de cabeça para baixo, ou para cima, indo e vindo de lugar nenhum para nenhum lugar. Que é isso? A novidade dessa imagem é que era mais movente que as outras. Assim sucede algumas vezes; habitualmente a imagem é instantânea.

Será uma parte de minha mente que desencadeia essas imagens, tão nítidas e concretas como irracionais e absurdas? Não? Sim? Sei não. Sei apenas de saber certo que eu sou o aparelho de não sei o que, ou quem, que se serve de mim para essa insensatez. Fiz tudo e faço agora tudo, neste momento, para apagar esse mecanismo, livrar-me desse encargo sinistro, mas não posso.

Agora, ou ainda há pouco, era um livro aberto com palavras que surgiam e se apagavam, na forma de frases, se dizendo a si mesmas, num sussurro. Quando parei de escrever isto aqui para prestar atenção no que poderia significar, o livro esvaneceu.

Não vou, não quero, nem poderia se quisesse, escrever aqui toda essa fantasmagoria inumerável e desenfreada que se esvazia enchendo minha cabeça. Ela nem mesmo me assusta, o que é surpreendente. Fica na área do pensamento, não afeta o sentimento. Senão para essa indagação angustiada: que é isto?

Não creio em sobrenatural e até desejo que não exista, mas isso aí existe e, se existe de alguma forma, é natural ou deve ser. Há de ser natural. Talvez seja como uma doença que produzisse um desarranjo nos sentidos, tal como uma buzina de auto que se põe a buzinar enlouquecida, ou como uma lâmpada que se põe a piscar até queimar.

Não tenho qualquer poder sobre essa imagineria. A não ser pela preocupação de entendê-la, ela não me cansa. Poderia viver uma vida inteira – claro que não gostaria – com esse apaga-acende de imagens dentro de mim. Tal como vivo com meu ouvido apagado, enquanto durmo, ou com os meus olhos de ver só quando eu abro o olho. O ouvido às vezes zumbe, os olhos dão alumbramentos, mas é diferente, nenhum deles forma imagens pintadas perfeitas.

Vai passar isto? Aí está, assim, na mesma intensidade, desde quinta-feira de tarde, há dias. Virei um caleidoscópio. Sei, de algum modo, que prossegue mesmo quando estou dormindo. Gostaria, às vezes, de reter algumas dessas imagens, as mais lindas e fortes, para reproduzi-las, quem sabe em pintura. Seriam belas por sua extraordinária expressividade. Mas qual! Mal percebo que uma me interessa e ela já se foi e mal pode ser lembrada genericamente, referida, sem nada do viço, da beleza formal, vitral, que tinha, se acendeu e se apagou.

Que é isto? Vai passar? Falei do assunto com Canuto que veio aqui me ver. Superficialmente, para não assustá-lo nem dar lugar a falatórios pela cidade. Ele só comentou que há de ser cansaço, por usar demais a cabeça.

– Você nem anda, nem passeia mais, não visita ninguém, nem ao cinema vai. É seu cinema. – Argumentei que não será com ginástica, andando ou correndo que apago esse meu caleidoscópio. Canuto, sem jeito de dizê-lo francamente, lembrou que coisa parecida ele só ouviu falar de uma tal tabe, a derradeira e pior fase da sífilis.

– Que sífilis, Canuto? T'esconjuro. Tabe assusta demais o doente. Alucina. O que tenho são deslumbramentos espontâneos, visuais, instantâneos, variadíssimos. Esplendorosos.

Ele quis continuar falando do tema, ouvindo exemplos, e eu me furtei. Sou lá de me entregar? Enquanto falávamos, minha máquina de fazer imagens trabalhava frenética. Ela não me incomoda, quase. Me aterra é a ideia de que Canuto saia por aí descrevendo minhas alucinações. Mal pude servir a cachacinha nossa, que gosto de tomar com ele, que ele detesta mas toma para me acompanhar. Só me preocupava naquela hora era dizer a ele, concordante, que isso decerto será cansaço mesmo e vai passar.

– Aqui entre nós – disse a ele – nem me incomoda, só me deixa frustrado pela vontade de comandar o fluxo da imaginação, concatená-lo em algum rumo. Acrescentei que minha obsessão maior é de recordar e, quem sabe, fixar passados soterrados no fundo da memória que me estão saindo assim.

Canuto se aquietou, achando, talvez, que é literatice minha ou, quem sabe, talento de imaginação visual destrambelhada. Aqui entre nós, o fluxo é miraculoso. Se minha inspiração tivesse um milésimo do vigor dessa fábrica de imagens soltas, instantâneas, eu poderia escrever livros incomparáveis.

RINHA

Sou um animal doméstico. Enclaustrado aqui nesta casa, recebo as pessoas poucas que o destino jogou em cima de mim. Zeca, bicho doméstico meu, nem conta: a cavalo dado, et cetera. Nora não é uma estranha. Casou-se com ele e mudou-se para cá, como se isso fosse a coisa mais natural do mundo. Acha que mora na casa do sogro dela. Na verdade, sua presença me alegra. É talvez, hoje, o convívio melhor que tenho. Graças a ela, até o Zeca ficou suportável.

E você aí? Como é que se dá com a gente com que está condenada a conviver, na sua casa, no seu trabalho? É uma merda? Ou é bom demais? Talvez seja apenas suportável, não é?

A verdade é que cada um de nós vive no meio de uma constelação de gentes que não escolhemos. O diabo ou o acaso é que os juntou. Com eles transamos neste mundo, prestando conta, tomando conta, julgando e sendo julgados, bicando, sendo bicados.

A verdade é que esses meus amigos todos mal suportam uns aos outros. Exceto o Guedes e o Cura, unha e carne entre eles, mas muitíssimo malvistos por todos os mais. Eu, inclusive.

O Zeca e a Nora, marido e mulher, são um caso à parte. Estão atados um no outro, mas não gostam de nenhum dos meus amigos. De mim, não sei quanto gostam. Muito não será.

Stela e Canuto se odeiam da forma mais explícita e feroz. Forçados por mim, cultivam uma convivência de bicadas recíprocas, como galinhas no terreiro.

Pior ainda é a raiva surda e razoável de Stela a Uriel. Este é de todos o mais detestado. Canuto, também, é unanimemente execrado.

Nesta minha rinha, como é que entra você? Você aí que me lê? Como é que você vê a mim e a meus amigos? Nora terá seus encantos para você, bem sei, sobretudo se você é homem. Não sendo, não sei não. Zeca, acho que não, nem tem porquê. Mas, sabe-se lá se você é mulher. Ele, mulatão, bonitão, pode até ser seu tesãozão. Se é homem, não gostará.

Ao Cura e seu amigo, ignoro como você reage, mas penso que eles lhe são indiferentes. Ao Uriel, todo enrolado em banhas, se ainda não detesta, detestará, tenho certeza. De mim, diga lá, não se acanhe... Sei bem que você gosta ou, ao menos, que não desgosta.

Que seria desses meus amigos-inimigos se eu sumisse amanhã? Sofreriam, certamente, por uns dias. Seria incômodo não ter essa casa para virem aqui beber, cavaquear. Logo, logo dispersaram, cada qual procurando outra constelação de convivência. Duvido é que se juntassem outra vez, todos eles, em qualquer lugar.

BEAGÁ

Meus primeiros anos de Belo Horizonte, antes de Stela, foram muito ruins, demais. Amor nenhum. Namoradinhas: Margarida, Íris, Maria Lucia, Memélia. Só generosas em beijinhos secos. Serviam mesmo era para me entesar nas bolinas à sombra de figueiras e magnólias, ou nos cinemas, que me remetiam direto para a zona. Nem coxeios consentiam. Namorávamos esplêndidos de tesão, vibrantes, mas com a consciência nítida dos limites. Podiam até dar, acho eu, se tivessem segurança certa de casar. Uma tentou, quase comi, e me fodi: escapei! Graças. Meu amor daqueles anos foi Maria da Glória, que nunca me deu bola.

Afora essa secura, Belo Horizonte foi meu deslumbramento. Mangueiral tinha uns cem livros, que li todos: romances históricos, tratados de espiritismo, poesia, o *Minas Gerais* diário, uma que outra revista do mundão que me caía nas mãos pra me espantar. A leitura foi minha janela para evadir daquele mundinho. Outra janela foi o cinema, que por anos e anos me mostrou mundos e fundos.

Em Belo Horizonte havia livros sem conta. Comprei aos montes. Li muitos, também, emprestados. Saltando de surpresa em surpresa. A maior delas foi descobrir que a Grécia, muito antes de Cristo, tinha gente muitíssimo mais inteligente do que o Mangueiral ou até Belo Horizonte.

Convivendo na Fafi com estudantes e professores, fui descobrindo que o mundo não era assim como se pensava. Getúlio seria um ditador fascista. Benedito, uma besta lasciva e ladra. Prestes, o tiradêntico herói de nosso tempo, sofria pena eterna numa prisão triangular.

Nesse convívio acabei por descobrir e distinguir as tribos políticas que se digladiavam aqui. O patriciado mineiro com seus dois bandos. O dos desapeados do poder, que ruminavam ressentimento: Virgilinho, Afonsinho, Miltinho, Pedrinho, Zezinho, Biazinho. E o outro, o dos alçados ao governo, uns áulicos de boca presa nas tetas da ditadura: Benedito, Chico Campos, Capanema, Alkmim, Ciro, Casassanta. O patronato de banqueiros e outros ladrões, escondidos atrás de suas façanhas, eu nem via.

Fora da lei militavam duas greis. A do Sigma, que fez tudo para me seduzir com mãos cheias de livros que li, pasmado, sobre a judaidade, o despotismo saxão e o nacionalismo brasileiro. Só não me inscrevi porque eram uns chatos, rígidos, servis e eu não gostei da camisa verde. Os da Foice me atraíam mais, clandestinos, misteriosos, com um líder mártir na prisão: o Cavaleiro da Esperança, esperando, esperando.

A atração foi passageira. Percebi logo que, não tendo fervor cívico nem carne de herói, devia é me afastar daquela gente de jogo pesado. Me mandei, mas lá deixei o Marco e o Fritz. Daquele forte convívio com o povo da foice me ficou este sentimento de culpa que levo no peito, esta consciência pesada.

Na faculdade, rapazola, descobri Carlos Campos, único sábio verdadeiro que conheci e frequentei. Uma vida toda de ler, de meditar. Amarga e triste vida, de uma infelicidade densa que, ao se desvelar para mim, me aterrou. Queria ser sábio e probo, mas não tanto.

Caiu por aqui, então, um frei dominicano, e eu também me atrelei no bando de ovelhas dele. Comecei a andar com um resumo da Suma Teológica em texto bilíngue: francês e latim. Eu não lia nenhuma dessas línguas, mas andar de bonde e a pé com o livro no sovaco me dava um prestígio bom demais. Uai.

Foi Veloso que me salvou disso e do passo seguinte, que seria cair nos braços de Bloy, Peguy, Maritain, me queimando em misticismo e mistificação. Sem Veloso, como perceber a superficialidade de Will Durant? Como ver a intolerância sábia de Lyn Yu-t'ang? Como ter a coragem de ler Bergson?

Nessa quadra, sob as luzes e as sombras da guerra, me vem às mãos um turbilhão! São as traduções de Romain Rolánd – Ó como me encarnei em Jean Christophe! Quanto! – de Stephan Zweig – li todas as biografias dele e muitas outras – junto com o mel e o fel inesgotáveis de Tolstói, de Balzac e de Proust, de Thomas Mann, de Dreiser, de Faulkner. Eu que li a vida inteira, naqueles anos transli, vivi envolto, mergulhado neste meu turvo rio de palavras emocionadas.

Iludido nesses voos altos, me entreguei por um tempo à vida de bar, bebendo pinga em xícara de café, consumindo literatura e ousando romancear. Falava noite adentro, incansável, com poetinhas e poetastros, inumeráveis, todos doentes de literatice aguda. Um deles, amigo meu, tão desafiado foi por nós a suicidar, que um dia se matou mesmo. Suicidou-se para mim. Eu vi, compreendi, lamentei, sofri, mas gostei: ele morreu pra mim. Alcancei assim a liberdade de continuar vivendo sem culpas.

Descobri nessa quadra a música, juntamente com o prestígio de ser melômano. Ouvi, na casa de amigos, discos de Beethoven, de Bach, outros. Ouvia de ouvido aceso, simulando encantamentos que só conheci depois, recuperando a musicalidade dos Rigueiras. A música para mim, desde então, é minha fazenda do ar. Nela passeio, atravessando bosques florestais. Ando e me perco à margem de lagos espectrais. Assisto, em espanto, voos angelicais, amores demoníacos. Desde então, vivo voando em pastorais, madrigais, tocatas, fugas, cavalgadas, concertos, sinfonias, serenatas, rapsódias, óperas, fanfarras e sarabandas.

Caravela do dia-fogo da manhã nascendo

MATADOR

Noivo, fui a Mangueiral ser festejado. Passei lá uns dias em festas pelo futuro casamento e por me ter formado em Direito, façanha ainda não comemorada na terrinha. A glória da cidade são os rapazes que voltam graduados: médicos, uns poucos; engenheiros, menos ainda; advogados, demasiados.

Eu tinha uma razão especial para ir lá. Razão bem ruim. Soube que na nossa fazenda do Buritizal se acoitava o maior matador da região. Queria nos livrar dele. Chegada a hora, entrei no assunto. Nininha me ouviu tranquila, mas reagiu soberana:

– Gê, qual matador qual nada! É homem bom, erado, não mata mais não, Gê.

Insisti. Ela explicou que seu Isupero era homem sério, viveu desde sempre atrelado à gente da família de vovô Quincas. Tinha, é certo, fama de matador porque era homem inteiro, valente. Acrescentou, malvada, que o tal sujeito é que teve a caridade de cuidar das bebedeiras de nosso pai lá no Buritizal.

– Gê, foi ele que enterrou o pai no cemitério de Itacambira, Gê. – Explicou que o homem não era empregado nosso.

– Nunca foi. Ajuda um pouco, fazendo o pessoal trabalhar direito. Impondo respeito. – Vi que a coisa era complicada. O tal matador trata com Nininha por recados através de próprios que manda de lá. Ela nunca vai ao Mangueiral. Ele nunca vem à cidade. Para matar a conversa ponderei, paternal, que ela não conhecia o mundo.

– Essas coisas são complicadas, querida: crime é crime. Já começaram a falar disso. É ruim, pode até complicar a gente com a Justiça. É a lei. – Continuei ponderando que não se pode dar guarida a assassino, que já fez mortes mandadas e continua recebendo encomendas.

– É perigoso demais, rematei. – Nininha levantou-se, me olhou nos olhos, seríssima, e só disse:

– Gê, que é que você quer? Vá você tocar o Buritizal, Gê.

Vi, horrorizado, que havia ali um trato, inexpresso. Acabar com aquilo só assumindo, eu mesmo, o Buritizal. Engoli a verdade. Tentei um bote mais, falando de meu casamento. Essa foi minha burrada maior. Nininha se danou feio ao saber que minha preocupação com o tal matador vinha de espionagens e exigências de meu futuro sogro. Querendo saber a quem entregava a filha, tinha descoberto Isupero. Nininha desceu aos infernos.

– Gê, essa dona entra em você com exigência demais. Se cuide, Gê!

Fechou-se aí a outras explicações. Tentei desconversar, voltar ao convívio ameno, nada. Emburrou. Boca fechada, testa pulsando, como na suas raivazinhas de menina contra meus malfeitos.

Voltei ressabiado pra Belô, pronto para contar histórias enfeitadas de velhos vínculos de família, nossa e do barão, com garimpeiros, contrabandistas e bandidos. Não foi preciso, o assunto nunca voltou.

Anos depois, esse Isupero foi assassinado no Buritizal. Os matadores queimaram a casa velha da fazenda, sangraram a cavalhada dele. Nininha nunca me disse nada disso. Arranjou outro homem pra tocar a fazenda e a vida seguiu igual, sem que eu fosse incomodado.

– Nininha, minha menina, esse seu irmão Gê é um merda.

EXTRA

Só no dia seguinte, meio voltou a paz entre nós. Passeava pelo jardim, atraído pelos cheiros que invadiam a casa, e Nininha foi ao meu encontro. Mão na mão, passeamos, eu olhando e vendo, com meus olhos e com os olhos dela, seus bogarins, suas murtas, seus jasmins, seus manacás.

– Gê, você sabe como é que papai cheirava bogarim, Gê? Diferentes de você, Gê. – E fez o gesto com que, há décadas, papai colhia e cheirava bogarim. Continuamos olhando as boninas, os beijos, as jardineiras, as safadinhas, as camélias, os gerânios, as violetas.

Um jardim variado e florido, assim como o de Nininha, leva uma vida inteira para ser criado, cuidado. Não é alguma coisa que se tenha. É uma massa de vida viva e bela com que a gente coexiste, convivendo lentissimamente, amorosamente, gratamente na *mineração de uma flor*.

Tanto musgo, em tantos tons de verde-musgo! Tantos tufos frescos aveludados. Tanta violeta florindo lilás no verdor! Todo o jardim acaricia a gente só de vê-lo. Nós dois, eu e ele, somos a obra de Nininha. Eu, fugi, vim viver minha vida cá longe. Ele ficou. Somos o que restou de toda a lida dela, na vida inteira de uma mulher bela, feita para amar, gerar, criar. Só se deu a mim e às flores, carpindo esse jardim, única dádiva que se deu. Dádiva de amor, floral, virginal. Quando a vi, então, nos seus quarenta anos passados, Nininha estava já condenada ao destino que se deu: jardineira de flores raras.

Mais ainda que do jardim dos dois lados da casa velha, eu tenho lembranças gratas é do quintal que já não há. Ocupava todo o quarteirão. Lá se foi, desgastado pelo tempo, loteado em casas e garagens demasiadas. Os primeiros lotes foram vendidos por Nininha para comprar esta casa minha.

Mangueiral não é mais minha ilha verde, alçada, florida, passarinheira em que eu cresci. Hoje é uma miragem. Só existe no meu peito. Aqui, em mim, é ilha verdejante de muitíssimas mangueiras velhas, copadas, de jaqueiras imensas, de cajueiros esgalhados, cheirosos, de caju amarelo e caju vermelho, enormes. Havia, ainda, quantidade de laranjas, limas, limões, cidras, e também marmelos, carambolas, pinhas, condessas, romãs.

Nas casas vizinhas, nas praças e nas ruas, conheci, convivi, com muita árvore de que me lembro: umbuzeiros, pitombeiras, coqueiros, cajás-mangas, tamarindeiros, jenipapos, sapotis, jatobás. Na beira do rio, ainda alcancei bosques de jabuticabas, de goiabeiras, enormíssimas gameleiras. Belas demais as barrigudas: primeiro, verdes, depois rosadas, floridas, por fim encapuxadas de flocos de paina de seda. Todo esse arvoredo está vivo, viçoso, em mim. Só em mim. São árvores altas, esbeltas, entre elas o único eucalipto da cidade, todo estrangeiro como as três palmeiras imperiais do largo da Matriz. No Mangueiral não sobrou nada. Tudo mastigado, triturado pelo progresso.

Percebi, pelo hálito, que Nininha bebe sua pinga. Pobre consolação para uma vida de nada, toda me dada. Sou a obra de Nininha, irmãzinha minha, que me deu seus dias. Para quê? Por quê? Para ninguém. Para nada. Vi, também, que Nininha fuma. Quando ofereci meu cigarro de maço, ela aceitou, acendeu, pitou e jogou fora, dizendo:

– Gê, presta não. Vou fazer um cigarro bom pr'ocê, Gê. – Foi ao armário, abriu uma lata velha de biscoitos, tirou de dentro um canivete, um naco de fumo de rolo, palha grozada a caramujo, e foi fazendo. Picou o fumo contra o polegar magro, comprido, amarelo-marfim-velho do sarro, esfarelou na palma da mão, enrolou jeitosa e me deu. – Maravilha! – Eu disse a ela:

– Bom assim, Nininha, só cigarro de Emílio Moura.

– Gê, bondade sua, quem é esse seu Moura, Gê? – Enquanto eu escrevia aqui, veio Nora me trazendo um pires de torresmos salgados, sequinhos, para acompanhar meu cálice de pinga de toda tarde. Essa senhora esbelta, cada vez mais doce e bela, é, hoje, outra minha Nininha. Voltarei alguma vez ao Mangueiral? Nininha lá, envelhecendo, me espera. Verei Nininha outra vez?

Na torre mais alta o sino que tange

Carlos Drummond de Andrade

URIEL

É chegada a hora de ler esse Uriel. Não há nessas Minas ninguém tão dissimulado. Mulato, ficou branco de tanta importância que alcançou e arrota, arrogante. Até governador tem para ele trato especial. Fale, Uriel, fale: Quem é você?

– Alguma coisa na carne me diz que fui, que sou gente daqui dessas Minas, desde sempre. Gente de antes do Tripuí. Vesti por séculos peles de índios carijós e outros. Em seus corpos vivi alegre, brincando, brigando, guerreando, caçando, pescando, sem fim. Sempre conosco, entre nós. Assim foi até sermos caçados por outros avós meus chegados recém: brancos uns poucos, negros muitíssimos. Nos cruzamos, desbragados, o branco, enraçador, prenhando índias e negras na gestação dessa mulatada luzidia que é o povo mineiro. Na pele deles todos, fui umas vezes bem-nascido, até rico, vivendo vidas gozosas, rarissimamente. Vivi mais foi tristezas na pobreza de pobres paupérrimos em que carpi fomes vezes sem conta. Vendi filhos nascidos livres, como escravos. Prostituí irmãs minhas e suas filhas, sempre me arrependendo, rezando, rogando perdão a Deus e aos santos, resignadamente. Quando se fala de Maria D'Angola ou de Beata, do gentio da Guiné, sei que falam de alguma minha avó. Foram minhas avós também a preta Ata, a índia cativa, Floriana, as mulatas Suzana e Quitéria, a curiboca Rosa e a albina Vitoriana. Todas culpadas de furtos, concubinatos, incestos. Umas quantas condenadas pela cúria: excomungadas. Outras, pelos juízes: castigadas, surradas, desterradas. Foram avós meus os pretos Agostiniano e Orozimbo, o bastardo alvo João Conga, o mulato Soriano e até um indiano de Goa, Canarinho. Não tendo quem por eles fosse, todos passaram fome, sofreram surras, sendo escravos e sendo forros. Nenhum teve nunca um cavalo seu, poucos montaram cavalo alheio. Mas todos se inclinaram, humildes, diante de cada cavaleiro que passou, soberano. Alegres, só de ver tanta bizarria.

Essa é minha geração esquecida, de gente não recordável, que se gastou nessas lavras de ouros e de pedrarias. Lavras mineiras que fizeram mais pobres que ricos. Nas máquinas prodigiosas de gastar gentes desses brasis, a moenda mineira foi a que mais gente gastou. Gente comprada cara, importada e taxada de dízimos e quintos. Gente aqui nascida, crioula, escrava, também comprada e vendida. Gente nascida livre que tantas vezes de novo se via escravizada, ou se fazia escravizar por seu próprio querer, para ter o que comer. A fome em Minas, velha como Minas, desgastou gerações e gerações de gentes, incontáveis. Como negócio, Minas foi um mau negócio. Como criatório de mineiros, excelente. Nunca se viu rebanho tão faminto e tão prolífero. O gado cresce, engorda, a gente carneia, come ou vende. E o povo? Magro, cresce, se multiplica mais que o gado, e fica aí, sobrante. Isso é Minas. Minas é também o milagre milagroso, Deus seja louvado. Dessas mãos morenas brotou a arte mais bonita que jamais nesses brasis se viu. Isso somos, nós mineiros, uma mulataria pia e criativa, rezando rosários pelas culpas que leva na alma e pelas taras que leva no corpo, nos forçando a pecar, a pensar, a obrar. A culpa maior que espiamos desde sempre é essa alegria que nos dá fama de gente vadia. Vadiagem vocacional a nossa, recôndita, do escravo que se poupa para não morrer de suar para o patrão lucrar. Vadiagem do caipira que não planta muito em terra alheia, com medo de ser enxotado. Vadiagem essencial de gente tida e tratada como carvão de se queimar no eito. Vadiagem de índios e de afros, esquecidos de si mesmos, brutalizados e desfeitos na escravidão, que se reconstroem sofridamente e renascem com uma fome selvagem de alegria pura, de fartura gratuita, de beleza plena. Eu sou fruto de ponta de rama dessas gerações inumeráveis de desgraçados. Terei sido, talvez, entre todos os meus, tantos e tantos, quem mais lucros lucrou e vantagens dessa vida tirou. Lucros poucos de comer mal, por causa da minha úlcera, de foder só putas, mas foder uma cada noite, não sei pra quê. Não duvido que muitos dos meus avós viveram vidas mais úteis que a minha, mais criativas, até pode ser. Algum tocador de fagote na Igreja do Rosário de Ouro Preto. Algum ourives de Mariana, fazedor de joias pejadas de pedrarias. Quem sabe se o próprio Aleijadinho, por seu lado mulato, não seria um primo meu esculpindo maravilhas? Uma vez fui com Gê ao Buritizal dele. Éramos rapazes. Voltei lá outra vez, sozinho, quando ele morava num quarto de meu apartamento, há tantos anos. Lembro até hoje da inveja que tive de Gê quando ouvi falar do seu trisavô, barão-de-não-sei-quantos. Era boa demais a glória de saber que aquelas terras gordas do Buritizal estão na mão da gente dele, desde os tempos do barão. Será verdade? O que eu gostei mesmo, gostei de coração pleno, foi de ver aquela gente feia, desumanizada, desfeita, lá do Buritizal dele, olhar espantada, encantada, um garanhão disparado no pasto, à luz da lua, balançando no galope suas crinas soltas. Aquela pobre humanidade fazendal, que só esplende por momentos nos meninos e nas gurias, mais que nós, têm olhos, alegria, de ver belezas plenas. O garanhão era o impossível deles. O impossível que aquele povo espera. O impossível acontecendo. Aquele cavalo relincha há meio século nos ecos de minha memória. Ele sou eu. Eu sou meu impossível realizado. Sou o que saiu de mim, quando saí de lá do meio deles, há tanto tempo. Hoje sou, por meu esforço, o cavaleiro que cavalgo meus conterrâneos. Cavalgo bem, mão nas rédeas altas, firmeza de freios na boca deles, a espora nas virilhas, a tocar pra frente, em marcha, em trote ou disparada. Eu montado. Eu mandante. Eu, Uriel! Reitorando o *Minas*, conduzo o acontecer dessas Minas. Faço notícia do que noticio, propalo. Faço boato do que calo.

EU

Não se confunda, leitor, esse Gê ou Ageu Rigueira, não tem nada a ver comigo. Assino este livro é como autor. Ele terá mais, talvez, é com você. Eu apenas o concebo e o vou criando ao descrevê-lo. Faço isso com as manhas do ofício, para que você ache que é tudo verdade. Quero mesmo é que você se identifique com meus personagens, pensando que é um deles. Quem? Guedes? O Uriel? Ou, se é o caso, que se encarne na Nininha, na Nora. Por que não na Stela? Talvez você queira ser a Vazinha, que ainda nem é. Sem essa conivência com a estória que componho, você perderia o gozo de ler. Vá adiante: coragem. Juntos, eu escrevendo, você lendo, comporemos o romance de Gê e de nós dois.

Este é o livro das minhas verdades. Mangueiral é o nome falso de um lugar real, onde nasci eu e muita gente mais. Lá crescemos, brincando debaixo de mangueiras mil, de centenárias jaqueiras, de pitombeiras e de tanto arvoredo mais.

Para dar realismo ao mundo meu mangueiralense, vista meu couro e ponha-se lá, acocorado num caixão sem fundo, plantado em riba de um buraco fétido. Assim eram nossas privadas indevassadas. Despoje-se e limpe-se bem com folhas, um sabugo ou um jornal, se houver, e venha comigo. Vamos correr pelas ruas, debaixo da chuva, saltando de poça em poça nas enxurradas, ou mais adiante, até o rio que sempre dá pé. É o rio das Conchas, água suja nas águas, limpa na seca, cheia de intãs, de caramujos, de peixinhos visíveis e, mais ainda, de xistoses que mataram muitos dos meus companheirinhos de banho escondido.

Cansados de molecar pelas ruas empedradas em pé de moleque, vamos descansar na torre da matriz. Lá de cima, vemos a imensidade de telhados velhos de telha-canal. Olhe as paredes esburacadas do casario. Olhe as que foram recentemente caiadas e parecem novinhas em folha. Vamos ao Morrinho para olhar, lá da capela, o mundo inteiro. É o lugar mais alto do Mangueiral e o melhor que há nesse mundo para cantar serenatas em noite de lua cheia, com o céu escancarado, lumiando meu sertão. Mais claro que muita aurora.

Ponha, principalmente, muita gente ao redor de nós. Gente dengosa, chorosa, saudosa de amores impossíveis. Isso é a cidade minha, o Mangueiral de Gê. Quem nasce e cresce lá, como eu, vive vida movida. Em menino, peraltando. Em homem ou mulher, já feito, penando pendular, entre sua vida de verdade e seus desejos exaltados. Eu, se ficasse lá, seria mais gente, certamente, e muito mais genuíno.

Imagine você, um lugar em que cada pessoa com que tope na rua o reconheça instantâneo, ou você veja logo que é um forasteiro. Lá eu me casaria com uma prima linda; seja Julia, seja Juliana, dava no mesmo. Curtiria nostalgias, cantando modinhas sentimentais, criaria minha gadaria, teria filhos demais, me elegeria vereador. Até prefeito, quem sabe?

Saindo do Mangueiral pra cá virei Gê. Caí na putaria da Santinha. Hoje é lá que namoro meus amores reais.

O tempo cuidará desta ferida.

Augusto Frederico Schmidt

COLOSSO

Meninos, eu vi!

Gonçalves Dias

O assunto hoje, aqui em casa, foi o Colosso. Todo mundo foi ver e todos caíram aqui, depois, para dar opinião, testemunhar.

Para Guedes é um gesto. É o grito da grandeza mineira. O cura, aflitíssimo, irrompeu: que não! Que não! Para ele é o Bezerro de Ouro. Só quer substituir a Divindade pela Enormidade. Não seria mesmo, ponderei eu, a catedral de alguma seita secreta, endinheirada, dessas que estão surgindo no oriente? Coreana? Nipônica?

Para Canuto, é a expressão de uma sociedade deculturada, que perdeu cara e coração. Agora só se expressa pelas proporções agigantadas do que faz.

– Tamanho não é documento – disse Stela, gozando.

A melhor opinião que ouvi foi de Vazinha, que logo de volta da visita ao Colosso veio me ver e gritou lá da janela:

– É um cagalhão.

Para Stela, é um mistério. A coisa é muito, muitíssimo bem-feita, disse ela. Artisticamente não, mas tecnologicamente. Ela olhou a Bolotona de manhãzinha até de noite, pasmada. Notou que não deita sombra porque o sol se enrola nela e nela fica, sem se projetar para lado nenhum. Pode ser?

Quero ver as entranhas para opinar. Por enquanto, confesso, só fico é bestificado com o tamanho do Trem. Perguntei, olhando o cura se não será: *a catedral ebúrnea do meu sonho?* (Alphonsus de Guimaraens)

Até o Uriel apareceu, falando da foto que vai mandar fazer de helicóptero pro seu jornal. Será um furo, diz, do alto se desvendará o mistério. Ele gosta do Trem, até defendeu:

– Quando JK inaugurou a Pampulha foi a mesma coisa. Uma celeuma. Todo mundo perplexo com as obras se perguntando que igreja herege era aquela, com a torre do lado de fora, invertida. Hoje, ninguém diz que não gosta.

Zeca está entusiasmado. Afinal, se fez alguma coisa de notável em Beagá, para o mundo comentar, diz ele. Adivinha que o interior será um cassino, o maior do mundo. Escondido, até agora, por causa da Lei Dutra que só permite jogatina secreta.

Nora me olha, pergunta, vira os olhos, pensando em voz alta:

– Que é aquilo, Santo Deus? Enormidade maior não há. O senhor precisa ir ver. É o Colosso de Rodes, só que arredondado, disforme, informe.

Eu vou me guardar. Há tanta coisa que não entendo neste mundo, tanta coisa que não vi. Entre todas, esta apenas será a maior. E daí? Parece expressar uma mania de grandeza que Minas nunca teve; São Paulo, sim, podia suportar tranquilo essa Enormidade. Estaremos sendo colonizados, outra vez, como sempre fomos, por formas, padrões, paradigmas de uma nova arte, de algum estilo novo? Não vou lá não! Eu não!

CASA

Cresci numa casa do tamanho desta. Não, maior, casa de eira, beira e telha. O quintal dava cinco do quintalão que tenho aqui. Lá, hoje, só vive minha irmã Nininha. Então, éramos minha avó Coló, minha falada irmã, eu e as demasiadas criadas da casa. Gente vinda quase toda do Buritizal. Na fazenda seriam agregados, no Mangueiral nem se sabe o que seriam. Criados, digo eu agora, no sentido de gente criada ali em casa. Gente que existia mais é pra nós.

Não eram empregados nem parentes, eram simplesmente criados, apenas. Salário nunca viram. Recebiam é roupa velha, às vezes um corte de chita, um par de chinelas, mas tinham direitos quase como a gente. Apenas quase. Podiam brigar, às vezes. Estrilar um pouco, também podiam. Ameaçar ir embora, era o que mais queriam. Ir embora mesmo ninguém ia. Pra onde? Uma delas com raiva de vó, chegou à autonomia de levantar a mão contra ela, ameaçante, gritando: ainda mato essa velha! Ela é que quase morreu, da surra medonha que levou das outra criadas todas. Chorou tanto, tão sentidamente arrependida, que nunca foi mandada embora. Ficou lá, marcada para sempre como malvada e com a mão entrevada pela praga da vó.

Se não houvesse mais ninguém ali, além daquelas pessoas tantas lá de casa, quase todas mulheres, eu jamais aprendia a ser gente. Menos ainda a ser homem. Felizmente, havia fartura de famílias grandes, com muitos adultos, homens e mulheres, meninada inumerável nas casas do quarteirão, na vizinhança. Com muitíssimas delas mantínhamos convívio intenso. Assim é que cresci, no meio de uma humanidade variada e enclaustrada, em que cada um sabia de todos e todos sabiam de mim. Eu era o Gê de sinhá Coló, ou o Gezinho da Nininha.

Aqui é tudo diferente. Não convivo com nenhum parente. Zeca não é criado nem agregado, é filho adotivo. A mulher dele, Nora, é nora postiça. As mulheres que cozinham e lavam são empregadas que entram e saem, sem que a gente tome conhecimento. Na vizinhança só me dou com a família da Vazinha, mal e mal, através do muro caído no fundo do quintal. Os vizinhos dos dois lados, apenas sei quem são. Muito me cuido de cumprimentar, sem palavras, para não ensejar convivências. Eles, idem, idem.

Nos tempos de Vilma, quando nossa filha crescia aqui, engatinhando pela casa, vinha muita gente visitá-las. Parentes de perto e de longe. Até hóspedes tivemos. As amigas chegavam, se abancavam para conversas sem fim. Felizmente, os ajantarados domingueiros eram na casa de meu sogro. Neles comi, dobrada, minha dose de macarronada e arroz de forno. Já, então, encontrei modos de viver fora daqueles convívios de sala e cozinha, me isolei aqui nesse escritório que fiz construir de costas para a casa e de janelas abertas para a sombra do quintal. Vilma, se perguntassem por mim, esticava o beiço num muxoxo.

– O professor? Tá lá na toca dele!

A primeira pedrada de tirar sangue que Vilma me atirou foi na gravidez. Mila começava a estufar na barriga dela. Eu, sentimental e besta, dei de ter achaques de ternura. Deitados na cama, eu punha a mão na barriga de Vilma, acariciava docemente e me punha a falar, conversando com minha cria que lá crescia. Com minha filha, ainda não nascida. Vilma uma noite me cortou o barato:

– Larga de frescura, Gê!

Nos dois anos que minha filha viveu comigo, era chamada Milinha, essa coisa horrível. Engatinhou umas vezes até aqui. Se chegava a mim, querendo atenção, carinho. Sempre alcançava algum, principalmente quando começava a desarrumar a estante de baixo e a rasgar livros. Depois, quando as relações com a mãe se azinhavraram, ela também foi ficando arredia. Esgueirando-se ou sendo afastada de minhas parcas ternuras.

Quando se foram, senti mais foi o barulho do silêncio instalado na casa inteira. A mãe de Zeca, buchuda dele, para ter com quem falar, saía de casa, rueira, ou se debruçava nos muros do fundo e dos lados para conversar com empregadas da vizinhança.

Vida de família, real sentida, só foi para mim a do Mangueiral. Aqueles idos meus infantis, de tanta convivência humana, deviam me ter predisposto a cordialidades. Mas não. Saí daquele banho de gente com vontade de ficar sozinho. Hoje tenho saudades daqueles anos em que cresci correndo entre mangueiras, jaqueiras, cajueiros, subindo pelos troncos, caindo dos galhos, junto com a garotada. Cercados de galinhas cacarejantes, de patos quaquecando, de leitões estridentes que fugiam pelo quintal gritando e a gente atrás deles, até encerrá-los outra vez no chiqueiro para engordar até quase explodir. Um marrãozinho, uma vez, quase comeu meu pinto. Imenso foi meu susto.

Entre as crianças havia também moleques e molecas que minha avó pegava pra criar. Até crescerem um pouco para o trabalho pesado da casa, brincavam conosco, iguais, no quintalzão.

Uma moleca dessas pegou um rabicho comigo que foi um horror. Cheguei mesmo a pensar que ela estava doida de tanto que me perseguia. A diabinha não saía de trás de mim. Para onde eu fosse, ela ia atrás, uns cinco ou seis passos, se escondendo, mas me olhando, zarolha.

MILA

Mila, minha filha, veio de visita, sem os meninos, nada menos que duas vezes essa semana. Na terça-feira tinha um motivo: precisava de minha assinatura para vender uns lotes da Pampulha. Para a visita de ontem, não tinha motivo. Nem precisava. Afinal, é minha filha, achará.

Ainda não tinha visto Mila tão falante, cordial. Estaremos entrando numa rota nova de vida familial, amistosa? Será? Eu, por mim, estou de coração aberto às convivências. Guardo rancor é da finada; de Mila, nenhum.

Nora e Zeca gostaram, aparentemente, dessa nova versão de Mila. Também eles devem pensar que ela tem direitos: é filha mesmo, legítima. Meus netos é que me incomodam, com as caras de passarinhos infelizes com que me olham. Fiz besteira, fui descortês, no fim do jantar, ao perguntar a Mila se ela queria alguma coisa de mim.

– Nada não, pai, só vim ver vocês. – Viva a família! Afinal, o mundo não está perdido. Aqui, Zeca e Nora, brigando e arrulhando, convivem. Qualquer dia, reproduzem. Mila me trata quase com carinho filial, pelo menos, cordial. Se engordasse um pouco, melhorasse a pele e soltasse aquele cabelo pregado na cabeça, ficaria até boa de ver, melhor de conviver. Não é feia a Mila, o que estraga é certa dureza que leva sempre aparafusada na cara. Hoje, se abriu inteira em sorrisos. Ela, Nora, Zeca e eu jantamos sorridentes, como se a felicidade andasse solta, bestando por aí.

Mila nasceu em nosso segundo ano de casamento. Três anos depois, nos separamos, e desde então a vi muito pouco. Foi criada pela mãe e sempre viveu lá com ela, no apartamento que compraram, depois da falência. Eu nunca, jamais, fui vê-las. Não fui nem ao enterro de Vilma, que morreu atropelada. Meu primeiro encontro cordial com Mila, fora das conversas de negócio – aliás, inevitáveis –, foi na visita que me fez, com o noivo, para anunciar o casamento: e, afinal, no casamento mesmo. Lá fui eu com minha casaca parisiense, alargada a calça pelo alfaiate aqui do Serro. Só vi a cerimônia religiosa. Soube que a festa foi de arromba. Meu ex-genro, bom rapaz, era dono de um fazendão de dar gosto, que Mila tomou dele. O pobre é parecido comigo: fraco, fraco. Fracos demais, nós dois, para essas mulheres Nader. Ó mulheres!

Mila é a mãe, cuspida. Só menos bela e piorada pelo gênio pirrônico, única coisa que tem parecida comigo. Seus dois filhos, meus netos, mal os conheço. Nosso vínculo verdadeiro não é o filial nem o paternal. É a propriedade dos lotes muitos da Pampulha, que pertencem a ela, mas o pai pôs em meu nome, antes da falência, para salvá-los.

Largada do marido, Mila não se mancou, tomou conta da fazenda que, junto com os outros muitos bens dela, progrediu beleza. Eu disse largada do marido. Menti. Qual o quê! Ele teve até paciência demais para aguentá-la cinco anos, debaixo da maior tirania. Só foi s'embora quando Mila armou uma cena para surpreendê-lo resfolegando em cima de uma roceira. Ele ainda ficou dias na casa, ouvindo xingamentos sem fim, até que não pôde mais e veio aqui me dizer:

– Largo, porque não aguento mais, seu Ageu. Perco meus filhos, perco a fazenda, perco tudo, para não perder a cabeça e acabar com Mila. Eu não disse nada. Achei é que tinha razão, lembrando o que penei nas mãos da mãe dela. Mila é tão infernal, que mantém lá na fazenda a tal roceira fodida, só para derramar azedume nela.

Que será de meus netos, filhos dessa minha filha, criados debaixo de seu rigor maniático? Vão ser santos, heróis ou bandidos. Mártires já são. Eu pouco os vejo, sempre de passagem quando a mãe os deixa aqui por horas, para sair de compras. Um é a cara do pai: nariz de judeu, queixo de lagartixa. O outro, olhudo, cabeludo, é a cara do avô turco. Até bonito.

BRIGA

Hoje deu curto-circuito na biblioteca. Encontraram-se aqui, como tantas vezes, a Stela e o Canuto, mas se estranharam demais. Defrontaram-se como inimigos mortais, mostrando com toda crueza como e quanto se detestam. Por que tamanha odiosidade? Compreendo, um pouco, Stela é mesmo impossível: relevo. Esse Canuto também é complicado demais. Mas brigarem aqui em casa, comigo presente, eu não consinto. Não consinto não.

– Briguem onde quiserem, aqui conviverão em paz, se querem conviver comigo.

Não adiantou reclamar. Ficaram horas me angustiando. Cada qual se dirigia a mim para falar de seu assunto, exigindo resposta direta, como se o outro nem existisse. Virei coruja. Olhava para um lado, ouvia, respondia. Na primeira brecha, entrava o outro, e eu tinha que me voltar, ouvir, responder, um assunto diferente, desencontrado. Em teatro isso seria até engraçado. Na vida, na minha vida, não tem nenhuma graça.

Afinal, Stela se entregou, disse que devia ir a uma conferência e saiu batendo os tacos, sem seu brado de guerra: me leia, me leia. Canuto ficou, abaixou a crista, decerto envergonhado do papelão que representava, mas me disse:

– Essa loucona é insuportável. – Eu perguntei:

– Vocês brigaram? Quando? Por quê?

– Ela é uma lésbica, viciada. Isso é que é!

– Lésbica, Stela? Garanto a você que não é. Está velha agora, mas foi mulher fêmea e tesuda como poucas. Posso garantir.

– Pois pra mim, é tarada, lésbica, incompetente e burra!

– Calma, Canuto, nada disso é verdade. Você sabe.

Pela primeira vez, vi Canuto impaciente comigo. Levantou-se com a cara fechadíssima, abotoou o paletó preto, acertou o nó da gravata, também preta, e se mandou, sem palavras, batendo pé. Com os diabos, deu a louca nesses dois. Será que voltam?

Gozado foi, no meio dessa cena burra, a aparição, súbita, de Vazinha. Assomou de repente à janela, com uma máquina fotográfica na mão, e nos apontou gritando:

– Olha o passarinho! Olha o passarinho! com sua voz esganiçada. Caí na risada. Os dois fecharam ainda mais a cara. Vazinha se foi, rindo, contente.

Estou aflito desde as cinco da tarde. Estive o dia inteiro servindo pinga a mim e a esses dois. Vi, agora, que era a última garrafa de meu estoque. Acabou, sem que eu percebesse. Estarei bebendo demais? Nem sei bem quando veio a última caixa.

Mandei Zeca comprar, se achar, no Ludovico, lá do mercado central. Duvido que ache. Vou ter que encomendar de Mangueiral ao Mauricinho, e esperar, esperar. Há tanta pinga famosa por aqui, quem sabe até melhor. Mas para mim, boa mesmo é essa aí, Beijinho Podre, xixi do dr. Maurício.

Bebo pausado, sempre no mesmo cálice, martelo, desses antigos, de bar, fundo grosso, pesado. Quando me sento para trabalhar, ponho aí, sempre no mesmo lado, a garrafa e o martelo. Sem saber como, automaticamente, vou enchendo e bebericando, gole a gole. Bebo como fumo, sem saber quanto nem como, acendendo um cigarro no outro, às vezes fumo dois ao mesmo tempo e só percebo quando encontro o outro no cinzeiro.

Quando deito na rede, levo o maço de cigarros, o cinzeiro e o cálice para a banqueta, que fica ali ao lado. Lá prossigo, lendo alguém e me aturdindo. É bom demais.

Pinga e cigarro, alternados assim, eu acreditava que me livrassem do pigarro. Qual! Na sua hora, há anos, ele me veio e se instalou para ficar. É o único ruído que faço, às vezes por dias inteiros. Além de outros, corporais, inevitáveis.

Zeca chegou, afinal, trouxe o recibo da encomenda de duas caixas da Beijinho Podre. Trouxe, também, duas garrafas de uma pinga novidadeira, embalada num trançado de palha, luxenta e ruim, adocicada. Pinga para boca de gringo, como confessa no rótulo: aguardente de exportação. Merda.

Mundo mundo vasto mundo,
mais vasto é meu coração

Carlos Drummond de Andrade

MINEIROS

Nós mineiros nos ufanamos, contentes, de ser gente de altitude. Não somos não. Minas alterosas não tem nenhum morro maior do mundo. Sequer um pico de altura assinalável tem. Temos é serranias demais. Elas nos cercam por todo lado, tapando horizontes, limitando o mundo e o povo. Retardam do lado de cá as manhãs, mantendo a escuridão. Do lado de lá, antecipam a noite que cai no meio da tarde. Em Minas, de manhã cedinho, bem pode não ser tão cedo assim: O pôr do sol se dá topograficamente onde a serra manda, à desoras.

Por isso, será que andamos atrasados na vida e na história? Defasados. Noutra era, sangrando e criando, nos adiantamos aos outros brasileiros. Tanto, que desde então só recuamos. Minas, tenho certeza, será o último país do mundo a fazer uma revolução para mudar. Fará quantas contrarrevoluções se peçam para o mundo permanecer tal qual. Somos gente sólida, confiável. Contente não digo, mas resignada com o que o destino deu, por pouco que seja. Vivemos conformados com o milho dos pintos. Famintos.

Operários existem aqui, se diz. Camponeses, também. Será? Nunca vi nenhum. Operários, proletários, libertários, não podem ser os que conheço. Esses nossos, satisfeitos com o que têm, só querem um pouco mais. Fervorosos comunistas, socialistas convictos, só conheci o Marco, o Ziler, o Teotônio, o Fritz e o Vinícius. Proletários de fé, temos alguns exemplares, o Bambirra, o Manoel Luzia, que um dia foram obreiros, assim como foram crianças.

Componeses? Só se forem os camaradas meus enxadeiros, lá do Buritizal. Qual! Aqueles jecas querem lá saber de alguma confusão? Eles sabem muito bem, sabem de certeza certa, irretorquível, que o que vale no mundo é touro enraçado, vaca leiteira, cabra de raça. Eles, suas mulheres e crias, acham eles, sabem bem, são pobres filhos de Deus. As criaturas mais reles do mundo.

– Deus seja louvado. Deus seja louvado.

Meu povo mineiro, do lado do Mangueiral, é uma baianada sofrida, querendo alegrias sem alcançar. O daqui das serras é um povo indiano, cismando caturra, rezando resignado.

Os brasileiros, lá de baixo, não nos entendem. Nem nós, cá de cima, nos entendemos... Nosso reino é o dos mistérios. Aqui postados, crescemos na ilusão de tirar ouro das entranhas dessas montanhas, faiscar diamantes escassos em planaltos abismais, cismando tristes.

Amofinamos quando o ouro minguou e os diamantes se encantaram, nos dispersamos por aí na diáspora mineira, plantando de tudo nas várzeas, criando porco de fazer linguiça, tirando leite pra queijo e requeijão, comendo quiabo e couve.

Isso somos, descendentes miúdos de audazes pioneiros das agruras, virados capiaus geralistas desses carrascais do Acaba-Mundo. Imprevidentes, sem ouros, agora vendemos os ferros da morraria e tocamos fogo na mataria. Disso agora vivemos, queimando os verdes para fazer carvão. Fundindo pobres ferros de exportação.

Hoje, Minas, careca de arvoredos, está coberta de capinzais de esperar gado que não vem. Nosso gado mais fecundo e mais reles é mesmo o povo mineiro. Largado aí, cresce, vive e morre, carpindo, aboiando, festando, adivinhando desgraças e, principalmente, chorando e parindo.

O tempo, a seu tempo, dirá se Minas se acaba sem glória ou se – queira Deus – se alça outra vez altaneira. Minas, que um dia se alçou pelos ouros, pelos diamantes e pela liberdade, se alçará por si mesma? Tomara! Nada indica que isso suceda. Só de vê-los, – Ó! meu povo – a vocês e a mim também, tão pachorrentos nós todos, me revolvem as tripas. Por que esse povo meu, tão capaz de grandezas de antanho, agora é tão chinfrim?

Na cidade toda de ferro
as ferraduras batem como sinos

Carlos Drummond de Andrade

Tanta mata devastada. Tanta donzela violada. Tanta cidade assombrada. Tanta terra hipotecada. Tanta casa taperada. Tanto cachorro doido. Para quê? Para nada! O manacá floriu no meu jardim, cheiroso. Para quê? Eu sei lá. Só eu e Jeremias clamamos no deserto mineiro.

Jerusalém de tantos sonhos. Minas de tanta assombração

Dantas Mota

VILMA

Conheci Vilma Nader, minha mulher, na piscina do Minas. Era aquele peixão: coxuda, bunduda, peituda e peluda. O escudo, estufadíssimo. Nadava se encostando no Fernando, para fazer ciúme na Helena. Quando alguém me disse o nome dela, ela ali ao lado, perguntei:

– Vil? Má? – Ela quase se zangou. Refeita, respondeu rindo:

– Bom? Bom? – Desde então nos tratamos assim enquanto convivemos: Vil-e-má e Bom-Bom. O namoro começou mesmo na inauguração do Iate. Prosseguiu no sábado seguinte no Cassino, onde conheci o pai, meu futuro sogro, jogando roleta. Punha várias fichas no cruzamento de quatro números e um montinho num número só do mesmo grupo. Assim jogava horas, sem perder demais. Às vezes ganhava. Sempre nos dava umas fichinhas, que a filha e eu perdíamos uma a uma devagar, de mãos dadas, suadas, torcendo. Jamais ganhei. Daquele sábado o bom era o agarramento e o coxeio, ao redor do cassino e na beira do lago. Quando Vil-e-má e seu pai decidiram que eu servia para marido: – trintão, advogado e jornalista, bem falante, Vilma atacou:

– Papai me disse que você tem uma teúda.

– Que teúda que nada, mentira.

– Mulher você tem. Ele disse. Meu pai sabe o que diz.

– Tenho é um caso, bem. Aliás, tinha, acabou. Só quero seu amor, bem.

Obedeci. Rompi com Stela, que já sabia do meu chamego, que ela chamava de galinhagens com a turca rica.

– Papa-dote de uma figa. Me chupa e me larga.

O namoro com Vilma virou xodó, progrediu, de vento em popa, navegando. Eu nada sabia, então, de tempestade nem de enjoo. Namoramos agarrados nas praças, nos cinemas e, depois, no jardim da casa dela. Noivamos, afinal, com festa, e eu fui premiado com a nomeação de advogado da prefeitura. Nesse cargo me aposentei, anos depois, sem nunca ter feito nada. Exagero, não foi nada, não. Mas foi pouco, pouquíssimo, como meus colegas todos.

Lembro-me bem de nossa primeira trepada, de pé contra a parede detrás da saleta onde ficava a mãe dela, caduca precoce. Nossa primeira briga, me lembro bem, ainda sem tapas, mas com xingamentos, expondo e confrontando as pessoas diferentes, opostas, que éramos, se deu logo-logo. Eu queria ir a uma conferência de intelectuais cariocas e paulistas, convidados por JK, e Vilma queria ver um filme: *Casablanca*. Venceu ela, concordei. Poucas vezes vi coisa mais bonita. Ela tinha toda razão. Nunca mais teve. Nunca mais na vida.

Dona Sira, mãe de Vilma, doente de gorda ou o contrário, não sei bem, mas dá no mesmo, era doida. Nem foi a nosso casamento. Creio que nem nunca me viu. Morreu pouco depois. Passava o dia inteiro num saguão, debaixo da escadaria de mármore, costurando e tricotando para os pobres. O marido, quando subia ou descia a escada, saudava, cordial:

– Boa noite, coração. – Dessa ternura ela vivia ou morria. Dizem que a fortuna da família vinha dela. O pai, o turcão Saad, da rua Caetés, boçal e bom, só queria casar a filha com um homem brilhante, tal como meu sogro. Teve mais sorte.

Custei muito a aprender direito a conviver com aquele povo novo de Belo Horizonte, os Nader, os Saad, os Pignatari, os Savasse, outros. Ricos, mas desprezados pelos mineiros antigos, de cepa. Assim era, depois mudou; além do dinheiro, eles ganharam prestígio. Eu apreciava muito, naquele tempo, saber que mesmo nós, caboclões interioranos, amulatados, pobretões, dos fundos de Minas, éramos melhores que eles. Éramos, foi-se logo o nosso prestígio.

O que vi, no meio século que venho olhando essas Minas, foi a decadência dos mineiros e a ascensão dos brancarrões. Bois-de-cu-branco, dizia minha vó Coló, rindo, apontando os primeiros que chegavam a Mangueiral, vendendo miudezas de porta em porta. Depois montaram armarinhos e quitandas que cresceram, prosperaram. Todos se diziam turcos para não serem tidos como judeus, ou sarracenos; infiéis, matadores de Jesus.

No balanço se vê que foi um sucesso espantoso, uma revolução branca. Essa gente oriental, que em sua terra não valia nada, aqui floresceu, levando à bancarrota nossos velhos comerciantes de três, de quatro portas: os Fróes, latinistas; os Lopes, ex-tropeiros; os Abreu, ex-garimpeiros; – tantos ex, gozando no ócio dos negócios os lucros havidos – os Silveira, rezadores; os Rodrigues, sabidões. Por toda parte foi igual a ascensão dos orientais. Hoje, quase tudo é deles lá em Mangueiral e aqui em Belô. Mas eu não sou deles não. Bem que tentaram, em vão. Vou acabar sendo, eu e o que é meu, pela mão de minha falsa filha, Mila, e dos netos que ela me pôs.

JAMAIS

Hoje gosto mais de Nora que de Zeca. Para falar a verdade, nunca gostei dele demais. Será tanto? Esse tanto, na verdade é bem pouco. De fato, não gosto mesmo é nada, nem dele nem de ninguém. Gosto é só de Nora. Nela, gosto que seja jovem, mulher e bela. Homem para mim fede, cansa demais. Você não concordará, bem sei. São pontos de vista. Mas concordará comigo que jovem sempre é melhor que velho. Eles estão a caminho, se fazendo. Nós, madurões, somos caso perdido, com os defeitos à mostra, indisfarçáveis. Inclusive a feiura, porque velho bonito é coisa raríssima. Velha bonita mesmo, vi poucas.

Nora é mesmo bonita, o que me agrada muito. E é inteligente, sensível. Mais que o comum das gentes. Muito mais que Zeca. Lê seu jornal, reside no mundo, sabe das coisas, tem ideias. Algumas bobocas, melhoráveis.

Que será que Nora acha de mim? Velho birrento, que às vezes acorda engraçado, dizendo coisas gozadas. Maniático, metido nesse escritório, lendo e escrevendo, escutando música clássica. Sempre sozinho, coitado. Ser escritor, sem dúvida, me prestigia aos olhos dela. Amolecerá seu coração para minhas ranzinzices? Acho eu.

Achará também que sou comilão, o que é bom. É visível que gosta de ver o gosto que me dá comer as comidinhas que ela faz. Boa mão tem essa menina. Até o chá de congonha adoçado com mel, que ela me trouxe agora, recende de tão cheiroso, me desceu pela goela macio como veludo. Bom demais.

Nora fala pouco comigo. Com Zeca, não sei. É também discreta, nunca conta nada de sua vida. Não tem amigas, se as tem, nenhuma vem cá. Será por que acha que eu não gosto? Melhor assim. Às vezes puxo prosa, malicio coisas, indago. Nora encerra a conversa com duas palavras: – Sim senhor! – É verdade... Que coisa!

Leu meus livros todos. Até releu, gostou, entendeu. Sei disso pelas perguntas que faz, no esforço de relacionar meus personagens comigo. Vê Stela em toda mulher desembaraçada de meus romances. Adivinha amores meus: secretos, pecaminosos. Creio que falamos mais de meus livros que de tudo o mais. Um dia deixo Nora ler esses meus originais. Não. Jamais!

O pudor do autor é enrubescer com seu leitor

Samuel Butter

CURA

Morro de curiosidade de passar esse Cura a limpo. Você também? Vamos mergulhar no miolo dele? Ei, Cura, você aí, quem é você? Funcionário de Deus?

– Brinca não. Não sou de caçoada. Religião não é rito nem é fé. É disciplina, é serviço. Sem uma palavra oficial de Deus o mundo desanda, os milagreiros tomam conta. Isso aprendi nessa minha seca vida de sacerdote e de homem. Sem Deus e sua Santa Igreja estávamos perdidos. O sobrenatural é natural. Assim é o mundo. Deus está solto, no Espírito Santo, milagrando; no Diabo, atentando. Deus me livre e guarde, do Divino e do Demônio. Estremeço só de pensar nas tentações da carne e do espírito. Não sou nenhuma beata para tremer nem me persignar, mas me persigno e imploro: Deus me livre e guarde deles. Por que temer o Espírito Santo? Por que ter medo de milagrar? Se eu fosse um padre milagreiro, não seria melhor? Por que ter tanto medo do capeta, de suas tentações? Ele me tenta há tempos, todo o tempo. E eu resisto? Ninguém resiste. Há o pecado, há a virtude, mas tudo está tão misturado. Ninguém é culpado! Nem o criminoso confesso, julgado, cumprindo pena. Ninguém é inocente! Nem as crianças, nem os loucos de hospício, nem os velhos caducos. Que fará nós, gente comum, com batina ou sem batina. Sempre que confesso pecadores ou que vou, eu mesmo, me confessar, saio me arguindo, me questionando. Assim é que me sinto, também na casa de seu Gê. Por quê? Seu Gê é até tranquilo. Não está exigindo nada de ninguém, nem de mim. Mas me perturba. Por quê? Dona Stela mais ainda, com aquele seu cinismo. Perto dela fico torto, sinuoso, tenso. Acho sempre que ela vai dar uma gargalhada na minha cara, me desmascarar. Por quê? Essa mulher é insuportável, com sua liberdade de si mesma. Não a suporto. Onde a compostura mineira? Onde o recato de mulher? Criticá-la, eu, jamais! Temê-la, isso sim. É da raça de Eva, serpentária. Vive de envenenar-se de nosso veneno. Elas são fatais, mortais. O professor cultiva essa mulher haverá trinta anos. Que será? Amizade? Amor mal resolvido? O que fazem, acho eu, é se atormentarem um ao outro com suas expectativas desencontradas. Vê-se que ela não tem um pingo de respeito por ele como escritor. Mas não diz nada. Fala mal de Deus e do mundo, fala e escreve. Dele não! Eles conversam, convivem. Ele conversa muito com ela. Mas falar dela aos outros, creio que não fala não. A ponte entre os dois é o tal Canuto. Sempre que os vejo estão os três juntos. Falarão alguma vez dois a dois, maliciando o ausente? Figurinha suspeita a desse professor de ginásio. Ele é e não é ninguém. Não se assume, nem pode. Como, se nem sabe o que é? Mas julga. É juiz desse mundo. Até a mim me olha com olho de anzol lançado, pescando. O sacerdote, orientador espiritual desta casa é ele, com sua cara fuinha, sua alma intrigante, seus vícios miúdos, recônditos. Quais? Terá ele o valor, a coragem, de algum vício? Nem isso. E pensar que esse coisinha é o discípulo do professor... Coitado! Guedes, não! Mas do Guedes eu não falo não. Só digo, aqui, que entre nós dois há vínculos mais fundos do que a malícia pode suspeitar. Eu trato ele é de Ton'zé. Ton'zé, de Antônio-José, que é o nome dele. Meu amigo, Ton'zé.

SÃO PAULO

Estou voltando de um Congresso Lítero-Anarquista em São Paulo. Stela também foi. Mais que isso, Stela me levou. Na verdade, foi ela que armou tudo, agenciou meu convite e me guiou. Odiei-a como nunca, me paparicou o tempo todo. Ia na frente – como essa mulher conhece gente! – saudando a todos e dizendo que eu era eu, et cetera e tal. Até gorjeta no hotel deu por mim. Impossível!

São Paulo é outra civilização. Lá tudo é diferente. Há uma hierarquia respeitada e respeitável. No alto do céu fica D'Andrade, o deus bifronte, que nada tem que ver com esses Andradas daqui de Barbacena nem com os de Itabira. Uma cara, a feia, é do mulato dentuço, simpaticíssimo, herói totêmico de nós todos; até a biblioteca da cidade tem o nome dele. A outra é do bonitão, um sacana irresistível, igualmente querido e detestado. É o xodó dos literatos.

Abaixo deles, vem o Par Luminoso, ainda incompleto, mas louvadíssimo. O Sergio, já iluminado, e o Caíto, que ainda está subindo. Na louvação aos dois, Carlos se proclama sucessor, rindo e chorando.

Na terra reina a Trindade Úspica. Candinho, a preside, sempre cercado por trezentos discípulos amantíssimos, certos de que podíamos ser autênticos porque o mundo é belo e a vida valeria a pena se não fosse tanto fdp. Florido, o pensador lúcido, rodeado por doze discípulos discretos, por vezes polêmicos, todos forrados de leitura exótica. Esplêndido de saúde, Flô anuncia, a toda hora, a hora de sua morte, amém. E todos choramos. Completa o trio o Xamber, que não quer saber de discípulo nenhum, malquer os quatrocentos e cinquenta doutores que fez nas exatas. Só se dá, hoje, às inexatas.

Em São Paulo reina o matriarcado. Umas damas grandes, boazudas, peitudas, deitam regras abundantes, dentro de dois cultos. O culto maior, é o da Heroína-Mártir fundadora da mulheridade. Comeu Oswaldo, Stálin e Mao, mas tinha tesão é no Trotsky. Quase morri de vergonha por não saber nada dela. Stela sabia tudo. Tem até inéditos, sacaníssimos aliás, da tal heroína. O outro culto é da Mulher-Emblemática, Safo, que para mim é o próprio mistério. Não consegui vê-la nem saber nada dela. Senão que, tesuda e sábia, filosofa saçaricando em latim. Stela morre de ciúmes dela.

Ai paulistas, meus avós que ficaram atolados lá no planalto, à beira-mar, se agringalhando. Prefiro seus netos birrentos, cá de Minas, enterrados nos garimpos, se amulatando. Salvam-se vossas mulheres, boonas de dar gosto. Pena é que não gostem de dar, me diz Stela. Será?

Elmano, claro, estava no Congresso, postulando com seu vozeirão, no estilo farfalhante de suas falas acadêmicas. Não se manca o filho. Deitou verbo, outra vez, sobre seu livro prometido: *Brasil, país de papagaios*. Inédito, mais falado do que qualquer édito: demonstrou à paulistada basbaque que aqui nesse mulato país nosso nada se cria, tudo se copia. Nada se planta, transplanta-se. Cada geração nova se apega às figuras de moda lá de fora e passa a vida boquiaberta: admirando, repetindo, papagaiando. Mata estava lá no canto, coçando-se incomodado, com medo do Elmano outra vez citá-lo, nominalmente, chamando-o cavalo de santo de alguém. Moreno claro, Elmano passaria até por branco, se não falasse tanto e tão mal dos brancos; se não dissesse, com toda convicção, que é mestiço na carne e na alma.

A glória de Elmano é ter vivido uns anos no exílio, que ele chama de desterro, para se equiparar aos mineiros que acabaram em África. Ele, ao contrário, se deu foi muito bem no tal desterro. Fez amigos e publicou desbragado. O sofrimento dele, como o do Darcy e o do Fernando, foi comer o amargo caviar do exílio. Isso eles dois reconhecem, reconhecem e proclamam; Elmano não, quer passar por mártir.

CASÓRIO

Meu casamento com Vilma foi a glória. A igreja de Lourdes decorada, cheia. A sociedade mineira ali. Eu, de casaca, elegantíssimo. Vilma, arrastando um longo imensíssimo. Nós, ambos cercados por um bando de anões: damas e pajens. A marcha nupcial encheu a igreja. Quando JK, padrinho dela, entrou com Sara, minha madrinha, foi aquele pasmo. Maior que a entrada solene do meu sogro, trazendo Vilma pelo braço, para mim. Glória!

Eu, ali, rematava a campanha maior que empreendi na vida: seduzir, conquistar aquela mulher de luxo, bela, bela, e me casar com ela. Na festança que se seguiu, vi mais gente junta, bem-vestida, do que tinha visto a vida inteira. Inclusive minha família. Os mais bestas estavam todos lá, orgulhosos. A família dela também, principalmente os mais pobres. Nininha, única parente que reconheço, nem deu bola. Ficou lá no Mangueiral, espreitando, esperando.

O presente dos padrinhos foi o carro, que apodrece aí na garagem. Valerá, hoje, como antiguidade, dizem.

Lua de mel em Paris, dez dias de novembro: Hotel du Quai Voltaire. Um frio de cão lá fora, um calorzinho delicioso lá dentro, no quarto, em nós. O Louvre, ali pertinho, único Paris que vimos detidamente; vimos sem olhos pra enxergar. Só nos víamos a nós. A cidade, mesmo, conhecemos de metrô. Até hoje me lembro de Paris como um arquipélago de ilhas soltas – Cité, Châtelet, Opéra; Saint Michel, Odeon, Saint-Germain-des-Prés, Louvre, Concorde, Etôile – cinzentas, molhadas, só à noite se transfiguram, iluminadas. Andei todo o tempo de casaca, única roupa abrigada que tinha. Ninguém viu, exceto Vilma, que se vexava demais.

Nossa vida de casados, boa naqueles primeiros anos, começou a azedar quando Vilma e o pai viram que tinham de desistir mesmo do propósito de fazer de mim um homem de negócios: diretor de banco, gestor de *warrantagens,* dono de loteamentos.

Sempre soube, embora não me permitisse pensar nisso objetivamente, que nosso casamento era um negócio. Negócio bom e honesto para as duas partes; reciprocamente lucrativo. Moça rica, de boa família, procurava rapaz brilhante, tanto mais necessário, porque não tinha irmão. Eu, nadando contra a maré naquele começo de vida, queria, acima de tudo, um meio mais fácil de me dedicar à minha vocação de escritor. E nos amávamos. Era um toma lá dá cá, com creme e *marshmallow*. Não há maior tolice que falar de golpe do baú. Nosso golpe foi recíproco, duplo.

Muitas foram as conversas ruins com meu sogro. Na última, ele foi duro:

– O senhor pensa que vai sustentar minha filha com seu empreguinho na prefeitura? Tome jeito, rapaz, aproveite seu padrinho presidente. Ou você quer mesmo é brincar de intelectual?

Era exatamente isso que eu pensava. Acrescentando, é claro, de mim para mim, que a meu salário imaginava somar o rico dote dela e uma mesada que ele tinha obrigação de dar à filha para suas extravagâncias. Nos desentendemos feio. Voltamos a falar de negócios muito depois, quando os Armazéns Gerais iam à falência e ele precisava pôr uns bens em meu nome para se safar. Deu sua última rabada de jacaré me dizendo que estava certo – quer dizer que não estava – de que podia confiar em mim, gerenciando aqueles bens que não eram meus, eram de Vilma: os lotes.

No curso desses azedumes nasceu Mila, o que melhorou um pouco meu relacionamento com o sogro e com ela. Mas não consertou o que estava quebrado. Suportar-me sempre em casa, lendo e escrevendo, dias e noites, foi se tornando um suplício para Vilma. Eu, inocente, imaginava que a trepada diária, rotineira, na cama matrimonial, e uns gracejos, era o suficiente para acalmá-la e me anistiava para voltar, depois, à biblioteca, ao meu ofício escrevente. Para Vilma não havia maior ofensa. Tanto que, a certa altura, ela passou a recusar-se a mim. Só então comecei a ver que tudo ia mesmo à matroca.

Os anos mais árduos, mais duros de minha vida, foram os últimos de convivência com Vilma: inimigos íntimos. Desprezado, corneado, eu continuava apegado a ela como se tivéssemos nascido pregados, siameses, inseparáveis. Havia indícios, eu só não sabia ao certo porque não queria saber – mas era evidente que ela me corneava e muito.

Tivemos brigas feias de ciúmes das corneações e dei feias surras nela. A primeira foi na tarde em que a arrastei do clube, depois de vê-la sorrir seu sorriso mais doce e olhar de olhos cintilantes para um elegante que vinha cumprimentá-la. Fiz escândalo no clube e, em casa, bati muito. Depois, bestíssimo, me consolei com a ideia idiota de que não havia acontecido nada. Seria um mero encantamento de uma mulher elegantíssima por um cara elegantíssimo: coisas de sociedade.

O episódio final dessas desavenças foi na tarde em que ela me chegou, com a boca inchada, o lábio inferior rompido. Eu mal acabava de vê-la tão medonha quando tocou o telefone. Era a dona ciumenta que tinha quebrado a cara dela. Contou tudo. Eu tudo ouvi: calado.

Ficou impossível fazer de conta que não sabia: dei outra surra em Vilma, das piores. Antes, quando batia nela, batia por ciúmes, provocado. Era ainda um ato de amor. Vilma tinha um evidente gozo nisso. Agora não, era raiva só, ela já machucada, mais estragada ficou. O casamento estourou. Não era possível conviver mais.

– Casamento de merda. Vou m'embora.

– Vai pra onde?

– Vou pra casa. Desquite, divorcie, o que quiser.

– É uma boa. Tá na hora.

– Papai já sabe. Levo Mila, claro.

Com a saída de Vilma, a casa silenciou. Só ficou Clotilde, a cozinheira, buchuda demais de Zeca para largar o emprego.

CAJU

Sopra uma aragem aqui no escritório, com fragrâncias do Mangueiral. É o cheiro acre das flores do cajueiro lá do quintal. Planta forte e bela o cajueiro. Asilado aqui nas alterosas, como eu. Ele é de lá, de minhas caatingas secas, quentes, do Mangueiral. Aqui míngua, lá não, se esgalha todo, floresce, frutifica a gosto, fartamente. Eu não. Lá não vinguei bem. Nem me alegrei. Cá, estou melhor, mas minha pátria verdadeira nem sei onde é. Se é lá, se é cá.

Só sei que moro é na ilusão. E dentro dela tanto faz, é igual estar lá, estar cá. Meu mundo real é este aqui, vago mundo alucinação. A vida corriqueira, cotidiana, rotineira, não me interessa. Vejo e passo, mergulhando outra vez no meu reino de mentira. Só atolado nele, maginando, participo realmente emocionado de um caso escabroso, de um conflito sangrento. As coisas pra mim só assim, pensadas, são em sua inteireza, sem as contaminações do real, sempre tão cheio de impureza.

Na imaginação é que existo. Posto em palavras, nelas posso olhar e ver, até viver um amor verdadeiro, uma saudade curtida, um reencontro emocionado, um gesto puro de ternura. Nada disso sucede para mim, comigo, em plenitude, senão de mentira nos romances, nas fitas. Um bafo de onça, um traque de rato, me eriçam e atiçam, apenas referidos.

Uma das vantagens dessa minha vida de ilusão é que nela não se correm grandes riscos. Tudo de ruim que possa suceder se exorciza a tempo. Eficazmente. Ninguém, nesse meu reino fantasmal, nem mineiro nenhum, aqui, necessita de astúcia nem precisa ter medo de pôr um pé no escuro ou de manter conversas compridas com estranhos. Assentado no meu reino, não só falo, mas escrevo copiosamente, para quem queira me ouvir, me ler, como você aí. Aliás, chegou a hora de fazer uma revelação. Agarre bem este livro, você vai se assustar:

– Eu não existo! Isso mesmo, eu não existo não!

Na verdade das coisas, não é bem assim. Queira ou não queira, eu existo hoje e existirei amanhã. Mais do que você, mais do que ninguém. Estou certo de que, de mim, desse seu Ageu Rigueira, se falará quando vocês estiverem todos totalmente mortos, acabados. Esquecidos.

Gentes muitas, ainda por vir, saberão de mim, detalhadissimamente. Como não sabem nem dos seus amigos mais íntimos, nem de seu amor mais amado, nem de seu irmão querido. Recordarão, contando uns aos outros, como nasci, como cresci, como atravessei a vida numa corrida louca, atrás de mim, em busca de ser esta pessoa que eu sou e que vai se figurando nítida aí na sua mente.

Ledor por ofício, vedor por gosto, escritor por opção, isso sou. Desbragadamente. Fazendo desta vida missão, obsessão, sem nenhum travo de amargor. A alguém pode parecer coisa de louco, obstinado. Só parece, não é. É, isto sim, coisa de artista, teimosia inquebrantável de criador. Pra mim, quem fracassa na vida são essas pessoas insensatas, insaciáveis ganhadores de dinheiro, campeões de não sei o quê, ousados aventureiros do nada. Eles só prestam mesmo é para, devidamente digeridos, se converterem em personagens de romance, que é onde se realizaria, plena, sua verdadeira natureza, expressa a toda luz.

Como você vê, estou contente ou pelo menos conformado comigo mesmo. Acho até bom demais viver enrolado no meu cipoal de palavras e figurações, feito delas, que são a carne do meu espírito. De todos os destinos que poderia ter sido e vivido, gozado e sofrido, prefiro este. Mesmo porque, debaixo desta máscara espiritual, realizo uma carnalidade tão rica de amores e sabores como qualquer outra. Inclusive a sua. Talvez até maior.

Oco de fé nos homens, vazio de ternuras fáceis, me pus à margem, asceta não digo, mas abdicante. Desolado do mundo que é, busco intrépido o que houvera de ser.

O poeta é um fingidor.
Finge tão completamente
Que chega a fingir que é dor
A dor que deveras sente.

Fernando Pessoa

CIRCO

Canuto é surpreendente. Ontem me contou que, rapazote, fugiu de casa com um circo. Percorreu cidadezinhas inumeráveis de Minas e do Rio. Fantástico! Meu seriíssimo Canuto, vocação de erudito inútil, em ofícios circenses. De dia, contou, cuidava do elefante, da sucuri e das onças. De noite, se vestia de mulher e representava a Mãe de Deus ou a Santa Louca, no mambembe. Pode?

Em compensação, desde que voltou pra casa nunca mais viajou. Nem o Rio conhece. Fugiu atraído pelo tratador das feras que queria um escravo. Voltou quando o mesmo tratante roubou outro menino. Sem maliciar veadagens circenses, fiquei cismado.

Essa roupeta preta, feita sob medida. Essa virtude extremada, que registra e se exaspera com todo pecado alheio. Esse jeito altivo de quem toma conta do mundo, virtuoso. Essa tristeza fúnebre. Esse pessimismo amargo. Essa misantropia, somítica. Essa modéstia, exibida. Tudo isso somado é mais que todas as partes.

Hoje, acabei admirando Canuto como o contrário de si mesmo. Ele é a vaidade que deu a volta por cima e, lá do alto, ri de nós, vestido de luto. Canuto é a mineiridade encarnada. Na juventude, viveu destino de mancebo. Na idade madura, se fantasia de tristeza vil para comover, impor respeito. Na velhice, que será dele? Certamente será um bandalho. Caretice e ironia sardônica, isso é Canuto, pra meu espanto.

Essa história se encaixa perfeitamente na que Stela me contou, explicando a briga deles. Encontrando-se casualmente na avenida, se saudaram e saíram juntos, passeando, olhando vitrinas. Uma hora se sentaram num café para conversar literatura. Stela, descontrolada, inesperada como sempre, se pôs a falar sério. Primeiro, de nós dois. Contou que eu a descabacei violentamente, num quase estupro, quando ela era apenas uma menina. Foi a introdução, disse ela. Para animá-lo a falar confiante, confidente. Admitiu, depois, que andou arrastando asa para Nora e que, ultimamente, está enrabichada com certa menina. Falando de si mesma, foi apertando Canuto. Finalmente o forçou, queria que ele confessasse que é bicha enrustida.

O pobre resistiu o quanto pôde, suportando o assédio. Só explodiu quando Stela, louca, disse que sabia, comprovadamente, que ele, buscando garanhão na Central, quase foi preso uma vez.

– Nunca soube desses talentos dele, Stela.

– Nem eu! Menti para ver se ele confessava. – Eu me zanguei.

– É demais – disse a ela. Stela prometeu repor a paz de nossa convivência, restabelecendo as boas relações com Canuto. Se é que isso se alcança.

– Ora, Gê, só não seduzo você. Canuto é pinto. Não me custa nada voltar às boas com ele. Prometo. – Tomara, digo eu.

Convivo quase só com esses dois. Preciso deles ambos pra saber do mundo, tomar pé na realidade. Eles também, não sei por que, precisam de mim. Creio que me querem como um intelectual sem opinião, neutro nas discussões acaloradas deles, em que ambos sempre querem, raivosos, ter razão. Eu não.

Minha Stela dos impossíveis é mesmo imprevisível. Nunca vi ninguém assim, de confiável e desvairada, franca e mentirosa, exibida e recatada. Recatada? Isso não. Só e unicamente num caso vi recato nela. É em guardar, ciumentamente fechado, o recôndito segredo nosso, que nem a mim quis nunca revelar: como foi seu amor com Elmano? Por que quis passar por donzela comigo?

Isso tudo, aliás, é nada. Reflete, apenas, meu mau caráter. Superexigente com Stela, tanto que a queria donzela. Supercomplacente comigo, que nunca perguntei nem quis saber por que Vilma não sangrou na cama. Nossas bolinas frenéticas foram coxeios, sem travessia. Nossas enrabações, a que ela me induziu, viciada, nem triscaram o cabaço. Mas se seguiram nossas fodas e nada! Nada! Quem a comeu primeiro? Nunca quis saber. Nem quero, agora. Pouco me importa que me tenha vindo furada. A Stela, não, dela ainda cobro cabaço.

PALAVRAS

Não há poder como o da palavra. Se escrevo e você lê cravo, um cravo cheira, instantâneo, no seu nariz. Se eu qualifico o tal cravo, você o vê ferrado na ferradura de uma mula. Mas posso, ainda, revirar seu estômago, se digo que o cravo de que falo é o que pustemou na bochecha dela, nojento.

Sou feito de palavras. Palavras lidas. Palavras faladas. Palavras ouvidas. Não há lembrança minha de minha vida vivida que não me venha envolta em palavras. Às vezes em versos, como você terá notado. Sou como esses velhos que falam repetindo aforismos. Eu repito versos. Resultado, suponho, de meus dois ofícios: o de professor de teoria literária e o de literato praticante. Na verdade, o que sei mesmo nessa vida é citar. Nisso sou intelectual mineiro típico: nada sei, apenas me lembro, cito!

Antes de ler, eu já me encantava com a magia da palavra. As estórias que contavam no Mangueiral – lá havia velhas que recitavam imensos romances por dias e dias –, seus causos, se depositaram em mim. Estão aí na minha lembrança, fazendo a primeira camada geológica do meu espírito. O imaginário também entrou cedo em minha vida, com os casos de assombração e de milagres que me encantavam e me aterravam no Buritizal.

Esses dizeres antigos e os que se superpuseram, falados, lidos, abriram em mim o espaço em que cavalgo meus cavalos de sonho, navego por meus mares nunca dantes, amo meus amores impossíveis. Isso fiz a vida inteira. Maginar, devanear. Fazendo-me escritor profissional apurei o gosto de compor frases, buscar palavras para retratar, exatas, e expressar, ardentes, fielmente, esses mundos meus vários que não há. Ou só há porque eu crio e você, me lendo, dá vida, recria. Nisso vivo, disso vivemos.

Ora, viver. Viver a gente vive enquanto não morre. Viver realmente a vida é existir atuante. Fazer-se ou refazer-se, segundo um projeto próprio. Qual! Isso é missão, a que se dão heróis e santos, eu não. Fora eles, haverá quem se tenha feito a si, como quis? Há, ora se há! Toda essa gente aí que deu certo tem isso conquistado. Existem para se exercerem no papel poderoso que se deram, que podia até cansar e encher, mas não cansa, não. Eles são incansáveis de si mesmos.

Há lá saco que aguente uma vida só de êxitos, como ricaço, como parteira, ou de glórias, como poeta? Não devia haver, mas há. Metido nas alturas dessas glórias, o que o glorioso devia querer é malandrar, cair na vida. Não cai por covardia. Será assim?

Jésse com toda certeza curtia demais a fama de seu bisturi. Mas não tinha cara de quem pedisse ou merecesse felicidades. Acho até que, se fosse obrigado a molecar, morria. Aliás, morreu sem molecar. Oscar, ao contrário, faz as coisas mais gloriosas molecando sem parar. Uns têm vocação para exercer seu engenho e viver a vida, gozosos. Outros, só prestam, eficazes, para seus fazimentos. Acho que sou desses imprestáveis. Não vivo, a vida é que me cai em cima.

É preciso edificar a existência que queremos ter, concordo. Mas é preciso também, e até mais, folgar e molecar, coisas de que não sou capaz. Melhor, bom mesmo, seria viver estirões longos de licença secreta de mim, me sendo noutro, vivendo uma vida diferente: novos ares, novos amigos. Minhas escapadas de bar de que gosto tanto, para beber cerveja e mijar, são o que há de merdoso e medíocre. Mas ficar lá sentado, toda tarde, amistando com aqueles caras, também não dá. Eta vida besta, meu Deus.

Não dá. Eu, você, nós... palavras! Tudo é ambiguidade pronominal. Qualquer deles se aplica a qualquer um. Só migo sou eu mesmo metido em mim, intimamente comigo, como meu próprio ser, indivisível. O seu eu, se você é, haverá de ser um migo, que nem o meu, fazendo de você uma pessoa única que persiste, insubornável, na sua identidade essencial, até que morra, que nem eu. Mas que se seja com mais coragem que eu. Peque ou santeie, mas se gaste, pelo amor de Deus.

Para que tanta perna, meu Deus, pergunta meu coração.
Porém meus olhos
não perguntam nada.

Carlos Drummond de Andrade

BIA

Na crônica de Vil-e-má nosso casamento acabou porque ela não pôde mais suportar meu enrabichamento com sua melhor amiga, Beatriz Pignatari. Mentira! É certo que Beatriz me comeu um dia, no meio de uma festa, no banheiro da casa dela. Mas me comeu só pra se vingar da trepada do marido com Vilma. Comeu e disse a Vilma, na minha cara:

– Pau a pau, beleza. Estamos quites! – Isso foi uns dois anos antes de nossa separação. Vilma e eu não discutimos o assunto. Voltamos para casa como se não tivesse acontecido nada. Onde estava minha ombria de mangueiralense, matador de mulher adúltera. Ali vi, vi bem, provei pra mim, ali, que não sou de nada.

Só muito depois Bia me atropelou e me avassalou. Foi uma explosão tamanha de amor gozoso, que acabei gostando dela. Ela de mim, também, quanto podia. Não era pouco. Morreu com a mão na minha mão. A outra mão, na mão do marido dela.

Não fique biruta, não, leitora. Nem pense que estou misturando as coisas. Qual o quê! Foi assim mesmo. Depois de anos de brigas, de transas, de traições, do diabo, meus e de Vilma – Bia ali ao lado, assistindo a tudo, solidária com sua melhor amiga –, afinal nos separamos, Vilma e eu. Isso naquela tarde em que ela chegou em casa surrada por uma dona danada e eu a surrei ainda mais, danado.

Bia também sumiu. Só voltamos a nos ver tempos depois, quando topei com ela, por acaso. Trocamos olhares, cantei e ela me agrediu, sorridente:

– Você pra trepar é fraquinho, fessô. – Desafiava. Escolado por Vilma, a insaciável, eu achava que era bom de foda, ou nada de desprezar. Não me vexei. Ela veio aqui em casa no dia seguinte. Teve início, então, nossa tourada. Aquilo virou uma ginástica erótica bissemanal. Aprendi, mas custou.

– Bom de pau, você é, Gê. Tem é de melhorar seu desempenho.

Nunca vi mulher assim de civilizada: uma dama. Com ela fui aprendendo que tinha muito demais que aprender para ser foda apreciável. Antes de tudo aprendi a me aguentar, sem gozar precipitado. Depois, aprendi que a esporrada é uma cusparada na mulher que só se dá quando não se pode mais segurar. Aprendi, ainda, que ao sair dela é hora de espreguiçar, de conversar, para recomeçar tudo de novo, outra vez, outra vez, quantas der.

Bia era mestra nas estimulações prévias, a mim e a ela, em gozos bodais e entre uma virada e outra. Suas três bocas tinham demais o que me dar e davam gozando demais, ela também. Dando e negando, regateira, se ajeitava para que cada boca me parecesse seca, tendo de ser violentada. Só aí, derramava seus vasos essenciais, de óleo e de mel recendendo, almiscarando o quarto, a casa.

Foi com Bia que assumi inteiro meu rico pau, descobrindo encantado todas as diversas partes dele, cada qual capaz de seu gozo: a glande, o papo, a goela, o tronco, a raiz. Dentro da boca sôfrega de Bia um peixe de pele, oleoso. Na bucetinha, adaga a cortar, sangrar, fazendo daquilo um mar. Lá, atrás, lança, castigando e adulando, de fazer chorar a chupeta. Era onde ela me engolfava e mais gozava. Melhor que minha pica, confesso, era a língua de Bia, uma pica de foder adoidado.

Meu Deus, que mulher! Meu Deus, que mulher! – disse o Rei

Tudo acabou com o tumor no rim e a operação. Os médicos, não sei porque erro fatal, operaram o rim bom. Bia não saiu do hospital. Quando viu que morria, mandou me chamar. Lá fui eu. Lá fiquei noite e dia, mão na mão. Ela apenas consentia que o marido, o pai ou a mãe pegassem, às vezes, a outra mão. Não fui ao enterro de minha amada mais amada. Chorei demais.

Tão injusta foi essa morte que caiu sobre Bia. As primeiras pontadas, ela teve comigo, ali no quarto. Pôs a maior cara de espanto. Ainda quis brincar.

– Estarei prenha? O que é que me dói assim? Saiu de carro, curvada, a mão no rim, torturada. Quis dirigir, ela não deixou. Foi só, pálida, transfigurada.

Vieram aí os inacabáveis dias daquele mês de horror. Todo o tempo atroz em que ela se morria de dor e eu me morria de amor. Bia viveu quase todo aquele tempo mergulhada em morfina. Trêmula. Às vezes passava sobre ela uma brisa de lucidez. Nessas lufadas chorava, inconsolável. Se apavorava tanto do medo de esfriar e morrer, como de que a dor voltasse a girar, a zunir, a triturar, dilacerar. Apagada sua voz pela droga, a dor prosseguia silenciosa sua obra, verrumando o rim doente de Bia. Sofri com Bia sua dor. Mais sofri minha dor de vê-la definhar, enfeiar, se acabar. No fim, era impossível não ver que ela levava dentro de si, debaixo da pele, sua caveira. As sombras, afinal, se fecharam sobre ela. Eu me libertei. Era hora.

NORA

Essa Nora quer falar outra vez. Tudo bem, Nora, não se apresse. Vamos lá, fale. Deite o verbo. Que é que há com você?

Que é que há comigo? E eu sei? Estarei namorando meu sogro? Deus me livre e guarde. Parecer, parece. Delicadezas demais, dele. Dedicações demais, minhas. Inibições repentinas, toque-toques. Só falta bolina. T'esconjuro! Que o velho é safado, lá isso é. Demais. Mas eu não sou safada não. Nunca fui. Sempre me guardei. Pra quê? Quando o Zeca apareceu minha mãe já estava desesperada. Achava que eu não casava mais: você quer mesmo ficar pra tia, minha filha? Era o que ela dizia, todo dia. Não queria, mas não me mexia. Acho que tinha medo de homem. Tinha. Sobretudo de homem avançado, metendo a mão na gente, encostando o pau. Nem nos bailes eu consentia agarramentos ousados. Aquela minha demasia de seriedade tinha raiz, também, no papel que me impus e sempre representei, de professorinha. A melhor professorinha do Brasil. Estudei firme, me preparei para o concurso como questão de vida ou morte. Recebi minha primeira turma há cinco anos e, desde então, sou uma professora dedicada, até demais, e gosto muito. Tanta dedicação teve um efeito inesperado. O estudo, primeiro, depois o magistério, me afastou dos rapazes e das moças. Fui ficando de lado. Ninguém me procurava. Fiz de conta que não ligava. Estudava, trabalhava, sofria. Assim foi até que Zeca aconteceu. Foi vê-lo na loja de pai e me entesar com esse meu morenão bonitaço, risonho, que ele é. Fineza também estava ali. Dei bola pra ele de saída. Papai quis empatar, dizendo a mamãe que ele não estava à altura. – É empregado nosso, dizia. Nem ginásio tem. – Mamãe e eu passamos por cima dele e de tudo. Ela, me deixando namorar na sala, sozinha, eu com Zeca, namoro rasgado. Eu, me abrindo toda. Foi Zeca que me conteve, me gozando pelas beiradas, resguardando a virgindade. Eu teria dado pra ele ali, na hora. Era o que queria. Eu mesma pus a mãozona dele em mim, por cima do vestido, para sentir a pressão forte sobre o grelo. Fui eu mesma que pus a mão dele, por baixo do vestido, em cima de minha calcinha. Fui eu mesma que afrouxei a calcinha e deixei que ele tocasse lá, naquele meu pomo carnal em que o mundo é mais sensível. Zeca, sabidíssimo, foi me iluminando devagar: rua por rua, praça por praça. Aprendi que não gozo só no grelo. Meus seios, tocados por ele, aprenderam a ficar duros, bicos entesados como pauzinhos. Minha nuca se arrepiava toda, tocada por Zeca. A barriga, a entre coxa, que beleza! Toda essa sedinha de pelo que tenho pelo corpo inteiro ele sabia tocar, roçar e ascender, me iluminar. Minhas três bocas, com ele, aprenderam a estufar, melar. Meu Zeca de então, tão mais carinhoso que agora. Zeca despertou meu corpo todo, tocando só com os lábios daquela boca boa, a língua – que língua a que ele tem – e os dedos lambidos de cuspe. Eu, agarrada com as duas mãos no pau dele. Meu Deus, estou ficando melada só de lembrar daquelas bolinações sem fim. Casamos. Aconteceu. Foi tão fácil e macio, que eu espichei a colcha para Zeca ver, ver bem, meu sangue virginal. O besta aí me ofendeu: – Cabaço? Comi muitos demais, bem.

O OUTRO

Hoje Elmano entrou aqui em casa pela mão de Stela. Bem-falante, como sempre. Falou espichado de sua vida bem vivida. Ouvi com muita inveja. Enraizado aqui e em mim, condenado a ser eu mesmo até o fim, ouvindo Elmano, passeei com ele pelos mundos onde andou. Vastos mundos.

Por instantes, desejei sair eu também, aventureiro, por aí, procurando alegrias e dores. Qual! Não sou disso não. Nunca fui. O escritor que sou tem seu limite precisamente nesse confinamento mineiro em que sempre vivi atrelado. Como saber do humano, se dele só sei a humanidadezinha nossa, geralista?

Elmano, sim. Se fosse literato, podia escrever belos romances. Qual! Seus textos são intragáveis. É um intelectual puramente oral. Sua verve é a loquacidade vã de quem vive na superfície da vida, sem mergulhar jamais. Mas como fala bonito! Não conheço ninguém com tanta arte de conversar. Conta casos, comenta, metendo no meio, entre parênteses, anedotas engraçadíssimas.

Hoje falou do sol da meia-noite que viu na Finlândia, quando acordou com sua luz, porque esqueceu de fechar a veneziana. Intercalou a história de um finlandês que o chamava de meu negro e queria comê-lo. Teria contado outros casos extraordinários de escandinavos, se eu deixasse: mitômano!

Estou amuado, ressentido. Foi Elmano que me deixou assim. Ouvindo suas falas sobre lugares longínquos, coisas tantas, pessoas raras, mistérios misteriosos, sinto-me roubado das vidas que podia ter tido, tormentosas, se tivesse saído da toca. Nunca saí. E daí? Cada qual se cozinha no seu caldo. O meu, até que gosto dele. Tanto ou mais que Elmano gostará ou não, lá do dele, suponho eu. Não será muito, vive na mão de Hélio, se analisando.

E você aí, homem ou mulher, que me lê e me julga, que tal o seu caldo? Você gosta de ser tal qual é? Trocaria seu jeito, seu destino, pelo de alguém? Quem? Esqueça isso. Ainda que quisesse trocar, seria impossível. Fique na sua. Tire da vida o gozo que sua vida pode dar a você. Só a você ela pode dar. Singela ou enroscada, sua vida é a única coisa que você tem. O que temos que fazer, você e eu, é nos assumirmos e gozar o gozo possível, ainda que seja apenas um gozinho à toa.

Ilhas isoladas, vasos estanques, isso somos. Ilhas morrendo de vontade de sair de si. Águas querendo se misturar, confluir. Em vão. Você e eu, eu e você, somos, cada um de nós, eu próprio, um ser em mim: migo. Inalcançável para qualquer outro.

Os outros para nós são o que supomos, desejamos que sejam: projeções, reflexos, bons ou ruins, belos ou feios, conforme os vemos naquela hora. Eles mesmos não têm nada com isso. Cada um estará encerrado na pele dele, nem sabe se é ou se não é. Apenas existe. Somos pedras ambulantes, pensantes, sentimentais. Pedras feitas de carne, algum osso, muita pelanca e esse comovido sentimento do mundo na solidão solicitude de cada qual. Agora, me diga, pergunto eu a mim mesmo e a você:

– Que diacho esta conversa mole tem a ver com o Elmano?

– Nada, ora, foi o que me veio, releve.

Para concluir este capítulo que já vai longo, só digo a você que a puta da Stela aí ficou espetada na cadeira, calada. Atenta como uma coruja, olhava pra mim ou pro Elmano, com cara de admirado espanto. Mais para ele, porque quase só ele falou. Se foram, afinal, e eu vim conversar com você. Era hora. Afinal. Aqui estou, curtindo inveja dele.

Tu, que por guerras cruas, tais e tantas,
e por trabalhos vãos nunca repousas

Camões

ANDORINHAS

O mundo se abre para mim. Enfim. Não se abre de par em par, mas se abre aos poucos e já se abre com outro arfar. Sobe e baixa, cresce e diminui, nos conformes da vida. Minhas alegrias não são sóis, são esplendores de lua cheia. Tristes alegrias por vezes. As tristezas puras são mundinhos imundos. As alegrias na tristeza, alentos no arfar relapso do coração. As tristezas na alegria, zumbidos de balão furado, se esvaindo.

Vivo a meia-cana, respirando a passo, como quem nada sem medo, mas sabendo do perigo das águas revoltas. O meu ritmo hoje é o das alegrias na tristeza. Não são tantas, mas uma que outra me cai, dia sim, dia não. Singelas alegrias de uma convivência macia, de uma rotina morna, boa.

Às vezes eu, de repente, me sinto feliz. Gozado, não é? A vida espevita. Isso sucede quando Vazinha ressurge e salta afoita a janela, mostrando a calcinha puída. Quando Nora me olha, sorrindo com a cara toda. Escrevo minha escritura, escolhendo, guardando, rasgando. Espero nas horas correntes, os instantes instantâneos que irrompem na rotina, gritando: vida, vida. Viva a vida.

Nora inda agora entrou. Olhou como Nininha fazia, tomando conta, zelando. Trocou olhar comigo, doce sorriu, com a boca e com os olhos, corou, se foi, fechando a porta, cuidadosamente.

Os arvoredos do quintal estão cheios de andorinhas azuis, ciscando, catando formiga ou mosca, disfarçando para não mostrar quantos ninhos fizeram no meu telhado. Fui lá várias vezes ralhar com os meninos de atiradeira. Virei guardião de andorinhas. Isso é meu viver.

Romances são espelhos de palavras refletindo mundos não havidos, mas que bem podiam – até deviam – ter sido. Minhas criaturas de papel, que existem só dentro dos romances meus, existem com veemência total. Esse poder de enredar conferindo existência a personagens, verdade a acontecimentos, é o encanto mágico da literatura.

Amo a meus personagens mais que a qualquer gente vivente, de carne e osso, capaz de dor e de amor. Os chamados seres reais são frágeis, duvidosos. Os meus não, são confiáveis. Seu prodígio maior é poderem, como qualquer pessoa, sofrer dores, amar amores, gozar gozos e até morrer. Com a vantagem incomparável de reviverem, vivazes, tudo isso, até sua própria morte, cada vez que uns olhos leitores caem naquela página e leem a estória que ali está inscrita. Na minha independência de criador só preciso mesmo é de sua existência e conivência de leitor para que minhas criaturas surjam e continuem existindo, fazendo suas besteiras, quando eu estiver morto e sepultado. O romance, como você vê, não confere só existência, confere até eternidade – senão ao autor, lamentavelmente – a seus personagens, pelo menos.

Hamlet fundou a Inglaterra; Fausto, a Alemanha. Foi Gravoche que fez a França francesa. Sancho criou a Espanha, Babitt, a outra América. A Colômbia sem Gabo estaria torta. São eles que conferem presença e dignidade à existência de seus povos. Os romancistas e os poetas, principalmente. Que seria de nós, brasileiros, sem Carlos e sem Rosa?

Assim é. Sem ser verdade, o romance porta uma verdade mais visível, mais comunicável e mais comovente que qualquer outra. As verdades que percebemos convivendo, observando, não têm esse calor, esse candor que a verdade romanesca encarna. Coisas referidas, pessoas nominadas ganham neles uma existência que só a linguagem pode dar: permanente, convincente.

Aliás, isso é até generalizável, tem raízes vetustas. Nós humanos, acho eu, somos feitos é de palavras. Nós nos fundamos ao criar falas para nos comunicar, tão feias e urgentes como os gritos dos bichos. Ainda mais porque, podendo falar de bichos ausentes, nos capacitamos a mentir romancear, enredar. Mentir! Aqueles primeiros homens falando, falando, mentindo, se enganando, criaram a si mesmos como portadores de ideias, repertórios de lembranças. Isto somos: os seres que mentem, falantes, romanceantes. Romancear é, pois, como se vê, a forma mais alta de nós, humanos, nos exercermos.

RAIZ

Mangueiral me dá seguranças insubstituíveis. Principalmente a de ter raiz. Isso me faz peculiar entre as gentes cá de fora, tão sem cara. É bom demais ter certeza de que Mangueiral existe. De que lá está Nininha, que me ama, e há uma vida lá que me espera sem parar. Não importa quanta carência ou indiferença encontre eu cá. Sei que sou oriundo de lá e que Nininha me quer de graça. Culpado ou inocente.

Foi Mangueiral, na verdade, que me enxotou de lá. Forçou-me a ousar, a ser, a crescer acima dos meus joelhos e, afinal, a usar meus pés para fugir de lá, voar. Mesmo debaixo do risco de quebrar a cabeça, eu vim m'embora pra cá. Essa foi a vocação que Mangueiral pôs no meu coração. Meus companheiros de então lá vivem as vidas que eu não ousei viver. Desafiantes vidas tranquilas, pacatas. Existências calmas demais para meus nervos. Tumultuadas demais de vãs paixões para se suportar a seco. Veja meu pai, com seu coração de boi e seu bandolim, se fodeu. Do Mangueiral eu também trouxe prendas diversas:

Este couro de anta, estendido no sofá da sala de visitas;
Este orgulho, esta cabeça baixa...

Carlos Drummond de Andrade

Trouxe, inclusive, minha caveira que lá já portava inteira. Não as carnes. Estas, provisórias, se refizeram, se renovaram, se enrugaram. São outras. A cabeleira e as unhas de lá também se foram. Hoje, se eu não podasse, elas formariam medonha teia de sagarços cacheados de longuíssimas conchas nacaradas. Principalmente, trouxe minha alma, fundida lá.

E você que me lê? O que é que guarda de você, se não guarda carnes, peles, unhas, pelos? Que é que faz você se ser, ou parecer, apesar de tudo isso, igual a você?

Às vezes matuto meus impossíveis. Quem não? O melhor deles é maginar uma vontade forte, irresistível, de voltar pra casa, voltar lá pro Mangueiral. Lá envelhecer, cuidado por Nininha. Lá morrer, sepultado no carneiro de minha avó, a brava. Meus ossos junto dos dela, esperando os de Nininha. Que digo eu? Digo isto mesmo, preciso morrer antes de Nininha. Confesso, professo: só à minha irmã Nininha amei minha vida inteira.

Se eu morresse amanhã, viria ao menos
Fechar meus olhos minha triste irmã

Álvares de Azevedo

Só dela sei, ao certo, que vai chorar inconsolável. Desfalecer. Talvez morra. Tomara! Em meu pensamento, Nininha é minha e continua menina. Só penso nela criança ou adolescente impúbere, me cuidando dia e noite. Poucas vezes vi Nininha mulher. Ainda não vi, não sofri ver, Nininha velha. Para mim ela é, há de ser sempre, Nininha minha irmã menininha, tímida e risonha. Nunca vi Nininha se abrir numa risada de cascata, como as de vovó Coló.

Aquele Mangueiral de nossa infância era a terra dos amores desencontrados. Um lunático que aterrasse lá podia até pensar que toda aquela gente tinha trocado de papéis. Cada um ama a mulher do outro e cada outro ama a mulher do um. Vivem suas vidas insossas, olhando os outros viverem suas insossas vidas, com olhos lânguidos, cheios de inveja. Assim é o povo de Mangueiral. Cegos para o amor que têm, só têm olhos para o que não têm nem terão jamais. Quem não entra nessa trama matreira se acanalha tocaiando mulher alheia, invadindo lar, por demasia de amor apaixonado. Acaba levando tiro na cara.

Aí está Vazinha, outra vez, atrás da porta, se roçando para eu saber que veio. Safadinha. Valerá a pena ir lá, abrir a porta? Ou esperar que ela dê volta e salte pela janela? Tentar agarrá-la pela milésima vez e vê-la sair correndo como quem teve uma grande vitória? Essa diabinha e eu jogamos esse joguinho sujo há tempos, com malícia. Muitíssima malícia. Nem ela deixa Nora ver que está me atentando. Nem eu faço nada para ela se ir de vez.

COCHILO

A tarde se desfaz roxa, em mormaço. Quente aqui dentro, ainda mais quente lá na sala. Venho de lá. Entrei, vi Nora cochilando na cadeira de balanço, cabeceando. Fiquei olhando um tempão. Sua boca meio aberta, úmida, as asas do nariz palpitando, como focinho de potranca. As mãos cruzadas no regaço. O pescoço longo, saindo do decote largo. Os peitos arfantes de respirar apertados no vestido. Aproximei-me, para quê? Pousei a mão de leve nos cabelos dela, claros, finos. Acariciei. Nora acordou sem sobressalto, mansa, terna; tomou minha mão, beijou como quem pede a bênção. Levantou-se e saiu.

– Cochilei. O senhor viu? – Ainda trago na mão o cheiro de Nora. Nos olhos, Nora toda inteira. Viver com uma mulher dentro de casa requer cuidados, respeito. Pros diabos.

Vamos retornar à minha escritura de esfolar memória. Isso me acaba, me aniquila, mas alivia. Me dá o gozo que hoje tenho. Descarrega as saudades tantas demais que carrego. Saudades do ruim e do bom que a vida me deu e me tirou. Meu coração sentimental tudo destila. Sofre outra vez, gozoso, dores doídas. Busca, contente, a ressonância de alegrias antigas.

Preciso acabar com isso, sair por aí, viver. Será mesmo que quero mudar? Quererei mesmo parar de refluir? Qual! Nunca aprendi a viver. Minha vida é a vida de meus alternos. Vida mineira de Minas, alterosa, alternosa. *Asalternosas* é o nome de um livro meu que é este mesmo, sem confluências. Seu tema é Minas, suas alturas, seus ares leves, fantasmais. Tanta pedra. Tantas igrejas. Tanto cemitério. Tanto santo glorificado. Tanta reza. Tanta novena. Que sei eu? Tudo isso me fez, nos faz assim, aéreos, etéreos, ausentes, recônditos, disfarçados, buscando alternos, sem descanso.

Gente há aqui, como eu, que nunca se vê cara a cara: inconfessável, envergonhada. Nunca soube de si nem consente que ninguém saiba. Jamais. Vive sem gosto nem desgosto de máscara afivelada na cara: reconhecível, tranquilizante.

Cada qual, suspeito eu, na sua hora, decerto viu, cara a cara, sua verdade, desde sempre negada. Eu também, de relance, decerto me vi bem-visto, entrevi, pelo secreto ângulo revelador. Isso sou, santo Deus! Só isso e tanto! Isso é o que aqui escondendo, vou revelando para você, para mim.

Eu e Nora vivendo aqui para nada. Ela amanhecendo, para quê? Eu, entardecendo em dor, sem amor, em desamor.

Se o pensá-la é prazer, que fora o tê-la?

Bocage

O-PORTO

Stela veio, hoje, com a garrafa de o-porto e as flores. Não deixou Nora nem arrumar. Pegou o vaso, pôs outra água e fez o arranjo, ela mesma. Nora jamais saberá por quê. Hoje, 10 de março, se repete para Stela, outra vez, a data de comemorar, comigo, meu aniversário. A doida, só ela, toma isso como dia de glória. Por quê?

Meu vínculo com Stela, o dela comigo, é fundo. Amor? Amor! Amor já sem carnalidades nem ternurinhas. Amor fundo. Profundo. Nos pertencemos, de fato, um ao outro. Apenas estivemos sempre em mãos alheias, de empréstimo. Ninguém pode compreender isso. Para todos, a vida sentimental é tranchã: pau é pau, pedra é pedra. Tolice. Amor é laço, enlace de mil nuanças.

Lembrei-me agora do começo de meu namoro com Stela. Lá se vai uma vida. Ouvíamos juntos, umas vezes por semana, aulas do Veloso, na Fafi. Desde a primeira vez que a vi, ela me encheu os olhos. Vi bem que ela via como eu, encantado, a via. Uma tarde, à saída, encontrei Stela sozinha, sentada. Me aproximei, nos olhamos. Ela se levantou, andou uns passos comigo. Aí, eu, besta, disse a ela, emocionado:

– Você é gostosa de doer, bem.

– E você é um fominha de merda.

Fechou-se e se foi. Zangada. Depois a vi, vezes sem conta, no meio dos outros alunos e professores. Eu sempre gastando Stela de tanto olhar. Sem coragem outra vez de me aproximar. Foi ela que, um dia, sem mais nem menos, se pôs a meu lado à saída e saiu comigo, caminhando esse caminho que até hoje caminhamos.

Minha última colisão com Stela – há anos e anos – se deu aqui no escritório, quando ela voltou da Europa. Ruim. Abraçando amistosos, nos beijando na cara, cordiais, um dia nossas bocas nos escaparam. Beijamos. Outro dia, passei a mão na coxa dela, sobre a saia, ali naquele sofá de couro que, então, era de pano. Fomos adiante, acariciei Stela por baixo da saia. Prossegui até lá. Aí, caí no maior espanto: ela tinha raspado os pentelhos. Tirei a mão como quem leva um choque. Voltei, depois, apalpando. Verifiquei bem. Era mesmo barba do dia, completa. Não confluímos. Nisso também nunca falamos. Jamais. É muito nosso isso de não nos dizermos nada. De fato, Stela e eu nunca quisemos nos olhar cara a cara, frente a frente, tal qual somos.

Hoje, nalguma hora, desastrados, meio altos, trincamos de leve o passado nosso. Veio à tona alguma referência aos ciúmes que ela acha que eu tenho do Elmano. Foi ruim demais. O passado todo, com sua borra azeda, me supitou. Serviu apenas para provar quanto eu sou sensível, ainda, a nossas coisas velhas. Tão velhas.

Encerrado o assunto, tivemos um silêncio breve, que eu interrompi com uma risada dessas malvadas, que raramente me atacam. Stela se pôs hirta, queria saber por que eu ria. Se era dela que ria.

– Não, não é de você. Mas não vou dizer por quê. Lembrei-me naquela hora da esplêndida, memorável, mijada que Stela deu, uma noite, de sopetão, na rua, no começo de nosso namoro, quando eu estava em plena bolina. Quando acabou de escorrer o jorro caudaloso pelo passeio, ela fechou as pernas, se enxugou na saia e saiu correndo para casa. Por semanas não quis saber de mim, nem telefone.

Naqueles tempos nossos, Stela era boíssima. Alta, pernilonga, bundinha resumida, dura de dar gosto, umas coxas de pele sensível que se arrepiava à toa em pele de galinha. Stela nunca foi dadeira. Teve uma vez fama de frígida, besteira. Era fogo na cama.

Depois de sua longa viagem à Europa, com seu francês e não sei quem mais, voltou de fogo baixo. Por quê? Pelas irmãs doidas que aqui encontrou, com obrigação de cuidar? Sei lá. Às vezes cogito sobre o que fez Stela em tantos anos no estrangeiro. Terá pecado muito? Só desejo que sim e que peque muito mais. Duvido.

Com minha risada besta, a conversa desandou. Stela tinha a melhor boa vontade de manter uma fala amena, comemorativa, cheirando as flores, tomando o-porto. Eu tomei cálice sobre cálice sem ver, sem sentir gosto. Mas a conversa não pegou mais em amenidades comemorativas. Chamei à fala assuntos bestas, sérios, que discuti esgrimindo, às estocadas. Stela só procurava me aplacar, me acalmar, como quem diz: hoje não é dia de briga, bem, não brigo não. Saiu sem o ar estabanado, mas ainda assim berrando com pouco ânimo, lá da porta.

– Me leia, me leia. – Topou com Nora na sala, levantou os dois braços como quem se entrega e fez uma careta. Nora comentou:

– É muito doida essa sua namorada.

AMORES

Umas mulheres, das mais mulheres desse mundo tão bem provido delas, atravessaram meu caminho, e eu, graças a Deus, o delas. Todas se imprimiram em mim: prazer e dor. Cada qual a seu modo foi meu eterno amor naquela sua, nossa hora. Algumas ficaram em mim. Eu as terei sempre. Quais?

Minhas mulheres indeléveis não são aquelas com quem breve transei. Nem as tantas que amei pouco ou demais. É, por vezes, alguma com quem apenas cruzei de passo, só vi longínqua, por instantes, mas senti, reconheci, que podia ter sido minha amada mais amada. Serão principalmente aquelas mulheres que inventei e tanto amei, em carne de fantasia.

Umas quantas dessas amadas reais e imaginadas me habitam. Sempre habitarão. A jovem alemã dos meus trint'anos que andou lado a lado comigo, uma rua inteira, numa cidade estrangeira. Ela falando, eu calado. A moça mineira no carro-restaurante numa viagem ao Rio. Ela de vestido abotoado de alto a baixo que, eu, beijando leve, desabotoava, tocando leve, e ela abotoava. A do alpendre, tão risonha que toda tarde me esperava e eu passava, passava, e não tocava. Tímido demais.

Como esquecer – por quê? – as noivas alvoroçadas, me dando premissas. A do desastre de avião quase mortal, que nos deixou com um medo de cal, abraçados, no quarto de hotel. Eu, trêmulo, querendo. Ela, ardente, se guardando e se dando, continente. A outra, já casada, recém-casada, em sua lua de mel, na cidade serrana, enlaçando os dedos de seus pés nos dedos de meus pés, debaixo da mesa. Com o marido em flor, ali ao lado e minha noiva também ali ao lado. A quitenha, inda menina e tão macia, deixando os braços do barbudo dela pra se enrolar nos meus e rolar. Nunca tinha visto ninguém tão cheirosa.

Ó, doces e acres amadas minhas de amor recôndito e passageiro, que no seu instante, nosso, me iluminaram, e sempre me retornam. A hospedeira severa que, coando café, me dava fazendo de conta que não dava. A moleca maranhense, rendeira, feita de rapadura escura, empapando o pixaim de brilhantina, pra me mostrar que dava. A mulher do sargento, que eu amava ao anoitecer debaixo do umbuzeiro, apavorado. A nissei minha, tão doce e tão atada, que só me dava se sentindo estuprada.

As duas moças daquela viagem antiga. A genebrina esguia e doce, morrendo de saudades do Rio, que eu tão mal amei e abandonei. A moça de Araraquara, que quase me matou, rapaz, no metrô de Paris. A menina carioca, que me deu sua flor na hora da aula e mostrou depois, orgulhosa, a rosa rubra no lençol. As minhas paulistas mal-amadas: a despelada e a dos joelhos belos, ambas de mãos quentes, sexo ardente. Aquela virgem bretã, tão bem lembrada, que na hora do amor sangrou demais, se apavorou, me apavorou. A moça virando rapaz, que chorava e queria e não queria e chorava. A mimosa uruguaia, cheirando a feno, que me acolheu carinhosa e tanto mereceu. A fotógrafa orgulhosa de seu grelo estufado. Minha colega portenha, de púbis alto, bocetinha bicuda, estreitíssima. Minha amada *pièd-noir*, amorosa, sutil e sábia, com suas toalhas embebidas de vapor, que me animava a retornelos. A suíça bela, longa, bela, fumando haxixe comigo na cama, amando e comendo bombons.

Mais que tudo contam algumas amadas tantas, tão poucas, que eu amei muito demais. Amei de paixão assumida, soltas as rédeas, na cavalgada, subindo a céus celestiais e baixando a infernos infernais. Essas minhas amadas mais amadas aí estão, sempre estarão, esvoaçando sobre as ondas de minha memória, prontas a retornar. Ontem tão carnais, são hoje a parte mais espiritual de mim.

Ó minhas donas que amei, que comovi e que me comoveram tanto. Quais? Quantas? Sei lá. Muitas. Muito poucas. Na verdade, só uma. Uma só. Amamos eternamente é o amor de cada hora, em suas encarnações inumeráveis. De quem vou me lembrar, aqui, agora? Sei não.

Aquela grã-senhora, dona de minha inocência, que veio, me ganhou e se guardou secreta, a meu lado, recôndita, por séculos.

A moça doce, de convivência longa, confluência breve, com sua verruga no beiço, a cabeleira espessa de noite escura, boca de hortelã. Quebramos um catre no primeiro encontro.

A morena esguia, cheirando a rosa, boca em relevo, pele de seda sobre óleo, tesuda como ninguém. Tanto me amou e me traiu. Eu tanto amei e traí, tanto, tanto, tanto. Um dia quebrei a cara dela. Ainda me dói.

A paulistinha minha, bela, fresca, dengosa, fútil como ela só, descobrindo comigo, encantada, como era bom ser tão gostosa. Seu tubinho de amar, na santa hora, meio que saía pra fora.

A sulina barroca de meus encantos, doirada, testa de anjo, abaulada, com sua cicatriz, tanto me amou e que eu amei total, aqui está, a vejo: suprema doçura e graça. Juntos, redescobrimos o amor sobre colchões e o desejo sobre pedras à beira-mar.

Ó minha amada de alegria prateada, risinho infantil em cascata, feita para brincar, sorrir e amar. Sôfrega e assustada, com as pernas muito abertas, a boca muito trêmula, ofegante.

A hispana bela, peluda, odiando ser tão cabeluda, capaz de tirar todo o sumo do amor, sempre surpresa de suas prendas. Um dia saí dela, glorioso, como uma sangrenta adaga.

A sábia tigra, trigueira, fêmea sempre no cio, morrendo de medo de prenhar, gostando tanto de amar como de pensar: responsável pelos destinos do mundo.

A clara musa bela, loura, louca, olhos de sóis no céu azul. Larga marido, casa e tudo, para sair pelo mundo comigo, itinerante. Eu atrás dela. Ela atrás de mim. Nos amando e nos detestando. Em quantas cidades e ilhas nos amamos?

A minha bela amada alada, artista da carne, da pedra e da musicalidade. Enormíssima. Bela, bela, criando formas com as mãos e amor com seu imenso corpo inteiro. Tudo nela era grande, abismal, femeal, principalmente os mamilos e o grelo, grandes, duros, rubros.

Ai, amadas minhas, redescobertas, em saudades recuperadas, lembradas. A dama dramática passeando comigo, de noite, na praia carioca de camisa de meia sobre a calcinha. Vivida, amava como criança, se vendo amar, extasiada.

Como esquecer – por quê? – aquele meu amor pecaminoso da minha menina de seu amado desenganada? E a moça bela, quase pucela, solar, luminosa e dengosa, com mil sinos na voz, que só me queria para marido. Sempre amanhecendo com medo de ser dia, toda ternura, tesão, receio.

Estava eu a viver esses meus eternos amores fulminantes, quando chegou, afinal, o amor de agora. Era ela, a bela. O próprio amor encarnado. A Esperada, que numa noite de milagre desencantou e me veio. Cabeleira escorrendo na cara, olhos de céu lavado, beleza infinda. Linda no corpo, nas partes, nos cheiros, na fala. Ó milagre! Desde então ela me habita, me faz, me refaz. Graça plena, suprema graça.

Na verdade, eu já te esperava desde o princípio

Emílio Moura

O BARÃO

A glória de minha família é o Barão de Gurutuba, meu trisavô, dizem. Na verdade das coisas, ele foi um dos cento e tantos tataravôs que tive e estarão enterrados e esquecidos por essas Minas. O Barão só é lembrado e trazido lá de trás para nos enobrecer. Pena é que o doido do Pedro II não tenha dado títulos nobiliárquicos hereditários. Eu seria agora Barão de Gurutuba. Imagine! Seria como aquele conde português que acompanha o Oscar por toda parte; amigo fiel, levando na órbita um olho de vidro, dado por Oscar, que vez por outra ameaça tomar.

Minha gente paterna é como se tivesse surgido do pasto, sem antepassado nenhum. Apenas sei do pai de papai, meu xará, que – como papai – morreu de beber e que – parelho com ele – tocava maravilhosamente o acordeão. De profissão, ambos eram contadores, vale dizer, guarda-livros, zeladores de fortunas alheias, registradores de saldos e débitos. Daí virá, pela intimidade com a pena e com o livrão, minha vocação de escritor? De vocação, os dois eram músicos, vovô, maestro da banda Divina Lira, do Mangueiral; papai, o melhor bandolim do mundo. Com ele, conquistou mamãe, trinando.

A família que fundei, com Vilma, me deu essa filha duvidosa, Mila, e meus dois netos – como é mesmo que eles se chamam? – Escolhi Vilma a dedo e escolhi mal, por razões fisiológicas – boazuda ela era, sem sombra de dúvida – e fiduciárias – ricona também era, embora o pai dissipasse demais em maus negócios e na jogatina.

Genealogicamente eu sou a frágil ponte que enlaça, numa ponta, meu povão inumerável que vem do fundo dos tempos e, na outra ponta, meus dois duvidosos netos remelentos. Até pode ser que levem taras e talentos meus nos cromossomas, mas meu nome não perpetuarão. Vão assinar o nome do pai. Isso me recorda que, com Pedro I ou sem Pedro, eu jamais seria barão de coisa nenhuma. Meu longínquo tataravô coroado é do ramo materno, que não perpetua.

Melhor que o Barão era a mulher dele, que se chamava Ana Maria Silveira do Rossio. Ficou falada depois de enviuvar. Não por sacana. Qual! Era virtude pura. Sua fama vem de ter mandado capar o padre português da fazenda dela porque pecava demais com as negras. Espantoso é que, castrado, o cura ficou lá, lá morreu, anos depois de enterrá-la num vestido de veludo roxo com botões de diamante e levando um cordão de ouro de um dedo de grossura com um crucifixo ajaezado. Na busca desses tesouros, a cova dela, dentro da igreja, virou uma buraqueira.

Damas de minha família às vezes florescem quando enviúvam. Enquanto o marido vive é aquela secura: enxaquecas, calafrios. Viúvas, reverdecem em alegrias, cantorias. Isso é o que contava Nininha, me prevenindo. Ainda bem que não deixo nenhuma viúva minha, alegrinha, por aí. Viúvo, sou eu. Viúvo enviezado, mas feliz também de minha viuvez.

Os homens da minha família é que não levam boa fama. As mulheres são boas. Exceto, talvez, vovó Coló. Ainda lembro bem o trato duro que ela dava a Nininha e a mim. Decerto com medo de puxarmos ao pai. Ao contrário de outras parentes nossas, ela não floresceu quando enviuvou. Fechou a cara, assumiu tudo, severa. Tudo era, principalmente, perseguir minha mãe para que não se casasse com meu pai, o boêmio de Diamantina.

– Casou-se e se danou – diria vovó. Aquela carranca dela seria por amor a Joaquim Pedro Cunegundes Sá – seu Quinca Sá ou Quincas Preto, que era como o povo de Mangueiral gostava de chamá-lo? Foi ele que, para satisfazer um capricho de vovó, comprou pra ela o Buritizal, tido e havido como herança do Barão. Conheci esse avô Quincas só por retrato. Era um velhão barbudo, que não levava jeito nenhum de curtir a vida.

É recordável no Mangueiral por duas façanhas assinaláveis. Construiu para a Câmara, com dinheiro dele e do comércio, um edifício enormíssimo para mercado, que ruiu na véspera da inauguração. É lembrado, também, pela festança que deu para inaugurar seu carrilhão. Esse caso eu não conto, hoje não.

Nunca encontrei ninguém capaz de me falar, detalhado, desse vovô Quincas. Só sei que seria mulato carregado, de uma linhagem de gente briosa e aventureira que garimpava e contrabandeava diamantes em Grão Mogol. Na família, o que mais se guarda dele é a imagem de uma garrafa cheia de diamantes que seu Quincas derramou na mão da minha vó, no dia do noivado.

TRISTEZA

Chegou a estação da secura nas pastagens de capim de bode dos cerrados lá de cima e nas morrarias cá de baixo, esfumaçando Minas. São as queimadas com sua fumaceira que enche o ar. Toda Belô cheira a bosta seca queimando. O sol da tarde é uma bola de fogo, enormíssima.

Meu país, minha patrinha, pra valer, é Minas. Essa Minas de pedra e de ferro, atarraxada no meio do Brasil. Uma França, de tamanho; meia Espanha, de população. Três séculos de história civilizada. Dez mil anos de civilização índia. E ninguém sabe o que é nem onde é.

– Minas, o que é?

Quem não sabe de Quebec e dos *quebequois*, da Galícia e dos galegos? Até dos flamengos da Bélgica, se sabe. Ninguém sabe nada é de nós! Lá fora, malmente me sabiam brasileiro, e olhe lá. Queriam me ter é por latino-americano. E é verdade, a América Latina é minha pátria grande. Mas eu sou é brasileiro. Tive que argumentar mil vezes, dizendo que nós somos, em tonelagem humana, mais que todos os povos latinos da Europa, somados. Passar daí, para dizer que sou mineiro, nem tentei. Nunca. Era demais pra cabeça deles.

Entretanto, precisam saber. Minas é minha patrinha, minha nação, meu gene, minha etnia. Mineiro sou, apesar de mim. Isto é o que sou: mineiro.

Toda essa Minas é pátria minha. Cada pedaço é minha patrinha. Meus são os velhos lugares chamados Couto, Valcouto, Morro, Campos, Roças, Passos, Currais, Pousos, Garrotes, Ferros, Sinos, Pedras. Também meus são os sítios de nosso sentimento mineiro do mundo: Maria d'Abadia, Mar d'Espanha, Val de Lírios, Grão Mogol, Tremedal, Curral Del Rei, Valha-me Deus, Araçuaí, Montes Claros, Várzea da Palma, Brejo das Almas, Coração de Jesus, Riacho dos Machados, Maria da Fé, Rebentão da Vereda. Onde quer que nasça um mineiro, e nascemos por toda parte, é também um pouco mineira pátria minha. Patriazinha. Pra mim, todo brasileiro é mesmo, vendo bem, um disfarçado mineiro.

País mineiro meu, de morrarias pedregosas, de várzeas azuis pedindo lavoura, de serranias enfezadas, de cerrados despojados florescendo nos últimos pequis e frutificando nos derradeiros panãs. Minas velha de povo pobre e pio, pecando, jejuando, rezando, cumprindo penitência, rogando praga.

Quanta roseira cheia de rosas, cheirando. Quanta cagaiteira amarela em flor, alegrando lajeados. Quanta gente carpindo tristeza. Quanto coitado, trêmulo, querendo se matar. Quanto filhote piando no ninho. Eu, no meio deles todos, me mortifico pelas plantas, pelos bichos, pelas terras, pelas gentes dessas serras, dessas várzeas e vertentes.

Choro a rosa desfolhada, a moça que não namora, a vida dos tristes, o medo dos suicidas, o passarinho órfão, o galo de briga cego, sangrando. O mundo tinha mesmo de ser assim? Tinha sim. Claro que tinha. Tem jeito, não. Nem jeito, nem solução.

Então, o País das Gerais florescerá
que tempo era de florescendo estar

Dantas Mota

Que é que me deu, outra vez, para cair nesta vileza? Razão positiva não tenho nenhuma. É só melancolia. Com você acontece isso? Você também tem seus dias? Tia Nã me dizia que os dias têm forma e cor. Segunda-feira para ela era comprida como um charuto e cor-de-rosa. Essa mesma tia era dada a terríveis ataques de tristeza. Emburrada, se agachava na quina do quarto, com a cabeça entre os joelhos, triste e calada. A mim só me falta isso. Ver a forma e a cor dos dias, já vejo. Só falta agachar-me para chorar tristeza.

E você aí, seu jeito de sofrer, qual é? Ou você não sofre? Será dessa gente do riso claro, da alegria álacre, todo dia? Será mesmo? Duvido! Uma vida só de alegria, quem há de?

CANUTO

Canuto! Chegou sua vez. Vamos logo, confesse; qual é a sua? Fale!

– Falar, eu? Falar em confissão? Eu não! Jamais. Não falo não. Só falo em tese. Tenho convicções, lealdade, gostos, desgostos, parecidos aos de toda gente. Não sou exceção. Talvez eu ponha um pouco mais de paixão e alguma singularidade que tempera, personaliza, minhas preferências e fobias. No mais sou igual: tal e qual! Isso eu construí comigo, em mim, na luta que travei a vida inteira, ainda travo, apenas para que os outros me vejam e me aceitem como eles querem que eu seja. A primeira fôrma em que me meteram foi a de minha madrinha. Até hoje me surpreendo repetindo frases dela. Minha mãe, também, influiu um pouco mais, doidona, sempre me aceitou no que sou. A influência maior foi mesmo de minha madrinha, que sabia como me queria e, sobretudo como não me queria. Outra fôrma conformadora veio com a professora Isa, que me quis reformar à força, ameaçante, ríspida. Mas eu fui desfeito e refeito, de fato, foi pela meninada da vizinhança. Cedo adivinharam em mim fraquezas ou aptidões inconfessáveis: me comiam e me desprezavam. Safados. Aprendi! Desde então não confio. Eu não confio não! Não confio em ninguém não! Desde então, vivo escondido atrás dos livros. Neles eu mesmo me refiz. Sou o restolho, peneirado, de tudo que vi, sofri, vivi e li. Mais do que li. No plano ético, se é isso que se quer saber, eu sou uma versão pessoal do cristianismo católico mineiro, da moralidade hipócrita belorizontina, de toda gente daqui. Minha visão do mundo é a de nós mineiros, com os nossos usos, abusos e dissimulações. Sou cópia fiel do que se vê por aí. Igual aos outros. Um pouco mais ilustrado, por demasiada leitura, variada demais, que me confundiu mais do que me edificou. Hoje, meu cuidado maior é não me deixar desmascarar pela arguição do Gê e do Elmano. Sobretudo de Stela, a porca. Como odeio essa mulher! Por que a vida para uns é leve brisa e para mim é sempre vendaval? Sou quem sou. Sou o que sou. Não por escolha minha. Assim sou por força da natureza, por propensão irresistível. O mundo não podia ser mais eficaz do que é para me perseguir, me proibir de ser o que detesta em mim. Ou faz de conta que detesta. Em vão, somos invencíveis, eu e todos nós. Realizo na minha carne talentos eróticos tão humanos como os outros. Talvez até melhores, mais raros. Veja bem, tudo isso é nada. É conversa fiada, imaginação minha desvairada. Eu não confesso não.

ÓCIO

Esse meu culto dos livros é velha adoração. Vivi mais horas de minha vida lendo, escrevendo, do que vivendo. Gastei mais com livro do que com qualquer outra coisa. Assim foi que enchi essas estantes. São litros de meu suor. E aqui não tenho nem metade dos livros que comprei.

Leitura é a carne do meu espírito. De livros, principalmente, é que sou feito. Desde que comecei a ler, rapazinho, sempre tive dois, três livros novos à mão, que eu ia lendo como leio até hoje, descansando de um na leitura de outro. Passei, nem sei como, de leitor a escritor, tão fácil foi. Sempre escrevi versos, contos, crônicas e, afinal, romances, pondo nesse fazimento a massa maior de meus esforços.

Tamanha devoção às letras significou para mim abrir mão de umas tantas coisas. Não fui o médico que prometi a Nininha. Nem fui o fazendeiro em que ela quis me transformar, quando a seus olhos fracassei. Fui um professor relapso, um funcionário vadio, para me dedicar devotadíssimo a esse ofício e vício.

Creio que isso começou com a paixão pelos enredos rocambolescos de Ponson du Terrail, Michel Zevaco, Xavier de Montépin, Alexandre Dumas – os dois – a que me entreguei menino. O que eriçou mesmo, me lembro bem, os nervos do meu espírito, o que me politizou, foi a leitura de *Os Miseráveis,* que reli incansável. Vivi anos encarnado em Gavroche. Antes era Dartagnan. Depois, já aqui em Belô, passei a ser Jean Christophe.

Mais que essa devoção à leitura, a base sólida da minha vocação literária, confesso aqui, foi a burocracia. Ela é que subsidiou minha dedicação às letras. Sem o salário mensal, seguro, eu e nem nenhum outro escritor brasileiro sobrevivia, dedicado às letras. A burocracia é que nos nutre com esse lazer largo, longo, indispensável para as coisas do espírito. Esse ócio remunerado é nosso negócio. Nisso já somos socialistas. O povo, pela via dos empregos públicos e da vadiagem funcionária, nutre seus homens de letras: nós todos, funcionários públicos.

O fato de não viver das letras ou de não tirar de meus escritos sustento para viver em nada diminui meu senso de missão. O que quero mesmo é escrever o livro, não um livro mais. Quero é o livro. Aquele, o inesquecível. Um livro que, pegado, ninguém largasse mais. Lesse e relesse vezes sem conta. Um livro tão bem enredado, urdido e curtido, que pasmasse a quem me lesse. Isso é o que mais quero na vida. Isso e Nora.

Não será este aqui, ainda não. E por que não? Quando será? Sei que será, tem de ser, tenho certeza. Não sei é se tenho alento. Que Deus e os santos e seus anjos me ajudem nessa empresa. Os diabos também, se puderem ajudar, quero que ajudem. Peço. Rogo. Quererão minha alma? Pois levem, sou fáustico mesmo – na alma e na idade –, não peço riquezas nem poderes. Amor – um amor novo – eu peço. Imploro, pelo amor de Deus. Só quero esse gozo e a glória.

Ei, você aí: onde é que você, agora, me lê? É isso mesmo, estou perguntando a você, leitor, leitora minha:

– Onde é que, agora, nessa sua hora, você me lê? No quarto, recostada na cama? Na sala, sentada na poltrona, vendo o movimento da casa, enquanto espera a novela? No quintal, quem sabe, deitada numa rede, sonhadora? Na repartição, na praia, no mato? Onde? Ao banheiro não me leve não. Sou homem sério, circunspecto, acanhado. Também não me deixe por aí largado. Ponho em suas mãos intimidades minhas, que não devem ser devassadas. Insisto nisso, romance é palavreado feito carne, é convivência espiritual, exige recato.

Aos corpos não convém fazermos guerra:
Não sendo nós, não convém fazermos guerra:

John Donne

PAI

Meu pai ressuscitou hoje em mim. Esteve aqui uma boa hora, em lembrança, recordado em todo o quase nada que sei dele, imaginado no que teria sido. Esse meu pai bêbado, morrendo longe de todos, me comoveu pela primeira vez.

O tal matador, amigo de Nininha, acoitado lá no Buritizal, terá ficado amigo dele? Decerto foi quem acendeu a vela na mão de meu pai. Qual! Terá sido uma daquelas velhas rezadeiras.

Hoje vi, longamente, o corpo morto de meu pai, exposto na sala de fora da fazenda, sobre um catre. Tinha uma vela de sebo acesa perto da cabeça e um chumaço de sempre-vivas nas mãos cruzadas sobre o peito. Um lenço preto enrolado na cabeça, segurando o queixo, fechando a boca. Ao redor dele, as velhas todas de lá, ajoelhadas, cantaram incelências a noite inteira.

Ai meu Deus, como ele tá tão bonitim.
Vai pecadô, vai s'imbora. Vai logo pra glória. Agora

Folclore mineiro

Terá meu pai levado seu bandolim para o Buritizal? Tocaria, às vezes, para os camaradas de lá? Levaria algum retrato de mamãe? E retratos nossos? Meu, não, que eu nem era; de Nininha, talvez. Teria ao menos isso lá com ele? Gostar dela, gostava, conta Nininha, que se lembra dele.

Que é que me deu esse pai que perdi sem ter tido? Minha cara, certamente, reconhecida por todos como cara do pai. É dele também, negativamente, o medo de me embriagar, que Nininha imprimiu em mim, certa de que trago comigo as forças e as fraquezas de um alcoolismo ancestral. Quisera ter herdado do velho – que, aliás, morreu mais jovem do que eu sou, agora – a coragem de ser boêmio que sempre me faltou. Queria é ter o valor de cair na bebedeira, de ser um farrista, mulherengo.

Aqui neste escritório, metido em mim, ouvi, horas e horas, a batucada do funeral de meu pai. Varou a noite inteira, as cantantes bêbadas, os camaradas ainda mais. Sóbrio, só meu pai, frio, no seu caixão improvisado de tábuas arrancadas do paiol.

Sepultei hoje a meu pai que nunca tive. Que sei desse Athos Rigueira? Nada. Dele herdei mais ausências que presenças. O que me deu de mais precioso foi sua fuga precoce na morte. Sem pai a me domesticar, autoritário, cresci solto no mundo, livre como um potro. Como também não tive filhos, com obrigação de disciplinar, minha liberdade se arrematou. Abriu-me espaço até para as iconoclastias que às vezes percorri.

Isto é meu pai: um vazio lá no fundo de mim, uma ausência quase insignificante. Em tantos anos que levo vividos, só hoje ele me surgiu como se estivesse vivo, vivendo seu dia derradeiro. Assim o vejo, roto, barbado, um bandolim quebrado no chão. Uma garrafa de pinga na mão, bebendo pelo gargalo, babando. Olhos saltados, rubros, lavados em lágrimas de saudades de si mesmo. Saudades de mamãe. Saudades de Nininha. Quem sabe até saudades de mim?

Vi Athos Rigueira, com seu bandolim quebrado sobre o peito, ser levado outra vez num carro de bois e sepultado na igreja fantasmal da cidade morta de Itacambira. Enterrado em terra santa, santificada. Lá está, sempre estará, junto com as múmias todas ressequidas que lá enxameiam há séculos. Tudo façanha de Isupero, que arrombou a porta da igreja sem padre e lá plantou, com suas mãos, a meu pai que para ele era o pobre bêbado senhor do Buritizal.

Estou virando o pai de meu pai que nunca tive. Muita dó dele, de mim. Mais dó ainda sinto dos netos dele, que Nininha e eu não lhe demos. Um homem e uma mulher, sem filhos, amadurecerão? Temo muito que não. Permanecem incompletos.

O filho que não fiz
[...]
Apoia em meu ombro
Seu ombro nenhum

Carlos Drummond de Andrade

FILHA

Acordei outra vez com a passarinhada belorizontina. Serão milhares só aqui, talvez milhões e variadíssimos, para fazerem tamanha algazarra, tão bem concertada. Fiquei deitado, escutando a cantoria até o fim.

Em toda parte haverá esse concerto matinal? Tamanho? Duvido. Minha impressão é de que, atrás de cada folha de arvoredo, esvoaça, levanta o bico e canta um passarinho, numa alegria desenfreada. Que dirá?

– Estou aqui! Estou aqui! Vivo, viu? Vivo, viu?

Fa.ls bruoills brancutz
Clarzir

Arnaut Daniel

Ontem tive a visita cordial, cordialíssima, de minha filha Mila. Entrou aqui no escritório e se sentou comigo, falante, amável, declinando: meu pai, pai, papai. Que quererá ela de mim? Elogiou o som, experimentando volume, balanço, graves e agudos, vivaz como quem toca num bicho vivo. Até deitou na minha rede, desajeitada, levantando a saia, deixando as pernas à mostra. As coxas são iguais às da mãe. Coxões, cobertos da mesma penugenzinha. Macias coxas de turca.

Olhou com espanto o que chama livraiada, perguntando, burra, se eu já tinha lido todos. Até prometeu, séria, que vai ler meus romances. Dei a ela, dedicado, *Xisto*. Olhou, sorrindo, o que escrevi, beijou o livro, mas esqueceu aí. Essa minha filha queridíssima terá algum cromossoma meu?

Foi-se embora como chegou, estabanada, deixando beijos pro Zeca e acenando seca pra Nora: té logo! Novidade: beijou minha testa.

– Que é que essa minha filha quer?

Mila nunca escondeu que só se sente filha da Vilma. Não tem muitas razões, também, de benquerências comigo. De mim, nunca viu nada, o que tem herdou da mãe ou tomou do marido. Não é pouco, essa minha filha é mulher rica. Muito rica. Rica e voluntariosa. Pecadora será também, filha daquela mãe, não vai negar a raça.

O transe, menos recordável de Mila e meu, com Vilma metida no meio, é ruim demais de lembrar. Como esquecer aquele dia?

Chegando da aula, vi Mila se morrendo de coqueluche, com a mãe ruando. Quando Vilma chegou, bem-vestida, perfumada, caí nela de xingamentos. Ameacei divórcio por impiedade com nossa filha e por falta de compostura matrimonial. Foram ruins demais as duas pedradas que levei, ali, na bucha. Quando falei de nossa filha, Vilma só perguntou:

– Nossa? Quem te disse que é nossa, seu besta? – Quando a acusei de adultério, sem referência à palavra, substituída por compostura, Vilma gritou:

– Dá cá sua caneta, Gê. – Apanhou o primeiro papel que achou e escreveu: Até hoje, ao que me lembro, fodi com: – listou uns dez nomes, assinou embaixo com sua letrona graúda de quarto de página e me entregou. E eu não fiz nada! Rasguei o papel, esqueci a negação de paternidade, a confissão de adultério, e vim cá pro escritório, para deixá-la cuidar da tosse de Mila. Merda? Sim, sou um merda! Sou, não, faça-me o favor: fui.

Vivo dizendo que eu não me entrego, não. Qual! Faço exatamente o contrário. Aqui, página a página, me confesso exibido, pondo em palavras escritas, recordos e vergonhas de que nem a mim mesmo nunca me falei com tanta clareza. Que é isso? É isso mesmo! É isso só. Escrevo para sair de mim, me vomitar, me livrar do sarro ruim de tanta lembrança má. A força que me força a tamanha confissão não sei qual é não; sei só que é invencível.

Saiu Mila, entrou Nora. Sentou-se tranquila no sofá, só comentando:

– A verdadeira sala de visita de sua casa é aqui.

– E é, da nossa casa – corrigi. – Boa menina, essa Nora. Tomara que dure o amor dela e do Zeca e as rebarbas de carinho que me dá. Tomara!

PAPELÃO

Uriel trouxe hoje um casal de estudantes de letras para me conhecer. Ela, linda. Ambos inteligentes, mas nem tanto. Os três pareciam um marrão e dois leitões magros. O gordo disse que eles pediam há tempos para vir cá. Será?

– Só hoje tive jeito de trazê-los – Minha impressão é de que o sacana anda mesmo é dando em cima da menina. Terá abandonado as putas? Sempre disse que só tem tesão em puta.

– Vou fazer dela uma jornalista. Você há de ver. – Falamos de literatura. Eu explicando meus livros que os dois leram e comentavam. Entusiasmados. Prosa boa. Às vezes acalorada por discussões em que cada um de nós defendia sua tese, fogosos, querendo mais brilhar que convencer. A moça, firme, foi dizendo coisas. Estranhei. Não quis pôr muita atenção nela. Só queria brincar.

Eu afirmava que, num romance, o enredo não tem importância nenhuma. Uriel dizia que isso é inconcebível. Os dois concordavam comigo, discordando. Eu exagerava.

O que Uriel queria mesmo, e eu também, era brilhar para a moça magra, pernalta. Ela me excitava só de vê-la, tão esguia, tão discreta. Um sestro bonito de balançar a cabeça revolvendo a vasta cabeleira clara, abrindo ao mesmo tempo, desmesuradamente, os olhos verdes, como quem quer ficar sempre desperta! Também podia ser irritação pelo rumo boçal da conversa de Uriel e minha.

Ao despedir-se, no terceiro beijo, o mineiro, que lhe dei, demorei mais um segundo que o devido. Ela notou e riu. Riu de mim? Riu pra mim? Convidei para voltar, olhando insinuante. Não voltará, tenho certeza. Sinto que deixei uma impressão penosa na moça. Ela esperava mais de mim. Qual!

A doçura dessa menina-moça tem seu grão de corrupção. Quem é doçura pura? Nem Nora, suponho. Nininha, talvez. O rapaz, sim, é inocente. Está junto dela, querendo-a a qualquer preço. Mas, sabe-se lá, tanto pode que seja besta como sabido demais. Faz de conta que não vê que sua amiga, com modos de donzela putana, seduz Uriel e ele a ela, com oferta de carreira. Ninguém aqui é inocente. Nem eu, você há de pensar, maldando.

Durante longo tempo, olhando pra ela, estive imaginando sacanagens. Da menina comigo, dela com Uriel, tão obeso. A barriga dele é tamanha que decerto nem vê o pinto.

Com o sexo na cabeça, disse a ela:

– Você enfeita o mundo, meu bem – Ela contestou na bucha:

– E vocês mandam, não é? Bolas! – Só então caí em mim. Saí da bandalha vendo os olhos da moça me olhando séria, talvez perplexa.

Repensando a conversa, recordo frases dela, pelo menos intrigantes. Não é burra não, essa moça. Não tem nada de burra. Eu maldando ela com o gordo, jogando tesão nela, como se fosse uma bucetinha ambulante. Não é não, disse coisas que me intrigaram. Me olhando no olhos, disse:

– Não curto fossa. Quero é ser eu mesma, viver como penso... Se engano aos outros, a quem é que engano? Não engano a mim... Transar é fácil demais, coisa de bicho. É bom, mas não basta. – Ela se foi, falante: o importante é repartir a vida com quem me aceite como eu sou, quem me veja como gente e seja capaz de me fazer vê-lo tal qual é, seja ele como for.

Não consigo lembrar mais. Nesse tom calmo, creio até que me olhando com pena, ela disse muito mais. A Uriel, a certa altura, olhou com nojo.

Essas moças de hoje, eu não sei não, me espantam. Parecem umas dadeiras, mas não são não. Querem ser elas, amar livres, donas de si. Assumidas. Tão diferentes de suas mães. Ainda mais belas. Ainda mais elas, apesar das complicações.

Verdade seja dita, fiz um papelão.

MITO

Era uma vez um Aleijadinho,
não tinha dedo, não tinha mão,
raiva e cinzel lá isso tinha

Carlos Drummond de Andrade

Santo maior de minha devoção é Antônio Francisco. Mulato mineiro, brioso, tesudo. Irado. Castigado por Deus, na carne e nos ossos, como ninguém jamais foi. Isso dizem, eu não creio. Exageram. Segundo a lenda, Antônio Francisco teria criado com tocos de mãos as obras mais belas que essas Minas viram. Que as obras sejam belas, ninguém duvidou jamais. Que ele tenha feito aquilo com restos de mãos, é impossível. Suas criações são esplêndidas demais. O mito, asqueroso demais.

A lenda quer que eu veja Antônio Francisco cortando fora, com seu formão, mais um dedo que lhe doía demais. Um escultor se decepando? Não pode ser. Também não o vejo sem dedos nos pés em que pudesse se sustentar, arrastando-se sobre os joelhos enrolados em couros, como um batráquio. Assim, subiria a escada altíssima a fim de dar, lá em cima, quase no céu, o retoque final no magnífico medalhão de São Francisco? Se é verdade, o que é que Deus fazia naquela hora, que não socorria? Que é que faziam os santos e os anjos, entoando hinos à Glória Divina, quando quem mais glorificava o Criador se arrastava ali, doendo, para fazer a

Bíblia de pedra-sabão,
Banhada no ouro das Minas

Oswald de Andrade

É tão medonhamente sofrida a história desse criador de beleza, que duvido dela. Pode um homem, sem dedos nas mãos ou só com o polegar e o indicador, amarrando um martelo num resto de punho e um cinzel nos dois dedos que sobraram da outra mão, esculpir tais esplendores? Não duvido, afirmo que não! Só se um anjo-bom ou um anjo-capeta-arrependido, descendo do céu ou subindo dos infernos, obraram os fazimentos do mal chamado Aleijadinho. Isso é mais verossímil. Seriam eles, os anjos, ou os demônios, que esculpiriam debaixo do toldo indevassável, sem testemunha outra que não fosse Antônio Francisco e seus escravos artistas, mancomunados todos na mesma tarefa. Bela, santa, secreta.

Eu sempre vi em espanto, as muitas vezes que vi, as obras de Antônio Francisco. Mas hoje, lavei os olhos para vê-las de novo como da primeira vez, graças ao livro de fotos que Leonel me trouxe. É beleza pura. Olhando com Iglésias ele me fez ver, também, o sentido das obras toscas, caricaturais, de Antônio Francisco. Representam os soldados romanos torturando Cristo, mas retratam, de fato, é a opressão portuguesa. O artista do povo, contemporâneo de Joaquim José, caçoaria dos lusitanos, marotos, malvados, violentos, sebosos, que furtavam, festejavam, fustigavam, enquanto o povo suava e morria, extraindo ouro do cascalhal. Esse Iglésias, você não conhece. É um historiador tímido que temos aqui! Vai morrer sem escrever o livro que nos deve sobre estas Minas e o milagre de criatividade que aqui se deu.

Antônio Francisco e os artistas de seu tempo riscaram no papel e levantaram do chão para o céu as igrejas mais belas que eu vi. Igrejas tão belas que me dão uma vontade danada de rezar:

Matriz de Nossa Senhora do Pilar de Outro Preto,
Matriz de Nossa Senhora de São João Del Rey,
Matriz de Santo Antônio,
Matriz de São João Del Rey,
Matriz de Bonsucesso de Caeté,
Igreja de São Francisco de Assis de Ouro Preto,
Igreja de São Francisco de Assis de São João Del Rey,
Igreja de Nossa Senhora do Carmo de Sabará,
Igreja de Nossa Senhora do Carmo de Diamantina,
Igreja de Nossa Senhora do Rosário de Vila Rica,
Santuário do Senhor Bom Jesus de Matozinhos de Congonhas.

Mais belo ainda que o Santuário mesmo é seu adro de profetas vibrantes.
É a obra forte de Antônio Francisco. Lá está, esculpida em pedra, mas reside mesmo é no meu coração.
Isaías, o da boca queimada pela palavra de Deus,
Jeremias, o chorão, lamentando o fim da Judeia,
Baruc, o feio, secretariando o profeta.
Ezequiel, o belo, rogando praga, apocalíptico,

Daniel, o príncipe formoso, poupado pelos leões de Nabucodonosor,
Jonas, o pescador, enrolado na baleia que o engoliu e vomitou:
Oseias, Joel, Amós, Naum, Abdias, Abaduc

Onde ficou, meu Deus, o meu xará Ageu? Trocado por Baruc, o burocrata? Cassado!

Nos feitos de Antônio Francisco se funda o orgulho que possamos ter nós, mineiros, brasileiros, de sermos a gente que somos. Dele, só dele, de sua tesão, de sua dor, vem a dignidade que tenhamos como civilização. O destino castiga e fustiga, é aos assinalados: o Aleijadinho e

E o pobre do velho Homero, cego, cego, como um morcego

Ezra Pound

Só me dói dessas prodigiosas igrejas minhas – e das mães e irmãs delas que por aí tudo se erigiram, antes e depois – a dor de lembrar como seus santíssimos sinos badalaram em glória no dia hediondo e rebadalaram, regateiros, em cada aniversário pelos séculos afora.

Idos de maio de 1720: foi o primeiro escarmento. Estraçalharam Filipi, com farras e fanfarras, meus sinos badalando.

Idos de maio de 1792: festa alvoroçada do içamento da cabeça podre do herói. Os meus santos sinos badalavam, outra vez, túrgidos. Mil bocas ricas gritavam vivas à Rainha Louca. O povo todo ali, vendo pasmado o que via, tapava o nariz horrorizado. Era içada, em antiglória, a cabeça bichada de Tiradentes, morto de morte natural na forca, um mês antes, com grandes festanças, na cidade do Rio de Janeiro. Não tinha cara, era só o crânio, derramando miolos podres. Restava mesmo, dele, a cabeleira e a barba, bastas. E a glória. Na multidão, algum avô meu adivinhava que Minas naquela hora ficava viúva e órfã. Aí está ela, até hoje, em seu espanto: boquiaberta, violentada.

Deus! Ó Deus! Onde estás que não respondes?

Castro Alves

A BANDA

A fraqueza maior de meu avô xará: Ageu Rigueira, era a banda do Mangueiral. Ele mal lia música, mas sabia de cor – eta palavra boa – partituras inteiras, que tocava de ouvido. Era capaz de dar a cada instrumento, solfejando ou tocando ele mesmo, sua participação nas músicas mais complexas. Até óperas – partes delas, quero dizer – vez por outra ele tocou e fez cantar pra espanto e encanto do povo de Mangueiral. Meu pai não era disso, nunca quis saber da banda. Era o bandolim das serenatas. Melhor nunca se viu, mamãe que o diga.

De onde vem esse talento musical dos Rigueiras? Virá da longa história mineira, toda ela musical. Tanto talento nosso, para onde foi? Não foi a lugar nenhum, ninguém herdou. Ficou somente no consumidor de música que sou eu.

Assim como a gente de minha mãe gostava de se afazendar, se orgulhava dos alqueires mil que tinha, das matas virgens imensas que prezava como se as tivesse plantado; dos rios, aguadas, lagoas que banhavam suas terras como se banhassem a eles; assim também, eu, como Carlos, sou é fazendeiro do ar.

Minhas terras são ares, árias; meu reino é a musicalidade: Bach, Händel, Vivaldi, Beethoven, Mozart. Ouço quanto posso. Todo dia, se dá. Atentamente, às vezes, quase sempre distraído. Para mim, a música é como o ar que respiro sem ver, sem saber que aí está. Nem penso que estou ouvindo, só sinto, quanto!

Como músico de ofício, além de ensaiar a banda e reger no coreto da praça da Matriz, que era sua glória, meu xará Ageu consentia às vezes em passar a noite tocando num baile de família, cheio de moças bonitas. Danava é vendo o filho lá no apertadinho, dançando; olhava de soslaio, achando que não era próprio. Seu lugar era de músico, não de bailarino. Eram o oposto um do outro. Vovô, guardando distância dos ricos, impondo respeito como maestro da banda, regente. Papai, boêmio, adulão, apaixonando as moças com seu bandolim seresteiro. Acabou casando com mamãe. Coitada!

O que salvou a meu avô, a meu pai – e a mim também ainda me salva – é a disciplina. Eles, a do ofício deles de guarda-livros. Eu, as obrigações de escritor que me dou. Tendo de se sentar no tamborete alto, toda manhã às sete, para agarrar o livrão das anotações, eles varriam da cabeça as carraspanas. Imagino que cabeceassem, talvez até, por vezes, um deles babasse no livrão, depois de uma noite inteira de boêmia. Mas aguentavam a mão. Meu avô nunca aposentou, morreu firme nos dois ofícios. Meu pai, não; com a morte de mãe, desandou. Perdeu o emprego e a vergonha. Sobreviveu no Mangueiral uns tempos, depois no Buritizal, não sei quanto, só para beber. Até morrer.

Essa sede insaciável que esgotou duas gerações de Rigueiras, de onde é que nos vem? Sua fonte, adivinho, será o mesmo sentimento agudo meu, angustiado, indagando do mundo o que é que ele quer de mim, de nós? Sei não.

Daquele meu pai só sei notícias vagas, ouvidas de outros. Seu espírito romântico, sua alegria infantil, sua voz melodiosa, seu bandolim milagroso. Sei, sobretudo, é de minha vó brigando com a filha para não se casar com o seresteiro beberrão.

Casado, teria vivido com mamãe, por amor, vida regular de marido, só perturbada pelas ranzinzices de vovó e seu despotismo mandão. Viúvo, ficou órfão de mamãe. Muito mais que eu e Nininha. Bebeu então sem fim. Vovó Coló foi quem nos criou, a mim e a Nininha. Por que eu mal me lembro dela? Sou filho mesmo, sinto, é de minha irmã Nininha, que viveu sempre pra mim.

Só dei a Nininha uma coisa preciosa. Preciosíssima. Nininha vivia de noite e de dia, aterrada de um medo insano de almas, assombrações, mulas sem cabeça, lobisomens. Passava noites em claro, tremendo, abraçada em mim, se mantendo acordada à força. A ela e a mim, para ajudá-la a interpretar cada barulho sem se apavorar.

Não fosse eu, Nininha podia ter morrido de pavor daqueles medos. Vi logo, menino ainda, que o perigo era mais pra ela, se havia. Meu papel era estar ali, garantindo que nada, nada, ia suceder. Jamais. Graças.

Posso dizer de Nininha que ela foi infeliz? Desventurada terá sido a sua sina de viver naquela tristeza sem remédio. Mais ainda a de ter de reter tanta meiguice para dar, e nada. Só tinha a mim, apenas eu, seco e sovina de afetos, ali na frente dela, para receber seus caudais de ternura.

Nininha tinha também pesadelos de que saía aos gritos, corredor afora. E muito sonho pressago, feio, em que acreditava, pia, até ver que não seria. Lembro-me de um deles. Ela sonhou que, na manhã seguinte, os passarinhos de Minas iam, todos, cair mortos na mesma hora, pum-pum-pum, coalhando o mundo com seus corpinhos. Passou a noite chorando e me acordando para chorar com ela.

VAZINHA

Em quem mergulho agora? Essa menina Vazinha cresceu. Está no ponto, taluda, tesudinha. Vamos a ela. Vazinha, meu bem, conta aí, como é que é?

– Essa mulher do Zeca é um saco. Desde que chegou implica comigo. Bate o pé no assoalho e grita, como se eu fosse cachorro: – Fora daqui! Fora! O professor não gosta das brutezas dela, mas não diz nada. Eu queria é tocar fogo na saia dessa burra. É pior que minha professora, lá do ginásio. Não é à toa que é professora, ela também. Mandona, gritadeira. Por que o Zeca, gostosão, foi casar logo com essa tipa? – Dinheiro – diz mamãe. – Ela é podre de rica. – Não parece. Uns vestidinhos, uma calça *Lee* apertada demais; tênis de uma cor; na mão só a aliança, fininha. Se eu fosse rica, esbanjava riqueza. O professor gosta demais de mim. Assim que ela sai pra aula eu caio lá pra brincar nosso pega-pega. Pena que ela dá aula na mesma hora que eu vou na escola. Senão, eu ia passar essa dona pra trás. Ia nada, lá quero saber disso. Se eu deixo, esse velho me come. Mas eu sou arisca, ele me agarra e eu escapulo. Às vezes, deixo ele me adular: refazer você todinha, diz ele. Põe a mão no meu tornozelo e vai subindo devagar, pela batata da perna, pelo joelho, chega até a coxa, aí: para! Caio fora. Ele me pega também, pelo lado de cima, o braço, o ombro, o pescoço, roçando meus seios com o cotovelo. Aí não chega, não deixo triscar a mão. Não! Minha cara ele acaricia demais, quase sem maldade. Sempre pega na minha boca, passa os dedos nos meus lábios devagar, depois pega a minha boca inteira e aperta entre dois dedos. Gosta que eu chupe o dedo dele. Chupar, a gente chupa é pau, seu velho besta. Não eu, eu não! Se o velho soubesse que Quito pôs nas minhas coxas – Beto também –, morria de inveja. Beto quis pôr dentro, forçou, eu não deixei. Mãe disse claro, bem explicado, quando menstruei: – Essa argolinha é seu tesouro, doidinha. Se deixa homem entrar nela, não casa, vira puta. Pior que ser puta é ficar grávida, acho eu. Mãe disse pra mim, também, repassando, repetindo: – Uma gota de porra, uma gotinha que triscar aí, te emprenha, moleca. Mulher pega filho fácil que nem galo e galinha. Ele sobe aquele instantinho e já deixa ela galada, com ovo bom de chocar. Quero lá saber disso? Quito esporrou nas minhas coxas, eu corri para me lavar. Tirei a calcinha e joguei fora. Fui pra sala sem calça, disfarçando. O jeito de o professor me olhar lambendo os beiços, com sua língua cascorenta, areienta, lá dele, me dá tremor. Pau de velho é molenga, diz Ditinha, que é bolina do padrinho dela. A danada arranca dele o que quer, até dinheiro, em troca de um roça-roça e da promessa de um beijinho lambido que ele sempre quer dar na xoxota dela. Isso é que o professor queria, safado, beijar minha xoxota. Ditinha já deu pro Quito, eu não dei a ninguém, ainda não. Também, no dia em que eu der, vou dar adoidada. Vou dar de arrebentar. Até pro professor, dou. Imagine só a cara de mãe no dia que descobrisse que eu estou dando? Se eu chegasse lá, amanhã, choramingando, pra dizer que o professor me destapou, ia ser o diabo. Mãe iria lá, saltaria até a janela, se fosse preciso, para pegar o velho no tapa. Ela e o pai. A mim me matariam de croque na cabeça e tapa nas ventas. Deus me livre. Foi bom ter pensado nisso. Já sei o que eu vou fazer, se alguém me furar por aí e eu não puder contar quem foi. Vou lá, deixo o professor montar em mim e ponho a boca no mundo.

MODÉSTIA

Estou sempre implicando com a mistura contraditória de vaidades e de inseguranças que é o caráter do Elmano. Insegurança esquisita, inesperada, numa pessoa vaidosa, vivida, bem-sucedida, que podia, até devia, andar contente de si. Mas não, é todo um carente. Ele e eu.

Confesso que sou mesmo carente demais. Carente de afeto. Carente de elogios. Não poupe nenhum que possa me dar. Nisso sou insaciável. Você também? Em mim, acho até simpática essa carência que, injusto, reclamo no Elmano. Ela me relaciona de forma cordial com os outros, pedindo julgamento amável.

Ruim é a atitude oposta, autossuficiente, dos contentes de si, que não precisam da simpatia de ninguém. Muitas vezes o que parece insegurança é, na verdade das coisas, carência mais forte do que qualquer modéstia. Mesmo porque, modéstia autêntica mesmo não creio que haja.

Evidentemente, uma pessoa pode ser modesta quando não tem nada de que se orgulhar, como é o caso do Canuto. Esses modestos sempre têm razão. Cada qual sabe de si. Detestável é a modéstia do Guedes, jactanciosa, exibida, agressiva em sua aparente humildade. Sempre pronta a morder quem quer que lhe pareça melhor. Boa ou melhor é a gente que tão somente se assume, contente de si. Queria ser assim.

Pensando bem, preciso mesmo de consolação. Bonito não sou nem fui nunca. Jovem, figurava um rapagão que aos poucos se encarquilhou, inclinou os ombros e, com a idade, se dobrou. Competente sou, para escrituras; para a vida prática, verdadeira, não. Eficiente, ninguém acha que eu seja. Sou mais pobre hoje do que ontem. Os amores que amei não sei se os alcancei eu ou aquelas que supostamente conquistei. Hoje não podia repetir essas façanhas. Inteligência aguda, sempre reconheceram em mim. Eu não. Tenho tão presentes os limites de minha inteligência, que, estendendo as mãos, sinto diante de mim a parede de contenção da burrice que me cerca. Impedindo entender, compreender. Impenetrável.

Com os diabos! Eu teria – está se vendo – até boas razões para ser modesto. Não! Não tenho, não. Isso é bobagem, escrituras em papel branco passivo. Vivo comigo há sessenta anos e gosto demais de ser eu mesmo. Tal e qual. Você também?

Outras são as razões do Elmano! Melhores ou piores, conforme você as veja. Tanto que ele muitas vezes exorbita. Ontem à tarde até chorou aqui, lamentando seu destino, buscando consolação. Lembrou, emocionadíssimo, seus companheiros muitos, torturados, estuprados, empalados, assassinados. Sobrevivendo a todos eles, Elmano carrega a dor de lembrar o drama de cada um. Sente-se culpado, tão só por ter sobrevivido. Bobagem. Culpa têm os que nos afundaram na iniquidade.

Eu, que nunca me dei, não me gastei nem desbundei. Não levo em mim a glória, mas também não levo o espanto em que vive Elmano. Escapado, salvo, da luta que pregou mas não lutou, ele não se consola de ter caído fora. Mas, também, que não se arrependa! Como pode arrepender-se de se ter salvo? Lamenta e chora, é bom, consola. Nem a paciência solidária de ouvi-lo lamentar eu tenho. Não presto mesmo, está se vendo.

Hay gentes tan desgraciadas que ni siquiera tienen cuerpo

César Vallejo

SOLIDÃO

Domingo vazio. Zeca e Nora saíram. Estão em Pirapora passeando de barco. Pescando, se der. Tive, eu mesmo, de esquentar o almoço que Nora deixou na trempe. A casa, vazia sem ela, mais vazia ainda me parece sem o barulho das obras que me incomodaram a semana inteira.

Escrever ouvindo música, como faço todo dia, já não me alenta. Falta alguma coisa. Não sei o quê. Não sou mais capaz de viver sozinho, autárquico, como sempre vivi.

Em lugar de trabalhar, desgasto energias nessa angústia vã. O sensato seria sair por aí, eu também, a passear. Quem sabe, visitar um amigo. Que amigo? Jamais visito ninguém. Como é mesmo que se diz isso? Visita-se a alguém, não a ninguém. Seria impossível. Linguinha impossível essa nossa, de tanto ão e confusão. Qual! Eu até gosto dos ão.

Entocado aqui, deixo minha vida correr vadia, esperando que suceda alguma coisa que me ponha outra vez em circulação. – Que coisa?

Amanhã, vou cortar o cabelo no Armênio. Aproveitarei para passar na livraria do Édson e ver se encontro algum livro prestante. Compro e trago para pôr aí, junto de tantos que tenho, não li nem vou ler nunca.

Me perdoe você, que me lê, mas o livro que quero escrever está dando nisso que tem nas mãos. Um relato dos viveres vagos, insossos, dessa casa e do grupinho que me frequenta, aqui no escritório. Meu quarto, para outras funções, além de dormir, está aposentado. Ao invés de escrever um romance enredado como os meus outros, o que faço aqui é pousar de juiz para passar e repassar presente e passado, criticamente. Julgar, severo, as vidinhas de meus sósias. E você, como é? Você também vive, amargando, julgando o mundo, malpensando, maldizendo? Largue disso, não paga a pena. Cada um de nós é como é, tal qual.

Stela é a Stela que ela podia ser. Está condenada a ser o que é, ela. Como eu sou eu e você é você. A mim, só me cabe gostar do convívio dela e cultivá-lo. Ou desgostar e mandar rodar. A você, continuar me lendo, se curte, ou debandar e se mandar.

Canuto me incomoda demais com sua tristeza sem fim, seus modos sorrateiros, sua admiração recôndita, sua adulação disfarçada. Mas ele é o melhor que tenho para amigo entre intelectuais jovens. Sua geração terá gente muito melhor que ele, como a minha terá, talvez, alguém melhor que eu. E eu com isso? Gasto é o que tenho à mão, oferecido. E o que tenho mesmo é Canuto e você aí.

Guedes e o Curita são o que você já sabe, me enjoam. Um, se alçando à força em grandezas de estirpe heráldica e do reacionarismo mais rançoso, um mineiraço de tão alteroso. O outro, é seu negativo fotográfico; se um diz suas coisas, preto no branco, o outro põe branco no preto para dizer a mesmíssima coisa. Tão diferentes e tão iguais eu nunca vi.

O Uriel é *avis-rara* aqui em casa. Cai como um cometa, sem aviso prévio, sempre imprevisível. Não gosto dele. Tenho é medo ou receio, pela peçonha que larga. É uma aranha gorda, esse Uriel. Conviveu comigo desde sempre. Sabe tudo de mim porque ele também é lá do Mangueiral. Não sabe nada que me incrimine, é verdade, pois eu nem tenho caráter para grandes atos. Mas as miudezas da minha vidinha, ele sabe todas. Achará até, o filho da puta, que os meus sucessos literários são feitos dele que me projeta no seu jornal.

Ao Elmano, que voltou a conviver comigo por insistência de Stela, eu simplesmente detesto. Aliás, só agora começamos a amistar. Sempre soubemos um do outro porque temos destinos cruzados, mas nunca, de jovens, cultivamos amizades. Ódio não digo que tenha dele, mas desgosto, sim, suficiente. O estranho é que detesto Elmano, mas gosto do convívio dele. Creio que gosto é de detestá-lo. O mesmo ocorre com o Guedes e o Cura. Um e outro são a forma mais acabada de gente que me desgosta. Mas confesso que me doeria perder o convívio deles.

O que não posso esquecer é que nesse nosso grupo eu sou, tão só, um deles, em tudo equivalente aos mais. Minha vantagem única é a de ser quem os une num convívio viável. Saberá Deus por quê.

SOL

Quando Bia se foi, amanheci num namoro à toa que pouco a pouco me enfeitiçou, com Solzinho, minha aluna, das melhores. Dei aulas, um ano inteiro, com os olhos postos nela. Na agulha dos seus joelhos pontudos, sempre nus, fora da saia, bicudos. Meus olhos, súplices, subiam dos joelhos para os lábios dela, tão em relevo na cara, como se estivesse fazendo beiço.

Vi mil vezes Solzinho lamber aquela boca com a língua, num gesto só dela. Cara comprida, olhos claros, que me lavavam com o olhar. Cabelo louro, repartido no meio, escorrido até os ombros. Levou tempos para conversar comigo. Simples conversa ela repelia. Quando aceitou, maliciou, disse logo que não podíamos falar nunca ali, na faculdade. Saíamos separados e nos encontrávamos uns quarteirões adiante. Depois, passamos a nos ver na Livraria Nicolai. Lá ficávamos uma hora, procurando novidades, remexendo como quem não quer nada, ou só quer livros. Isso durou meses.

Em todo esse tempo do meu encantamento, eu sabia que Solzinho estava noiva. Afinal, casou-se: por amor, me disse. Purguei como pude meu ressentimento. Solzinho sumiu no mundo. Tempos depois, me encontrei com ela na mesma livraria, na mesma hora da tarde. Até parece que me esperava. Não quis me dar seu telefone. Nunca me deu. Anotou o meu. Pedi, implorei, que viesse me ver, precisava falar com ela. Uma tarde, para minha surpresa maior, tocou, avisou que vinha. Veio. O milagre aconteceu.

Reconstituí depois, incansavelmente, aquele nosso primeiro encontro. Esse recordo eu tinha, tenho, no fundo de mim, sempre pronto a se desdobrar. É matéria vivente da memória, me devolve Solzinho toda inteira, na sua forma, aquela, nas suas cores solares, no seu cheiro, nítida. Na primeira hora, ficamos a olhar meus livros, de pé, estante por estante. Eu catando, aqui, acolá, autores de que lia trechos, creio que trêmulo. Prosa e verso:

Mudam-se os tempos, mudam-se as vontades

Camões

Foi ela quem pegou meu romance *Amaro* e leu frases, olho no meu olho. Quando já ia s'embora eu a chamei de volta. Urgentemente. Veio, eu me sentei aqui, nesta cadeira, abri a gaveta e mostrei o original de *Xisto*, inédito então. Ela de pé, a meu lado, encostando em mim, inclinando-se para ver as linhas que eu apontava e lia. Pus a mão esquerda ao redor dela, depois na perna, desci joelho abaixo, subi joelho acima, sentindo a coxa de pele estirada, quente. E nunca tínhamos beijado. Girei a cadeira, afundei a cabeça nos seios de Sol, me alcei e subi outra vez, agora com as duas mãos em suas coxas, até o quadril, levantando a saia. Senti aí, na ponta dos dedos, a curva ousada da bundinha. O tempo parou. Retornei tocando, pela frente, crispado, apalpando, o imo através da calcinha e dos pentelhos, ásperos. Me inclinei e beijei suas virilhas, Sol com as mãos sobre minha cabeça. Levantei-me, abracei Sol e só então, de pé, quis beijá-la. Solzinho, ofegante, me fugiu.

– Não, ainda não. – Fiquei o resto da tarde, a noite toda aqui. Queria encontrar no ar o perfume dela. Queria reter sua imagem. Queria refazer o milagre da presença dela.

Solzinho não se deixou ver por semanas, nem me chamou. Dia após dia eu esperava. Um dia, de repente, tocou. Falou brevíssimo, avisando que vinha. Veio. Vinha vestida de amarelo, me lembro bem. Tranquila, me deu a mão e foi comigo para a cama. Amei-a primeiro, sôfrego, desmerecendo a dádiva. Depois, lentamente a desvesti; olhando, contemplando, tocando, tomando posse, primeiro, de seu corpo longo, depois, de cada parte dele: a cara, a boca, o nariz, os olhos, as pálpebras, a nuca, a raiz da cabeleira, e mais para baixo, os dedos longos dos pés, as mãos, os joelhos pontudos, mostrando a ossada, a barriguinha côncava, macia, as coxas, o monte de pentelhos crespos como arame, o grelo arrebitado, a racha molhada, a penugem sedosa do corpo inteiro, tão boa de soprar. Solzinho, de começo, se assustou com minha sôfrega adoração. Era demais para ela, sair da bruteza com que eu a amei para o ritmo com que, agora, a devassava. Espantou-se ainda mais foi depois com a longitude da ternura de meus amores. Eu? Que dizer de mim? Tinha a deusa grega, em flor, na minha cama.

Nos anos seguintes aqui fiquei, eu, todo santo dia, até as três horas da tarde, esperando o telefonema dela. Vem, não vem.

Podia vir até dois dias seguidos ou ficar semanas sem aparecer. E sem nada, nada me dizer. Minhas visitas todas aprenderam que eu tinha meus dias de impedimento e que jamais recebia ninguém antes das cinco, e sempre combinando, antes, por telefone.

Só Zeca, menino ainda, e a empregada que estivesse aí, nos via às vezes. Mesmo de seus olhos, Sol se furtava. Tinha sua casa, o marido. Felizes, me dizia. Eu era o pecado. Sabia bem que assim, só assim, sem querer mais, ela viria.

Assim, feliz de mim, a tive tantas, tantas vezes. Mil vezes menos do que queria. Deus seja louvado.

Amei Sol sempre inseguro, sem saber quando ela ia, se voltaria. Temendo que não viesse nunca mais. Despedi-me dela sempre dizendo:

– Amor, não me deixe. – Ela se ia, me deixando incerto se viria. Anos meus, de sol e sombra. Renovos, quando ela vinha. Tormentos, quando não vinha, ou partia.

Dez anos servi a Sol, Solzinho. Mais servira, se ela quisesse mais. Sol, dos meus amores, foi e não foi o mais carnal. Foi, porque cada carícia sovina dela me acendia mais em fogos. Não foi, porque sempre a amei tíbio como se ama uma namorada. Foi, é certo, a mais longamente amada. Sonhei com ela mil vezes, sempre sobressaltado, cuidando que chegava ou que se ia, partia. Ainda sonho e gosto muito. Solzinho minha.

REBATE

E você aí? Aqui estou eu, novamente, pronto para mergulhar em você. Entrar pelos seus olhos adentro, até onde você se sente, se curte, se entende. Ali, só ali, você me compreende.

Que é viver? Meu viver, seu viver? É só se deixar ir? Largar-se na correnteza? Abandonar-se à sorte, ao azar? É submeter-se aos mais? É suplicar a tanta gente sobrante à nossa volta que nos deixe ser o que somos? Não! Ninguém pode ser, se ser, exercer-se, debaixo do despotismo de tanta obrigação. Devoção. Dedicação.

Bem pouco é já o gozo que os sentidos me podem dar. Menor, a lucidez que posso alcançar. Mais miúda ainda será, se me submeto à rotina das convivências e conivências que se foram fixando no meu dia a dia.

Esse ofício meu de escrever, que na verdade é me descrever, cansa demais. Chateia. Ficar sentado aqui noite e dia, meses, fazendo de conta que vivo, cansa mais do que qualquer vida ativa, como a sua. Você, suponho eu, tem seu tempo livre de sentar-se para me ler, no meio de seus que fazer.

Espero que faça isso umas poucas horas e muitas mais dedique ao seu viver real e às suas próprias fantasias. Amores furiosos, ainda que frustrados, só de imaginação, você tem e curte, espero eu. Amores carnais, coitos pecaminosos, terá você coragem de ter? De sonhar, certamente, terá.

Amores ou desamores reais ou ilusórios, por igual, nos alentam. Bons são os verdadeiros. Servem também os imaginários, apenas plausíveis que ainda possam suceder. Até os inverossímeis me servem. Se você tem um amor, seja qual for, real ou sonhado, se entregue a ele, não perca tempo me lendo. A vida é breve, mais breve o gozo que pode dar. Se não tem, caia em campo, vá procurar. Senão qualquer dia estará, como eu, perguntando se valeu a pena nascer, crescer, tanto aprender, pra quê? Pra nada!

Vá à luta que é hora. Eu cá por mim já decidi sair por aí, na busca de alguma coisa que me comova e em que me gaste. Ontem dei uma volta longa, demorada, por ruas que nunca tinha visto. Ninguém me conheceu. Era um velho a mais que andava lá. Quem sabe, para comprar meia dúzia de ovos? Não era eu. Olhava o povo viver com os mesmos olhos com que eles me olhavam. Tentei adivinhar, de uns tantos, eram muitos demais, o que seriam, o que fariam. Quase adivinhei, mas me dei mal. Uma mulher meio zarolha ia ali tão aflita balançando as mãos e a cabeça, que supus tragédia. Fui a ela, oblíquo, ajudar:

– Dona, onde se compra jornal?

– O quê? Jornal? Jornal! Sei não, sei não. Nunca vi! – Ficou muito mais aflita. Foi falando e se afastando, mostrando na cara o medo crescente que tinha de mim. Assustei a mulher. Assusto a alguém? Louca seria. Mais louco eu, atentando gente aturdida.

Acabei, gozoso, sentado no bar onde tomei tranquilo uma cerveja, rebati com uma talagada de pinga e quase acabei a segunda garrafa. Foi tão bom beber ali, no meio da gente, ouvindo o zunzum da conversa deles, as risadas, olhando um que outro. Melhor ainda foi mijar a mijada que mijei na privada fétida do bar. Voltei cabeceando um pouco cá pra casa, sempre a pé, com o sentimento bom de que me cumpri. Saí da rotina, vivi.

Nadie me busca ni me reconoce,
y hasta yo he olvidado de quien seré

César Vallejo

GERAÇÃO

Minha geração literária se foi. Estão curtindo seus talentos à beira-mar. Desconfio, às vezes, que o ofício verdadeiro deles, inconfesso, secreto, é de inspetor de bundas da praia de Copacabana. Mas todos se publicam, são gabados, elogiados. Fernando tem orgasmos de estilo. Autran, espasmos de fantasias romancescas. Otto, acadêmico, tira ouro do nariz, romanceia raro, mas se exerce, estilista, em cronicões globais. Hélio, poeta-servo, sofre a dor de servir, servil, a seus clientes, mas não se nega a pendores poético-cívico-social-petistas. Paulinho, poeta-prosador, etílico, voa majestoso sobre todos nós; Darcy, político, romanceia, quando não brizoleia pra nos salvar. Queiramos ou não.

Eu fico aqui morrendo de inveja deles todos, me curtindo nas águas de meus rancores, bebendo os óleos rançosos destas Minas. Eles terão mesmo partido? Ou, como eu, estão fadados pela maldição de quem nasce neste chão: aqui ficar por mais que fuja. Todos eles, o velho Carlos, principalmente, carregam no exílio, montada na cacunda, sua mineiridade indelével. Eu cá, neste contexto, cercado de morrarias; eles lá, naquele mundo arrombado de mar aberto; nós todos somos bichos deste chão, mazombos macambúzios, com menos arte de viver que indústria de romancear ou poetar.

O melhor de nós é mesmo Paulinho, boêmio e inocente. Gaivota de pernas atadas numa corda longa, voando ao redor de uma pedra afundada no mar. Os outros, se não são boas-vidas, espertalhões e gozadores, não serão também, propriamente, intelectuais sérios, artistas fechados aos gozos, servindo à beleza. Qual o quê! Vivem é soltos, à tripa forra. Não chegam é à perfeição inalcançável do homem qualquer, tirando da vida o sarro que a vida dá. Estão todos amarrados nas famílias, nos empregos, na mídia e no duplo terror. O medo de amanhecer, um dia, sabendo que fracassaram em seu projeto literário. O terror pânico de desbundar, cair na vida e se perder. Terror e desejo, sufocados no peito.

Que tudo resultou inútil: a saudade, a velhice, a experiência, a temperança

Dantas Mota

Puta merda: Zélia do Jorge me disse hoje – 24 de março de 1988 –, aqui em Paris, que Hélio morreu ontem, no Rio. Eu o vejo morto, estirado em todo o comprimento. Belo, como era jovem. As mãos atadas num rosário bento. As narinas tapadas com chumaços de algodão perfumado. T'ai, Hélio, você não chupará mais mangas, não comerá tâmaras, nem mesmo bananas-ouro. Nunca mais. Eu não direi sua oração fúnebre, você não dirá a minha. Disso nos livramos. Se eu estivesse no Rio, iria a casa de Maria Bahia comer siri-mole com champanha, como comemos quando morreu Glauber. Você se lembra?

FICÇÃO

Morro de vontade de entrar, outra vez, neste enredo, para me explicar. Preciso largar desta mania. É fraqueza e é tolice. Romance pede lá alguma explicação? Haverá explicação que explique a ficção? Sua matéria é a fantasia. Só temos é que engabelar leitor. Forçá-los a jogar nosso jogo de faz de conta. Se isso já é difícil, como é que quero complicar mais, me explicando? Mas quero. Que hei de fazer? Comova-se comigo, o que mais quero é, a seus olhos, ter razão.

Componho um romance como quem estica uma linha de casos concatenados. Várias linhas, aliás, tramadas, para entreter você. Fracasso, se você se chateia, me larga. Me realizo, se você me agarra, apega-se à minha história, sofre e goza com ela. Comigo.

Mas qual é minha parte? Quero vender a você alguma ideia? Não. Quero ganhar você para alguma empreitada? Também não. Minha missão é a do pintor que pinta feito besta, só pra ver no quadro sua criação gratuita. Apenasmente.

Cada personagem deste romance sou eu e é você, seja você quem for, homem ou mulher. Nosso Gê respira o alento de vida que nós lhe damos. Nisso ambos concordamos, colaboramos. Criando um personagem me multiplico, dou vida a ele e vivo, sentido, sua vida. Lendo meu livro, você também se multiplica. É fazendeiro e assassino. É freira e pecadora. É amazona e é você. Cada um deles existe, vibrante, porque é nós, sem deixar de ser ele, um invento meu, um engendro que exorciso, crio, para viver, sofrer, gozar, na sua fantasia.

Assim é que você coautora meus romances. Fantasiamos juntos, eu escrevendo, enredando. Você lendo, imaginando. Coniventes, criamos e nutrimos pessoas a quem só falta carteira de identidade para serem gente como nós. Qualquer personagem meu podia até receber uma herança legada por você, generosamente. Poderia mesmo? A qual deles você quer legar? Será Guedes seu herdeiro? Será Zeca? Será Elmano? Qual! Creio que seja Nora. Ou será Stela? A doida da Stela? Até pode ser que eles possam mesmo receber essa herança. Sobretudo, se a ação cair na mão de algum juiz viciado em romance. Há tantos.

¡Ay de tanto! ¡Ay de tan poco! ¡Ay de ellos!

César Vallejo

MOÇAS

Estou úmido até a alma desses dias chuvosos. A luz da tarde esfarelada nas folhas das bananeiras, cai aqui pela janela, sombreando mais que ensolarando. Melhor assim, este sol, mesmo apoucado, alegra a vida. Vai durar pouco, é pena. Logo anoitecerá no quintal, em mim, em tudo.

Um dia mais, esgarçado, destes tempos vadios de ouvir chuaá. O tempo passou e eu não fiz nada. Escuto música, que é meu ofício diário. Escrevo e rasgo folhas sem conta, buscando, sem encontrar, eu mesmo não sei mais o quê.

Se ao menos saísse daqui, andasse pelas ruas, parasse nas esquinas, conversasse com pessoas, pode ser que me achasse. Assim, me cozinhando aqui, comigo mesmo e com você, sou cada vez mais insosso. Só aumento meu fastio de mim, como você. Diga aí que não, que não: por favor.

Viver de gume aguçado, vivi faz tempo. Hoje, vivo por obrigação. Perdi o corte e a têmpera. Sou uma colher de pau, querendo cortar coisas. Não dá. Voltar atrás, aos tempos passados cavacando memória é o que tento. Inutilmente. Ir adiante, viver novos presentes, quisera. Mas como?

Aprendi a viver, vivendo a vida que me caía em cima. Nas mais belas paradas, amando minhas amadas. Depois, quando o destino não me caiu mais tão dadivoso, subornei a vida. Nisso estou. Comprando amor das moças de Santinha.

Isso mesmo já me enfastia, satura. Cada vez que volto lá, como fiz ontem, vejo como, quanto, me humilha aquela transação desencontrada. As moças cordiais se dando, oferecidas demais. A última que me serviu sofria, angustiada. Creio até que se sentindo fracassada. Eu a tranquilizava, prometia que o dinheiro dela ela teria.

– Só quero companhia, disse a ela. É verdade, Santinha bem podia ter lá uma sala de estar, só pra gente conversar, namorar. Mas não. A casa é feita para funcionar como uma máquina: da porta para o quarto, do quarto para a cama, na cama, com a dona, se desnudar, funcionar e pagar. Não dá. Não dá mesmo. Não dá não!

A morte baixou dos ermos,
gavião molhado.

Carlos Drummond de Andrade

PESADELO

Não posso com essa gente do feitio de Canuto, com sua capacidade espantosa de sofrer, sempre expressa na cara tristíssima. Serão assim porque sonham mal? Pesadelos toda noite, desses terríveis, podem ser a base do talento deles para a infelicidade.

Digo isso porque hoje estou infeliz, infeliz demais. Infeliz como cachorro empesteado. Tudo pelos pesadelos que tive, tantos, de que quase nem me lembro. Só sei que pesadelei a noite inteira. Tantíssimo que por horas me mantive acordado à força, recostado na cama, com medo de dormir. Vim até pra cá, pro escritório, aqui fiquei, sentado, luz acesa, pensando. Nisso estou agora, neste instante.

Será que tive tantos pesadelos porque estava infeliz? Ou que meu sentimento de infelicidade, agora, vem de ter tido pesadelos tantos? No pesadelo pior, repetido a noite toda e ainda agora, com ligeiras variações, sonhei que estava nu, ou só vestido com uma camisa de meia, preta, deixando aparecer as bolas e o bico. Isso na rua Pernambuco, perto da casa de Stela. Estranho é que o povo me via sem se espantar, mas eu mesmo morria de vergonha.

Assim vestido, assim desnudo, mostrando meus miúdos, eu procurava aflito um táxi em que entrar. Só passavam ônibus jardineira, antiquíssimos, cheíssimos de passageiros que me olhavam desejando que eu não entrasse jamais no carro deles.

Vergonha muita, rejeição doída, sofrimento atroz, me atormentaram a noite inteira. Acordei aflitíssimo, sem vontade de dormir outra vez, e vim para cá. Ainda estou aqui assim: desinfeliz. Não tenho ânimo nem para tomar o café que Nora terá posto na outra mesa, ali ao lado. Vou é dormir outra vez, ou tentar. Quem sabe mergulho num sono sem sonho até amanhã ao meio-dia. Quando acordar não terei que ver Nora, que estará dando aula. Nem a ela, nem a ninguém. Empregada, essa não conta. Até amanhã.

Dormi bem, felizmente, mas nem tanto; sono agitado que não descansa. Mas é outro meu ânimo, agora. Vou esticar as pernas numa volta pelo quintal, me espere.

Volto outro. O dia lá fora radia. Eu cá, no quarto, ainda cinzento, me moo, buscando alegria em que me agarrar. Não sinto saudades de ninguém. Não desejo reviver nada. Meus idos, estão mortos, sepultados. Graças!

O diabo é que meu presente, que gasto nesta poltrona gasta, está mais morto que meu passado. Não gosto de ninguém. Não desejo nada. Cumpro apenas miúdos desejos. Enfastiado. Deveres? Só o de reler coisas para afinar a língua: uma besteira! Ou você não acha?

O que cabia era entregar-me, conformado, à sina de aposentado. Envelhecer devagar, tomando sopinhas, comendo mingaus, degustando sem tristeza este resto insosso de vida. Isso mesmo é o que faço todo dia, sem alegria.

Minha vida verdadeira, dos anos passados, não foi muito melhor nem foi muito diferente. Sempre vivi neste compasso lúgubre. Exceto nos dias de febre de minhas poucas paixões, nos meus instantes de êxtase, fugazes. Somados todos, eles dariam hora e meia?

Melhores foram, talvez, as longas travessias de espera da amada, amando demais em pensamento e me sentindo muito amado, apesar da ausência. Sozinho foi que sempre vivi minha vida. Pouco me importa. Volto, como se vê, ao compasso lúgubre das tristezas. Hoje não escrevo mais.

G & C

Guedes e seu curita estiveram aqui a tarde toda. Um falando, falastrão, como sempre. O outro escutando, corujão. Guedes recai sempre nas suas conversas de historiador de miudezas e nas suas manias genealógicas, me metendo em polêmica que eu topo. Por quê?

Ultimamente, anda com a cabeça na bandeira de Fernão Dias. Reconstituiu, meticuloso, seus sete anos de marcha, plantando, colhendo, comendo roças e andando sempre à frente. Na busca de suas ricas esmeraldas, que eram turmalinas vagabundas, mas desbravando os sertões são-franciscanos. Assim é que, sem querer, fundou o Mangueiral.

Guedes, que força sua própria entrada na história pátria através dos supostos ancestrais baianos, quer forçar, também, a minha. No meu caso, me ligando aos bandeirantes paulistas através do Barão, meu avô, por via do meu Buritizal – porque fica lá a tal lagoa Vápabuçu, onde Fernão Dias acampou e descansou. Vi muitas vezes o que teria sido a celebrada lagoa. Agora é um monturo, um cascalhal gigantesco de areias lavadas e relavadas por gerações de garimpeiros.

Guedes, romântico, vê um Fernão Dias heroico, enforcando o filho bastardo para manter a disciplina. Mas esquece da ralé que o acompanhava, de degradados e criminosos tirados dos presídios e dos coitos onde se escondiam, para com eles compor a bandeira real, de caçadores de índios e buscadores de ouros e pedrarias.

O que mais cativa, agora, a imaginação de Guedes, e onde ele se detém alvoroçado, é no reconto da tromba-d'água de Sabará. Ele descobriu, eu não sei como, que a enxurrada desenterrou Fernão e o levou, aos trambolhões, dentro de seu enorme féretro de madeira bruta, desbastada a machado, navegando de bubuia rio das Velhas abaixo, no meio das águas revoltas, das tronqueiras e dos bichos mortos. Tudo descendo, rumo ao mar. Caçoei com Guedes, dizendo que ele não devia gostar do velho paulista.

– Você não vê que ele foi o invasor das terras de sua gente baiana? Roubou Minas de vocês.

– Qual, siô, Minas não havia. Era terra alheia naqueles idos. O lado de cá, do rio Chico até o mar, era Bahia; o lado de lá, Pernambuco. Paulistas não havia, um dia tinham de chegar.

Outra glória de Guedes é enumerar as façanhas de Nunes Viana, empregado do avô dele, contra o Conde de Assumar. É recontar os inumeráveis currais de gado e os contados criatórios de gente do tresavô dele, figura maior dos Guedes, o Morgado da Casa da Ponte.

Hoje, antes de sair, sofreu um bocado. Resolvi falar dos meus esquartejados, Felipe e Joaquim José, que ele odeia. Odeia por quê? O reacionarismo de Guedes é tão atual como retroativo. Odeia Getúlio, Jango, Brizola, os comunistas, os brizolistas, os lulistas de agora, com o mesmo ardor com que odeia os mártires. Ouvindo falar deles quase explode de pura raiva histórica.

– Não devia ser assim, Guedes. A pouca dignidade que podemos alegar vem deles. Só deles.

Uma coisa devo a Guedes: sem ele eu não saberia e, se soubesse, não acreditaria que haja em Minas gente tão figadalmente reacionária. São parceiros de Dona Maria Louca. Detestam os inconfidentes. Não será por isso que chamamos inconfidentes, ou dedos-duros, aos heróis da conspiração mais alta e mais bem urdida dos brasileiros contra a dominação lusitana?

ROMANCE

Esse Darcy é da pá virada. Me meteu na campanha eleitoral dele. Entrevistado por uma dessas revistas de mulher nua, me pôs no meio dos mais eminentes intelectuais mulatos do Brasil. No passado, Gonçalves Dias, Machado, Lima Barreto. No presente, Cyro, Abdias, Otto e eu: fdp.

Onde é que encontrou sangue negro em mim? Posso ter avós índios – aliás, dizem mesmo que eu, como todo brasileiro, tive uma avó pegada a laço. – Mas preto, não. Que é isso? O pior é que me meteu também no socialismo moreno dele.

Não tenho preconceito nenhum. Aliás, se tenho, é a favor do negro e do socialismo. Mas alto lá! Acho os pretos muito superiores aos brancos como animais – ou seres zoológicos, se você prefere – isso se demonstra nos esportes: na corrida, no salto, no futebol. Acho também que são melhores que nós para música e ritmos melancólicos: Pixinguinha, Milton. Acho, igual, que para espiritualidades religiosas, candomblés, pios mesmo são os pretos. É também imenso o talento deles para a alegria: o catopê de Mangueiral e o carnaval do Rio estão aí para provar. Mas disso nunca falei a ninguém, nem isso me faz negroide nem brizolista. E o Cyro, coitadinho? O Otto é mesmo fosco, mas aquilo pode ser sangue índio.

Você achará que este livro está ficando opiniático demais. Está mesmo, e daí? O buraco é mais embaixo. Eu sou é romancista. Se não fôssemos nós, romancistas, que tomamos conta do mundo, ao menos no plano ético, dando palpite sobre o sexo e a fome, o casamento e a fidelidade, a guerra e a paz, a poluição e a corrupção, tudo ficaria pra sempre na mão dos políticos, dos milicos e dos jornalistas. Gentes estas todas, muito menos confiáveis. Somos a única voz responsável deste mundo. E eu estou disposto a dizer meu discurso alto e em bom tom. Aguente e me queira bem.

Nosso papel não é reconstruir passados nem interpretar presentes, e menos ainda anunciar catástrofes ou utopias. Apenas dialogamos, retratando a vida que aí está, tão difícil de ser vivida pelo bicho homem. Astutíssimo para a violência, mas muitíssimo mal-armado para pachorrar, gozar a vida, viver em paz. Menos ainda para cuidar de nosso jardim, único que temos, este planeta em que navegamos.

Cuide-se, leitor-leitora, mesmo sem querer entrar na sua cuca, fazer sua cabeça, começo a insistir para que pense comigo, como eu penso. Saiba que não porto a verdade. Não porto nem a dúvida. Porto é alguma esperança de que encontremos os caminhos da realização plena, da convivência cordial, do amor, do candor. Se eu tivesse a coragem de mim, de me ser eu sem disfarces, de viver a verdade de meus desejos, podia talvez ser levado a sério por você. Mas não tenho não. Não tenho nem mesmo aquele mínimo de coragem de mim que me autorize a aconselhar. No máximo, posso palpitar.

Não creia nisso, desvario. Como eu dizia há pouco, de vez em quando me sangra essa veia ética. Fico insuportável, reconheço, mas que fazer? Estive a tarde toda no diapasão de salvador do mundo. Pode um intelectual de Belô se meter nessas empreiteiras? A Mendes Filho constrói ferrovias em África, a Brasil Guzano faz misérias pelo mundo. Eu, coitadim, querendo edificar consciências, me esborracho. Se nem de mim dou conta suportavelmente? Mesmo assim, insisto; se puder, faço sua cabeça.

Não pense que abusei da pinga hoje: nada disso! Tomei meu cálice vespertino, apenas. Estou mesmo é desvairando, mas meu desvario hoje me sai ético. Acho que viver é coisa séria demais para os carrapatos e para os homens. Viva a pulga que está coçando aí na sua virilha. Ela é filósofa, você sabia? Acha que tem direito à vida e à felicidade. Amém. Eu também.

COLOSSO

Hoje, a novidade de Canuto é o tal Colosso. Ele foi lá ver. Conseguiu chegar perto, mas há guardas demais impedindo que as pessoas se aproximem. Muita gente por perto fica espreitando, todos confirmam que o negócio é mesmo enormíssimo. Colossal.

Minas toda está alvoroçada com as notícias do Colosso. Aqui em casa, vez por outra, o assunto vem à tela. Todos palpitam sobre que destinação dariam ao Oco imenso.

Elmano, loucão de ofício, ali instalaria um imenso abrigo geriátrico. Um depósito de velhinhos velhíssimos, para lá viverem drogadinhos seus últimos dias, num cenário huxleyano. Original não é, nem razoável.

Stela faria lá um museusão de esculturas de seres humanos, de todas as raças, sexos e idades. Por que não um cemitério egípcio de múmias dos próceros mineiros? Perguntei eu.

Canuto quer pôr lá uma biblioteca, cinemateca, discoteca, videoteca, um Tecão maior do que o do Rio.

O padre quis sugerir alguma coisa, mas arrepiou carreira, se encolheu. Guedes, como sempre, quer que se instale ali um verdadeiro institutão histórico mineiro, capacitado para guardar nosso passado bem embalsamado. Uriel caiu na gozação:

– Quero lá um Motelão, com moçoilas e putanas convivendo com seus machos alegremente.

Esses meus amigos são mesmo umas bestas. Mais besta ainda sou eu, que propus o tema, não palpitei e agora perco tempo, o meu e o seu, registrando as bestagens deles.

O certo é que ninguém sabe pra que se levanta Colosso tão colossal. Será que o prefeito sabe? O governador, se não sabe, é um banana. Como é que as multi constroem aqui uma Coisa dessas, que com pouco tempo mais se inaugura, sem darem nenhuma satisfação às autoridades e ao público? Sem que prefeito e governador saibam de nada? É uma desfaçatez. Uma vergonha. O gordo e o magro são uns palermas.

No meio do caminho tinha uma pedra
tinha uma pedra no meio do caminho
[...]
Nunca me esquecerei desse acontecimento
na vida das minhas retinas tão fatigadas.

Carlos Drummond de Andrade

DON'ANA

Solzinho acabou desaparecendo completamente. Sem razão nem explicação. Dois anos fiquei à espera, cada vez mais desesperançado. Tempos áridos aqueles. Sem Sol, sem amor, fechado nesses fei'orizontes. Conto dez anos o tempo de nosso amor, mas foi só de seis. Nos dois iniciais era puro encantamento meu. Nos dois finais, espera. Desenganada.

Quem me consolou com um pouco de amor carnal, quase doméstico, foi don'Ana. mãe de Vazinha. Eu a via aí, através do quintal, como a vizinha nova que veio, com o marido, morar nessa casa pegada aos fundos do meu quintal. Trazia a filhinha engatinhando e um filho no bucho. Através do muro caído desde então, falamos vez por outra. Eu, naqueles tempos, passava horas no quintal, à sombra das mangueiras, sentado na preguiçosa ou me balançando na rede estendida do pé de umbu para o cajueiro.

Um dia, don'Ana entrou no meu quintal, atrás de uma galinha. Pegou e parou um pouco ali, junto de mim, para um dedo de prosa. Estava bela, radiante, com essa luz interior que acende a mulher prenha, afogueando as faces, dando brilho ao olhar, intumescendo a boca, inchando os seios. Comentei com ela essa beleza de empréstimo.

– Nunca ouvi falar disso não, professor. – Pedi que se aproximasse. Veio, confiante. Apalpei a barriga dela, acariciando, e beijei minhas mãos.

– Vai ser um rapagão: lindo! Ela riu. A galinha fugiu. Levantei para cercar, ajudando, mas a danada ganhou o jardim lá de fora e saltou pra rua. Voltamos pro quintal, falando:

– Meu marido pediu tanto sua galinha de molho pardo.

– Tem tanta galinha aí, don'Ana. Pega outra.

– Não, tinha que ser aquela, cevei dias para sangrar hoje.

Tempos depois, estava eu na rede lendo, quando a senti ali ao lado, sem nenhuma galinha pra pegar. Sorria bela, bela. Conversamos. Pedi que se aproximasse. Veio. Pus as mãos acariciantes no ventre cheio. Agora, por debaixo do vestido, sobre a pele estirada. Baixando as mãos, senti a calça encolhida, muito embaixo. Procurei entre as coxas e encontrei a escova de pentelhos que saía pelos lados.

– Quero mostrar um livro pr'ocê, don'Ana. Fomos à biblioteca. Sucedeu no sofá, depois de algum carinho, meio de lado, para não pesar sobre a barriga. A pobre, apesar de parida e prenha, de fato nunca tinha trepado. Voltou umas quantas vezes, encantada com a descoberta do seu corpo maternal.

Transávamos sem palavras, no sofá e na rede, que era onde ela gostava. Nos púnhamos frente a frente, trespassávamos a perna na rede, eu me sentava primeiro, ela depois, com as coxas sobre minhas pernas. Deitava-se, então, toda ofertada.

Quando a gravidez avançou muito, don'Ana desapareceu. Depois do parto, voltou a acontecer e assim foi por um tempo. Era uma confluência carnal, sem amor nem pecado, que se foi como chegou. Deixou uma amizade boa, carinhosa. Quando tenho gripe e tusso, ela é quem me traz a infusão de mastruço. Está tranquila. Nada espera de mim. Não quer nada. Eu também não.

QUITUTES

A comida dessa Nora-mão-de-fada é pura gostosura. Suas artes reacenderam minha boca há tantos anos insossa. Agora, ao chegar à mesa, todo santo dia, esfrego as mãos de contente, cheirando o cheiro, olhando as cores e as formas do que vou comer, já com a boca cheia d'água.

Zeca ao menos pra isso prestou. Pôs aqui em casa, a nosso serviço, essa criatura divina. Ele sabe disso, gaba as prendas dela me piscando, entendido. Casou pra nós. Tudo de Nora é bom demais. Maravilhoso o cafezinho feito com café que ela mesma torra, enchendo os ares da casa e do mundo com o cheiro mais rico que há. As quitandas dela, biscoitos, pãezinhos, bolos; caprichosos, gostosos, deliciosos como não há.

O simples angu mineiro, sem sal nem nada, com tudo para ser sem graça, feito por Nora tem pega, é bom demais. Não sei se pela qualidade do fubá de milho, se pelo ponto, o certo é que nunca vi contraste melhor para os quitutes maravilhosos que ela me faz.

A bobaginha da couve mineira, rasgada ou picada, trivial de toda casa, na mão de Nora, ganha gosto e beleza incomparáveis.

Ó, as farofas de Nora. A vermelha de urucum para as carnes. A branca, molhada, para peixes. A de ovo, a de torresmos, outras, outras. São boas até para se comer puras. Zeca se regala comendo farofa de arremesso, com pontaria certeira, como a gente lá do Mangueiral come paçoca.

Gosto demais do pirão apimentado de Nora, feito com caldo de galinha, de carne, de peixe. Não há comida melhor nesse mundo, sobretudo como ela serve, misturado com o molho recheado de tomatinho do campo e de cebolinha cigana.

Minha mesa agora, graças a Nora, é de quitutes e petiscos como nunca comi iguais. Se me perguntassem, antes, eu até concordaria com esses idiotas da mineiridade que dizem que aqui se come frugal e mal. Qual! Eu comia mal porque não me serviam bem. Só lá em casa no Mangueiral tive comidas finas como as que como agora. Menino, as comi distraído, mas formei uma base de gostos que me deu essa boca boa de provar, degustar.

O forte da cozinha de Nora é o trivial que ela prepara à perfeição. O feijão simples de todo dia que ela cozinha sempre com um pedaço de carne. O amassado para tutu. O esmagado com salsa para caldo. O solto para comer com torresmo, cebolinha e cheiros.

O arroz de Nora, cozido na panela pretíssima de pedra-sabão, é perfeição. Melhor ainda, de me encher a boca d'água, é quando ele vem besuntado de óleo de pequi ou, na estação, quando ela cozinha com os pequis amarelo-ouro, pra gente ir roendo.

Altas artes de Nora são suas formas de preparar costelas de leitão, lombinhos verdadeiros, frangos e galinhas gordas, peixes: o surubim, o dourado, e, valha-me Nossa Senhora: o pacu. Ai, meu Deus, que me deu boca para galinha ao molho pardo, pra vaca atolada, feijão de tropeiro.

Tudo dela vem da cozinha apimentado, mas na mesa sempre há um coité de pimenta fresca no vinagre, malagueta, cumarim, pimenta-de-cheiro. Não falta nunca também uma verdura bem temperada. Seja quiabo, abóbora, abobrinha, moranga, chuchu, maxixe, até jiló aprendi a apreciar.

As sobremesas, três ou quatro, estão sempre postas na mesa, enfeitando e tentando. Doce de leite, de laranja-da-terra, de cidra, de mamão verde, de casca de limão, de tudo.

Com o cafezinho do arremate vem o queijo da Canastra que o pai de Nora manda: maravilha. Aliás, esse sogro vale pelos queijos, pelas carnes de sol, pelas linguiças de lombo, pelos choriços que Zeca traz de lá e Nora dependura em cima do fogão, para curtir e curar.

Eu como a comida de Nora à franciscana, degustando garfada a garfada. Ela é tão boa, tão boa mesmo, que a vontade que me dá é de comer capitão, como comia criança lá em casa. Eu e Nininha, frente a frente, sentados no chão, amassando com os dedos, três ou quatro comidas diferentes para formar bolinhos compridos que púnhamos um na boca do outro. Se árabes comem com a mão, por que nós mineiros havemos de atrapalhar a vida comendo às garfadas? Colher, vá lá que se use, para bebericar, faca também, para cortar, mas esta moda de dedilhar metais para meter comida na boca é bestagem pura. Bom mesmo é comer capitão.

Diabo é que não tenho caráter pra isso não, mas estou com a boca cheia d'água. E você? Gostaria até de pegar você pela mão e trazer aqui em casa pra experimentar comigo os quitutes de Nora.

STELA

É nessa Stela que entro hoje. Meu gozo é ler gente. Mergulho nela. Fale, Stela, fale:

– Quando comecei a ir à casa de Gê, ia de bonde. Depois, por muito tempo, fui de ônibus. Agora, vou e volto no meu Fusca. Gê, cordial demais, me leva até a porta, aperta minha mão, me beija, frio, e espera eu sumir na esquina para entrar. Essa cordialidade toma por maciez quem não conhece a peça. Eu não! É matreiro demais, esse meu Gê. Roga ao mundo que não o veja, no que é. Só se mostra na mansidão: doçuras. Gato, escondendo garras. Na verdade, nunca vi Gê furioso, nem mesmo zangado pra valer. Nada desse mundo emocionou muito ele nos anos todos, tantos, de nosso convívio. Pode até ser que ele seja assim meio besta de tão bom. Terá razão de me chamar iracunda. Ele é que não merece esse trato. Manso também não é. Eu, de mim, sei bem que não presto não. A ninguém dou pé, nem pedal. Porra! Esse táxi quase me trombou. O puto ainda saiu me xingando. – Corno! – gritei: Porra! Broxa! – Vida desencontrada essa minha, nossa, minha e de Gê. Por que é que me importa o Gê? Estou sempre pondo esse cara no meu destino. Nós dois podíamos ter acontecido, isso há muito, muito tempo, se ele tivesse casado comigo e não com a safada da turca ricaça. Nunca casamos, nos fodemos. Eu saí por aí caçando homens, experimentando, largando, sendo largada. Ele caçando mulheres. Nós dois nos vendo nessa busca besta e vã, sem jamais olharmos um pro outro. Até lá, na casa dele, naquele escritório, mesmo lá, onde nós nos vimos tantas mil vezes, nos olhamos é de viés. Exceto aquela tarde, já faz tanto tempo, em que quase aconteceu. Tive, naquela hora, a última esperança de que recomeçássemos outra vez. Gê arrepiou, se furtou. Eu, besta, tesuda, lá fiquei, esperando. Nisso passei a vida, esperando. Esperando Gê. Esperando. Os anos passam, passam. A vida passa, passa. E nós falando. Sou testemunha ocular do desgaste de Gê. Eu o vi envelhecer e ele a mim, de graça. Minha boca murchou, a dele mais ainda. Meus olhos empapuçaram, os dele ainda mais. Gastamos vestidos e ternos, numerosíssimos, dariam para encher um guarda-roupa de quarteirão. Isso tudo para nos vermos cada semana, duas, três vezes. Para quê? Para nada. Acho que eu me visto é para ver Gê. Roemos discos, na vitrola, mudada tantas vezes, para ouvir Chopin, Vivaldi, Villa-Lobos. Pelo prazer que a música nos dá, é verdade. Mas muito mais pelo gosto de escutar juntos, sem precisão de falar. O ruim dessa minha vida é que nunca acontece nada. Se ao menos uma desgraça caísse na minha cabeça, ou na de Gê, acabaria essa pasmaceira. Mas não, é sempre o mesmo ramerrão. Melancolia. Nisso gastei minha vida, esperando que acontecesse alguma coisa formidável. Nada. – *Eta vida burra, meu Deus*! Tristeza é o que dá viver para nada. Ler, li demais, criticamente. Tanto que já não tiro da leitura o sarro que tirava, tirei demais. Ouvir música, ouvi a vida inteira. Não me cansa, mas não necessito muito ouvir mais. Falar, falei sempre pelos cotovelos. Transar, transei com um montão de caras ou de picas. Emendadas uma na outra, elas dariam para ir daqui a Sabará. O mais da fisiologia do viver e do comércio de conviver, tudo fiz, muito. Demais. Agora, curto tristeza no meio do trânsito. *Tristeza, não tem fim...* Uriel é sinistro. Que será que ele disse ao Gê lá na porta, ao sair? Gê voltou perturbado. Sempre que esse homem cruza comigo é para alguma desgraça. Ele entrou na vida de Gê quando eu saí: expulsa. Nos deu guarida no apartamento, é verdade. Seria melhor, talvez, ficar fodendo na rua. Bobagem. O que não tem remédio, remediado está. Esse meu convívio puro com Gê é ainda o melhor que tenho na vida. Só desejo é que essa Silviana não se meta demais entre nós. E acho que é isso mesmo que ela vai fazer. Ainda mato essa mulher.

MINAS

Trago Minas no peito. Minas me dói, demais, de ser como é. Dói tanto que morro de raiva. O diabo é que quanto mais odeio, mais me comovo. Deve ser isso que me faz solene quando penso Minas. Mais ainda quando escrevo. Como não falar pausado, com voz sentida, os nomes dos homens: Filipe dos Santos, despedaçado; Joaquim José, esquartejado. Antônio Francisco, aleijado, chagado. Esses no corpo, muitíssimos mais na alma. Esse chão de pedra de ferro. Esse povo de tristes almas alvoroçadas.

Tudo começou porque aqui se descobriu, faz tempo, pepitas, grãos, veios de ouro, puro ouro, brilhando nas bateias. Depois, quantidades de diamantes antiquíssimos, espargidos, sem brilho, no meio do cascalhal mais ordinário. Tanta riqueza desencadeou cobiças e ódios descomunais. Até guerras de mamelucos contra emboabas, com batalhas de emboscada. Na mais sangrenta delas foram trucidados mais de duzentos no Capão da Traição, que fica pertinho daqui, sem um marco sequer que assinale tamanho malfeito. Tudo isso nos fez e nos desgraçou. Fez Minas, tal qual.

Muito antes disso começou a caçada do gentio primevo que encarnava – assim pensavam eles – a forma mais autêntica de ser gente. Ninguém lhes deu ouvidos. Deram foi tiros de escopeta, furando, sangrando, a indiada assustada. Mais, muito mais que os índios tantos que aqui se gastaram, foram os negros que de África trouxeram. Imensidade deles. Bocas doces no falar: fizeram nossa língua brasileira. Braços bons de trabalhar, lombos bons de suar: edificaram o que aqui se construiu. Sexos acesos de fornicar, ventres bons de embuchar: pariram nossa mulataria louçã.

Os protagonistas mais imponentes dessa fita foram uns paulistas que aqui chegaram, procurando e encontrando ouro, para serem os primeiros mineiros. Aqui toparam com os baianos que, de antigo, estavam assentados nos seus currais. Esses baianos eram já mineiros abancados, mais mineiros ficaram. Na voz deles vieram muitos cobiçosos, principalmente lusitanos. Essa gente brigou sempre e, brigando, se misturou. Com saibro negro, pedra índia e a cal do branco: mestiçando, mestiçada, se fez essa gente nossa, cor de telha, gengiva escura, dentuça, cabelo pixaim. Às vezes salta um de olhos claros, outro de tez enluarada. É raro.

Junto com as gentes estrangeiras vieram quantidades de vacas e garrotes, cavalos e éguas, burros, jumentos, e criações de terreiro: porcos, galinhas, patos, bodes, cabras, cabritos. Essa bicharada toda, inclusive cachorros e gatos, se multiplicava e se comia – ou comia quem podia. A gente também se multiplicava, igual. Mas, já não se comendo, se gastava no trabalho e, se sobrasse, se exportava. Hoje há mineiros por toda parte, se fazendo de baianos, de paulistas, de pernambucanos. Até cariocas há, como o Otto e o Darcy.

A meu redor, nessas Minas, floresce a loucura mansa. Raramente se manifesta com coragem de si, acremente. Também nunca se esconde de todo: disfarça. Em Canuto é um orgulho secreto, mas de que ninguém duvida, que o faz ver-se a si mesmo como intelectual incompreendido. Com que títulos? No Guedes, é a certeza certa de sua nobreza e genialidade. Coitado! Nem chega a ter talento assinalado. A cabeleira basta, o olhar derramado, que teve – apenas teve – hoje não é suficiente para provar nada. Stela se exibe como a encarnação da lucidez-mulher, nas letras brasileiras. Elmano se passeia contente pelo mundo afora, como ideólogo, pensador e, até mesmo, salvador vocacional. Um dia despertará, espera, a admiração geral. Eu próprio gosto muito de pensar que sou escritor genial e que meu dia chegará. Tomara!

A loucura não está só nessas nossas avaliações exageradas, nesse autoapreço generoso. Está é nos dias sombrios em que cada um de nós cai em si, introspectivo, sondando desconsolado o que é mesmo que é. A alucinação está na certeza de sermos os mais certos, os melhores, os mais ajuizados. Está, também, no sentimento fundo de que somos injustiçados. Na ilusão de que, fora daqui – riando, são-paulando – todos seríamos Rosas.

A frustração dos sonhos de realização plena, em riquezas, sucessos e glórias, e das infundadas esperanças de êxito, deixa uma mágoa que se desdobra em rancor fervoroso. Humilhação, convertida em soberba, ensandece. A vida que devia ser, não podendo ser senão sonhada, se vinga da vida nossa e alheia que é, ou que se supõe ser, para ascender a inveja enfurecida. Salta da exaltação ao tédio, não por qualquer razão real nem por qualquer motivo concreto, mas pelas mágoas que ficam na alma das nossas esperanças perdidas. São saudades loucas de pessoas que em nós deviam ter existido. São desenganos sofridos de amores que devíamos ter amado. São nostalgias de vida que quiséramos ter vivido.

Por que não me contentar com a lembrança de uma concha muito branca que um dia vi, sobre uma mesa muito preta, não sei onde? Com as dádivas que tive, fruí e perdi? Com os rostos que olhei com amor, bebendo sua beleza? Com os olhos que me olharam e me viram, amorosos?

O lindo ser dos vossos olhos belos

Camões

Saudade doída. Destino não tem nada que ver com isso. Essa ideia de sina desatina. Eu mesmo é que não me dei quanto podia. Ou cuidei que podia demais. Essas minhas mãos atadas para gestos de ternura e de euforia. Esta boca calada para fala macia. O cultivo desse ar áspero, se possível feroz. Tudo isso abafa, mata, predisposições íntimas ao candor. Sofreia pendores prontos demais a se entregar a felicidades casuais. Eu não me entrego, não! Mineiro que se preza tem que ser esquivo, recôndito, disfarçado. Até falso e hipócrita, pode ser e parecer. Aqui, só não se consentem excessos, exuberâncias, estridências.

Pois que trago a mim comigo,
tamanho imigo de mim?

Sá de Miranda

CHUVA

A chuva choveu o dia inteiro e continua chovendo. Lá fora, no quintal, na rua. Chove, ainda mais, dentro de mim. As galinhas encolheram, parecem pintos. As árvores não pingam, escorrem água. A umidade demasiada engrossa o ar que respiro.

A casa é um aquário. Flutuo. Nora, me vendo aqui jururu, veio duas vezes me dar seu licor de jabuticaba – detestável – para me esquentar o couro. Queria louvor e agrado, vi pelo riso. Não louvei nem agradeci, só disse:

– Chove chuva e chove tristeza, dissolve o mundo e a mim. – Nora nem ligou. Ficou aí no escritório um tempão, junto da janela, vendo a cortina da chuva cair sonora: chuáaa.

– Está lavando imundície – disse ela – as imundícies do mundo. – Não respondi. Que lave, mas não tanto, nem tudo de uma vez só. Onde havia tanta água para cair assim, nesse jorro sem fim? Para não ficar calado, emburrado, perguntei a Nora se essa chuva é geral ou se é chuva só mineira? Depois disse a sério:

– Acho um desperdício chover no mar.

Nora riu, puxou conversa sobre este livro que estou escrevendo. Desconversei. Se ela soubesse que é personagem aqui? Secundária, é verdade, mas presente.

Tomei, hoje, agora, uma decisão heroica. Não tema que eu dê uma de Frieiro, queimando este diário. Isso é o que eu devia fazer, mas não faço não. Nunca. Jamais! Minha decisão, madura, já muito pensada, é trancar numa gaveta estas confissões inconfessáveis e escrever em cima: só publicável no ano 3000. Por que três? Sei lá. Só sei, agora, é que, se você o lê, é porque não engavetei nem queimei. Alguma coisa terá sucedido. O quê?

Esta noite sonhei com minha mãe, que não conheci. Devia ser mamãe mesmo. Era uma mulher antiga, de coque e vestido comprido. Calçava em mim, forçando, um sapato de verniz preto, apertado, para ir ao enterro dela.

E você aí, você sonha muito? Eu não sonho quase. Quero dizer, não me lembro do que sonho. Sonhar a gente sonha toda noite, para aguentar o dia sem endoidar.

Seus sonhos como são? São sonhos-palpite de jogar no bicho? Sonhos eróticos, indecentes? Sonhos de pureza? Os meus, além de raros, são sensaborões.

Nunca sonhei um sonho gozoso como há gente que sonha. Felizardos. Gozado é que não sonho, dormindo, ao que eu me lembre, com nenhum amor meu. Quem me aparece, às vezes, é Vilma. Sempre com a cara amarrada dos tempos de nossas brigas. Eu bem que dispensava essas visitas dela. Serão assombrações? Serão visitas noturnas, soturnas, que a alma dela me faz e eu tomo por sonhos?

Gostaria demais é de ouvir você me contar seus sonhos. Conversa boa a de falar de sonhos, interpretando, maliciando. Você não acha? A chuva não parou. Parece que não vai parar nunca mais. A chuva cai, chovendo inútil, com toda coragem. Vai derreter o mundo. Ou Minas, pelo menos. Se não derreter, aplaina, dissolvendo a morraria em enxurradas.

Chove chuva, chove sem parar...

Jorge Ben Jor

MANGAS

Stela me cansa, me impacienta. Hoje estava impossível. Passou a tarde falando mal do mundo. O mundo duplo de Stela. Nele, tudo são amores, perfeições, se seu humor é benfazejo. Se está irada, como estava, o mundo é que não presta, nem ninguém. São todos feras. Tudo é ferocidade. Eu também.

Assim é Stela, pura paixão querendo parecer razão. A última invenção dela é incrível. Descobriu o telefone dos Alcoólicos Anônimos e quando está muito danada da vida pede a companhia de um deles para ajudá-la a não beber, andando pelos bares. Conseguiu até que um recaísse. Só Stela. Sua loucura. Sua solidão! Isso é que é, solidão demais é o mal de Stela.

Que seria de mim sem ela? Só ela existe para mim, realmente, como convívio humano de minha vida inteira. Um pouco Nininha também. Mas ela, minha irmãzinha, está posta lá no princípio de mim, nos longes do Mangueiral, distante demais no tempo e no espaço. Com Stela atravessei trint'anos de minha vida; brigando, nos agredindo, mas gostando das mesmas coisas. Inclusive um do outro. Ambos com os braços estirados, as mãos abertas, para o outro não encostar demais. Mas prontos, chegada a hora, para o abraço discreto nos sofrimentos e nas alegrias.

A verdade é que só existem para mim, sentidamente, Stela e Nininha: duas irmãs minhas. As amadas se foram, sem marcas maiores. Outras pessoas, você talvez, conviverão com muitos amores, terão gestos amistosos para todos. É o seu caso? Talvez você até goste, igual, de cada um de todos os seus incontáveis amores, amigos, parentes.

Suponho que seja assim, desejo. Eu não. Não há nem espaço na minha libido para mais convivência intensa. É certo que um amor, se me caísse em cima, agora, cairia bem. Mas é tão improvável, que dói.

e esse cavalo solto pela cama
a passear o peito de quem ama.

Carlos Drummond de Andrade

Enjaulado nesta casa e, dentro dela, nestas duas salas, o escritório e o quarto, vivo vida de presidiário. Vivo é das florescências de pensar, recordando, meditando, relendo, reescutando. Que aventura me podia suceder aqui? A vida está lá fora, proibida de entrar. O mundo onde vocês convivem, brigando, amando, é outro mundo. Eu, aqui dentro, dentro de mim, remastigo a vida vivida, tirando sumo de lembranças. Vivi mais horas de amor nesses mergulhos do que propriamente vivendo, amando. O passado, palhoso quando o vivi, me retorna, agora, sumoso, recheado de sabor e cheiro. Será porque só volto aos instantes de êxtase? É como se pisasse pedras, atravessando um lodaçal só vendo as pedras, cego para o agual e o lodo. Os idos me vêm, em ondas, atropelados, aos borbotões.

Dei uma volta pela casa fugindo de mim. Lá no quintal, conferi as plantas uma a uma. Parei, depois, perto da cozinha, olhando Nora chupar mangas, amassando devagar com as duas mãos, sugando como quem mama e, depois, lambendo a casca e roendo o caroço até o branco. Ela ria de me ver olhando. Disse que o bom de viver aqui é chupar manga com as mãos, sujando a cara. Na casa do pai se impunha rigores de educação que cobrava de todos. Só comia manga de garfo e faca. Foi bom demais ver Nora assim, contente de si mesma.

Nunca entrarei jamais o teu recinto:
[...]
Adivinho o esplendor das tuas salas

Olavo Bilac

ELOGIOS

Por que consinto que Elmano venha cá? Por que deixei Stela trazê-lo de volta para este convívio amargo? Convívio? Briguívio! Por que gosto tanto de implicar com ele? Por quê? A verdade é que gosto dele, apesar de mim.

Não escapo desse filho daquela. Hoje o corno brilhou novamente, à minha custa. Aparentemente até me elogiava:

– Pobre de mim, nunca fiz literatura como Ageu. Sempre me dei à ciência, ao ensaio. E continuou por aí, se comparando comigo. Sempre me dando vantagem. Tudo pra me foder.

Os cientistas para ele são uns coitados. Trabalhando com fatos singelos, fatos sem história, nunca alcançam consistência coloquial. Nós, literatos, ao contrário, trabalhando com a realidade verdadeira, personalizada, podemos enredar nossos romances. Alcançamos, assim, uma penetração maior e até maior verossimilhança. Acresce, diz ele, que a ciência e o ensaio só são inteligíveis para iniciados. Por aí foi, dizendo que, com os fatos sociais com que ele lida, a coisa é ainda pior. São sempre impuros, impregnados de temporalidade, o que impede qualquer teoria geral, das que quis engendrar.

– Só na literatura, concluiu, se reconstitui a realidade, mostrando as coisas como elas acontecem, ou existem, em sequências, encadeadas, concatenadas, como na vida. Se pudesse, arrematou, queimava tudo que escrevi e começava de novo, no romance. – Aí virou pra mim e perorou:

– Você deu certo, sô! Eu, que me meti a cientista, fracassei. – Pegou a malícia do corno? Você pegou? Tudo o que eu consegui com esforço enorme, como criador de literatura – que aliás tem leitores –, vem não de mim, de méritos meus, mas do gênero que cultivo. Qual é?

A preocupação obsessiva de Elmano é explicar-se a si e ao mundo. Por que, sendo tão brilhante, acha que não deu certo? Está sempre sangrando nessa veia do espanto com seu insucesso como intelectual.

– Não é tanto assim, Elmano – consolei eu. Você é brilho reconhecido aqui em Minas. Lá fora, paulistas e cariocas, eu vi, apreciam você. Até no estrangeiro você é mais publicado que qualquer de nós. – E é certo isso que escrevi aí. Assim é. Pode é esta gente toda rir dele, por trás, das suas tiradas. Vi depois, caindo em mim, que o corno se lamentou tanto foi de sabido. O que queria é nos impressionar com sua lucidez, seu desprendimento autocrítico. Corno! Eu, sempre besta, caí no jogo dele: elogiei.

Sempre dentro de mim meu inimigo.

Carlos Drummond de Andrade

ESQUINA

Aqui em casa não há viv'alma. Zeca e Nora estão na fazenda com os velhos deles. Cansado de mim, saí. Tomei um táxi que passava e, tendo que dar uma direção, pedi a praça Sete, que é o umbigo feio da cidade. Lá, fiquei parado um tempão, na esquina com a rua Rio de Janeiro. Vi, sem descanso, o rio de gente fluindo, os carros trafegando, tudo ritmado, sem ninguém errar.

o esfalfado arfar do asfalto/ falto de ar

Ferreira Gullar

Somos mesmo um rebanho amestrado de gente domesticada, disciplinada, urbanizada. Gente sem cara. Ninguém via ninguém. Nem os dos carros se viam, de ver-se para lembrar que viram. Simplesmente passavam uns pelos outros, bichos-gentes, máquinas moventes, ônibus apinhados, se evitando, esquivando, desviando. Só eu, de fora, tudo via, testemunhando. Somos já uma civilização, terra de ninguém, como toda metrópole deste mundo, morada de gente destribalizada, descarada.

Lembrei-me da sapataria antiga que ali havia. Ali, também, vi os primeiros bondes quando cheguei a Belô. Saudades? Qual! Gostei de estar ali, olhando e vendo o presente, lá fora, e o passado, cá dentro.

Isso, até surgirem dois caras que me reconheceram. Não ao professor nem ao escritor, mas a mim mesmo, se é que existo. É gente velha, daqui, mas oriunda do Mangueiral. Aposentados, envelhecem devagar naquela esquina. De manhã, ao chegar, tomam seu cafezinho, de pé, e logo mergulham em conversas sem fim, na esquina do Cine Brasil. Se o frio aumenta, passam pro lado de lá, onde os encontrei. Ficam ali horas e horas falando, esquentando sol, esperando algum mangueiralense, como eu, que passe.

Não foi fácil desvencilhar-me deles. Queriam ouvir e dar notícias de tudo e de todos lá da terrinha nossa. Principalmente, queriam me acolher como um deles. Esses conterrâneos meus, pobres diabos, nunca saíram de lá do Mangueiral. Vivem cá suas vidas nostálgicas, olhando pra lá! A tribo sobrevive, pois, é neles. Neles e em mim.

Voltei pra casa pensando naqueles idos meus de Belo Horizonte antiga, gentil, que lá se foi, soterrada pela metrópole. Tudo era tão diferente. As moças de vestidos discretos, com suas fundas olheiras, banhadas de luar, cultivando um ar romântico, pareciam assexuadas. Só pareciam. Mas isso não se podia crer olhando a fome erótica de suas caras aflitas, seus olhos acesos, seus lábios trementes. Até topar com Stela e com ela me atracar, com essas moças é que me agarrava, arrancando beijos e nada mais.

A pessoa mais bela que vi naqueles anos foi uma putinha ruiva, peitos empedrados, doídos, bunda empinada, bucetinha redonda, malcoberta de uma penugem rala, clara. Queria que eu andasse logo, comesse ligeiro, acabasse de vez com aquilo que visivelmente lhe doía. Acabei, mas fiquei lá, de pau duro, olhando ainda encantado aquela pura beleza impura. Ela, vexada, não sabia o que fazer. Temia, talvez, que eu não pagasse. Paguei, saí. Hoje ela me retorna. Quem diria?

Pássara inocente que milagra, aplaca e cobra

Darcy Ribeiro

COPO

Uriel chegou do Mangueiral. Foi lá receber homenagens. É o homem mais importante da terrinha: admiradíssimo. Mais adulado lá do que aqui. Trouxe notícias de Nininha e um copão de prata que ela me mandou. Vai bem.

– Envelheceu mais do que nós – disse Uriel. – Ela é mesmo uns anos mais velha que eu. Não tenho nenhum desejo de ver Nininha assim. Até devia ir lá vê-la e saber como vão as coisas nossas, todas desde sempre aos cuidados dela. Ajudar, se fosse capaz. Vê-la, sobretudo, mas não me animo.

Tomei uns goles d'água no copão de prata. Foi de meu tataravô, o tal Barão. Dono de muita terra, senhor de muito tino. Abria currais de gado nos sertões do São Francisco, quando um alcançava mil rezes, se multiplicava abrindo outro.

Tentou, também, com muito esmero e pouco êxito, os criatórios de gente. Juntava magotes de negras fornidas, novas, com negros garanhões, para livrar o Brasil da importação dos africanos, caros demais. Mas o que queria mesmo o tal avô era criar e formar escravos melhores, oficiais de todos os ofícios artesanais. Vocação de educador misturada com talento pecuário. Estultice.

Sustentava, com base na sabedoria clássica, que trabalhador bom mesmo é só o escravo, criado e vocacionado para o trabalho. Seria homem de altas virtudes romanas, esse meu trisavô barão. Seus filhos e netos, demasiados, foram uns desastrados, acabaram com a escravatura e com a gadaria. A mim só me coube esse copo que chegou hoje.

Aqueles mineiros antigos, falados, eram homens de virtudes, se diz. Alguns queriam ser e parecer honestos, sérios, confiáveis, sem vícios nem joças morais. Eram os tais do fio de barba valendo promissória. Esse pendor será, talvez, um eco do escravismo que deu sustentação moral, tanto à romanidade como à mineiridade. Nos dois casos é uma mentira. Nunca houve gente orgiástica como a romana, com toda a sua mania de falar em virtude. Minas não é tão orgiástica assim. Por covardia amofinou e está até perdendo a eloquência no elogio da virtude. Há é muita hipocrisia nesta terra minha, muito mais que boemia.

A conversa com o Uriel, rodando o copo na mão, podia ter sido melhor, se ficássemos nas notícias do Mangueiral, nas reminiscências nossas. Mas ele entrou por tudo quanto foi assunto, irascível, maledicente. É um tipo ruim, esse Uriel:

maldizente, malfazejo. Ele e toda essa confraria importante da imprensa e da política. Eu até me esforço para gostar dele, mas não posso. Mineiro importante ou rico é fogo. Cada qual gosta é de si, só de si.

Gosto mesmo é do povão, bobão, chorão. Gosto é dos ingênuos, dos simples, dos inocentes de coração. Sentimentais. O diabo é que nunca trato com esse tal povão. Nem vejo. Onde é que anda?

Só longe daqui, nas praias baianas a que umas vezes fui de férias, me dava algum convívio cordial com gente de casta popular. É lá possível encontrar um baiano sem acamaradar? Aqui, a faminha pouca que tenho envenena toda convivência. Uns me olham respeitosos, cumprimentando, inclinando-se: hipócritas! Outros fazem de conta que não me veem: sacanas! Cada um de meus colegas me professa admiração, mas se comporta como quem sabe, e sabe com certeza, que na verdade é muito melhor que eu. Talvez seja. Creio que não. Só se for para o convívio humano. Pelo que sei deles, vão a bailes, visitam amigos, vão a cinema, festejam bobagens juntos, atentam moças na rua. Eu não faço nada disso. Convivo mesmo, intimamente, é só com esses que vêm me ver e com o povo aqui de casa. Mal e mal. Pregado neste chão, debaixo destas telhas, cumpro minha sina: escrevo, mapeio:

Este livro de Todo ho Univerço

Lazaro Luis

NORA

Quero, agora, curiosiar o bestunto desta Nora pecadora. Fale, Nora. Fale comigo, fale!

– Falar o quê? Quem é você? Não falo não. Não sou de confissão.

– Fala sim. Eu sou a Voz. Quem é você para calar? Fale aí, fale dele. É seu amo ou seu amor?

– Esse professor me dá medo. Falso sogro, falso velho, falso tudo. Que é que ele quer comigo? E eu, por que me apego nele? Por quê? Velho assim, ele olha para as minhas duas testas, principalmente a de baixo, com olhos de rapaz tesudo. Mede minhas pernas, pesa minha bunda, toca na minha mão sempre que pode. Até no seio já tocou, e toca sempre que arranja jeito de tocar. Malicio ou não? Coincidências? Coisas de homem, suponho. Todo homem é assim, eu sei. Até papai, se eu desse trela. T'esconjuro. Antes, andar pela casa acompanhada pelo olhar dele me incomodava. Agora, nem tanto. Não ligo, não tomo conhecimento. Mas o certo é que ele me come com os olhos. E não é só a mim que o velho safa paquera. Essa guria da vizinha também. A safadinha, de oferecida, regateira, fica tentando o sacana. Como pode uma menina de família, nova ainda, ser tão safardana? Não creio que haja perigo de o velho destapar a Vazinha. Não, isso não. Mas bulinações pesadas, se ela continuar transando pela casa, tenho certeza. Enquanto estou aqui, imponho respeito, a mantenho a distância. Não sei o que sucede quando saio para a aula. Vai ver que exagero, pode ser. Mas comigo eu sei, tenho certeza, que a marcação dele é cerrada e não tem nada de inocente. Calado, ele me olha com tanta força, que me perturba. Nunca ninguém me paquerou tanto assim. Também nunca convivi tanto, tão intimamente, com homem nenhum. Só papai, e de longe. Essa paquera calada do velho me lembra aquele guri, aluno meu da quinta série, que me perturbava também e que eu nunca castiguei. Por causa dele até deixei de usar saia para dar aula. Ele ficava lá, na quina da sala, me olhando, estatelado, a mão debaixo da carteira, decerto no pauzinho duro. Nunca vi, adivinho. Vi foi a cara dele, extasiado. Quase se explodia. Zeca é que piora todo dia. Desatento comigo quando estamos sós. Atento demais, exibido, se há alguém por perto. Esse meu marido é o fingimento em pessoa. Preciso ter carradas de paciência com esse meu amor. Secura privada e adoração pública é o pêndulo do meu casamento. Todos serão assim, me pergunto? Nazinha, minha diretora, acha que, depois de algum tempo, todo casamento bem-sucedido é uma fraternidade, marido e mulher são no máximo irmãos amistosos, de tão frios um com o outro. Mas, se até irmãos são quentes, quentíssimos, dizem, marido e mulher não podem esfriar tão logo. Não sinto em Zeca a tesão tesudíssima do noivado nem a tesão bela de nossa lua de mel. Também em mim não sinto. Sua tesão, a nossa, está ficando espaçada. Mas aí está, rija. Deus seja louvado. Será tesão mesmo ou só obsessão de me emprenhar? Dar um neto a meu pai é tudo que ele quer. É o mais que ele quer na vida. Puto. Me cobra cada menstruação como se fosse um adultério. E essa dona Stela, o que que ela é na vida do professor? Amante? Ambos os dois são velhos demais para agarramentos. Amigos serão, comenta Zeca. Mas diz isso piscando, dando a entender que tem transa aí. Pode ser. Só sei, do velho, que depois do divórcio caiu na gandaia. O quarto dele, que eu arrumo todo dia, é apartamento de motel de luxo, com bar de bebidas finas, geladeira melhor que a nossa, supridíssima. Só que, pela poeira, se vê que não usa nada daquilo há séculos.

PROLIXO

Elmano discorreu hoje, prolixo, sobre suas duvidosas sabedorias. Nos contou, detalhadissimamente, o que chama sua primeira lição efetiva de objetividade. Aquilo que lhe abriu os olhos e a mente.

Teria sido aqui mesmo, em Belô. Moço ainda, numa aula de psicologia do professor Tiago, ouviu pasmado que uns cientistas alemães demonstraram que o amor materno é questão meramente hormonal. Isso que os sábios alemães provaram experimentalmente em laboratório, o erudito mineiro repetia, retórico. Mas convenceu a Elmano.

A prova alemã consistia em sujar a crista de um galo com certo hormônio de galinha, o que teria o efeito mágico de feminilizar o cujo. A ponto de ele brigar com as galinhas e tomar os pintos para criar, debaixo da asa, todo carinhoso. É crível? Elmano desdobrou biograficamente essa história, contando como entrou em crise moral, de que só se livrou a custo, depois de anos de análise.

– Foi terrível conviver com a ideia de que o amor materno é assunto de química endocrinológica. – Esse Elmano é mesmo uma besta. Eloquente, é verdade, erudito até, mas besta. Bestíssimo.

Outra sabença exibida aqui para mim, pro Canuto e pra Stela, que ouvimos abobalhados, foi sobre um tal centro cerebral do gozo erótico. Não entendi muito bem, porque não dou a ele a confiança de prestar muita atenção no que diz. Pesquei, apenas, que certo sábio paulistano, um Maurício não sei que, conseguiu determinar essas áreas de gozo, metendo agulhas nas cabeças de ratos, que ele colocava, depois, debaixo de uma tela eletrificada. Os pobres bichos – ricos bichos, pode ser – para gozar só precisavam levantar a cabeça. Encostando a agulha na tela, esporravam de imediato. Postos ali, esporravam até morrer.

Pilheriei, perguntando a Elmano se ele se submeteria a essa tela masturbatória. Besteira minha. Não devia. O puto me ridicularizou. Paciente, paternal, me deu a maior lição. Explicou, exaustivamente, as potencialidades imensas da descoberta desse centro cerebral, responsável pela ereção e pelo gozo, que nada tem a ver com a pica.

Materialista amoral, Elmano corrompe tudo em que toca. Num caso é o amor materno, que ele suja com sua baba farmacológica. No outro, é o amor carnal que ele emporcalha, eletrificando o orgasmo.

Veja você! Julgue com base em sua própria experiência. Recorde sua mãe, toda a doçura de sua voz e de seus gestos maternais. Agora, ponha seu pai aí, tomando uma pílula alemã, e o veja desmunhecando todo, para se entregar a doçuras maternais. É crível?

No caso do prego cerebral do rato até pode ser verdade. Mas que utilidade tem isso? Só se for para orientar a construção de uma máquina de suicídio gozoso. Você não acha?

CAUTELA

Ei, você aí, cuidado. Muito cuidado! Esse Gê está fazendo sua cabeça. Me escute, há perigo. Ele engabela muito e é convincente.

Você corre o risco de sair dessa leitura militando ideias dele, mineirista, socialista. Cuidado! Se acautele.

Acho uma desonestidade o escritor se servir do romance para doutrinar. A natureza do romance pede inocência do leitor, e ainda mais do escritor. Quem lê, ou bem se abre e se entrega deixando-se penetrar até o fundo, ou não goza. Nisso, precisamente nisso, reside o perigo. O leitor, inocente, se abrindo para participar vitalmente da história romanceada. E o bandido do autor, em lugar de enredo romanesco, insinuando ideias, metendo doutrinas.

Literatura pede pureza d'alma, do leitor também, naturalmente, e do escritor, principalmente. Há, é certo, o leitor ardiloso, desses de duas, quatro leituras do mesmo romance, querendo enredar o autor, tirando do livro o que ele não pôs lá. Essas castigações do texto, a meu juízo, devem ser deixadas é para o crítico, que, de ofício, tem mesmo que ser chato, sacana, espírito de porco, advogado do Diabo. Não nós, você que me lê e eu que escrevo pr'ocê. Nós, não.

Você terá percebido, nesta altura, que eu, autor deste livro, pouco tenho a ver com esse tal Gê, não é? Ele é meu personagem que desembestou. Sai por aí em estripulias, me obriga a retratá-lo como ele quer ser e, depois, me impõe essas advertências e retificações. Imaginação solta dá nisto: desatinos.

Conto a você, aqui entre nós, que Vazinha é mentira de Gê. Nora também. Não existem nem deviam ser assim. Despreocupe-se delas. Preocupe-se comigo. Só eu mereço verdadeiramente sua atenção, até a sua amizade, aspiro. Meus personagens são tal qual são porque, largados à solta, sem censura, eles me saíram assim. São invenção minha, distorcida. Não se comova demais com eles. Suas dores são fingidos ais; seus amores, imitação.

Escritor escrevendo é como fêmea prenha. Fazemos livros como elas fazem suas crias, com a barriga, sem meter a cabeça nisso. Imagine o desastre que seria uma mulher, ou uma cadela, decidindo que coisa vai comer para fazer o pé do filho do jeito que ela quer. Ou que comerá tal outra coisa para que o olho dele seja preto ou seja verde. Decidindo tudo assim, detalhe por detalhe, só podia dar na maior bestagem. Monstruosidades seriam.

Assim é que eu escrevo, parindo minhas crias, tal como elas me saem brotadas do fundo de mim, sem qualquer plano nem intenção. Se razão há, explicável, entendível, para que elas sejam assim ou assadas, isso não é assunto meu. É tarefa de crítico e ele que se vire, misturando fatos inventados por mim com teorias cabeludas lá dele, para especular o que poderia ter sucedido para que as coisas dessem no que deram: bestagens.

– Qual! Isso é literatice do Darcy. Na verdade das coisas, eu ponho aqui, em palavras exaltadas, o que tenho, o que sei de minha vida, dizível. O que também sei, tanto, tanto, de indizível, disfarço. O que não tenho nem sei, adivinho, expresso, quando posso.

Este livro, essência de mim, é meu migo, arrancado da solidão de meu eu: É migo, comigo, para entrar em você; para ser, aí no seu íntimo, contigo, consigo. Tudo aqui são circunlóquios, metáforas, paráfrases. Sou eu atrás de mim, me abortando pelos lados, voando por cima, cavando por baixo, nessa busca do desconhecido de mim, do meu migo, dizível e indizível.

Você, me lendo, mergulha comigo nesse caudal de palavras que é a crônica patética de meus dias, da vida que vivo e da que sonho. O retrato comovido do convívio meu e de Nora em nosso encontro – desencontro.

Abertos à vida, eu e você, buscamos cada qual de nós, a felicidade toda inteira. Não a alcanço escrevendo, bem sei. Nem você lendo, eu temo. Mas de que outro modo podíamos nós nos realizar nesta hora opaca? Qual? Como? Só me abrindo a você e a Nora.

Teus dois olhos me matarão de súbito

Geoffrey Chaucer

PRIMA

Recebi o convite grandalhão do casamento de Guguta. Casa-se com um tal Magela, que para mim não é nome de gente pecadora. Serve é para freira virtuosa ou utensílio eclesiástico. Tomara que chova felicidades neles.

Minha linda prima Guguta foi, talvez, a agrura mais agoniada de minha vida amorosa. Pior até do que Solzinho. Sol me pôs a esperá-la, anos a fio, para breves, inesperados, encontros solares. Mas veio, naquelas escassas vezes que veio.

Guguta nunca me deu. Até os beijos que tive dela foram arrancados. Bolina, só uma vez, no banco de trás de um carro, com ela sentada entre mim e a mãe, viajando, a noite inteira, de Sobradinho pra cá, quando fomos à inauguração da represa. Aterrorizada de medo de escandalizar sia Rita ali ao lado, e ao irmão engenheiro, sentado no banco da frente, Guguta se encolhia toda. Mas não pôde impedir que eu apalpasse mal e mal seus seios e suas coxas, quase triscando a xoxota.

Não pense você que eu seja qualquer tarado de atacar donzela pacata, com ânimo violentatório. Nada disso, durante anos Guguta me telefonou seguido, namorou descarada. Muitas vezes fazendo de conta que passava trotes, para me deixar dizer todas as sacanagens que queria ouvir: insaciável. Nesses trotes, amei Guguta com tamanho ardor, de tantos modos, tão carinhosos e tão sacanas, que, Deus seja louvado, o tal Magela vai ter de se virar para atender aos clamores da priminha.

Além dos telefonemas, Guguta marcou muitos encontros comigo e compareceu a todos. Na porta da faculdade, na praça da Liberdade, em festas cívicas, procissões, de tarde ou de noite. Nunca aceitou foi ir a cinema comigo. Motel, nem pensar. Aqui em casa nunca veio. Jamais. O máximo que eu alcancei dela foi levá-la umas vezes a um bar da Savasse para comer provolone com molho inglês, bebendo vinho. Ela sentava de frente para mim, abria as pernas e, entre elas, apertava a saia para baixo, sobre a cadeira, destacando bem as coxas e aquilo, que eu comia, descarado, com os olhos, sem nunca, jamais, tocar.

O estranho é que gostei dessa relação transversa. Tanto que a cultivei por anos. Atravessei com Guguta uma imensa estirada seca de amores, me nutrindo de nossas falas furtivas, desses encontros discretos, na expectativa do que sucederia e jamais sucedeu. Ela queria mesmo é casar-se comigo. Disse mil vezes, risonha, que casava, se eu quisesse. Pode ser. Sem recusar, eu dizia que minha dose de matrimônio eu já tinha tido e curtido. Trinta anos mais velho que Guguta, como é que poderíamos casar? Confluir? Claro que sim. Casar, jamais! Doiduras desse jaez são para doido varrido: Carlitos, Darcy...

Nosso namoro, se é esse o nome, acabou quando Lu amanheceu e eu não atendi mais aos telefonemas de Guguta, mas ela ficou impressa em mim, como um amor que poderia ter sido. Quase foi.

Essa neta de minha tia-avó Augusta é a cara do meu povo antigo. Olhos negros, grandes, olheiras sombrias. Tez aveludada, cor de mel. Gengivas escuras contrastantes com dentes de esplendor. Postura discreta, peitinhos bicudos de cabrita, canelas finas, um púbis estufado, que ainda gosto de lembrar. Com seu jeito triste-alegre de passarinho manso, meio arredio, Guguta era a mulherzinha em flor. Madura para amar, até sôfrega, mas contida como o cão. Não sei se Solzinho, me dando tanto nas poucas vezes que nos demos, me terá dado menos ou mais do que Guguta, que nunca me deu.

'Stou só e sonho saudades.

Fernando Pessoa

CARNAVAL

Mila apareceu outra vez de visita, sem telefonar, como era de costume: era. Achará que não é preciso. Ficamos íntimos: pai e filha. Está transformada essa Mila. Cabelo à garçonete, se é assim que se chama esse corte à altura das orelhas, deixando duas pontas espetadas para a frente. Ficou bem. Boca pintada, cara limpa de espinhas e manchas.

– Você está uma boniteza, filha.

– Novos amores, pai.

Conversamos e jantamos contentes. Exceto Nora, que emburrou. Creio que foi pelo entusiasmo com que Zeca e Mila falaram do próximo carnaval no Rio. Os dois vão. Separados, espero. E assim será, ela disse:

– Pio adora carnaval carioca de clube, é um barato. Esse Pio será seu novo amor.

– Eu também vou – diz Zeca. Quem sabe a gente topa por lá? Meu carnaval não é de clube. Quero ver é o desfile no Sambódromo. – É a vida, seu Ageu. Você aqui, envelhecendo, e essa mocidade se exercendo, curtindo, como dizem. Eu só curtia couro.

Pra entrar na prosa, contei, como minhas, estórias minhas e de Darcy em suas andanças latino-americanas. Histórias de terremotos. O que vi, de verdade, no México, nem vi. Era de noite e eu pensava que fosse alucinação do pileque que tinha tomado. Acordei com a cama do outro lado do quarto. Tremendíssimo foi o do Chile, que contei como se fosse meu e quase matou Darcy de medo. Principalmente ao ouvir a coisa horrível que é a terra trovoando, cruscindo, diz ele, estrugindo. A vidraçaria do quarto balançava como se fosse cortina. O mais impressionante mesmo foi o pai de família que ele encontrou no saguão do elevador com duas filhas nos braços, angustiado, procurando um terceiro braço para socorrer a outra filhinha que chorava apavorada.

Assim passamos o almoço em conversas e Mila e Zeca se foram, os dois juntos. Enquanto escrevia isso, veio Nora, cheirando a sabonete, cabelos escorridos, estirados. Meu coração disparou outra vez, num achaque de ternura impura. O impossível está acontecendo. Será que ela começa a me aceitar, me apreciar? Me deu café na mão. Aproveitei e toquei sua mão com minha mão. Quando se foi, eu sabia que ela sabia que meus olhos a viam sem parar. Tenho quase certeza. Saiu bailante, leve, com a bunda a sorrir movente. Anda alçando uma nádega e a mantendo, por um triz, no alto, depois alçando a outra, rebolando. Lá se foi ela, dançando sua dança fêmea que eu nunca tinha visto, tão marcante. Isso é natural? Esse modo dançante, provocante, de andar será de sua natureza perambulante? Ou é fruto só da idade? Será desejo, discreto, de encantar?

Canuto esteve aqui contando novidades. Muitas. Muitíssimas. Mas não vou contar nada disso a você. Não quero transformar meu livro numa gazetilha de escândalos belorizontinos. Estou escrevendo é o romance da mineiridade: casmurro, carrancudo, austero, como corresponde. Qual! Seria demais, um trem.

E você aí, suportaria um livro assim? Não somos gaiatos, gozadores, como os cariocas – nossos romanos –, mas pecadores melhores e maiores que nossos avós paulistas, lá isso somos, pelo menos. Assim é que tenho de nos retratar: mineiros severos na sua gandaia discreta.

Não sou eu quem descrevo. Eu sou a tela

Fernando Pessoa

FAUNA

Esse meu bando de amigos – amigos? – é uma fauna esquisita. Aqui tenho cara de todo bicho. Stela é a carneira, com seu cabelo encaracolado, pintado de louro, em cima da cara achatada. Uriel, o leitão, sem tirar nem pôr, leitão marrão, mulatão. Canuto é o soim piscador, careteiro. O Cura, fuinha, nariz fino, queixo pontudo, cara de passarinho, é a saracura. Guedes, é meu cachorro chinês, cabeção enorme, num corpo esquelético, barriguinha estufada. Mila, a galinha de pescoço pelado, cauda de bailarina pelo bumbum estufado. Vazinha, que é que Vazinha é? Elmano não parece bicho nenhum, como eu, tem cara mesmo é de gente. De gente ruim, feia gente, cabeça ossuda, gogó demais. Nora, Nora, ora Nora, Nora é minha potranca. O marido dela, gato lanhador. Aliás, Nora não é de ninguém, nem dela.

No plano moral somos ainda menos gente. O bom mesmo, pra mim, seria me ver livre desse bando. Não tratar com nenhum deles, nunca mais. Stela, aloucada; Canuto, servil; Uriel, safado; o Cura, falso; Elmano, mofino; Guedes, poltrão. E, para completar, eu. Eu o quê? Tudo isso que atribuo a eles e mais: besta e metido. Você, como é que entra nisso? Como é que você é, tem cara, jeito de bicho ou de gente? Alma de quê?

Gostaria mesmo é de trocar esses meus amigos por um grupo de companheiros de mesa de bar. Juntos beberíamos cerveja, mijaríamos, conversando amenidades a tarde inteira, vendo futebol pela televisão. Depois, cada qual, aturdido, ia pra casa e, lá, comia a mulher e se enfurnava na cama, calado, soturno. Como eu aqui.

Gente assim, verdadeira gente, ainda existirá? Claro que sim. Existe pelos subúrbios, pelos morros, pelos bares. Forma a outra tribo, a da gente autêntica, que a nós, intelectuais, nos olha de longe, desconfiada. Nos vê como pessoas perigosas, perversas, pervertidas. E não somos? Uai! Ou somos só uns recitadores inocentes? Uns anunciadores do fim do mundo, inaptos para qualquer fazimento? Incompetentes para qualquer ação, até mesmo para um convívio amigo, inocente?

Comemos e bebemos palavras, disso vivemos, de fantasias. Quando desejo me incorporar àquele imaginário grupo de amigos de bar, estou me iludindo. Se não consigo conviver nem com os pais de Nora, porque é gente verdadeira, com quem mais poderia amistar?

Sou democrata jurado, socialista convicto, até comunista sou, conforme a definição. Mas tudo isso com o povo lá e eu cá, sem confluências. Que intelectualidade é esta nossa? De quem ela é? Supostamente somos a inteligência do povo brasileiro e do mineiro também. Mas como é, se só nos identificamos, de fato, conosco mesmo e com os ricos que dizemos detestar? Se só servimos aos donos da vida? Esse povo está é perdido se espera alguma coisa de nós. Os educados, os lidos, os competentes, os bonitos, entre nós, são serviçais fiéis da ordem. Nós intelectuais, nos pagando com palavras de discursos literários, somos esquerdistas pra inglês ver.

O desencontro é total. Nossa vanguarda lúcida, fiel a seu povo, não existe. O povo brasileiro está órfão. É um corpo sem cabeça. Nós, intelectuais, sem um povo com que nos identifiquemos, com horror do povo de verdade que aí está, somos uma cabeça decepada. A revolução que pregamos é para outra gente, eu não sei qual; de fato, para gente nenhuma. Mentindo, disfarçando, servimos é ao sistema, fielmente. Viva a ordem. Merda!

O que ainda nos salva da insolvência total – salva ainda uns poucos e nós – é sermos iracundos, inconformados, insubornáveis. Esses intelectuais ordeiros, conformados, áulicos, como é a maior parte deles, são minha tristeza. E nós, a deles. O desencontro é total.

Comigo me desavim
[...]
Não posso viver comigo,
Nem posso fugir de mim.

Sá de Miranda

ALTERNOS

O pai e a mãe que tenho aqui, eu os criei. São filhos meus. Nunca esta minha mãe, morta de me parir – de mim matada – me deu pito nem mama. Meu pai, que exilei na minha fazenda de ar e, lá abandonado, morreu – eu matei – tomando as cachaças venenosas que minha vó mandava, é também criatura minha. O Barão de Gurutuba, que me enobrece por ter existido alguma vez no tempo, de fato uma vez foi, mas não é mais há mais de século. Só tem existência concreta na minha memória e nesse copo de prata que vejo aqui em cima da mesa, cheio de lápis.

Minha amada irmã é a irmã que nunca tive e por que tanto suspirei. Nossos amores são ciúmes que eu teria tido, tantos, se tivesse uma irmã. Ela está lá no Mangueiral onde eu a pus, envelhecendo devagar, e de mentira. Eu, cá, no mesmo passo, envelheço em mim e em Gê. Só a seus olhos, me lendo, Nininha esplende em gestos de ternura pura, carícias de quase-amor, que alguma irmã minha adoraria ter, sofrer, e eu, mais ainda, colher.

As gentes que amei e aquela que, aqui, eu amo agora – e como e quanto! – são ressonâncias, lembranças de outros rios encachoeirados que cursei na vida, tragados todos pelas areias do deserto do tempo.

Meus amigos, aqui tão malfalados, são alternos de outros amigos que tive, esquecidos, de amizade azinhavrada e gasta nesta vida avara. Eu mesmo, principalmente eu, sou o que poderia ter sido, até devia, não fossem tantas instâncias, circunstâncias, fatalidades, fortunas; azares:

Que em minha perdição se conjuraram

Camões

Não se iluda, Gê. Sua vida sem esqueleto que a sustente, sem substância de carne, sem envoltura de pele e de pelos, é mais limpa e assética que nossa vida zoológica. Você não existe na escala da matéria planetária, imortal. Nada é, também, na escala da matéria viva, organizada, evolutiva, mortal. Vive é na dimensão do espírito, dignidade maior da matéria, capaz de vê-la, de entendê-la. Eu e você envelhecemos. Eu envelheço carnal, enrugando, encanecendo. Você não, só envelhece de mentira. Ainda vai viver, páginas adiante, os trabalhos e os dias mais criativos e belos de sua existência sonhada. Eu, de mim não posso dizer o mesmo. Quisera.

Visto da dor com que minto
Dor que a minha alma tem.

Fernando Pessoa

AMAR

Revivo, sem parar, meus amores amados. Quem não revive? Amar é êxtase de longos breves instantes do milagre de amar. Amar é também reviver mil vezes esse milagre, reconstituído em cada um de seus momentos. Aurido outra vez, gesto por gesto, longuissimamente, vida afora. Agora, na glória, ela e eu, eu e ela, nós, vivendo nosso amor. Amanhã, eu só. Eu sem ela. Sozinho dela. Evocando, dentro de mim, o nosso amor amado. Amar é amar e reamar eternamente o amor amado.

Stela, Bia, Sol, Lu. Quatro mulheres numa vida inteira. Cada uma delas me deu, a seu modo, a seu tempo, existência plena, esplendor. Sem elas, eu teria vivido em vão. Isso tem o amor de espantoso. Ser cada amor tão grande que enche a vida e poder-se amar muitos amores. Sucessivamente. Simultaneamente. O amor que morre e o amor que nasce, coexistindo: ardorosos, arrebatados. Arrebentando o peito da gente.

Stela foi meu primeiro, verdadeiro, amor apaixonado. Dela, o primeiro corpo de mulher que tive íntimo, amado em cada légua de sua extensão interminável. Amor carnal, gozoso. Amor feroz, ciumento, odiento, sofrido. Amor que a nós dois nos marcou, uniu e desuniu pela vida inteira. Sem os dez anos europeus de Stela, nos isolando, não poderíamos ser, jamais, os amigos que somos. Como amei Stela, odiando Stela, santo Deus.

Bia foi um terrível amor de revanche. Nela, me desumilhando das frustrações do amor que eu quis comprar de Vilma e a que, de fato, me vendi. Imprudente, persisti nesse amor de vingança até que o milagre se deu e, um dia, Bia e eu explodimos de paixão. Assim foi, belamente, até àquela dor final que inda me dói. O suor frio manando das frontes dela. A mão fria, esfriando, pulsante, na minha mão. A vida querendo viver com toda força, mas morrendo, morrendo.

Sol, meu mais longo amor. Feito mais de evocar todo dia seu corpo, sua boca, seu pelame, seus cheiros fortes, que de apalpá-la, beijá-la, possuí-la. Anos e anos esperando Sol. Ela vindo e fugindo, até que um dia não veio mais. E o fruto do mistério, a filha dela – e a dúvida – é minha filha? Sol, o que fez foi buscar em mim, minha semente? Seu amor amado é o marido? Duvido.

Mas como dói!

Carlos Drummond de Andrade

Lu, amor carnal, feroz, apaixonado. Alcançando alturas impossíveis de ternura e gozo, de excitação e lassidão, de lucidez e embriaguez. Tanto era o nosso amor que se gastou. Exauriu. Um dia, ela estava ali comigo e já não estava ali, no que fôramos. Todo amor acaba, apaga. Podem ficar cinzas, mornas, nos consolando. Mas a paixão, animal feroz, nasce, se exalta, sobe lentamente até seu zênite e despenca abrupto de lá, como uma estrela que cai, riscando o firmamento. Instantânea.

Estes, meus amores; carnais demais, dirá você! E os seus? Recapitule aí comigo. É um só? E, nesse caso, ainda é? Apenas foi? Foram dois, três, mais de três? Seu coração, sua tesão, permanecem acesos do amor que ama agora? Ou já estão aflitos pelo amor que virá?

Amar é meu modo de viver. No amor floresço. Sem amor, murcho. Falo do amor inteiro, carnal e sentimental. Há o só carnal. Tesões ferozes que às vezes nem se concretizam nunca, mas aí ficam, cultivadas no peito, no sexo, contaminando as confluências amorosas e as circunstanciais. Há também o outro, só espiritual. Anjo sem asas, se arrastando, saltitante. É, às vezes, o triste destino do amor exaurido se convertendo em amizade fraternal, digno. Digníssimo até, mas insípido. Insipidíssimo. Deus me livre e guarde.

Posso suicidar-me, Deus não pode

Cassiano Ricardo

REDE

Chegaram as primeiras chuvas, as chuvas das tanajuras

Folclore

Nunca tinha visto tanajuras tão torrenciais. Exagero? Qual! Inundações horrorosas estão derrubando casas às dezenas e matando gente de montão nesses buracos e morrarias. A mais alardeada delas foi a inundação do buraco colossal que se abriu na Baleia para erigir o tal monumento que Canuto chama de Moloc. A chuva derrubou dois paredões e soterrou pencas de operários.

O povo mineiro, hoje, é isso: um enxame. Tão excessivo que, quando dá para morrer gente, morrem inumeráveis. E ninguém liga. Não há nada mais reles hoje em dia em Minas – reles e excedente – do que gente. Mineiro é gente colmeiada em favelas e invasões, sujando o mundo, poluindo.

Antigamente, Minas exportava minério e mineiro. Continua exportando minério, mineiro ninguém mais quer, nem lá, nem cá. Sobra. As composições de minério, quilométricas, vêm vazias batendo lataria. Vão cheias, puxadas, empurradas por duas, quatro locomotivas. Debaixo do peso imenso, a terra treme, tudo trepida dentro das casas. São os quintos nossos inesgotáveis, de nosso interminável cativeiro.

É palavra abissal
minas é dentro e fundo

Carlos Drummond de Andrade

Registrei isso aí que você leu só pra cronicar, disfarçando. Meu assunto hoje é outro que me coça de vontade de contar. Surpreendi Nora na minha rede, a bunda bem assentada, os pés no chão, a rede entre as pernas. Ri malicioso e me acheguei. Afagando a testa dela com a mão direita, tocando na dobra de seus joelhos com a esquerda, forcei-a a entrar na rede e se deitar ao inteiro. Aí, peguei sua boca entre dois dedos e fechei, apertando os lábios, beijando-a assim, discretamente, com meus dedos. Tudo isso num breve instante.

Quando me afastei ela voltou a sentar, virou-se para juntar as pernas do lado de lá e se levantou, dizendo:

– Foi sua rede aí, de oferecida, que me convidou a deitar nela. – E lá se foi, airosa. Essa Nora não me engana. Leu nos meus livros, sabe muito bem como uma mulher se senta numa rede para esperar que seu homem deite com ela, frente a frente, pondo as coxas dela por cima das dele, para tê-la ali, toda dada.

Nora, decerto tesuda, deitada ali, imaginava coisas, disso tenho toda certeza. Com quem ela sonhava que trepava? Com o Zeca, seria? Qual! Nunca supus que essa santinha da minha Nora fosse mulher de tesões e fantasias lúbricas. Que mulher não é? Nem Nininha, temo eu.

Estou aqui há horas, sem fazer nada. Maginando. Este caderno lá na gaveta coçava de vontade de ser levantado e aberto para receber esta escrita.

Eu não queria mais nada. Nem música queria. Só me aprazia pensar em Nora. Cismar. Na imaginação, vê-la de novo sentada como estava na rede e me sentar na frente dela, para o jogo do amor. Nora:

Mar de amor onde vagam meus desejos.

Castro Alves

CURITA

Esse curita confessor precisa confessar-se outra vez. Fale, cura somítico. Conte aí, qual é a sua? Esse agarramento com seu querido Ton'Zé é puro ou é nefando? Andam maliciando. Cuidado!

– Eu sei é de mim. Só de mim, de mais ninguém. Sou quem sou. Sei que não sou ninguém. Quero ser, sou, é padre, sacerdote e pecador da Santa Madre, me flagelando para merecer meu hábito e minha tonsura. Nunca trabalhei com minha mão. Orar é trabalho de boca, de coração. Nasci na Vila de Nossa Senhora do Pilar, dita Vila Rica, que agora chamam de Ouro Preto. Para ser exato nasci mesmo foi no casarão mais antigo das vizinhanças da Matriz de Antônio Dias, naquela morraria arruada, que era onde vivia meu padrinho. Astério. Gosto muito de ser de lá. Minha gente foi que deu os degolados, os esquartejados, os desterrados que fazem a glória de Minas. Se algum deles não nasceu lá, todos lá viveram. Todos lá deixaram parentela sofredora, que na verdade sofreu mais que eles seu martírio. Sofreram a dor de vê-los sofrer a deles e a da vergonha de serem parentes de gente tão exemplada. Escarmentada. Se bem que essas exorbitâncias heroicas são exceções na nossa gente. Nossa existência lá é rotineira, feita do cotidiano triste desse povinho remediado, em que nada sucede nunca. No máximo, ano a ano, uma fornicação incestuosa cometida à luz mortiça, trêmula, de uma candeia, sai a público, deixando o povo espantado, revoltado. No meu tempo, lá mensalmente se repetia era a briga do vigário com meu padrinho. Suspeitando que ele vivesse amigado – e vivia – sua reverendíssima exigia confissão. Ele se negava. Como eram ambos muito surdos, esse enfrentamento chegou aos ouvidos das beatas, que se espantavam muito, perguntando se não estariam impuras as hóstias consagradas por um padre inconfesso. Foi esse padre Astério que me criou e me pôs na estrada do mundo, quando me matriculou no Seminário de Congonhas. Do mundo tudo sei de oitiva, até demais, embora não entenda nada. Guedes, meu amigo Ton'Zé, odeia meus inconfidentes, é verdade. Esse é seu pecado. Mas pra mim ele é uma luz iluminando o mundo, dando a razão das coisas. Começamos nosso convívio pelo culto dele e meu às grandezas do Aleijadinho. Naquele tempo, Ton'Zé colecionava santos antigos e eu ajudava, trocando os nossos – verdadeiras deformidades – por imagens novas, admiráveis, dessas que comovem os fiéis. Quem não gosta de santo novo, bonito? Só essa gente que não reza! Pra que santo na igreja, se não é para aumentar a glória de Deus e a fé no coração dos pobrezinhos de Nosso Senhor Jesus Cristo? Maldam nossa amizade, eu sei. Podem maldar, nem ligo. Sou homem inteiro, casto. Só não casei com minha prima Assunta de tão ardentes desejos, dela e meus, não sei por quê. Nela, nas suas carnes, eu teria me salvado ou me perdido. Deus me chamou pro seu serviço. Deus e meu padrinho Astério, que descobriram nosso encantamento e não nos deram ocasião nem pouso. Quando dei por mim, eu já estava tomando ordens e ela tendo o segundo filho bastardo. Nem sei de quem. Sou padrinho dele.

ALCEU

Sofri ontem uma conferência de Alceu-Tristão sobre Minas e mineiridades. O pobre, ao que parece, morre de inveja de nós. Inveja, aliás, do que pensa que somos nós, os geralistas dele. Nunca vi tantas e tão variadas qualidades atribuídas à nossa gente. Ele nos interpreta, suficiente, com uma desenvoltura de fazer inveja. Não tropeça nunca, faz de nós, de um lado, a gente mais chinfrim que se possa supor e, no mesmo passo, a mais admirável.

Nos vendo com seus olhos e também com os olhos de quanto tratadista versou Minas, Alceu proclama que somos, hoje ainda, aquilo que fomos sempre: uns baietas biriteiros. Baietas, diz ele, pelas capas coloniais de cobrir cavalo e cavaleiro, com que nos encapuzamos. Até pode ser. Biritas, porque gordos, robustos, luzidios. Mineiro gordo é coisa rara, disse o mesmo Alceu em outro passo, quando nos descreve como magros, feios, desgraciosos, desengonçados. Para mim, birita, se disso um dia fomos chamados, viria mais provavelmente do gosto que temos pelas talagadas de pinga que Alceu decerto nunca tomou. Indispensáveis a nós, nesse clima montanhoso de ruças neblinas e frios estrangeiros.

Voltando ao retrato dos mineiros, Alceu não poupa chumbo. No físico seríamos desbarrigados, narigudos, pele suja, gogó saliente, dentes pretos, cabelo ralo, olhos miúdos. No plano moral seríamos, ou somos, tímidos, acanhados, sisudos, graves, retraídos, além de usurários, dissimulados, hipócritas, conservadores e reacionários.

A certa altura assumiu um tom heráldico, gesticulando com suas enormes, belas mãos rosadas, para nos dizer sorridente e severo que nossos defeitos, que ele reconhece e proclama por amor à verdade, são disfarces do excesso de nossas qualidades. São exageros nossos na busca da perfeição. Assim é que, sendo feios, geramos por vezes uns homens bonitos de dar gosto, como Afonso e outros. Embora desengonçados, trajamos com uma elegância própria no vestir, assinalada pelos séculos.

Seríamos também discretos, polidos, sóbrios, perspicazes e, por vezes, até engraçados como os melhores contadores de caso do Brasil. Estendendo-se em comparações, Alceu nos faz uns britânicos dos trópicos pelo humor, pelo bom senso e pelo gosto pela ordem. Uns franceses, na tendência de amealhar sovinas e de esplender finezas. Uns suíços alpestres no ascetismo, no equilíbrio, no centrismo, com a vantagem de não termos tisna de calvinismo. Até para os chineses Alceu apela ao falar de nossa fleuma paciente de povo moderado, exemplar na temperança.

Nunca vi tanta patacoada, eu que li quanto se escreveu sobre mineiridades. Cada autor se projeta em nós querendo que sejamos as gentes que ele idealiza. Em Alceu isso é patente, com seu passadismo reacionário que ele quer contrabandear como culto a valores eternais. A certa altura da conferência, falando da sua mineiridade abissal, Alceu alçou a voz modulada, escandindo cada palavra para perorar num gorgeio baiano:

– Mineiros do meu Brasil, sede cada vez mais tal e qual sois. A missão de Minas é impor respeito ao passado. É incutir amor à tradição. É a todos os homens bons conclamar para o serviço de Deus, da Pátria e da Família.

Saímos juntos comentando nossa mineiridade franco-britânica, suíça e sínica. Guedes, encantado, declamou louvores a Alceu. Ele seria o único pensador autêntico do Brasil. O intelectual que surgiu, afinal, para entender e fazer entender a nós, mineiros. Seu pensamento, acrescenta, precisa ser difundido pelos púlpitos e pelas cátedras para salvar o Brasil da demagogia, da corrupção e do modernismo. Stela caiu em cima dele com gosto, rindo e caçoando, trocista. Uriel, de passagem, braço dado com um senador, nos gritou: – Sapientíssimo, nosso Alceu, hein? Mata Machado e Etiene saíram de braços dados com Alceu, ambos lacrimejantes, ardentes de admiração.

Perdão, leitor, suporte mais uma intervenção minha. Indispensável. Este capítulo do Ageu, além de injusto com Alceu é um feio anacronismo. Alceu morreu em 1983 – eu até discursei no cemitério – Gê começou esse diário romanceado em 1985; hoje é 29 de outubro de 1987. Como é que ele podia ter assistido ontem a uma conferência do Alceu? Caduquice. Isso é que é. Só pode ser. O velho destrambelhou.

LU

Conheci Lu numa recepção na reitoria. Todos os cônsules estavam lá, inclusive o marido dela. Foi vê-la e me pregar nela, assombrado de tanta beleza. Fazia um par bonito com o marido. Altos ambos, desempenados, claros, trintões.

Aproximei-me, quando a vi sozinha, servindo-se. Preguei na cara meu sorriso melhor, rompi minha timidez habitual e abordei, perguntando se alguém já havia agradecido a ela, naquela tarde, por ser tão bela.

Lu sorriu altaneira e me disse:

– Champã de merda essa sua, senhor Reitor. Isso dobrando a língua e sibilando os erres. Expliquei que não era reitor e concordei com a ruïndade da champanha. Lá ficamos, conversando. Dei contas de mim, todas, ali naquela hora, respondendo a perguntas certeiras dela. Também perguntei. Soube de Lu que é romana, dois filhos pequenos, nenhum namorado. Nenhum amor também, adivinhei, nem o marido. Havia começado a ler um livro meu que prometeu acabar, se achasse o exemplar.

No dia seguinte, telefonei. Conversamos animados e eu propus levar meus livros a ela. Aí, me surpreendi com a resposta:

– Estou com o lápis na mão, manda aí o endereço. Eu mesma vou buscar.

E veio. Milagre milagroso. Não queria livro nenhum. Bebeu comigo a garrafa de jerez que trouxe. Um pouco aqui sentados no sofá. Quase todo na cama, sôfregos. Aquela carnação maravilhosa, aquela liberdade de amar com o corpo todo, inteiro. Aquele talento de acariciar se acariciando. Aquele poderio erótico de levantar-se em gozo, permanecer lá em cima, gozando, gozando, até deixar-se cair exausta, para outra vez alçar-se, insaciável.

Aquele grelo feito pela mão de algum deus pagão, que eu sabia, ela sabia, ela sentia, eu sentia, que era o centro vivo do planeta Terra. Aquele sexo de lábios arrebitados, aquela boca babada de lábios frouxos. A outra boca melando, cheirosa, gostosa. Beleza plena em seu corpo imensamente belo, máquina perfeita de viver e de amar.

E a música? Lu, querida, você era toda música. Naqueles tempos de claridade nossa, meu toca-discos estava no quarto discando discos sem cessar. Às vezes nos despregávamos para ouvir, atentos. Lá com você, Lu, me iniciei na nova música, inesperada, vária: estridente, surda, com vexame de ser melodiosa.

O bom do amor, que é o melhor da vida, é ser assim também, vário, múltiplo. Nunca amei ninguém tão carnalmente como amei Lu. Nem a Bia. Um dia o amor se foi. Eu estava na cama com ela e estava só. Disse a Lu que me apaixonei por uma aluna. Ela se pôs surpresa, calada, ofendida. Saiu jogando a cabeleira pra trás, num gesto de orgulho, muito dela.

Caí de cima de mim, dias depois, com a surpresa de ver o cônsul aqui em casa. Conversamos generalidades que ele interrompeu brusco, para dizer, severo:

– Você não pode fazer isso com Lucíola. Ela está desesperada. Voltei a dar minhas explicações sobre meu novo amor. Lá se foi ele. Tristíssimo.

Nos três anos que durou nosso agarramento, Lu iluminou minha vida com claridades que nunca tive antes nem depois. Chegou a ser diário, quase sempre dia sim dia não, com todas as altas alegrias do reencontro e o estranhamento da despedida. Telefonávamos saudosos toda noite. Como falávamos, eu e Lu.

Fui menino com ela, numa vila perto de Roma, sentindo o cheiro da fábrica de chocolates do pai. Fiz a primeira comunhão com Lu; menstruei com ela; sofri, ali no quarto, ciúmes tardios das bolinas de um seminarista. Lu reviveu comigo a infância possível dela no Mangueiral, no Buritizal, abraçados nós dois com Nininha.

Lu! Como hoje queria retê-la com a tesão daqueles nossos tempos. Desvesti-la minuciosamente, vesti-la novamente, muitas vezes, peça por peça, com roupas diferentes. Quem sabe, amá-la em cada figuração, amarfanhando as fantasias. Vendo suas longas pernas, seus pés belos de dedos enormes. Cheirar você, Lu, e cheirarmos juntos, outra vez, nossos perfumes tantos. Beber nossas bebidas e, valha-me Deus, verter seus óleos. Tirar um sarro, para comer doces. Nos amar furiosos entre os dois lençóis espantosos; rolar em nosso colchão fofo de plumas. Ó Lu! Saudades de você. Saudades de nós.

Uma dor suposta
Dói-me realmente

Fernando Pessoa

FAGULHAS

Desembestou outra vez meu imaginário. É uma erupção de fantasias que surgem e brilham deslumbrantes, se desdobram em cenas e até em sequências, e se vão, desencadeando outras. São imagens, às vezes acompanhadas de palavras como ético-patético-apático-simpático; ou traços-lastros-mastros; e, ainda agora, animal-anima-alma. Quase sempre a imagem sou eu mesmo. Eu jovem, abrindo os braços, bocejando. Eu quase-anjo, voando e logo me pondo de quatro e engatinhando. Eu transformado num bicho peludo, colorido. Um macacão com olhos de luz de lâmpada acesa, pisca-pisca, psicodélica, pondo pra fora uma língua enorme, úmida.

Aí, eu macaco me assusto, corro, já transformado em cadeira com três patas móveis e uma fixa. Corro mais, como posso, com aquela perna atrapalhando. Sou depois, agora, um golfinho, golfinhando n'água, que logo me transformo numa canoa índia de muitos remos, remando-me a mim mesmo em meio à tempestade. Agora, no fundo da canoa, me cai Nora, deitada, pelada, pançuda, grávida, parindo anjos negros que dela saem aos bandos. E minha fantasia prossegue, prossegue sem fim.

Quem sou eu para parar isso? – Para! Para! Para coisa nenhuma. Ela não para não. Enquanto penso, enquanto escrevo, a sucessão sucede, interminável.

Agora terminava, mas vi minha rede. Bastou olhar para ela se transformar em camisola. Camisola de Nora. Nunca vi Nora de camisola. Vi camisolas de Nora dependuradas no varal. Gostará Nora de dormir de camisola? Ou prefere pijamas? Pode ser até que durma pelada. Abraçada, enlaçando pernas e coxas com o macacão dela. Danada! Quero ver Nora de camisola. Usará camisola com calcinha ou sem calcinha? Sem calcinha, para meu gosto, é melhor. Eu vejo Nora de camisola. O tufo dos pentelhos saliente, as pontas atravessando o tecido brando, fino, da malha. Quero ver Nora de camisola!

As imagens continuam girando, variando. Não têm nada que ver comigo, nem com nada do que penso. Nem com o que escrevo. Não têm nada que ver com ninguém. São espontâneas. Inconsequentes. Vêm, é certo, do fundo de mim.

São mil daquelas rodinhas de fogo, que eu queimava com Nininha na fogueira de São João, no Mangueiral. Tal como as rodinhas, não servem para nada. Só para rodar e brilhar aquele instante, gratuitas, febris, feéricas, fugazes.

Agora, são bichos entalhados em madeira negra, muito coloridos que se movem, se mordem, se comem, vomitam. É o criado negro de muito alto basalto que berra impropérios contra o império. É um tufo de mato à toa, verde, que vai ficando açafrão e sai voando, borboletando. É a treva que baixa sobre os olhos, cega a criada que nina a gata empalhada. Nada. Nada.

Algum custo têm essas minhas fantasias. Gastam à toa meu miolo. Ponho nelas energias que deviam concentrar-se toda neste livro ou noutro, concatenadamente, mas se esvaem à toa, à toa. Qual! Sou lá algum utilitário, que só serve para produzir coisas úteis? Sou é uma santa máquina de viver. Meu objetivo está em mim mesmo. No meu viver, gozoso ou sofrido. Em exercer-me como a antecoisa que sou, inclusive fantasiando bestagens. Seja assim, se é isso que me dá na gana, ou na gana do meu bestunto, de minha alma imaginosa, autônoma, que se desembesta nessas inconsequências. É isso aí, vamos em frente. Sonho meu, me sonhe. Sonhe.

Com você sucede isso? Ou você só tem fantasias aloucadas nos pesadelos? Ou quando leva uma pedrada na cabeça? Desculpe a pedrada. Não era pr'ocê não. Me veio à toa, com as fantasias tresloucadas.

O que se desatou num só momento
não cabe no infinito, é fuga e vento.

Carlos Drummond de Andrade

MORTOS

Stela surgiu aqui mais cedo que de costume. Triste mas falante. Tal qual é. O assunto hoje foi a morte. Nada menos. Morreu nosso colega Belém. Sociólogo autoditada, como todo esse professorado de nossa geração filosofante.

– Menos eu, protestou Stela. – Vá lá: tem mesmo suas luzes das estranjas. E daí? Melhor que Belém, ela sabe que não é. Nunca foi. O defeito de Belém era não confiar em suas forças. Morreu inédito. Coisa comum nestas Minas. Altos intelectuais daqui jamais puseram o nome na lombada de um livro. Do enterro dele, Stela veio direto para cá.

– Só faltou você, Gê. – Será verdade? Mineiro, senão no câncer – como quer o Otto – na morte é sempre solidário. Antigamente íamos todos; eles ainda vão, aos magotes, tristes, enterrar nossos mortos. Primeiro foram os mestres. Ultimamente, são nossos colegas.

– Está chegando nossa vez, Stela!

– Nossa não! Dobre a língua: sua vez! Sou imortal.

Recordamos, um por um, muitíssimos dos enterros, tantos, que assistimos juntos nesses trint'anos. Ela queria se lembrar de cada um, recordando quem disse a oração fúnebre, quem estava presente, quem parecia mais doído e até, nos casos exemplares, quem faltou pelas tais razões circunstanciais.

Juntos enterramos o velho Veloso, filosofante, tão eloquente na fala como infecundo na escrita, que a todos nos modelou. Também jogamos nossa pá de cal no caixão de Emílio Moura, que havia de preferir um punhado de cigarrinhos de palha. Podia ter sido melhor poeta, tão admirado foi de nós todos. Fomos também, em multidão, enterrar Aires, o mais feio dos mineiros. Felizmente nunca se viu. Era cego, e dizem até que vaidoso. E Maria da Glória, a mais bela das mineiras? A ela também a sepultamos, chorando, todos nós inconsoláveis. – Era nossa paixão.

– Qual nossa? Sua! Muito sua, não esconda – disse Stela. Eu engoli cuspe, lembrando daquela tarde em que engoli lágrima salgada.

Juntos, também, enterramos os reis do patriciado mineiro: Milton, Pedro Aleixo, Alkmim, Benedito. Quem mais? Enterramos a muitíssimos letrados, de outros bandos. Lembramos com saudade o velho Frieiro, encarnação da consciência crítica, na sua mineiridade galega: tímido e timorato. Falamos, também, dos burocratas das letras, sacripantas, com quem convivemos e que enterramos. Casassanta, rei da crase, governista, conservador, sólido como uma cadeira do palácio. Mário Matos, servil, bem-sucedido, mas simpático. O outro Matos, Aníbal, sabe-tudo da cidade: cientista, literato, até pintor. Escrevia as críticas de suas próprias exposições. Elogiosíssimas.

Falamos pouco foi de Belém, contidos. Dos outros todos falamos demais. Ela, querendo lembrar deles, saudosa, confidencial. Eu, insensato, de todos reclamando qualidades que não podiam ter tido. A conversa melhorou quando, passada a onda de mágoas que baixou aqui, começamos a falar mais naturalmente deles e de nós.

Que humana gente essa nossa gente da mineiridade: disfarçada, dissimulada, virtuosa, pecadora. Principalmente Fritz, querido amigo meu, muito mais amigo do Elmano e da Stela. Ambos choraram rios no seu sepultamento. Continuaram chorando por dias. Nunca conheci ninguém com o talento de amar do longo Fritz. Nele se realizou, plena, como em ninguém mais, a dor da dupla paixão total simultânea, feroz, ciumenta, por duas mulheres. Ele e elas duas morrendo todos do amor mais ardente. Pode?

Uma revelação: Veloso, garanhão emérito, foi quem primeiro esporrou nas calcinhas de Stela! Eu nunca soube disso. Só supunha. Hoje soube por ela. Não gostei muito. Não gostei nada. Creio que o ressentimento me veio da constatação de minha idiotice. Sabendo bem quem era Veloso, como imaginar que ele não desse em cima da bela Stela? Conhecendo bem Stela, a bela daqueles anos, por que supor que não tivesse tesão nele? O certo é que me desgostou falarmos nós dois, frente a frente, sem recato, de nós mesmos. Assumíamos assim que estamos mesmo acabados, aposentados.

Quanta prevaricação recôndita recordou Stela. Eu me espantei muito com os casos de amor de homem a homem que ela delatou. Amores secretíssimos de ilustres chefes de família, que eu nem ninguém suspeitaria jamais que pudessem namorar um ao outro e se amar apaixonados.

– Qual – diz Stela. Só você ignorava. Todos sabiam.

O que é que essa Stela não sabe, se ela sabe até quem, desastrado, arranhou de sangrar, numa dentada, lascas do clitóris de Maria da Glória virgem. Que é que de mim, morto, essa diaba falará ou calará? Não tenho o que esconder, mas não quero ser exibido por ela. O melhor é suportar Stela enquanto vive e sobreviver a ela, para que eu mesmo dê conta de nossa crônica. Stela me surpreendeu mais, hoje, foi com seu juízo mesquinho sobre mim, dito sem ira, brandamente.

– De todos nós, de nosso grupo, você, querido, é o pior, sempre foi. – Explicou depois, quase convincente, que sou mesmo o pior porque a tudo no mundo, a todos, sou indiferente.

– Não está nem aí, nem liga. Não ama nem desama ninguém – acrescentou. Será mágoa, porque não fui ao enterro de Belém? Será que Stela me acha mesmo abúlico, desapegado às pessoas e à vida? Ilusão. Apego não me falta, nem desejo. Brando, é certo, mas vibrante. O que não tenho é tesão nela, nem paciência de conviver com o pessoalzinho da faculdade. Nesta altura da vida, posso me dar ao luxo de não ter que fingir grandes bem-quereções. Todos nós, ela e eu – você inclusive –, somos mentirosas representações de nós mesmos. Máscaras afincadas na cara, tão enterradas na carne, que até a nós nos enganamos, achando que somos autênticos. Qual!

A fina a doce ferida
Que foi a dor do meu gozo

Manuel Bandeira

MEL

Resido neste meu corpo, nele moro há sessent'anos. Em todos estes anos tantos, vivo de boca na minha boca. E gosto. Às vezes, o corpo se alquebra, empestiado, mas é por dias, passa. A boca também, se abuso muito, me amarga um pouco, mas se cura com um copão d'água. Sou é muito, muitíssimo bem-feito. No desempenho é que poderia ser melhor, talvez, dizia Bia.

Creio, também, no valor de minha obra. Creio mesmo. Muitíssimo. Quero dizer, nem tanto. Esse *Amaro*, apreciado por tão poucos, louvado por pouquíssimos, quase ignorado, é, entretanto, um senhor romance. Não digo o mesmo do *Xisto*, mas *Asalternosas* é o que há de bom. Queria é o sucesso de Emílio, que estourou em glória com o lançamento do seu primeiro livro, pondo Paris a seus pés. Até hoje espero o êxito. Será que não chega meu dia de glória?

Estou certo – na verdade gostaria de estar tão seguro como o Otto – de que, no futuro, meus livros serão reconhecidos, admirados. Chegarão, talvez, a ser lidos por muitos leitores. Pode ser até que muitíssimos. Isso é o que eu preciso. Espero. Reclamo só que me adiantem, agora, enquanto vivo, um pouco da admiração que hão de ter por mim, no futuro. Que me importa qualquer glória póstuma? Não devia importar mesmo. Mas me importa. Muitíssimo.

Não verei a cara de nenhum futuro leitor meu. Mas me consola, demais, saber que lá longe, à frente, no futuro, alguns desses meus leitores fantasmais me lerão com amor. Mais do que me amaram meus ingratos leitores contemporâneos.

Bobagens, dirá você. Sim, bobagem, como a sua de crer que se perpetuará em seus filhos. Haverá algum filho que dê à mãe ou ao pai o mesmo tanto de amor que recebeu? Não há nenhum! Aos pais cabe amar. É seu direito. Não o de serem amados. Aos filhos cabe é a liberdade de buscar seus amores, até o amor de seus próprios filhos. Não a de dar amor aos pais em troca do amor deles. Este, eles têm certo e seguro. Que sei disso eu que nunca pus filho no mundo? E que é que isso tem a ver com meu amor correspondido a meus leitores futuros, que hei de ter?

O hábito de pôr pensamentos em palavras, fazendo-as verbalmente verossímeis é que me dá essa coragem de palpitar sobre tudo. Doxas são. Meras doxas de mineiro, potocas, como diria a mulher do Benedito, dona Docha.

Mas a que vem essa minha preocupação com o amor paterno, ou filial? Minha filha Mila é mulher-feita, mãe de meus netos, independente e autônoma. Tesuda será como a mãe, suponho. Pecadora, também. Isso, o que é que me importa? Nunca me senti pai de Mila nem ela jamais se comportou como filha minha. Meus filhos reais são meus livros. Os personagens que neles pus, paridos por mim. E meu leitores, únicos amores correspondidos que hoje tenho. Escassos. Por isso me volto para os que virão: olá!

– Que dia é hoje aí, nesse seu dia de você que me lê? – Você está prestando atenção? Falo é com você que me lê, com você mesmo, minha rapadura doce, meu mel sem fel, que me dá o gosto de me ler. Você gosta de mim? Adoro você.

Temo muito é que você, meu bem-querer, nunca chegue a ser. Vou matar você antes de nascer. Cada vez vejo mais claro que ando por um caminho de perdição. Este relato meu, tão real, é lá coisa de se devassar?

Aqui curto saudades, revivo idos, entregando em palavras toda a minha vida sentida. Se isto, por alguma razão desarrazoada, um dia se divulgasse, que seria de mim? Você faria de você um relato assim sofrido, verdadeiro, como este que aqui traço e condenso, de todo meu viver disperso? Introspecção tão íntima é inconfessável, indevassável, você não acha?

Ah, por que estou tão sozinho?
Ah, por que tudo é tão triste?

Tom Jobim

MATRIZ

O sonho é a matriz principal de meu fazimento. Vivi, vivo sonhando, acordado ou dormindo, no desejo de conformar o mundo e meu destino a meu talante. O que queria mesmo é exercer-me na vida como o eu de minhas fantasias. Isso só consigo sonhando, fantasiando.

O que a vida sovina não me dá no real do dia a dia tenho de noite ou de dia, na minha vida sonhada de fantasia. Desejos ardentes, se não se cumprem, eu obrigo o mundo a se explicar, no sonho, a me compensar. Vivi sempre me escandindo nesses sonhos que me alentam a alma só de serem sonhados.

São tantos os meus sonhos que eu sonho acordado, como os outros, principais, que eu sonho dormindo e de que mal me lembro. Na realidade das coisas vivemos nossas vidas a dois espaços, num mundo dividido. Este, somítico, regrado, que mais me oprime do que satisfaz. O outro, dadivoso, desvairado, que nos anima e consola.

E você, sonha muito? Não sonha? Decerto, como todos, sonha. Sonhará até sonhos inconfessáveis. Dormindo é claro que sonha, todo mundo sonha. Você pode é não se lembrar, mas sonhará.

Sem esse outro mundo onde nos refugiarmos, acordados ou dormindo, eu nem ninguém suportaria viver. Com o sonho e algum voluntarismo fico quase autárquico. Independente. Livre de tantas mulheres que deveriam me seduzir e nunca tentaram. Livre de tantas riquezas do mundo que deviam me ter cabido e nunca vieram às minhas mãos. Liberado do poder inteiro que jamais tive, mas de que me invisto em sonho.

Machucado de dia nos encontrões com o real, me reencontro e me realizo de noite, sonhando, fantasiando. Cresci assim, ferido e cicatrizado, ofendido e vingado. Vencendo as desgraças, não poucas, caídas sobre minha cabeça. Fruindo as benesses bem poucas que me gratificaram.

É verdade que me pesam alguns pesadelos noturnos, sobretudo os repetitivos, apavorantes, que me deixam acordado noite adentro até de madrugada. Felizmente são raros. Purgo também pressentimentos ruins, temores e terrores pressagos.

Meu sonho mais sonhado nem é sonho. É a ronda deste recordar incessante do amor amado. Nele reverdeço meu amores. Bia é hoje minha amada, como talvez não tenha sido nunca. Lu, muito mais. Amores de lembrança são outros amores. Não peço a Bia, nem peço a Lu que me venham, no que são ou seriam agora. Quero cada uma delas, outra vez, é no que foram, lembradas no que fomos.

A Solzinho, minha amada namorada, eu amei mais foi na presença sentida, pensada, de suas longas ausências. Eu, com ela, nas raras vezes que nos tivemos, explodia na paixão longamente contida, para depois lá ficar, tolhido. Só nos tínhamos, exaustos, no instante em que ela já se ia, sumia. Eu mergulhava, então, em outra onda de exaltação, sonhando reencontros na espera desesperada, mas ainda assim esperançada.

Agora, tão longe de meus amores vividos, descubro que minhas amadas estão, sempre estiveram, foi em mim, como fontes jorrantes de amor. Eu sou, se vê, engenho de espremer amor amado, oficina de ressonhar sonhos sonhados. E você, como é? É só do amor de agora, carnal, que curte em carne? Ou é, como eu, do amor sentimental, que torna e retorna para ser outra vez amado? Sonho acordado.

Merece a palma, a alma que ela alcança

Guido Cavalcanti

MILA

Vamos, Mila, é sua hora. Fale, fale logo. Fale agora. Conte aí seu incesto.

– Falar? Eu? Quem é você, cara? Falar com quem? Não falo nada não. Estou com a cabeça é no Zeca. Ele tem certeza de que é meu irmão, meio-irmão. Não creio. O velho é manso demais, refinado demais, para façanhas dessas. Impossível não é. Ele, jovem, a cozinheira, uma negra decerto bonita, sozinhos na casa os dois... Sabe-se lá? Tudo bem. Que seja meio-irmão: consinto. Não pode esse macaco mulato é prevalecer-se para se meter a herdeiro dos trenzinhos do velho. Poucas coisas serão, mas me pertencem. Isso não, eu não consinto não. Gostei muito, demais, da viagem nossa ao Rio. Sou capaz até de voltar. Na cama, me fodendo, e como cicerone, me mostrando a cidade, Zeca é sem igual. Safadíssimo. Nunca sonhei que houvesse gente assim, nem parecida. O sábado passamos na cama, comendo frutas que ele escolheu bem, bebendo vinhos finos, que eu paguei depois na conta: caríssimos. Fodemos e refodemos, adoidados. Ele me agarrava, me devassava, com tanta gana e bruteza, com certeza se vingando de muita humilhação acumulada. Estou marcada de manchas negras na bunda, nos peitos, nos ombros, das mãozonas dele. Gostei demais, Zeca é servido de um pau que faça-me o favor. É todo o contrário do pau do Pio, que vai afinando pra ponta. Não digo que Pio seja ruim de foda. Não. Mas o jeito dele meter é diferente, deficiente. Trepa como quem enfia em mim um anzol, se firma lá dentro e se põe a resfolegar. Zeca não. Ele me arromba cada vez que me mete sua pica grande, grossa como um punho, cabeçuda de doer. Mesmo no repeteco, do lado de lá ou do lado de cá, me arregaça toda. Estou frouxa dessa surra de pica, do Zeca e do companheiro. Domingo, almoçamos devagar no restaurante do aterro. Zeca, um cavalheiro, pedindo bem, comendo bem, bebendo benzíssimo. Mulato sestroso esse meu meio-irmão. No hotel, de volta, nos atracamos e fornicamos com mais ardor e garra. Garra demais, achei, mas suportei. Aquela mulherzinha dele – como é mesmo que se chama? – arrombada, deve ter baixado hospital. À noite, fomos ao desfile interminável. Belíssimo, é verdade. Forte como não vi nada igual. Mas espichadíssimo demais. Sobretudo nas horas de espera, entre uma escola e outra. Esse Darcy, amigo do velho, pra fazer Sambódromo está sozinho. O que precisa, agora, é cronometrar esse desfile, pra gente suportar. Ficamos lá, plantados, das dez da noite às dez da manhã, sem coragem de sair. Ao fim, foi aquela alegria de ver a Mangueira entrar e sair campeã. Nunca tive uma emoção grande assim, só de ver beleza. Voltamos ao hotel exaustos, dormimos o dia todo abraçados, comportados, irmãmente. De noite, veio a bacanal programada. Tão prometida. Tão bem cumprida. Se Zeca me decepcionou, foi por demasia. É isso mesmo o que eu queria. Fomos ao baile dos turcos. Quase todos os homens com caras de primos meus, barbudos, hirsutos, parrudos. Um deles, que eu banhei de lança-perfume, me comeu debaixo da escada, com o povo passando por ali, dopado, indiferente. Não sei quem foi. Saí dançando com ele e, quando vi, levava lança. Outro quis me comer, ali mesmo, quando me viu largada, meio tonta. Repeli, era ferro demais. Zeca ficou na dele a noite inteira. Só vinha me ver de vez em quando, para trazer outro lança-perfume argentino, e sumia. Fomos pro hotel de madrugada, com um companheiro morenão e espadaúdo que nem Zeca. No quarto, apagaram a luz e nos deitamos os três na cama. Atacaram incontinente. Nunca me senti tão manipulada, lambida, trepada, enrabada. Não podia saber quando era Zeca e quando era o outro, o que não tinha nenhuma importância. Quando nos acalmamos, depois da primeira rodada louca, eu fiquei com um deles deitado de cada lado, com a mão nos paus moles deles, reinando. Na minha mão, eles foram crescendo, devagar, inchando, crescendo. Aí, a roda recomeçou a rodar. Estranhei demais foi ver que, me acariciando levemente, os dois estavam atracados era um no outro. Nunca ouvi falar de fresco assim. Tenho certeza que cada um enrabou e foi enrabado, fui com a mão lá neles, apalpei: Esse meu irmão é puto. Jamais vi, também, nada tão excitante, confesso. Esse mundo do meu Deus tem cada surpresa... A certa altura o disco virou. Acenderam as luzes, nós três fungamos umas cobrinhas e nos assumimos, homem e mulher, tal qual somos. Zeca, deitado de costas, me pôs em cima dele, entalada. O companheiro subiu por cima de mim e meteu. Virei sanduíche. Aí, acho que desfaleci. Apaguei. Quando passou o clarão, eu mamava no Zeca e o outro me enrabava. Cumpri minha sina. Tive o que queria em dose dupla. Fui tão gloriosamente dilacerada e esporrada como nunca pensei que pudesse ser, ou que qualquer mulher tivesse sido na vida inteira. Se morresse ali, teria achado que valeu a pena. Mas não morri. Quero é mais. Muito mais. Minha maior surpresa veio no fim, quando Zeca me pediu a bolsa e tirou dinheiro para pagar o rapaz. É prostituto. Profissional competente, digo eu. Mas abusado, lá da porta, saindo, ainda pediu: – E a dona aí, não tem um agrado pro pau de ouro dela? – Nós dois deitamos e outra vez dormimos, exaustos e castos. Viva a vida. Viva eu. Volto lá, se Deus quiser. Deus e Zeca.

BENTO

Ontem me apareceu aqui, sem aviso prévio, mala na mão, o Bento, amigo de infância meu, lá do Mangueiral. Acha-se no direito, o pobre, de se hospedar comigo. Assustei-me e estranhei um pouco vendo aquele velho já na sala, ao lado de Nora. Reconheci, instantâneo:

– Bento, velho amigo.

– Ageu, querido amigo. Nos abraçamos. Eu senti a magreza dele pelo tato das costelas. Sentados, frente a frente, vi seu ar errático, seu olhar ausente. Antes mesmo de ele contar, estava ainda contando, devagaríssimo, eu já sabia que estava mal. Veio para consultar, já certo de que vai morrer.

– É a magra, Ageu. Tá me chamando. – Nunca fui tão eficaz na vida. Dobrado no telefone, aporrinhado, procurei Stela sem achar. Não encontrei ela nem Uriel, nem Guedes. Ninguém! Já meio desesperado me lembrei de um médico vizinho, uns quarteirões abaixo, aqui na rua Angustura: doutor Marcio, bom sujeito, poderoso e prestante. Fui lá. Não estava. A dona dele espantou-se demais comigo – por quê? – Não pode ser com minha cara; decerto foi com a minha visita desanunciada, mas deixou-me entrar. Obrigado pela delicadeza dela, tomei um cafezinho – até que bom – e repeti, o que não gostei. Esperei, esperei.

– Médico, o senhor sabe como é, não tem hora –, me disse a dona, querendo ser simpática – É bonitona, desempenada. Esperei mais. – Afinal, ele chegou. Alegrou-se de me ver, o danado. Por quê?

– Não há nada comigo não, expliquei. Estou um coco. Contei o caso; pedi, acho até que implorei.

– Quero, preciso interná-lo, doutor. Hoje. Lá em casa, não pode ficar. – Mas ficou. Dormiu no sofá aqui da biblioteca afofado e abrigado por cobertores muitos que Nora desengavetou do enxoval. Dormiu bem, com remédio do doutor. Deve ser um tomba-onça, de tão forte. Ele tomou, cabeceou e emborcou no sono.

Hoje de manhã se foi pro Hospital São Lucas. Inocente, imagina que voltará para o almoço. Lá ficará. A mala irá depois.

Com o Bento é meu passado que volta, me agredindo. Para a nossa tribo mangueiralense, nada mais natural do que se hospedar com os amigos. Se eu fosse lá, e não tivesse Nininha, suponho que haveria briga séria pra saber na casa de quem eu ia ficar. Mozar? Maurício? Consta? Aqui é diferente. Hóspede vai é pra pensão; para hotel, se pode pagar. Aos amigos, só se visita. A mim, avisando antes. E olhe lá.

CONGONHAS

Estou voltando de Congonhas. Ida e volta no carro de Nora. Atrás, Stela e eu, na frente, ela e Zeca. Fomos ver a encenação da Semana Santa. Deus, nascido menino no Natal, nos presépios caseiros de Congonhas; morre ali, em glória, na procissão pública. Morto e sepultado, sofrido e chorado, ressuscitará esplendoroso.

Tudo isso em dois planos: um, teatral, cantado, falado, tonitroante, numa representação regida por um padre brancalhão, que parecia um frango preto de pescoço pelado. A procissão, com suas matracas roucas, sua Madalena esquálida, não vale a metade da de Ouro Preto, grandiosa, contritíssima, contentíssima da morte de Deus.

A Verônica estende os braços
E canta
O pálio parou
Todos escutam

Oswald de Andrade

O povo acompanha rezando, devoto, agradecido e pidão. Uns levam pedras na cabeça, outros carregam cruzes, ou andam sobre os joelhos, todos pios, clamantes. O contraste não podia ser maior dessa fé explícita, com o achincalho dos turistas e dos estudantes, olhando tudo alegres, falantes. Não há glória divina que resista a tamanha esculhambação.

O segundo plano é o próprio esplendor congelado que vi, em êxtase, por cima das cabeças orantes. São as cenas da paixão nos passos esculpidos por Antonio Francisco, em esculturas do tamanho de gente, todas pintadas.

A ceia, com um Cristo lindíssimo e um Judas mais belo ainda, é maravilha. A agonia no Horto das Oliveiras, com um Cristo implorante e três apóstolos dormidos, é comovente:

– *Pai, afasta de mim este cálice*

A cena da prisão de Cristo, com um Judas e um São Pedro esplêndidos. Os soldados romanos, ali e em todos os passos, caricaturais, feíssimos. A subida ao Calvário é uma multidão de estátuas em que reconheci Cristo, Dimas, João e Maria. A flagelação e a coroação de espinhos, com os mesmos fantoches e um Cristo sublime, é beleza sem par.

A crucificação entre os ladrões, fantástica! São centenas de figuras. Exagero? Haverá em algum lugar representação mais alta e copiosa?

Afora o que sorvi com os olhos olhando Antonio Francisco, tudo mais foi muito ruim demais. Dormimos no hotel, horroroso. A comida, não chega aos pés da que como aqui em casa todo dia. Disse isso à Nora, que riu feliz. Foi o único riso do fim de semana desastroso. Ela e Zeca brigaram tanto, que passei a chamá-la de Eloá. Ninguém entendeu nada, nem ela, e eu não expliquei. Mas Zeca fez do dito um palavrão e, olhando nos olhos espantados dela, repetia como quem xinga: Eloá! Eloá!

Stela, como sempre, insuportável. Nos fez sentir que detestava tudo aquilo e a nós também. Principalmente a Zeca e, mais ainda, se isso é possível, à Nora, que ela chama de dona Silviana, declinando o nome com a língua nos dentes, escandindo: Sil-vi-a-na como quem passa um pito. Só aí eu e Zeca confraternizávamos, trocando olhares coniventes.

Para ter um pouco de paz, fugi deles. Fui sozinho ver os profetas. Depois, entrei no Santuário de Bom Jesus de Matozinho. Ali, naquele espaço tão bem proporcionado, um oco divino aberto no chão do mundo, passei uma hora no meio do povão. Lembrei muito meu amigo Gerardo, que lá cresceu, se flagelou, rezando em latim, com a boca pia, aceso de tesão.

Gasta-se o círio pascal no castiçal de bronze e o coração não gasta o amor.

Geraldo Mello Mourão

A luz fluindo pelas ogivas, o ar azulado, o cheiro de incenso, de velas e de flores mortas, os altares majestosos, o zumbido do povo rezando ritmado, a música ondulante. Tudo perfeito para catapultar as almas pecadoras para a virtude. Quase rezei, rendido às artes de Antônio Francisco e ao contágio daquela férrea fé mineira.

A volta foi ainda pior: sacolejante, calorosa, mal-humorada. Nora, calada, suava na direção. Zeca, desistindo de contar anedotas, cochilava. Stela me olhava mal-humorada, odiando a viagem sem disfarces. Eu, mais ainda. Nunca mais caio numa dessas.

A glória desta última casa será maior que a da primeira

Ageu 2:9

GENTE

Gente há tão abúlica que nem sei. Vivem autárquicos, como se nós não existíssemos. Mas exigem tudo de nós. Existimos, de fato, é para vê-los se exercerem superiores. Recebem altas honrarias, indiferentes; comovidas demonstrações de apreço, com total naturalidade. Nós tudo devemos a eles. Eles não nos devem nada.

Detesto essa sorte de gente de si tão contente.

– Você conhece gente assim?

Tirante as homenagens e salamaleques, como não suspeitar, talvez reconhecer, que eu seja um deles? Ou que tenha algum parentesco com eles? Essa minha preguiça de conviver. Esse meu fastio de me amistar, relacionar. Nisso sou sovina. Me dou a poucos e me dou pouco. Serei metido a besta, eu também? Há quem ache. Concordo!

Gosto de pensar que sou assim, porque me concentro no meu trabalho criativo, no meu ofício que é meu vício, como gosto de dizer. Será? Temo muito que haja em mim alguma inabilidade inata para o convívio humano. É o que me faz dizer que sou feito de papel. Só nas escrituras, lendo ou escrevendo, eu sinto firmeza, segurança total de me relacionar com as gentes. Gentes de papel. Esta segurança que exibo, falando de mim, doutamente, e mais ainda dos outros, é vão palavreado.

Conhecer mesmo, só conheço, mal e mal, os personagens de meus romances. Estes eu os fiz como são. Mesmo eles também não poucas vezes me surpreenderam. Creio que me surpreendo tanto escrevendo, como você me lendo.

A gente pensa que se sabe e que sabe os seus, os nossos íntimos. Qual! Bobagem! Não sabemos não. Ninguém sabe de ninguém. Quanto mais íntimo se é de alguém, mais ele se disfarça de nós e a gente mais se esconde dele. Esse jogo de esconde-esconde se deve, suponho, à vontade que temos de corresponder ao que os outros querem que sejamos. E à dificuldade que temos de fazê-los aceitar nossa forma de ser, no que ela é em si e nos é indispensável, e até indisfarçável. E também no que ela não é, mas nós queremos que pareça ser. A olhos alheios, sempre apresentamos defeitos, imperfeições. A nossos olhos, também, mas nem tanto. Vivemos representando, disfarçando. Ninguém é sincero com ninguém. Nem eu.

Esse Gê, meu personagem, voz falante neste romance, é ficção. Seus sequazes, idem, idem. Eu, sou eu mesmo que, aqui de cima, invento, traço e retraço, neles, retratos meus disfarçados. Mais reveladores, talvez, que qualquer confissão, que no meu caso, como no de todos mais, é sempre insincera; têm que ser.

Neste retrato oblíquo, entram, é certo, evocações saudosas que guardo no peito, sentimentos emocionados que tenho deste mundo, frustrações sofridas; tudo isso cicatrizado nos meus recessos, em instâncias de que nem me lembro mais. Entram, porém, como tijolos desta parede menos gozos tidos e havidos do que os só ardentemente desejados. Tudo isso assoma aqui, transfigurado, conformado, deformado, como minha matéria vivida. Tão confuso e inconsequente, tão real e tão inverossímil como a própria vida. Só aqui cabe tudo que transcendi e me volta, agora, querendo ser outra vez.

E você aí? Pare um pouco de ler, pense e me diga, se diga, sinceramente! Como é você? Sua qualidade marcante, qual é? Sinceridade ou hipocrisia? Eu, apesar de tudo, me acho genuíno, autêntico. Serei?

Eu não sei o que fiz, com este livro, qu'eu fiz

VOCÊ

Stela é mais nova que eu, cinquentona, diz ela. Boazuda, apesar de gasta. Tesuda e muito, acredito que ainda seja. Conversa fiada essa de pensar que mulher erada se aposenta, livre de tentações. Qual!

Stela e outras que conheço, estarão na menopausa, quero dizer, não menstruam nem geram. Mas tesão não tem nada que ver com isso. Estão aí, firmes, desejando pau. Não exigem, porque o mundo não consente. Na maioria dos casos, elas mesmas nem admitem, penso eu. Mesmo querendo muito, muitíssimo, dissimulam.

Bobagens, dirá alguém – você talvez –, perguntando como é que eu posso pensar que sua avó quer sacanagem.

– Sua avó quer sim. Quer, sim senhora. Cada vez que roço uma velha dessas, com jeito sedutor, discreto – e roço sempre que posso –, ela corresponde. É como se dissesse:

– Estou aqui pro que der e vier – Você duvida? Espere chegar sua hora e sua vez. Você verá. Muitas maduronas não são de nada, é verdade. Como também há moças frígidas. Isso não conta nem desconta.

Entretanto, tesão máxima, colossal, é das quarentonas e imediações. Mulheres casadas, até bem casadas, mas mal-amadas, enfastiadas dos maridos, e eles delas, esplendem de tesão.

Lu foi a mais tesuda que conheci. Mas ela não é bom exemplo: romana, livre, fodedora autônoma, que se exerceu desde menina. Só serve mesmo minha Lu é para medir o tamanho da tesão das trintaneiras. Se pudesse, Lu comia o mundo com suas três bocas babadas. Quase comeu. Continuará comendo por aí, Deus queira. Outra santíssima mulher tesuda que conheci, amei e sofri foi Bia. Como aquela mulher fodia, meus Deus.

Essa conversa imprópria, vem a propósito da diretora da escola de Nora, que esteve aqui em casa bem uma hora, esperando por ela. Eu, aqui no escritório, me dizia: Nora demora, tenho que ver essa dona, fazer sala, cordial.

Afinal, lá fui eu. A dama é ilustrada, leu meus livros todos. Queria que eu falasse deles. Não falei. Fiquei nos comentários gerais sobre a vida, falando indireto desse que estou escrevendo. A curiosidade dela pegou fogo:

– Como é mesmo o nome? Migo? Que é isso de Migo?

– Nada não. Você não sente no umbigo, nos seios, nas partes, que você é você mesma? Pungentemente? Isso é seu migo. Diferente do meu. Cada qual tem seu migo íntimo lá consigo. Isso é migo. Meu de mim, comigo: migo. Tão eu e meu como meu umbigo. Sorrindo sedutores um pro outro, com migo ou sem migo, amistamos.

Por aí fomos. Tanto avançamos, que a certa altura eu disse a ela que não precisava se levar tão a sério, espichando a toda hora a própria saia.

– Se você fez esses cortes laterais para mostrar as coxas, tem mais é que mostrá-las. São bonitas. – A dama se encolheu toda, não sei se de acanhada mesmo ou de regateira. Insisti, então, que ela estava até discreta.

– Provavelmente você veste uma dessas meias-calças que vão até a cintura. – Bastou dizer isso, para ela cair em si, licenciada. Se espalhou na poltrona, pernas meio abertas, confortavelmente, se mostrando, discreta e sedutora.

Saí e voltei com uma garrafa para servir dois cálices do licorzinho ruim de Nora, sabendo que é desse mesmo que ela gosta. Achei jeito de passar por trás e tocar sua nuca, carinhosamente, por baixo dos cabelos. Ela virava a cabeça que nem gata, gostando demais de minha cosquinha.

Nisso estávamos, de gelo rompido, quando Nora entrou. A dona se recompôs, sorriu conivente pra mim e desencadeou sobre Nora sua conversa mole, mui amiga. Nora foi dizendo, logo de entrada:

– Pena que me atrasei. Perdão! Geralda estava louca para conhecer você, Gê. – A intimidade desse você, usado pela primeira vez, e desse Gê sem títulos, me agradou demais. Beijei as duas nas bochechas – as da Geralda, acariciando o pescoço – e vim pra cá, escrever isto, delatar.

Para me gratificar pelo encanto que fui com sua colega e diretora, Nora está ali agachada, agora, acendendo minha lareira, que quase nunca vê fogo. Coisa bela, bela, é ver Nora debruçada, dobrando-se para juntar a lenha, amassar os jornais, molhar com álcool e tocar fogo. Agora, de pé, saltos altos, bela, Nora espera que as labaredas levantem. Então, se sentará comigo lá no sofá, espero. Vou já pra lá. Feliz. Estamos ouvindo Albinoni.

Quando eu, senhora, em vós os olhos ponho
[...]
m'espanto às vezes, outras m'avergonho.

Sá de Miranda

FÊMINA

O grupo todo de meus amigos esteve aqui. Nora decidiu convidá-los para um almoço, sem me consultar. Foram chegando cedo, com suas roupas domingueiras. Até Canuto estava bem-vestido. Eu, no meu cotidiano, saudava, estranhando, sabendo por que vinham, mas achando demais.

Só notei que vinham a convite de Nora, quando ela entrou com uma bandeja cheia de cálices que eu não conhecia – nem a bandeja, nem os cálices – para servir uma caipirinha de fabrico do Zeca, até que boa.

Tudo correu bem. Comemos alegres, contentes. Bebemos dois vinhos velhos dos que guardo. Todos elogiaram demais o cardápio, o tempero, o vinho. O diabo é que a besta do Zeca – que se sentou na outra cabeceira – começou a exigir um discurso de aniversário ou um parabéns pra você. Quis matá-lo. Fuzilei com os olhos. Nora me salvou.

– Não. Aniversário de escritor casmurro não tem disso não. Nem cantoria, nem discurso. Vocês todos, que vêm aqui sempre, neste dia tinham que comer conosco. – Zeca riu pra mim, orgulhoso da mulherzinha que inventou. Stela é que não gostou nada, se sentiu à margem, roubada.

Para compensar, acabado o almoço, quando nos reunimos todos aqui no escritório, ela deitou falação feroz. Eloquentíssima desfraldou, desta vez, a bandeira da igualdade. Começou mostrando, com razão, que a universidade está ficando impossível. Só dá mulher. Propõe, como remédio, que se reserve metade das vagas para os rapagões, ainda que burros.

– Só assim a universidade não se feminilizará de todo, como está acontecendo. Só assim, também, se evitará que perca sua função de banco de namoro e de agência matrimonial, que é um dos seus préstimos principais.

Outra reforma stélica é garantir a homens e mulheres igual representação nos órgãos legislativos. Os corpos de vereadores municipais, deputados estaduais, deputados federais e senadores seriam compostos metade de cavalheiros, metade de damas.

– Para tanto, os homens votariam nos homens e as mulheres nas mulheres.

Os cargos executivos de prefeito, governador e até de presidente da República, Stela pretende que sejam rotativos, preenchidos por rodízio dos mandatos:

– Uma vez homem, outra vez mulher. – Stela quer, ainda, a mesma biparidade na Justiça, destinando as vagas que se abram, uma para homem, outra para mulher, do Supremo até as juntas trabalhistas.

E não fica aí. Em sua sofreguidão igualitária, Stela até pretende que a propriedade da casa seja exclusivamente da mulher que nela pariu. Os homens, na sua visão, são uns aventureiros que prenham as donas e se vão.

– Nós é que ficamos com a carga de dar comida e carinho à meninada toda, fabricada conjuntamente. – Foi divertido. O diabo é que Stela fala disso tudo muito a sério demais. Queria até que redigíssimos e assinássemos, ali na hora, seu Manifesto da Igualdade Meio a Meio.

Quem entrou no assunto, nadando a gosto, acho que na gozação, foi o doido do Elmano. Concordou com todas as teses de Stela, argumentando com a precocidade moral da femeazinha humana, que amadurece assim que menstrua: ao contrário dos rapazes, que são uns bestões até os vinte anos. Mais responsáveis, por força da natureza, as gurias muito cedo se assumem como pessoas sérias, cuidando da família, enquanto os rapazes permanecem bestões. Alcançando a idade para isto, ganham qualquer concurso, invadindo todas as profissões, já infestaram muitas delas que estão com mais do que os cinquenta por cento legítimos. A igualdade dos sexos nos órgãos legislativos e nos cargos executivos se justifica plenamente, para Elmano, com base na paridade numérica de homens e mulheres na população. A esse equilíbrio biológico deve corresponder, para ele, uma equanimidade hegemônica que a Constituição não pode ignorar, se quer ser justa.

Eu, brincando com a cara mais séria, contestei: – Se isso pega, quais serão as consequências? Que fariam as damas com esse poderio todo? É verdade que nós, homens, não fizemos de nossa hegemonia um uso que se recomende ou que justifique a perpetuação do poder macho. Mas elas seriam uma incógnita. Inquietante. Stela não gostou.

O caldo quase entornou feio foi quando Canuto, calado a tarde toda, meteu o bedelho, discutindo a sério as doidices de Stela. Levantou-se para falar, empostou professoral a vozinha, para dizer seriíssimo que o poderio feminino resultará num despotismo sem paralelo. Será o reino do nepotismo, do sogrismo, do cunhadismo. Insuportável.

Temo muito que Stela esteja pregando essa doutrina pela cidade toda, da universidade até os bares. Garante ela que o poder dividido vai assegurar ao mundo, afinal, a paz desde sempre aspirada e a fartura. Para provar isso, tem um argumento infalível:

– Mulher não gosta de guerra e se preocupa mesmo é com a dispensa. Só por isso já se vê que somos melhores para governar.

Uriel achou seu jeito de entrar com gozações, dizendo:

– Cuidado, dona Stela, muito cuidado. – E lembrou a Comuna de Paris, que decretou a igualdade econômica mandando os padeiros fabricarem uma só e boa qualidade de pão, pros ricos e pros pobres: o pão da igualdade.

– Deu em nada! Paz e fartura não se decretam. Você não viu o Funaro? – Foi a gota d'água. Minha amiga se danou outra vez. Mas chutou pra escanteio:

– Não brinca não, poderoso. Já estamos chegando no seu reino: a imprensa e a mídia. Por invasão, o mulherio qualquer dia prevalecerá, também lá. Só esperamos resistência na Igreja. Uma papisa por ora é impensável. – Caímos todos na gargalhada.

ÍNDIOS

Busco aqui, pensando, escrevendo, meus tempos perdidos, olvidados. Acho, às vezes, uma lembrança boa e nela me agarro para ter, devolvido, o que se foi. Vivendo esta minha vida sem viço, vivo, revivo essas vãs lembranças que me confundem, me comovem mais que tudo.

Para meu espanto, vi hoje que o mesmo se dá com Nora, quando a encontrei, sozinha, a cara lavada em lágrimas.

– Não é nada não, me disse, só estou lembrando. – Eu vi que era tudo. – Lembranças boas até, confessou. – Assim será, recordos comoventes, comovendo outra vez, como no dia em que aconteceram.

Ela estremeceu ao me ver ali, olhando aflito, indagando. Mais tremeria se eu contasse como amei vê-la bela, jovem, lavada em prantos. Doce pranto. Chuva com sol, casamento da raposa, pensei.

– Tão jovem e já cheia de recordos. Somos feitos deles, Nora, consolei.

Às vezes penso que ainda vou viver as horas melhores da minha vida. Qual! Nora sim, eu jamais. Amores que possa esperar, quais? Livros que possa escrever, quais? Proezas que possa façanhar, quais? Pode ser. Tomara! Mas é tão improvável, que dói. Só me cumpre, agora, envelhecer. Aceitar as folhas que nasçam, por acaso, na ponta de meus galhos ressequidos. Agradecer alguma flor que me venha. Quem sabe?

A tarde morre tranquila. Azul. Uma brisa sopra do quintal pra cá, cheirosa. É a alfazema florida que exala, enchendo o ar. Ou é o manacá? A brisa vai levando seu cheiro pela rua Angustura afora, acima e abaixo.

Estou chegando do passeio que dei com Nora, por aí, para tirá-la da tristeza. Saímos, rodando, olhando, achando este mundo lindo. Estou perdendo a aspereza? A Serra do Curral, tão roída pelos flancos, já não me parece tão dura. A pedraria preta de imensas lâminas inclinadas no mesmo rumo já não me intriga nem me estranha. É como se tudo devesse ser tal qual é. Eu também. Vi verdes, brotando no meio do pedral. Vi até um tufo florido. Nora, ali, olhava tudo comigo. Espere um pouco. Tenho visitas.

Era Elmano, me trouxe um tal Carlos Moreira, carregado de papéis manuscritos, antigos, que ele foi me mostrando um a um, ajudando a ler trechos.

Seus documentos me queimaram as mãos e a alma. São registros detalhados do que sucedeu, durante meio século, no Segundo Reinado, com os índios que sobreviveram em Minas: chacinados!

Nós, mineiros, gostamos de dizer que tivemos, cada qual, sua avó pegada a laço. Hoje pude conceber essa avó minha, ainda menina, agarrada e prenhada pelo tal de meu avô, captor. Ela terá crescido criando o filho metido no seu ventre. Sobreviveu para cuidar dele. Hoje, pela primeira vez, ajudado pelo tal Moreira, pensei nos pais e tios, nos avós, nos irmãos e primos, nos sobrinhos, nos sogros e genros, nos cunhados e noras, tantíssimos que aquela índia presada tinha e foram trucidados no dia em que ela foi agarrada e salva. Salva?

Quem matou essa indiada toda? Foram, acaso, sinistros assassinos estrangeiros, em guerra contra nós? Foram outros índios selvagens, dos tantos que viviam aqui? Qual! Foram nossos pró-homens, bem falantes, deputados, senadores, presidentes, fazendeiros, politiqueiros. Quando não matavam com suas mãos, trucidando, matavam com sua conivência assassina.

Os documentos aí estão, nas mãos desse Moreira, a nos dizer tudo isso. Fiquei horrorizado. Nunca supus tanta maldade e tanta frieza enredada para chacinar, em cada rio por onde se subia, os índios que ali estavam acoitados, escondidos. Na imensa ilha de matas que ocupava todos os rios e riachos desses vales do Rio Doce e do Jequitinhonha, a caçada atroz se desencadeou através das décadas, buscando o último índio para esmagá-lo. O pior é pensar, saber, que os pouquíssimos que restaram continuam sendo perseguidos e que nunca, jamais, um matador de índios nessas Minas foi encarcerado por seu crime.

Lembrei-me de um colega meu, procurador do Estado, socialista convicto, que um dia me disse, sem nenhuma vergonha na cara, que guardava há anos a documentação comprovatória da propriedade de uns índios Crenac sobre as terras de que haviam sido expulsos. O infeliz achava que não era progressista dar parecer a favor dos índios, porque melhor para aquelas terras era serem entregues a gentes mais capazes de fazê-las produzir. Filho da puta, isso é o que ele é, e eu disse a ele: um bom filho da puta.

Estou possuído de delírio xingatório

Dantas Mota

MANGUEIRAL

Vou ao Mangueiral. Vou ver Nininha. Ela me chama. Como me preparar? O único modo bom, exato, de vê-la, seria desviver ligeiro, em marcha à ré, para num dia retroceder décadas, até ser, outra vez, o menino Gê de Nininha, e ela minha mãe menininha.

Lembro de nós sempre descompassados na altura. Eu com pouco mais de metade da altura dela. Frente a frente, fico abaixo de seus braços levantados, à altura de seus seios antigos, brotantes.

Vou ver Nininha amanhã. Seremos dois velhos rentes, carregando no peito as crianças que fomos e amamos. Vê-la em nossa casa que lá está parada no espaço e no tempo. Nos três jardins onde florescem os mesmos velhos bogarins. A cisterna, terá Nininha mandado tapar? Que fez da longa corda, do balde, da manivela? As novas águas de cano, por vezes serão também barrentas? Ou são águas de cristal, quimicamente brancas? O catre de Nininha lá estará? Terá o mesmo couro cru, tão bem estirado, com restos de pelos pelas bordas? Não, minha Nininha dormirá em colchão industrial.

Telegrafei a ela para não assustar de ver-me chegar assim tão de repente. Ela pediu que eu fosse, é certo, mas deve imaginar que demore. Adivinho o choro da chegada, o de sempre, sem demasia de aflição. Na estação, estarão velhos amigos a me esperar: Zé, Monza, Konsta, Mauricim, quem mais? Nininha vai esperar lá em casa, onde sempre esteve à minha espera. Deve estar aflita, ela também, preparando-se para me ver, assim, cara a cara.

Confesso que não vou tranquilo. Guardo tantas imagens de Nininha e quero tanto a todas elas, que pôr mais uma, derradeira, me inquieta. Outra vez Nininha vai me mostrar mil coisas. Seus guardados. Abrirá a arca do quarto de vovó para tirar nossas roupas domingueiras de crianças, sapatos velhos, nossos, de mamãe e de papai, cheirando a naftalina e mofo. Alguns brinquedos sei que vou rever, principalmente o macaquinho de engonço feito pelos presos da cadeia. Nininha, pela milésima vez, vai fazê-lo saltar apertando as barras, rindo, risonha, outra vez. Pedirá, sem insistir, que eu vá ao Buritizal.

– Gê, você precisa ir lá. Aquela terra é sua, Gê. – Sei até o tom em que me dirá isso. Não irei. Mal posso me imaginar em cima de um cavalo, me segurando no santantônio da sela e nas crinas para, seguro, subir morraria, descer escarpas. Nele alçado, alcançar e ir para além dos campos secos, vendo aqui e ali, ilhas verdes, veredas, com seus buritis. Chegar às matas pobres e para além, muito além, encontrar a morraria e as várzeas e matas do Buritizal.

Lá, afinal, veria, de novo, a roda d'água do moinho de fubá, com suas duas grandes pedras redondas. O monjolo. O paiol de milho. O barracão dos arreios. O lugar do casarão incendiado e a casa nova que Nininha terá posto em seu lugar. Decerto se terá salvo, para eu pisar, o velho chão de seixos rolados que tantas vezes abracei com os dedos descalços. Ver, outra vez, o relógio alto da sala, sem seu pêndulo que, criança, tirei e perdi. Não, ele não estará lá, imprescindível e inútil, se terá queimado no incêndio.

Penduraria meu chapéu no cabide longuíssimo, ao lado dos chapéus de couro, dos chapéus de feltro, dos nossos mortos que estarão lá. O de papai, seguramente. Quem sabe, esticar viagem, como bom filho, até a sepultura de papai em Itacambira. Mamãe esperaria de mim que eu me ajoelhasse e rezasse um credo de bom filho, pela salvação da alma de papai? Sei não. Estará ele mumificado como aquela gente antiga das catacumbas de lá, parecendo esqueletos encourados?

Não vou lá não. O caminho que tomei não tem retorno. Mudei demais, pobre de mim. Sou sempre eu, igual a mim, mas tão diferente do que seria se tivesse ficado lá, que, de fato, sou três. Sou o eu que levo em mim, o que teria sido se tivesse vivido minha vida no Mangueiral, com Nininha, indo e vindo ao Buritizal. Sou esse eu que eu sou, agora, feito aqui em Belo Horizonte. Sou o que devia ter sido, tão aspirado, se me tivesse mandado daqui.

Só Nininha me liga, hoje, àquele meu primeiro eu. Aquela minha primeira forma de ser eu, que nem sequer chegou a ser. Tubo bem, verei Nininha, depois de amanhã, banhados nós dois nas águas do tempo e nas águas do choro.

A vida é como uma sombra que passa por sobre um rio

Fernando Pessoa

OLHARES

Cautela. Preciso me cuidar. Muita cautela. Gasto Nora de tanto olhar. Se olhar, além de enlaçar de longe, envolvesse acariciante, eu viveria abraçado nela. Decorei seus gestos, descobri suas regularidades tão miudamente, que ao começar um movimento eu sei como ela o desdobrará. O gesto de passar as duas mãos sobre a cabeça ou levantar, de uma vez, a cabeleira toda, dando ar à nuca e às orelhas, eu gosto demais de ver. Seu jeito de limpar o suor da testa nas palmas das mãos. Seu modo de esticar a saia sobre as coxas. Sei, um por um os outros tantos gestos dela.

Mais ainda sei seu corpo. Posso enumerá-lo, parte por parte, todas as suas santas partes. A cara com seus milagrosos componentes. A fala de vozes variadas, soando guizos se está alegre, plangendo sinos, se triste. Seus olhares: os breves, de estalo; os assustadiços; os longos, calmos; os pasmos, assustados. Suas fungadas, seus muxoxos, suas expressões de susto, de ternura, de medo, de prazer, de dor. Sei seus pés e suas mãos com os dedos todos. Sei seus braços longos, tão elásticos que não parecem ter ossos. Suas pernas belas, suas coxas juntíssimas cobertas de fina penugem escura. Seus ombros. Sua senhorita bunda, pequena, alçada, as bandas bem separadas. Seus seios, sem tê-los visto nunca, eu sei detidamente, desde a maciez firme que toco, às vezes, como quem nem toca, até o bico que vejo quando se aplaca, tranquilo e – ai meu Deus – quando se empina, tesudo, furando a blusa. Sei seus cheiros, acres, doces, pessoais, que vivo farejando. Sei completamente, adivinhada, toda ela, íntima, principalmente o sexo, de tanto olhar a alta proeminência do púbis, estufando os vestidos.

Nora me está virando obsessão. Nisso dá viver com uma mulher jovem, com suas formas e seus aromas enchendo a casa. Não haverá lugar aqui onde ela não tenha passado, e gosto de pensar que cada espaço que uma vez ela ocupou ficou marcado dela. Indelével.

Sem ter certeza certa de que ela se sente olhada, olhadíssima, suponho até que goste. Às vezes acho que aceitaria, retribuiria até, um gesto meu mais ousado que um simples carinho dos que lhe dou de olhares amorosos, de falas dengosas, de toque-tocar, encostar, sempre de passo. Mas tenho medo, duplo medo. O medo de ofendê-la demais, maldando o que ela dá e toma como carinho paternal e filial. E o pavor de que aceite e ouse entrar comigo por essa estreita porta do destino. O que quero mesmo é não perdê-la, é não esgotar esta nossa relação singela que temos de quase-namoro à antiga, como eu nunca tive com namorada nenhuma.

Disse a ela hoje, novamente, que desejo vê-la recomeçar suas aulas de piano. Quando se casou e veio para cá, trouxe entre suas coisas esse piano como objeto mais avultado, o bem mais precioso. Eu a proibi, então, terminante, de tocar. Precisava proibir. Gosto demais de minha música para consentir em ouvi-la dilacerada em exercícios. Nora me entendeu, aceitou o veto. Talvez nem gostasse muito de tocar. Agora, quer me dar esse contentamento recusando meu sacrifício ofertado.

– Já disse e repito, não toco esse piano nunca mais. Ele é da outra Nora, a que não era, representava. Eu não. Agora sou eu.

Esta nossa relação indefinida – que não é, que não quer ser de tanto medo – é a mais definida que vivi na vida. Só com Vilma tive uma convivência assim de íntima e de longa. Com Nora, porém, esta intimidade total de gente de casa é nenhuma de homem e mulher. Nosso tempo, ainda que breve, é já de mais de três anos ininterruptos, e ela me tem aqui mais domado do que nunca fui: gamado.

Quando é que comecei a beber Nora com os olhos? A maldar nossa relação? Primeiro, superei toda a raiva que me deu vê-la chegar aqui com o Zeca para aqui viver. Depois, me alegrei pelo gosto que me deu ter a casa arrumada, habitável, graças às suas mãos. Em algum momento, mais tarde, desatou-se o encantamento. Nele existo, feliz de viver este meu viver. Uma deusa baixou aqui em casa, mora comigo.

É maravilha que o meu ser
Não se dissolva de desejo

Bernart de Ventadorn

TON' ZÉ

É sua vez, Guedes, vamos, fale! Conte aí pra nós: qual é a sua? Geriarca falso? Amante nefando?

– Que é que busco no Lé? Se é amor? Ninguém tem nada com isso! Pra mim, é. Você pergunta se abraçado nele estou abraçado em mim? Que confusão é essa, siô. Pra que tanta complicação? Eu também me pergunto coisas. Mas essa ideia de que transo com ele transando comigo é bestura. Não sou disso não. Isso é masturbação. Não tem nada disso não. Não tem nada que ver, uai. A verdade é que Lé, pra mim, é importante demais, se é... Amor é palavra grossa. Sei lá o que é? Quem saiba, diga lá, eu escuto. Vejo nele, a ele, o padre, o pecado e o desejo. Será alguma incapacidade minha de amar mulher que me lança em cima de Lé? Ignoro. Só sei, com certeza, que ele me dá uma secreta alegria que eu, sem Lé, nunca teria. Claro que me vexo, nos vexamos demais, de nosso apego, né? Só nos agarramos no escuro, bebendo vinho de missa. Só brincamos de noite, fazendo de conta que somos meninos. Minha farra maior é vestir a sotaina dele, desabotoada, e montar a cavalo no Lé até, cansados, cairmos no chão, abraçados. Aí acontece o que tem de acontecer: alegrias, ternuras. Gozo. O que pedi e peço à vida, a Deus, é mais disso. Quero mais. Eu quero Lélio demais. E só eu quero a ele. E ele só quer a mim. A mim somente. Hoje, pra mim, Lé é parte de mim. Até andar pela rua sem Lé, me custa. Sinto um vazio dos lados. Um oco do lugar que ele devia estar ocupando a meu lado, andando. Vim a saber que falam de nós, maliciam, pela conversa do bispo com Lé. O que é que eu vou fazer? Largar de Lé? Jamais! É demais. Com ninguém nos abrimos nunca, nem vamos nos abrir. E, veja bem, eu não estou me abrindo agora, não. Estou é matutando aqui comigo, pensando. Quem podia nos entender, talvez, era Gê, mas ele se fecha, desgostoso de nós. Suspeita. Malicia. É muito preconceituoso, esse Gê. Aliás, o caso meu com Lé nem vem ao caso. Não conta na história, nem consta. O único assunto que conta e consta, de que posso falar horas, é Minas. Falar tanto quanto me queiram ouvir. Não de nossas vidinhas, minha e de Lé, aqui e agora, mas das vidas muitas que vivi. Sei, sinto que vivi, através dos séculos, antes de chegar agora. Hoje, sou Antônio José Guedes e Guedes. Muitos outros fui nos meus idos. Sei e sinto, como minha verdade, que trago cada um desses meus eus impresso na carne. Sei e sinto que, marinheiro lusitano de nau veleira, naveguei mares desconhecidos. Sofri naufrágios. Me lavrei em chagas de escoburto. Penei surras de chibata do capitão, malvado, que me pegou comendo, cozido, couro cru de amarração da vela mestra. Caí nessas Minas, eu sei, tangendo, vaqueiro, gadaria são-franciscana, pra ganhar uma rez de cada quatro que ferrava. Comi muita caça, muito peixe, pra não gastar meu gadinho que, afinal, jagunços e revoltosos me confiscaram. Garimpeiro fui, faiscador de ouros e diamantes. Comecei, tenho certeza, nos ouros de Vila Rica. Lá tive cata de trinta braças, na vertente do Tromba D'água pro Tripuí. Outras tive, herdadas, roubadas, compradas, doadas: pobres e ricas. Passei muita fome com a mão cheia de pepitas na virada do primeiro século. Depois, passei mais fome ainda, sem ouro nenhum na mão, para comprar farinha, leitão e feijão, que se vendia até barato. Paguei, sofrido, quintos demais aos velhacos Del Rei. Paguei, glorioso, ricos dízimos a Deus. Gastei muito negro-guiné e outros tantos crioulos meus, no desmonte das grupiaras e no balanço da bateia. Deles, todos, o negro de que mais me lembro é aquele um de Grão Mogol, olho fino como nenhum de encontrar diamantes nos lugares mais esconsos. A esse negro longo, belo, sabidíssimo, tive de alforriar para que continuasse comigo, com seus olhos de milagre. De noite – ai meu Deus! – o carinho quente daquele negro me enfeitiçava. Acabei com ele, a tiro de clavinote, para não vê-lo gastar seus ardores com aquela negra-mina da lavra de seu Tomé.

Oblivionem oblitus me esqueci de esquecer-me

Geraldo Mello Mourão

FASTIO

Meus livros enfileirados na estante me falam calados. Cada qual pede insistente: me leia, me leia. São stelas de papel esses meus livros tão meus, tão eles. Incansavelmente se contam sem parar, página contra página, colando-se uma à outra. Tão pouco dele, de seu autor, de cada um: esquecido. Inútil. Utilizado, digo eu. De nós, os livros se servem para compor-se, existir.

Os que li falam comigo fluentes, mal olho a lombada. Os apenas folheados balbuciam, chorosos, querendo mais. Os que comprei, ou ganhei, e pus aí sem ao menos abrir, mal murmuram. São meros livros, pedindo silentes a existência que teriam se eu, afinal, os lesse. Não leio não.

Isso é conversa mole, como você vê. Livro não fala com ninguém, não. Nem eu falo com livro.

O certo é que me deu, ultimamente, um fastio geral. Até os clássicos, de que cheguei a gostar tanto, hoje me enchem. Já não posso ler nenhum. Não dá pé. Nem as sagaranas leio mais. Carlos, só Carlos sobrou. E eu não o leio, folheio. Vejo o título de um poema, me lembro – se é que me lembro – de um verso, de dois, de tudo às vezes, e digo devagar, para mim. Às vezes em voz alta, tão alta que Nora vem de lá, aflita, saber o que é.

Fastio é o que tenho. Fastio de leituras. Fastio de música. Fastio de mim. Fastio de você, que me lê. Fastio de tudo. Exceto do tempero de Nora. Suas comidas apimentadas, salgadas, adocicadas, amostardadas, acres, amargas, despertam meu faro e me enchem a boca d'água. A isso me resumi: comer as comidas de Nora. No futuro, serão papinhas. Deus queira que das mãos dela.

Meu enjoo maior é desses meus amigos. Já não posso mais suportar o grupo que me cerca. Ultimamente andei olhando e vendo, demorado, a cara deles, um por um. São todos uns mal-encarados.

Stela foi linda. Foi, há séculos. Apesar de tudo, ainda é olhável. A velhice lhe deu certa espiritualidade, prejudicada pela redondeza da cara ovelhã. Não posso olhar é para as mãos dela, cheias de veias, encarquilhadas. Foi nelas que Stela envelheceu mais.

Canuto é feíssimo. Magro como a infelicidade, com um bigodinho de merda, riscado em cima da boca seca. Pernas finas, joelhos grossos, pés grandes, decerto muito chulé. Ele é a própria feiura.

O Cura também é muito magro, mas de uma magreza elegante. Seria até bonito em sua cor roxa dos antigos, se não fosse tão cheio de tiques, principalmente esse de piscar disparado e o de balançar as mãos, aflitissimamente, como se elas não fossem dele.

Guedes tem cara de açougueiro, sobretudo o queixo quadrado, grosso, e a dentadura de dentes inumeráveis. Com raiva, fica vermelho, apoplético. Não pode haver maior contraste de imagem e de temperamento como a dele e do Cura. Entretanto, ou por isso mesmo, inseparáveis.

Elmano também foi bonito, enquanto se manteve sua cabeleira negra, basta. A careca lhe caiu mal. Pôs à mostra uma cabeça quadrangular, ossuda, como a de Abgar. Tudo isso e mais o nariz grosso, os olhos empapuçados de quem bebe demais, uma boca gorda, bicuda, expressiva e um gogó que sobe e desce visível pelo pescoço fazem dele a caricatura morena de um intelectual mulato.

Mas feio mesmo, nojento, é meu amigo Uriel. É gordo como um leitão, pretalhão, narigudo, suarento, oleoso, fala balançando as bochechas frouxas, flácidas. Se enchesse a boca de ar, virava uma bola.

A verdade é que não dá gosto nenhum olhar para nenhum deles. Aqui em casa só Nora me lava os olhos. Vazinha também é boa de ver, no frescor dos seus treze anos, regateira, serelepe. Eu, no meio de todos eles, até que não faço má figura. O que me estraga é esta barriguinha inchada, querendo me puxar pra frente e me obrigando a andar com ela sempre encolhida. Se a gente pudesse passar-se a limpo, que beleza seria.

Canuto esteve aqui trazendo boatos. O de hoje é impensável: Darcy vem pra cá! Isso mesmo, doidura pura, Darcy volta, vem construir brizolões (centenas) pro Newton. Pode?

– Até pro diabo ele construía. É mania – diz Stela.

Vou dar Canuto pro Darcy. Assim me livro dele e de sua boataria. Toda semana ele vem aqui, uma, duas vezes, com novidade. Creio que é para ter assunto. O certo é que, assim, vai recolhendo minhas opiniões sobre tudo o que há. Está fazendo, sorrateiro, um curso intensivo de ageulogia. Puto.

RETORNO

Estou aqui no Mangueiral. Horrorizado! Estou é no que resta de minha cidade. Não resta nada. Andando pela rua Direita, pelo largo de Cima, pelo largo de Baixo – tudo de nome trocado – tenho que fechar os olhos para ver meu Mangueiral.

Até o nome da cidade uns cretinos, aqui, quiseram mudar. Adivinhe que nome queriam dar? Magalhães Pinto. Eu poderia estufar o peito e dizer: nasci no pinto de Magalhães. Merda. Banqueirão careca de uma figa. Glória da redentora. Vice de fancaria. Chanceler da ditadura. Agora, deu pra ladrão, quer roubar o nome de minha cidade.

Saudades mil do rio empedrado, de águas tantas vezes cristalinas, correndo ligeiro em cima das lajes. Coriscando de piabinhas saltando metálicas. Formando poções onde tomávamos banho escondido e depois morríamos de xistossomose. Meu rio foi canalizado! É, hoje, o rego sanitário da cidade. Só porta-bosta.

Nininha, como o Mangueiral, também, está um caco. Minha pobre Nininha minha, o tempo chupou você. Minha irmãzinha é uma passa. Como você era bela, meu Deus! Nininha de minha infância. Quanto ciúme eu tinha dela. Vivi minha vida de menino, minha mocidade, zelando o cabaço de Nininha contra todos os sacanas da cidade e do mundo. Será por isso que Nininha não casou?

– Ó Gê, só queria ver você antes de morrer, Gê.

– Que morrer que nada, minina. Somos imortais.

– Ó Gê, há tanto tempo ninguém me chama de minina, Gê. – E caiu no choro. Chorou um rio na minha mão. Eu, olhando a cabeça miúda de cabelos ralos, brancos. Só queria me transpor no tempo para ver Nininha, minha menina, outra vez alegrinha. Nisso estava desconsolado, quando ela passou, de repente, do choro à seriedade e entrou no assunto.

– Fiz testamento, Gê. Lego tudo pr'ocê. A casa e o Buritizal, Gê.

– Pago na mesma moeda, bem. Vou testar tudo meu pr'ocê. Só não dou meu coração pecador.

– Ó Gê, você sempre impossível, Gê. Venha pra cá, Gê. Você não é mais criança, Gê. É hora de tocar o Buritizal, Gê. Está tudo decaindo, Gê. Invadido pelas beiradas, o gado mofino, Gê. Precisado demais de olho do dono, Gê. – Desconversando, eu disse:

– Quem sabe, Nininha. Quem sabe? Talvez venha. – Aceitava tudo que minha caduquinha propusesse.

Imagine só! Eu, de chapéu de couro, castrando bezerros no Buritizal. Fui lá a última vez, rapazinho. Não vi nada, ficava o tempo todo no paiol, chamando a moleca do vaqueiro para brincar comigo no meio do monte de espigas. E ela não vinha. Ainda sinto no nariz o cheiro poeirento da palha e a catinga de mijo da calcinha dela que roubei no varal, para cheirar. Aquela guria caipira, arredia, estufada nos peitos e no sexo pela força dos doze anos, foi minha primeira namorada. E nunca me namorou.

Lacerai os seios,
donzelas,
dilacerais as túnicas.

Safo

IDEM

Escrevendo aqui no velho quarto meu de eu menino, tenho tão presentes as imagens daqueles tempos que até me dói. Conversei longamente com Nininha, lembrando nossa meninice, aqui e no Buritizal, de férias. Nossas longas, sentidas, belas férias, belas. Luminosas. Nós dois inaugurais.

Nininha ficava na cozinha ouvindo, apavorada, estórias de assombração. O bom para mim era sair com a meninada roceira. Ver, ouvir, sua sabedoria minuciosa sobre aqueles mundos de que eu nada sabia. Numa volta perto da casa, pelos tabuleiros floridos da caatinga, eles viam e me mostravam coisas mil. Couros escamados, transparentes, largados por cobras e lagartos que mudaram de pele. Ninhos das formas mais caprichosas, de passarinhos e bichos outros. Minuciosíssimas construções de cupins nos campos e nas árvores. Abelhas jataís, manda-saias, sanharós, prontas para serem meladas ou ainda verdes, eles mostravam. Bichos peçonhentos: lacraias, mil-pés, barbeiros, cobras, cobras, cobras, meu pavor.

Foi andando ali com eles, passarinhando, catando frutas, que eu aprendi a gostar de araçá, de cagaita, de marmelada de cachorro, de bacupari, de gabiroba, de pitanga, de jenipapo, de gravatá, dos cocos, o macaúba, o buriti, o azedinho e de tanta, tanta, tanta fruta mais. Íamos armados de estilingue ou de bodoque, todos nós. Eu não acertando nunca. Eles não perdendo uma pedrada. Fazíamos uma razia impiedosa na passarinhada. Tudo para o prazer instantâneo de pegar o passarinho morto, pulsante, na mão, sangrando; olhar, em espanto, a beleza da cor e do formato das penas e jogar fora. Também íamos pegar passarinhos vivos em arapucas e alçapões: pombas, canários, sofrês, pássaros-pretos, cardeais. Eu nunca peguei nenhum.

Perto de casa, numa morraria escavada, havia lapas, imensíssimas, com fossos, galerias, salões. Lá, depois de espantar os milhões de morcegos esvoaçantes e de fugir das cobras, dos gambás fétidos, procurávamos os mocós bons de comer. Na casa, vez por outra, aparecia alguém trazendo uma caça pra cozinha. Raramente um veado, anta só vi uma vez. Frequentes eram as cotias, os tatus e até as pacas, e mais ainda as perdizes e codornas. No rio vi muito homem e menino, menina e mulher, pescando pachorrentos, e tirando d'água traíras e piaus de escamas brilhantes ou bagres e mandis de pele escorregadia.

Quanta ciência minuciosa a daquela minha gente roceira. Um saber diferente. Viviam em casas espaçadas umas das outras, por toda a vastidão do Buritizal. Cada família com sua rocinha, nos mandava galinhas-d'angola, ovos de pato, leitões e requeijões, até sabão feito de cinza mandavam. Toda aquela gente minha se foi, escorraçada pela pastaria. Foram, como eu, ser baianos em São Paulo, por aí. Eu atolei em Belo Horizonte.

Amanhã volto para casa: Belô. Sofrido de deixar Nininha aqui. Sei que não vou vê-la nunca mais. Nossa hora está chegando. Mais velha que eu uns anos, minha irmãzinha está no fim. Viverei mais do que ela? Voltarei para sepultá-la? Que sei eu? Nunca nem pensei que vivêssemos tanto. Jamais supus, sequer, que fôssemos mortais.

Se ainda há vida ainda não é finda.

Fernando Pessoa

FRESCO

Estava eu aqui, tranquilo, biritando com Stela, quando desabou o telefonema de Canuto.

Ter amigos é o que nos salva e nos perde. Inclusive ter amigos poderosos para aguentar os desastrosos. Hoje foi o que sucedeu comigo nas duas pontas. Junto dos jornais, socorreu o Uriel. Com o chefe de polícia, o Guedes. Quem desencarrilhou, me criando um caso, foi o puto do Canuto. Stela não sabia se ria contente de confirmar seus juízos ou se entristecia.

O idiota do Canuto se meteu – me meteu – numa enrascada. Um ginasiano reprovado contou ao pai que levou pau porque para passar de ano teria que comer o professor Canuto, como fizeram dois colegas seus aprovados. O pai do geniozinho pôs a boca no mundo.

Vamos ver em que dá. O escândalo está na rua. Belo Horizonte inteira vai falar disto. Como é que Canuto – viciado! – se sai dessa? Com que cara esse desastrado andará depois por aí? Como é que retomará – cínico! – às aulas, no ano que vem? Que ginásio aceitará um professor franchona?

Problema dele, ajudei no que podia. Me deu pena o desespero e o vexame de Canuto, pedindo socorro pelo telefone. Sem querer explicar-se direito, ele respondia, vexado, minhas perguntas, de saca-rolha:

– É, o rapaz me acusa...

– Você comeu ele?

– Não! Não comi não. Disso é que ele me acusa.

– Não minta, Canuto. Se você não comeu, nem deu...

– Não, ele diz que não quis. Preferiu ser reprovado.

– Que confusão é essa? Você o reprovou porque...

– Quê? O quê! Matava aulas demais. Nem fez a prova final. – Tive eu mesmo que resumir o caso para ele confirmar: acusa você de chantageá-lo, fazendo-o enrabar você para passar de ano? É isso? Não é isso? – Ele assentiu e negou:

– É calúnia.

– Qual calúnia, Canuto? E que importa, agora? A acusação está na polícia. A denúncia, amanhã, sai nos jornais.

– Eu serei chamado a depor? – Ainda me ressoa a súplica:

– Estou perdido, professor. Estou perdido, Gê, me socorra.

Perdido, o puto não deve estar não. Revirando os buchos de constrangimento, repeti a história nefanda para meus dois amigos poderosos. Pedi socorro. Pedi penico. Riram de mim, os sacanas, mais do que de Canuto. Nessas coisas, Uriel e Guedes são uma dupla feroz. Hão de salvá-lo. Enrascado está. Demais. De qualquer forma isso vai afetar a vida dele. Devia sumir de Belo Horizonte, mudar de nome, ir viver longe daqui. Qual! Exagero.

Minha festinha com Stela, toda prosa no vestido novo, é que se foi pelas águas. Telefonemas pra lá e pra cá, tantos, encheram a tarde, esvaziando o ânimo meu e dela.

VIAGEM

Viajar por aí é o qu'eu queria. Devia. Sair pelos brasis afora, conhecendo terras, cidades, gentes, comidas. Isso sim é o que cabia.

Imagino o gosto que ia me dar ver a Bahia. Andar por lá, subindo e descendo ladeiras, comendo acarajé na Feira de Água de Meninos. Namorando umas putas no Pelourinho, que nunca vi. Visitar Caribé para comprar aquele desenho de uma preta mijando de pé. Ver obras de Lelé e de Lina.

De lá eu ia ao Recife, atravessar a ponte Buarque de Macedo, se é que existe. Ouvir os sinos de Belém, os sinos da Paixão, os sinos do Bonfim. Ai de mim. Procurar os cultores de Gilberto fantasmal para implicar um pouco com eles, comer uns pitus.

Conhecer Fortaleza, tomar banho numa praia de água morna. Chupar cajus amarelos e comer pinhas grandotas, bem maduras. Encontrar o Flávio para ouvir a bonita mulher dele cantando em algum lugar.

Esticar até Belém do Pará, pra tomar tacacá-no-tucupi, apimentadíssimo de pimenta-de-cheiro, com jambu tremendo na língua ou a língua tremendo debaixo do jambu, na porta da Faculdade de Direito ou, melhor, no Cais do Ver-o-Peso. Sentar, sem acanhamento nenhum, numa folha de vitória-régia do Museu Goeldi, e lá ficar me exibindo. Subir Amazonas acima num vaticano até Santarém pra procurar cariástides do povo Tapajó.

E Terezina de Clidenor, com o cozido de bode no coco babaçu? Não vou ver? Não vou comer?

Antes, ia passar por São Luís para rever as duas casas de azulejos mais belas que há, a verde e a amarela. Comer moqueca de camarão, como só maranhense faz. E comer uma maranhense, morena, olhos e cabelos de índia, pezinhos pequenininhos. Lá, reler a conversa daquele índio que perguntou ao primeiro francês que chegou: por que os brancos se afligem tanto no trabalho? Seria por medo das árvores deixarem de dar fruto? Por temor da selva secar? Da caça acabar? Dos peixes sumirem? De lá de São Luís, o bom mesmo seria descer por terra, Brasil abaixo, até Mariana, como fez há três séculos, a pé, o primeiro bispo de Minas Gerais e levou três anos viajando.

Na arquiepiscopal cidade de Mariana,
onde mais triste ainda é a triste vida humana

Alphonsus de Guimarães

Que é que me ata qui, nesta praga, belorizonte-feiorizonte que me enjoa de tão vista e que eu sequer conheço? Vou tomar coragem e viajar. Que rumo tomar? Norte? Sul? Brasil Central? Brasília, já conheço. É cidade que a gente vê de uma só vez. Dizem que as árvores cresceram, que o lago, afinal, encheu, apesar das pragas. Goiás Velho gostava de ver. Roubar algum santo de igreja abandonada. Olhar, encantado, os alfenins da farmacêutica, sem coragem de comer. Dos Matos Grossos só quero os índios. E eles são inatingíveis.

Os países sulinos me intrigam. Curitiba das araucárias, todas serradas para fazer caixão de pinho, só me dá tristeza. A ilha de Florianópolis gostava de ver é cercada de navios à vela, trazendo açorianos. Agora, lá só dá alemão. Coitadinha. Blumenau é de se ver. Cordialíssima, cantando Catuli-Cármina, ou Carmina Burana, na praça principal com aquela brancura de moças. Castas de dia, putanas noturnas. Eu queria é um dia vê-las desfilar numa escola de samba, no carnaval do Rio. Todas peladas, branquíssimas. Aí apresentava as meninas aos negros dum afoxé para aprenderem a rebolar e, depois, prenhar para parir mulatinhos.

Ver o Rio Grande eu queria, para rir dos gaúchos. Contar pra eles que Borges de Medeiros, o mais guasca deles todos, é mineiro, filho de pernambucano. Será mesmo? Isso é conversa de Darcy e ninguém jura no que ele diz. Quem sabe se Brizola não sairia comigo, de a cavalo, até as Missões, para visitar os túmulos de Getúlio e de Jango, a cinquenta metros um do outro, no Cemitério de São Borja? O que sobrou dos cem mil missioneiros abandonados lá pelos jesuítas fujões, quase todos eles caçados e mortos, foram esses dois e a gauchada pobre de olhos amendoados que até hoje lá está, oprimida.

Um dia
ainda hei de morar nas terras do Sem-Fim.

Raul Bopp

COLOSSO

Inaugurou-se hoje o Colosso. Afinal. O povo fervia de curiosidade. Ferve ainda mais, agora, porque não permitiram a ninguém entrar. Só se pôde ver o Bitelo por fora. O que se viu foi um Coisão, cinzento, de concreto.

Eu vi e não vi: divisei. De longe é um pedregulho enorme, redondo, informe ou disforme. De perto, me pareceu o cocoruto do Pão de Açúcar.

O jornal que sobrevoou o Trem, de helicóptero, publicou uma foto mostrando que, visto do alto, parece, dizem eles, o costado de um tatu deitado ou de uma anta meio soterrada. Que tatu, que anta, que nada. Tatu tem escamas. Anta tem cerdas. O Trenzão é uma simples bola mal-arredondada de concreto, lisa. Oblonga.

Esse monumento a coisa nenhuma pra mim é, de fato, um monumento à Grandeza. Grandeza qualquer. O colosso romano era o Coliseu, arena de gastar gentes e feras, se dilacerando. O mineiro, o que será?

Fica no meio de uma área florestal, a que sobrou, por milagre, no bairro da Baleia. Por isso é que puderam, até agora, manter o povo distante do Estrupício. Com razão, porque a multidão que hoje foi lá ver, inclusive eu, é tamanha que está arrasando o mato ao redor da área cercada que protege o Bichão. Parece terra pisada por uma boiada em estouro.

O Colosso é polêmico. Há quem goste, há quem deteste. A esquerda é contra, porque se gastou ali cimento que daria para fazer casas para todos os favelados do Morro do Cabrito. A direita é a favor, porque se trata de uma iniciativa privada, de caráter cultural e patriótico, financiada pelas empresas exportadoras de minério. Sem ônus para o Estado, dizem, orgulhosos.

Seria a primeira obra de arte de Belo Horizonte, depois da Pampulha. Mais grandiosa, sem dúvida, pela massa física. Mas uma Bolota imensíssima de cimento, meio soterrada, que arte é que tem?

Provavelmente o Colosso terá surpresas maiores é no seu miolo. Que é que pode ser? Sabe-se lá. Ninguém que entrou e viu, contou. Só operários e engenheiros entraram e estes não disseram nada, ou o que disseram não faz sentido. Seja porque só viram pedaços. Seja porque a coisa não é mesmo de entender. O Colosso é uma incógnita indecifrável. O que é a Esfinge? Pra que é que serve a Esfinge? Sabe-se lá. Sua função é essa mesma, misteriar. O Colosso, idem, idem, idem, acho eu.

Fiquei conversando com os jornalistas e a perplexidade deles era igual à minha. Um deles ouviu um operário que deu notícias, mas parecia idiotizado. Fala de um túnel redondo lisíssimo. Um engenheiro indiscreto que entrou lá dá notícia de um precipício macio. Que é isso de liseza e maciez numa obra ciclópica?

Não há artista nenhum, individual, responsável pela coisa. Seria obra de uma equipe discretíssima, que não se apresenta nem fala. Supõe-se que tanto silêncio tem o objetivo de fazer com que nós, mineiros, nos identifiquemos todos com o Colosso como o Monumento de Minas. Criação apócrifa, coletiva. É possível até que folclórica.

Isso foi mais ou menos o que disseram o governador e o prefeito. O Míster falou diferente, disse que até agora as multi só investiram na restauração de obras de arte; doravante, inspirados no finado Roberto Global, inverteram essa política: investem em obras originais.

– Obras de projeção e proporção tão descomunais que correspondam ao nosso amor pelo Brasil: Imenso! – Eu só digo o que vi: o Colosso é colossal.

Seu formidável vulto solitário
Enche de estar presente o mar e o céu

Fernando Pessoa

LEGADO

Acabo de ler, comovido, reler, o testamento de Nininha. É tocante. Lega a mim tudo que é dela. O que herdou, cuidou, aumentou. Tudo com que, por tanto tempo, me sustentou. Correspondi na hora, brincando:

– Pau a pau, bem. Eu também lego a você tudo que tenho. O humor de minha irmã não deu para tanto. Nininha se fechou.

Que é que eu tenho? Esta casa. Um lote em Guarapari, que nunca vi. Meus livros, que nada rendem. Renderão algum dia? Tomara! Meu som novo, que custou caro. Isso é tudo. Pouco.

Tenho, porém, coisas outras, preciosas, que posso legar. Lego meus dois olhos pretos, míopes, para algum cego curável que o doutor Hilton Rocha queira operar.

Lego o fígado, se presta ainda, depois de destilar tanta pinga, à Santa Casa do Mangueiral. Com ele doo os rins, os pulmões e os buchos mais que queiram. Menos a pica. Ela fica pra enterrar, lá mesmo no Mangueiral, com minha cabeça e minha carcaça, decerto imprestáveis para qualquer uso. Usadas demais.

Que mais deixo? Deixo a Nora o canarinho dela, cantador, que ela trouxe de casa e sempre cuidou, mas que ficou sendo meu de tanto que gosto dele.

Lego minha coleção de bebidas; as abertas, ao Zeca e à Nora, para uma farra; as fechadas, à Stela, para guardar ou tomar pileques de se arrebentar.

Lego meus livros à faculdade, se derem meu nome a um canto da biblioteca. Não, não lego não. Aquela moçada não sabe ler, a cultura deles é de oitiva. Bom seria legá-los a mim mesmo. Comigo enterrados na minha cova, continuariam o convívio de vida inteira que tivemos e temos: haja sepultura! Por que não legar os livros a um dos meus netos, o que goste de ler? Qual? Mila, a mãe deles, se horrorizaria de guardar tanto livro.

Lego meu som a Nora, e os discos todos. Com eles a máscara de Bethoveen e o perfil de Bach. Para ela também fica o mais precioso: esse retrato meu, pintado por Guignard.

Lego a você, que me lê, minhas lembranças sentidas dos meus idos ruins e bons, registrados aqui. Inclusive os bons demais, que são minhas saudades de Nininha, minha ternura por Nora, minhas lembranças de Solzinho, meus recordos tesudos de Bia e de Lu.

Ao Canuto não sei o que deixar. Já sei, ficam para ele meus originais éditos e inéditos, em troca de minha biografia que ele insinua que vai escrever e jamais escreverá.

Minha técnica de escritor, minha arte, meu estilo, a quem vou deixar? A Fernando Sabino vou legar. Pago assim aquela inveja feroz que tivemos dele, eu e nós todos, quando mostrou a carta que recebeu de Mário. Nada menos que Mário de Andrade. Li no café. Ele, ali ao lado, sorrindo superior: fdp. Copiei num guardanapo o conselho que logo decorei: se você quer mesmo ser escritor, tem que escrever coisas maravilhosamente bem-feitas como técnica, como estilo, como arte, senão será apenas mais um.

Desde então me esforço para ser o um, aquele, o bom, o melhor que os outros todos. Não consegui. Ainda não. Mas chego lá. Essa frustração, fruto raro em mim, não lego a ninguém. Tanta vida vivida e o que tenho de meu para dar, ou não é meu ou não vale nada. Nada.

Triste de quem, a vida toda a arar,
Só ara a areia e semeia no ar.

Mark Alexander Boyd

LOTES

Uriel esteve aqui, de visita. Para nada, disse ele. Só queria me ver. Se eu não conhecesse a peça... Esse só prega prego à vista. Seria natural se viesse mais tarde na hora da conversa com os outros amigos. Ao vê-lo chegar assim, tão cedo, morei. Queria é falar alguma coisa a sós comigo. Só queria. Mal disfarçou, vendo minha curiosidade. Deu a entender que é visita a doente, porque corre a notícia de que eu ando adoentado.

– Ora, ora, Gê. Felizmente vejo você aí vendendo saúde.

A chegada, prematura também, de Stela, me salvou do assunto ruim que a cara dele anunciava. Ficamos os três, gastando conversa à toa. Só na saída, à porta, Uriel revelou a que veio: um achaque! Pôs na minha mão uma folha de bloco lá do *Minas* com os números de três lotes da Pampulha que formam um belo quadrado de esquina. Só disse:

– Estou interessado neles, Gê. E se foi. Merda! Vou ter que falar com Mila. Ela, se tiver juízo, vende pela metade ou dá. Melhor é dar. Mas aquela minha filha não tem juízo nenhum. Vai ser o diabo. Estou enrascado. Uriel, além de deputado – e é isso o que vale – é diretor e meio dono do *Minas,* conhecido popularmente como a mina, que é quem manda aqui nas Minas. Mais que ele, só mandam os banqueiros, mas, como o *Minas* é a voz deles, dá no mesmo. O governador manda, nomeando delegados pra prender e soltar, ou internando doidos em Barbacena. Isso quando o *Minas* não protesta. O cardeal manda na igreja, nas beatas e nos curas dele, mas nem te ligo para nada mais. Escreve versos de poesia alphonsina sobre sacrários e ostensórios que o *Minas* publica.

Uriel se reelege a cada legislatura, mas é como diretor do *Minas* que passeia sobranceiro por este mundo, dando um jeitinho em tudo que interessa. Ninguém fode ninguém aqui, sem seu conhecimento e consentimento. Muitos se fodem com seu assentimento, expresso ou calado. A força de Uriel está em sua fidelidade aos antigos donos do *Minas,* que acabaram entregando o jornal a ele.

É solteirão e putanheiro de frequência diária. Nunca teve, que se saiba, uma teúda. Nessa matéria é um gaúcho de desprendimento. Come a puta que quer e larga no puteiro para quem mais quiser.

Amizade de Uriel é capital de giro, dá para viver tranquilo. Eu, felizmente, sou do peito. Desde menino, nós dois nos ligamos brincando no Mangueiral.

Formado, aluguei um quarto no apartamento dele. Nisso Uriel é fiel, não larga um amigo nunca. Fui sempre o homem dele na universidade. Conferia comigo, para o *Minas,* a veracidade e a quem convinha cada notícia de professor ou de estudante. Uma vez quis me nomear diretor da Imprensa Oficial. Repeli horrorizado.

Não disse nada a ele sobre os lotes. Sorri acanhado, balançando a cabeça, aprovativamente. Eu agora que me dane com aquela filha de Vilma. Aqueles lotes são nominalmente meus. Só nominalmente. Pertencem é a ela. Zelosíssima do que é seu.

EGO

Chegou sua vez, narrador. Fale aí, fale logo.

– É a mim, agora, que você quer ler? Pois leia, não falo, não.

– Não desconverse, vamos, fale logo:

– Aqui, posto em mim, sem o que dizer, me calo. Quem é você, que argui e não fala? Se se cala, eu me meto no meu oco e também não falo. Calo! Quem tenha o que dizer que fale. Eu dou a voz, é meu ofício. Ou, se não tem, que se guarde, cale. Mais disse, muito mais, quem só disse:

eu não tenho nada a dizer, o estou dizendo

John Cage

– A você não cabe escolher se fala ou se cala. Leio você, a seu gosto ou seu pesar. Falando ou silente, me diga, quem você pensa que é?

– Eu? Sei perfeitamente quem sou, que sou. Um ser minúsculo, sei, mortal, de existência brevíssima colocado na calota do planeta. Aqui posto, olho as infinitudes que para além de mim, sem fim, se desdobram num universo imenso, eterno. Inútil. Também posso voltar-me para mim, atento às voltas dos meus intestinos ou para meu sentimento do mundo. O atrativo mesmo é olhar a meu redor, ver as gentes parecidas comigo, sobretudo as de sexo complementar que aí estejam pelejando, conviviveis. Espantosa é a visão, se me exorbito e olho lá pra fora, para esse mundão de grandeza inesgotável, independentemente de mim, a mim indiferente. Um despautério: tanta magnitude fútil, tanta eternidade oca. A outra perspectiva, personalista demais, é a visão de um mortal, miúda, chã e realista, além de medíocre. Mas é ela que me ata a mim, a meu migo e me comunica com os mais. A visão grandiloquente me lança no mistério, à busca de deuses e consolações; a miúda me devolve a meu ser bichal. Vivo no descompasso binário dessas visões, pé lá, pé cá. Bicho e espírito. No culto de mim mesmo, a que me dou emocionado. Na busca angustiada de razões pretéritas e futuras, de mim, dos outros, do mundo, a que me dou, sem me entregar. O que me comove mesmo é a relação: eu e os mais. Não é nunca uma visão de mim sem eles nem deles sem mim. É sempre a visão de mim com eles, parte deles; nós todos nos comunicando com espermas e palavras, para nos perpetuarmos e nos entendermos. Há muita coisa mais que estou abstraindo: fomes, fazimentos, disputas, muito mais. Medo e amor, desejo e nojo, vida e morte. Muitíssimo mais, o essencial, porém, é o vínculo fecundante e a comunicação verbal: carne e espírito, corpo e cultura. Por um lado, a vastidão da paisagem do mundo amanhecendo e anoitecendo. Sóis e luas em seus ritmos curtos – dias, horas, instantes – e nos largos – estações, chuvaradas, estiagens, anos, séculos, milênios. Do outro lado, a vida mesma variada demais: micróbios, pulgas, vacas. Nada disso, tudo me intriga muito. O universo, frio ou quente, morto ou vivente em que existo me é indiferente. O que me intriga sempre demais é a humana gente, eu e eles, nós, os povos, seu ser, seus modos, seus gêneros. Quantas vezes me estranhei, indagando quem sou, se sou mesmo eu, como e por quê. Mais ainda estranho os outros, espantado de vê-los, tão diferentes de mim, tão inexplicáveis, tão iguais. Fui buscar por anos, nas gentes mais contrastadas que encontrei, a compreensão que podiam me dar, deles e de nós. Alarguei depois essa inquirição no tempo, em mergulhos de muitos milênios, e me espraiei, no espaço, pelo mundo inteiro, atento a toda a sorte de gentes. Colhi o quê? Tão só os discursos que compus de minhas perplexidades. Por que o Brasil não deu certo? Ainda não deu! Vai dar? Como? Por que caminho? Precisa dar. Desenganado, cansado de tanta arguição na caça de verdades, mergulhei na fantasia para ter ao menos minha imagem emotiva do mundo, e uma vívida convivência inventada, no lugar da vivida que me faltava. Para tanto, a que gênero me dar? Autobiografias escrevem gentes que se acham exemplares. Não é meu caso. Biografias são esforços gentis de escritores predispostos a vestir peles alheias para curti-las. Também isso não me atrai. O que me cabia mesmo é romancear, logo vi. O romance como forma livre de repensar a existência, com as suas paixões insondáveis: o amor, a santidade, a sexualidade, a libertinagem, o assassínio, o suicídio, o incesto, o fascínio, o horror, o desprezo, a abnegação, a angústia, e todos os outros aguilhões do corpo e da alma. Nada disso se sabe olhando para fora, objetivamente. Só se sabe, só se sente, olhando para dentro, subjetivamente. Romanceando. Nisso é que eu me alço com algum sustém no registro da realidade presente; outro, em passados recordados e até arriscando um pé em futuros viáveis. Assim é que, fantasiando, exacerbando, romanceio ecumênico, compondo esta mistura de um diário de mentira – atento a um cotidiano suposto – com uma biografia inventada – como outra vida minha possível – para me ser, neste romance meu e de quem me lê. Sabendo sempre e tendo sempre bem presente que a existência descrita de meu personagem não relata a mim nem a ninguém. Retrata, num exemplo verossímil, uma categoria de gentes em que me incluo. Reconstitui suas miúdas paixões, que, convertidas em romance, ganham verdade e carnalidade, para serem melhor expressão de mim ou de uma pessoa qualquer do que um retrato biográfico. Diferentíssimos somos todos e cada um, mas na verdade das coisas somos iguais, eu e nós todos. Urgidos por fomes, desejos, anseios, necessidades muito carnais, mas também movidos por sentimentos, esperanças, vaguidades espirituais. Tudo isso misturado. As fomes do corpo, tidas como impuras, materiais, não tendo de ser confessadas, aqui se exibem, cruamente, sem disfarce de palavreado. As emoções da alma, se dizem confessionalmente, sem pousar angelicalidades. Pra mim, esta é a beleza do romance: dizer-se, inocente, com uma discrição impávida e tranquila. Não falando de mim, mas deles, meus heterônimos, minhas máscaras, escapo das mistificações e me digo todo em carne e espírito, com uma clareza de qualquer outro modo inalcançável. Isto é o que sou: um romancista confessional.

PEDRAL

Em qualquer largo velho de Minas, de tardezinha, sempre dá pra ver uns homens agachados em círculo, encapuzados, quentando sol, escapando do vento frio, picando fumo e pitando seus pitos. A fala deles, antiga, é compassada, sem riso nem troça. Contam, recontam, os contos destas Minas.

Minas é pedral e gente. Aqui só dá pedra grande, pedraria miúda e mineiro muito demais. Pedra rochedo imensíssima das ondas gigantes do mar pétreo que aqui cristalizou no começo do mundo. Aí estão, sempre estarão, desassombradas. Eternamente. Pedrarias de pedrinhas reles, antiquíssimas, claras, baças, foscas, de cor, valendo às vezes uma só mais que muita morraria.

Neste pedral recôndito, desde sempre, veios de puro ouro nos atraem e se escondem de nós, ziguezagueando. Achados, escravizam multidões para arrancá-los, em cativeiro, à força de ferro e dinamite. Às vezes esses ouros afloram por si mesmo e se espargem pelo chão ou no fundo dos rios. Haja gente, haja fôlego, haja esperanças n'alma para catá-lo, bateando, cativos, onde o acaso os lançou. Esta é labuta velha como nós. Nela nos fizemos nos séculos, nela nos desfazemos todo dia. O mesmo se dá com a pedraria fina, que também nos mantém escravizados. Há as sepultadas. Há as soltas no cascalhal. Ambas dificultosas de se encontrar e mais ainda de se arrancar, juntar.

Ofício de mineiro é menos mineirar que sonhar com os ouros, com as pedras que nunca se acabam de achar. Sempre há, ali naquela roda, alguém sabendo com certeza certa de outro achadoiro de enricar. E não falta quem queira tentar. Há séculos estamos nesta agonia de mineiros mineirando, pobres, as maiores riquezas do mundo.

Começou tudo com El Rei da Espanha, que tomou o manto e o mando dos dois mundos de Tordesilhas quando os sarracenos mataram nosso doido Rei menino: Sebastião Sombra-Tornado. Tanta e tamanha era a gana aflita de El-Rei pelos ouros, diamantes e esmeraldas, que ele coroou e pôs em São Paulo, quando o Brasil ainda era uma criança, nada menos que um Governador-Mor Geral das Minas do Sul, e ainda não se tinha visto mina nenhuma. Aliciante, El-Rei, vendo o Governador-Mor preguiçoso, fez o neto dele Marquês das Minas. Em vão. Minas mesmo não achou nenhuma.

O mameluco Fernão – aquele do esquife arrombando sepultura pra sair rumo ao mar –, casando com a filha do engenheiro real, soube na cama, dito pela tal dama, que aqui nestas Minas havia cada esmeralda grande, verde como o mar. Fernão montou bandeira própria e se mandou para cá com enorme súcia de fidalgos reinóis e bastardos paulistas, todos muito alvoroçados. Sete anos passaram pelos matos sem caminho, abrindo, forçados, veredas nas veredas. Andando, plantando, pousando, colhendo, brigando. Sempre no rumo dado pela dama. Procurando que procurando. Bons cristãos, traziam capelão para dizer missa e ouvir confissão, com altar desmontável viajando no lombo do índio Xitó, que pra não fugir andava sempre peado. Foram dar, afinal, lá no meu Buritizal, que para eles era Vapobuçu. Suas esmeraldas eram turmalinas. Ouro, Fernão não viu quase nenhum. Sua bandeira trágica serviu mesmo foi para mostrar que não eram de prata, mas de puro ferro as morrarias dessas Minas. Morreu em Sabarabuçu de febre terçã. De sua braveza ficou a glória, reconhecida por El-Rei, que fez de seu filho o Guarda-Mor-Geral das Minas, cargo que exerceu com poder inteiro e com direito de legar para seus descendentes por cinco gerações. Cadê eles? Cadê seu poderio? E foi homem de valia esse primeiro brasileiro de comando forte, olhando lusitano de cima, altaneiro, impondo respeito, é claro, é óbvio, que tudo a serviço Del Rei.

Atrás de um Fernão veio outro, navegando rio Doce acima para assaltar pelos lados o que seria Minas Gerais. Trespassou serras, cruzou rios, fazendo canoas e remando sem descanso pelas matas mais florestais que jamais se viu. Para nada, de seu esforço só ficou o rumo que traçou pelo mato içado de botocudos.

No encalço dele, por baixo, pelos lados, vieram bandeiras demais, navegando pelas altas serranias, rompendo matos enfezados, na busca de seu destino. O ouro mesmo foi cair na mão de um negro de Antonio Dias, tresavô deste cura, que ousando andar pela cumeeira das morrarias escarpadas do Deus te livre, avistou e alcançou o Itacolomi e, nas abras dele, o riacho de Tripuí, correndo límpido sobre negras pepitas de ouro preto.

Na voz de que o ouro era tanto, como de fato era mesmo, veio de todo o lado do Brasil e do Reino enxame de gentes. Uns sós, aventurosos, outros trazendo índios cativos, alguns já vindo com negra escravaria. Os caboclos baianos que aqui estavam, de há muito, com direito assentado em bons papéis de um tabelião baiano muito ladrão, largaram sua gadaria para pegar na bateia. São Paulo se despovoou, todo paulista querendo virar mineiro. Dos restos do Brasil que havia de ser, veio gente sem conta. Quem mais sobrou foram os reinóis, emboadas, que chegaram já pousando de donos. Muitas demais essas gentes diferentes brigaram entre elas com emboscadas, traições, vinganças, assaltos, delações. A riqueza era tamanha e pedia tanta atenção, que El-Rei a todos contemplou com catas nos abismos e posses nas grupiaras das morrarias.

Ouro Branco! Ouro Preto! Ouro Podre!

Manuel Bandeira

O ouro, a seu tempo, se acabou. Só nos ficaram os gastos na beleza dessas igrejas barrocas e essas rodas de velhos mineiros falantes. Ficou também a Cidade de Dom Sebastião – encarnado num santo índio, todo furado de flechas –, que é hoje o Rio de Janeiro, com suas enormes fortalezas de cantaria, levantadas para defender estas Minas contra os piratas. Ficou ainda este Brasil todo amarrado pelo nó cego, atado aqui nesta Minas empedrada.

Neste meu país das Minas Gerais, o que há de sólido, confiável, é só mesmo o pedral. De pedra somos feitos. Nelas estamos fundados. A pedra-mãe de nós todos, o Itacolomi – o nome diz: é a pedra com seu menino. – Nosso pai-pedra é o férreo morro de Itabira, que quer dizer pedra da verga empinada. Itacambira é pedra pontuda. Itaverada, pedra brilhosa, resplandecente. Itaipava é correnteza d'água tormentosa, correndo na pedraria. Itatiaia é crista eriçada de morrarias. Itaimbé é pedra pontuda. Tudo isso em língua tupi, que nunca, jamais, índio nenhum falou aqui. Esses são nomes novos, apelidos, postos pelos infiéis mamelucos paulistas na sua língua materna, herdada do gentio que eles caçavam, escravizavam, comiam e prenharam.

Assim se abriu este país meu, das Minas, tantas, que hoje se chama Minas Gerais. Aqui ainda há alguns esconços cafundões a devassar, escondendo, talvez, riquezas de espantar nas altas grenhas das morrarias fechadas pelas brenhas dos espinhais. Tudo ilusão. O que é neste mundo que não é ilusão?

O mato que nestas Minas há mais fechado, mais encantado, mais espinhoso e dificultoso de se devassar é a ordenação senhorial, que desde aquelas eras aqui se implantou. Onde pousou uma bandeira, onde cruzaram duas estradas boiadeiras, onde um passo se abriu nas grotas altas, ali se levantou uma cruz de pau, descascada, demarcando posses para todo o sempre. Assim é que, Minas, esse país enorme, está todo apossado de posses feitas com cruzes plantadas no chão ou escritas nos papéis cartoriais. Seus donos, uns poucos, ciosos delas, não plantam nem deixam plantar.

Umas daquelas cruzes possessoriais floresceram em arraiais de capelas; outras em vilas com suas igrejas; umas poucas em cidades regidas por matriz. Ao pé de cada uma delas, desde a primeira hora – já lá se vão três séculos –, alçaram um tronco, alto e grosso, de cerne de aroeira, armado com seu argolão de ferro. É o pelourinho de aterrar, de chicotear, de civilizar índios e negros e seus mestiços pobres. Até hoje, maldisfarçada, essa é a lei que vige aqui.

e o capitão do mato, Abdias,
entrando, com seus cavalos no povoado mineiro
e uma fieira de quatrocentas e oitenta orelhas
de negros escravos penduradas nas cangalhas

Gerardo Mello Mourão

CONSTRUÇÃO

Continua a baderna das construções. Agora são duas, dos dois lados aqui de casa. É demais. Além da barulheira mecânica infernal, os operários cantam de dia e ouvem rádio de noite, aos berros. Vivem aí arranchados. Dormem em suas redes armadas entre as lajes.

Hoje de manhã – não, foi ontem de tarde e chuviscava – um deles bateu aqui pedindo para buscar alguma coisa que caiu no quintal. Abri a porta e ele passou por mim, enxuto de carnes, recendendo a cal e a suor, atravessou a sala e entrou no quintal. Fiquei olhando aqui da janela. Ele andou ao longo do muro, devagar, procurando. Olhou demorado as fruteiras, deu uma volta longa, balançou minha rede com a mão, me acenou de lá, se despedindo, e se foi. Creio que gostaria de passear mais, descansando do serviço. Até se demoraria aqui, conversando comigo, se não me visse vigiando, mal-encarado.

– Eis a classe operária, o proletariado, eu me dizia. Confraternize com ele, seu intelectual de merda. Trabalhadores manuais puros e trabalhadores intelectuais alienados, afinal unidos. Solidários.

Isso são coisas do Elmano. Não é pra mim. Quero é distância. Eles lá, acumulados, barulhentos, laboriosos, me incomodando. Eu cá, silente, vadio, incomodado. Eu e eles nos tolerando. Duas raças desencontradas, queiramos ou não. Nem a mesma língua falamos. Esse cara que esteve aqui seria mesmo operário daí das obras? Ou algum ladrão rondando minha casa? Acho que era operário mesmo, pelo jeito e pela catinga de cal e suor.

Preciso pôr trancas nessas portas e janelas. Minhas fechaduras velhas são mais fracas que tramelas. Meu revólver, enferrujado, com balas de vinte anos atrás, não vale nada. Só conto, aqui, é com o ximite 38 de Zeca, presente do sogro, seu orgulho.

Comprei esta casa quando casei, com dinheiro nosso, mandado por Nininha. Duas vezes a reformei. Uma para Solzinho, parca. Outra para Lu, suntuosa. Caiações, pequenas reformas, fiz muitas. A mim é que não reformei. Estou mais gasto que a casa.

Quando vim para cá nos meus trint'anos, achava os cinquentões uns velhos. Ao alcançá-los, prometi que me mataria aos sessenta. Agora, neles posto, bem sei que aos setenta não me mato não. Temo é não chegar lá.

Essa ideia de suicídio em mim foi etária. Quis muito me matar no verdor dos vinte anos, postulando romântico e angustiado que não tendo decidido nascer, se impunha resolver, então, se queria mesmo viver. Queria. Quero!

Minha segunda propensão suicida, a dos cinquenta, era uma aposta vaga, embrulhada na ideia de que ser sexagenário é um horror. Nem tanto, apenas dói, deponho eu aqui, testemunhando com fé bem fundada, sofrida. Ainda é bom demais viver. Assim será, suponho e desejo, enquanto viver. Mesmo porque este é o único espaço-tempo em que posso me ser.

A você aí, que me lê, digo eu, ardentemente: não se mate não. Se a vida não vale a pena, a morte menos ainda. Muitíssimo menos. Não vale nada.

TROTE

Discussão feroz, hoje, aqui em casa. Elmano apoplético contra Stela e Canuto, furiosos, a falarem bem e mal, de Minas e de São Paulo. A coisa azedou ainda mais quando Guedes e o Cura chegaram e mergulharam, animosos, no debate. O cisma estourou mesmo foi com Elmano dizendo, não sei se sério ou brincalhão, que paulista é mesmo da feiura.

– Nisso são uns ianques. E é natural que seja assim – acrescentou – nós mineiros somos da beleza porque crescemos lavando os olhos em igrejas bonitas, em casas lindíssimas. Eles vivem é naquela feiura. Temos o Aleijadinho, a Pampulha. Eles nada têm, nem o Ibirapuera, que deturparam. Tudo lá, disse alguém, é feio e forte.

– Bestice, protestou Stela –, explicando que não é nada disso. Hoje em dia, as igrejas mineiras que se vê por aí são uns horrores, e o povo de Ouro Preto e Mariana detesta antiguidade. Quer é ser modernoso. São Paulo, contou ela, chamou Niemeyer para fazer um obraço de estrondo, o Memorial. E Minas, o quê? O Colosso...

A partir daí a coisa desandou. Guedes e o acólito alinhados com Elmano, de um lado; do outro Canuto com Stela, o que é raro. A roda girou, estalando em gritaria, até que eu não pude mais, pus um disco e elevei o som a alturas impossíveis, para fazê-los calar.

– Não precisava ser Wagner, sô, gritou Guedes. Nora entrou para saber que barulheira era aquela. Eles se foram e ela ficou aqui, cavaqueando comigo. Eu falando mal dos meus amigos, ela concordando com a cabeça, sem dizer palavra.

Reclamo bestamente, como se pudesse, agora, arranjar outros amigos, melhores. Amigo é como parente, cai em cima da gente para ser querido ou suportado através de anos e anos. Pudesse eu fugir deles todos... Melhor ainda seria substituí-los. Isso é o que eu faria, se pudesse. Mas como? De repente, me danei ao ver Nora concordar tanto comigo, balançando a cabeça. Xinguei:

– Pare com isso, mulher. Você não é lagartixa. É potranca! Só falta uma cauda aí no rabo. – Nora riu. Virou a bunda para mim, balançou e saiu para a sala trotando.

Quando vos eu vi en saya!
[...]
Que vos enton non vi fea!

Paio Soares de Taveirós

TOSSE

Fui receber minha aposentadoria. Ida e volta de ônibus: uma sagrada merda! Não se pode contar com Stela. Ela simplesmente não veio, não telefonou nem atendeu meus telefonemas: dezenas. Vaca velha.

Na ida, foi bom, ou não foi tão ruim. Até me diverti um pouco conversando com uma leitora que encontrei no ponto de ônibus. Ela, animadíssima de conhecer o autor de *Amaro*, que leu e gostou demais. É meio doida, a dona. Acha que o livro fala dela e do pai, tão parecido é o enredo com suas desventuras. Tive que me explicar, dizendo que romance é bobagem mesmo, parece com a vida de todo mundo. Ela discordava, argumentando. Apesar disso, gostei. Admirador é o artigo que eu mais aprecio neste mundo, até necessito. Sou carente de aprovação, demais, reconheço.

A volta é que foi um horror. Não sei por que, me deu um acesso de tosse catarral, que eu não tinha quando saí de casa. Morria de vergonha. O ônibus cheio. Eu tossia e engolia o catarro, porque o lenço ficou logo encharcado. Aprendi que para pôr fora o catarro de uma gripe feroz, não há nada melhor do que poluição de ônibus. Creio que eu tossia ainda mais porque não queria tossir. Resistindo aos acessos, acumulava catarro que depois ressurgia sonoro, nojento. Medonho.

Stela, bandida, o que é que há com ela? Sumiu a mulher, logo hoje que eu precisava tanto dela. Ela sabia muito bem. Fui e voltei sozinho, envergonhado. Só me alegrou saber que não preciso de Stela nem de ninguém no mundo. Sou autárquico.

O que é que há com ela? Stela não é disso. Alguma coisa a reteve. Vou telefonar outra vez. Será ressaca? Certamente, sei dos pileques que anda tomando. Canuto me disse que ela, agora, entra em qualquer bar, a qualquer hora, senta e se faz servir, soberana. É a liberação alcoólica do mulherio.

Aquela banalidade de vida é que era a realidade da vida dela; aquela impossibilidade de fazer mais que sonhar é que era a certeza dele.

Fernando Pessoa

VEJO

Mergulho outra vez no poço dos meus recordos. Levo no peito toda uma humanidade. Levo, principalmente, o cemitério de meus mortos e o magote dos meus ausentes que me voltam incansáveis. Eu os vejo, vivos e presentes, como um dia foram, mas sabendo que estão mortos, ou que, longe de mim, envelhecem sozinhos. Só existem como matéria de memória na minha lembrança, como eu existirei recordável na lembrança de outra gente. Mas não são eles, os ausentes ou os mortos, que mais me atazanam. São meus próprios eus que eu fui, vivi e deixei de ser. Uns ruins demais de recordar, outros nem tanto.

Me vejo criança, olhando meu pai morto, de perfil, com fios de barba aparecendo na orla do lenço atado do queixo para a cabeça. Meu pai, que eu nunca vi vivo nem morto! Isso não é lembrança, é imaginação, fantasia, desvario.

Me vejo, menino, acompanhando noite adentro, extraviado, um bando de catopês, marujos, caboclins. Vejo depois a cara de espanto da Nininha, descabelada, saindo do medo do irmãozinho dela, querido, ter sido roubado, sumido, furtado, matado.

Me vejo menino no paiol poeirento do Buritizal, pauzinho duro na mão, olhando as meninas que brincavam do lado de fora levantando as saias. Nunca nem me passou pela cabeça pôr numa delas. Será? Elas, suponho eu agora, só tinham isso na cabeça. Será?

Me vejo ginasiano, atentando professores, falando mal dos padres. Safados! Foi então que me declarei ateu. Por quê? Me enjoava demais aquele povão lá de casa tão pio, rezando, rogando.

Me vejo rapazinho, desajeitado, me achando elegante nas calças de vinco, trotando para ser visto, admirado, pelas meninas que nem me olhavam. Todo rapaz tinha uma namorada. Eu não. Quando arranjava uma, nela tanto me agarrava, que assustava. Os irmãos logo proibiam. Essa fama minha de sacana, injusta fama, é coisa velha.

Me vejo lendo livros sem conta, enrolado na trama dos seus enredos, de que tirava mais gosto que de minha vida em flor. Este foi o reino encantado meu e de Nininha. Eu lendo pra ela, Nininha lendo pra mim. Lendo cada um de nós sozinho, falando de nossas leituras. Eram mundos, vastos mundos, que se abriam a nós, mundo afora, aventurosos.

Me vejo universitário, falante, exibido, querendo trato de doutor e estava ainda no vestibular. Tomava bomba todo ano, queria me suicidar. Só gostava de literatura, só queria filosofar.

Me vejo nos vinte anos incompletos, escrevendo um romance enormíssimo. Romance ruim de doer. Bom é que nunca se publicou. Mandei pro concurso de Zé Olímpio, ganhou Antônio Olinto – quem é? – passando para trás o Rosa e a mim.

Me vejo são-paulando, ardente militante comunista, disposto a refazer o mundo. O que mais se fixou, inscrito na minha memória, foi o encontro-desencontro com Mário. Marcamos nos ver e conhecer numa livraria que era também uma casa de chá. Lá fui. Deparei com Mário, bandido, tomando chá com Germinal e Paulo Emílio. Refuguei, urgido pelo artigo treze.

Não quero lembrar mais não. Chega! Me deu preguiça. Digo só que, depois de tudo, me meti nas brenhas por anos. Nalguma aldeia, no fundo desses brasis, perdi minha alma e meu coração, que, desde então, clama e pulsa é de lá.

A vida inteira que poderia ter sido e não foi

Manuel Bandeira

Você viu como Darcy se intrometeu? Me pôs pra trás, o sacripanta. Isso é rememoração dele. Não tem nada a ver comigo. Sacana.

TESÃO

Lu me voltou, hoje, com toda a força da saudade. Revi, outra vez, minha Lu toda inteira. Era muito louca demais. Era muito doida aquela minha amada tarada. Um dia mandou trazer pra cá o colchão da casa dela. Chegou logo depois do chofer do consulado, alvoroçada, me dizendo:

– Melhor não há, bem. Comprei em Strasburgo. É pura pluma de bunda de ganso. – De outra feita, trouxe, ela mesma, lençóis que mandou fazer, enormes, de seda natural, um branco-pérola, outro, negro, opaco, medonho. Entre ambos, mil vezes resplandeceu, esplendorosa.

A vida para Lu é o desempenho de seu corpo. Maravilhosa máquina de viver. Alma, Lu nem sabe se tem, se é que tem. Culpas? Ora, Lu lá se importa de saber se está acima ou abaixo do bem ou do mal?

– Que mal, se não me dói, bem?

Lu, abissal, que me comia, que eu comia, ao longo de todo seu corpo, liso e eriçado, me apossando amoroso de cada dedo, de cada pé, de cada mão, dos tornozelos, dos cotovelos, dos joelhos, da pélvis, das virilhas, da barriga, da bunda, dos seios, com suas duas picas tateando o mundo.

A ondulante cabeleira espessa que Lu girava, altiva, como se movesse a terra quando se volteava; era um mar de sargaços. Floresta fechada, cipoal do diabo, nele recendiam todos os cheiros e catingas de Lu. Quantas vezes eu me perdi e me encontrei, ali, fungando aquela fragrância de liamba, mordendo a nuca de Lu. Os tufos dos sovacos, de pelugem intacta, suarentos, de cheiro acre, me embriagavam. O bosque alto da vulva, crespo, odoroso, no começo de essências, depois recendendo os óleos dela. Ainda sinto seus cheiros tremendos, vibrando meu nariz. Tantos cabelos, pentelhos e pelos, tão densos, mais despiam que encobriam as belezas todas de Lu. Esses eram os mistérios únicos dela; a carne forte, ardente, única alma de Lu.

A liturgia do nosso amor absorvente como um pesadelo não deixava espaço para mais nada neste mundo. Entregues àquele fervor nos elevávamos, alçados às mais altas alturas, e de lá desabávamos para os abismos do mundo, trêmulos, buscando fôlego para subir outra vez, uma vez mais. O mundo se apagava. Éramos o homem e a mulher, sós, nós dois, confluentes, fundidos, nos buscando insondáveis, insaciáveis.

Um dia estávamos nós dois aqui quando desabou, sobre Belô, o maior temporal de que se fala. Raios e trovões estraçalhavam os céus. A cidade se inundou, enxurradas caudalosas carregavam carros e casas. A morraria se dissolveu e correu liquefeita, rubra, pelas ruas. O povo se assombrou, chorando seus mortos, temendo que o mundo fosse se acabar. Nós dois aqui, juntos, não vimos nada.

Lu e eu, eu e Lu, amamos anos, amamos meses, amamos dias, amamos horas, quase sempre da tarde para a noite, extasiados. Para Lu refiz esse quartão, com a cama enorme, o banheiro próprio, ali atrás do escritório. Janelas para a rua que nunca se abrem.

Lu trazia para nós o melhor que podia, do que gostava mais. Esses vinhos doções da Hungria, os licores *Strega*, *Benedictine*, *Chartreuse*, que provávamos, um a um, separando os gostos com *kirch*, *poire*, ou pinga que Lu bebia, degustava.

Comíamos passas e uvas de qualidades que só ela sabia. Sua paixão era puxar um fumo comendo chocolates, torrões espanhóis, marsipã. Ali, ao lado, na mesa redonda, ficavam os vinhos crus franceses, de tomar com caviar ou *foie-gras*. Acabávamos sempre no pileque de champanha. Ela saía espumante para casa.

Lu, minha Lu, era ela, só ela, o melhor de tudo. Como aquela dona sabia se exercer mulher. Um virtuosismo de invejar puta ou marquesa. Lu era tudo para mim que a tive merecida, embeiçada, enrabichada, carnalmente apaixonada. Lu foi meu grande amor carnal, como eu fui o objeto supremo de amor dela, penso eu. Ela sempre reteve o comando. Era o macho bucetal que me comia como queria. Até a exaustão.

Ó Lu, como queria vê-la, revê-la, com a tesão de nossos primeiros dias. Vesti-la das vestes que trazia, tantas, tão belas. Desvesti-la minuciosamente. Amá-la, longa, longuissimamente. Quem sabe amá-la, ainda outra vez, acariciar suas longas pernas de pés tão belos, dedos perfeitos, enormíssimos, suas coxas de pernalta, seu dorso, sua bunda bela, bela, sua barriga larga, seus seios de mamilos grandes, como escuros figos gregos.

Amor é amor, Lu querida, vai como vem, nos enche e nos esvazia, ao ritmo de suas pulsações. É a vida. Lá se vão três anos e nenhum amor me veio ainda encher o seu vazio. Que será de você, minha Lu, tão carente de amor. Sozinha estará como eu, vivendo um inútil viver, só cheio de vazios demais, vã tristeza, ou novamente amando amada? O amor nosso, apagado, rescende em mim, perfumando, as cinzas de meus idos.

Não me consolo, hoje, de não a ter aqui comigo. E a perdi há tanto tempo. Recuso, também, a esperança vã de reencontrá-la para, em espanto, repetir o milagre de que tanto me queira outra vez. E que eu, outra vez, a ame totalmente. Milagre é milagre, por natureza irrepetível, único. Entretanto:

Mi alma no se contenta con haberla perdido.

Pablo Neruda

MILA

Está bem, Nora. Sei que você está doida pra me falar. Espere. Paciência. Agora, vou mergulhar é na Mila. Fale, Mila.

– Falo merda nenhuma! Não falo não, seu Voz. Ainda mais agora que sangro na veia filial. Hoje, pela primeira vez, o velho se meteu nos meus negócios. Mal e mal ele cuida dos meus papéis, sem dar palpite. Assina tudo que preciso, sem nunca querer nada. Hoje, pediu que eu desse, dado, ou vendesse pela metade, três lotes na Pampulha para o tal diretor do *Minas*. Negocião faz o homem. Por que quererá o pai agradar ao tal? Será obrigação? Dívida? Chantagem? Eu nem perguntei, só disse: – Faça o que quiser. Tudo é nosso mesmo. Dê ou venda, como convier. – Ele me forçou a ir adiante, querendo que eu dissesse, logo, que desse, para não ter que decidir ele mesmo, se dava ou se vendia. Eu o cansei um pouco. Dei voltas e voltas, antes de conceder. Afinal, arrematei: – Pois dá, pai. Dá, se é essa sua vontade. – Falou num monte de conveniências: ninguém está só neste mundo; medonhos são os poderes da imprensa. – Tudo besteira. Não sei nem quero saber por que ele está amarrado naquele gordo imundo. Aproveitei foi para aprofundar o outro lado de nossas relações. Perguntei: – E o fazendão seu, lá do Mangueiral, pai? Ele tremeu nas bases: – Aquilo é de Nininha. Sei que é, arrematei, mas quem é que vai herdar? Ele se fechou: ninguém gosta de falar de legados. – Mas eu me ajeitei: – O senhor não acha que é hora dos meus meninos conhecerem a Nininha e o Buritizal? Ficou combinado que eles irão nas férias de julho, agora, passar uns dias lá. Ele mesmo decidiu que eu não vou. Não sei ainda se irei ou não. Na ida, a gente bota os meninos no ônibus, Nininha espera lá e tudo bem. Na volta, vice-versa, ou eu vou buscar. Que seja! Eu também não tenho nenhum desejo especial de me meter naqueles ermos. Mas, o direito de meus filhos vai ficar marcado. Vamos ver como é que eles se dão com essa tia-avó. Para meu pai, Nininha é doçura pura. Para todos que me falam dela, não é nada disso. É fazendeira como eu e das mais competentes, na frente de tudo, gerindo bem seu negócio de criação e de invernada, escolhendo a dedo quem é que compra e quem é que vende o gado dela. Tem, desde menina, um negocinho de quitanda, na esquina da casa, que nunca deixou morrer. Dizem até, dessa Nininha, que tem em seus guardados metros de cordões grossos de ouro e o que resta de um litro de diamantes herdados de um avô dela, meu bisavô. Será? Manter tamanhos bens nas mãos, tê-los e não perdê-los e até acrescê-los não se alcança com doçuras e jardinagens de plantar flores antigas. Delicado florista inútil é este meu pai. Minha tia será uma mulher que nem eu. Mais comedida, acredito. Mesmo porque, no tempo dela, se pecava de outro jeito. Ainda vou descobrir os podres daquela minha querida tia. Pode ser até que eu venha a gostar dela. Minha ambição é descobrir algum defeito. Perfeição não cabe no meu coração. A visita a meu pai foi cara em lotes, mas não podia ser mais proveitosa. Gozei demais, também, a mulher do Zeca. Já da outra vez que fui lá quase a matei de raiva e de ciúme. Ela sabe que eu transo com o gostosão dela, e o sacana nem dissimula. Falamos do carnaval passado e do que vem. Quase nos entregamos. Gê ouvia, acabrunhado. Mas assim já estava, desde antes, com o assunto dos lotes. A tal Nora dava rabanadas, me fuzilando com os olhos. Está puta da vida, a professorinha. Que se dane. Não vai é herdar de meu pai e de minha tia, isso não. Não vai não! Podia é perder o marido pra mim, se valesse a pena. Bom de cama Zeca é demais. Só serve, também, pro foque-foque. É um bestão.

FILA

A fila dos aposentados estava concorridíssima. Além de mim e Stela, que chegamos juntos, lá estavam Guedes e o Cura, Uriel e Elmano, que chegou depois. Esse Uriel, o que é que ele não é, se é tudo neste Estado? Até aposentado, vi hoje, ele é. Isso no nosso grupo, porque havia por lá uma farta velharia de asilo.

Saímos juntos e ficamos por ali conversando. Quando o assunto engrossou na política – discutindo animados Guedes e Uriel, Stela palpitando e eu gozando os três –, explodiu a molecagem de Elmano. Caímos todos na gargalhada. Chegando, ele gritou, ainda de longe, olhando para Stela:

– Me leiam, me leiam. – Ela, puta da vida, se destacou, levantou os braços, deu uma banana sonora, que a velharia aposentada viu horrorizada.

Pensar que vivi minha vida inteira rodeado desses tipos. É medonho. Devia ter ido ser baiano em São Paulo ou carioca no Rio. Hoje seria um trem qualquer, melhor do que isto que sou.

Que há com Minas pra produzir tanto mineiro ruim? Nossa singularidade reside nisso, não nas bocagens do Guedes. Devíamos até ser mais sábios que os outros, porque aqui se lê demais. Lê-se tanto porque a vida é chata, insuportável. O mal pode estar precisamente aí. Minas sofre de erudição, a pior enfermidade da inteligência. Erudição verdadeira ou simulada, como esta que cultivamos exaustivamente aqui. Erudição é inteligência vadia. Ocupados em tudo ler, consumindo o que nos cai nas mãos, nós mineiros falamos igualmente bem ou igualmente mal de Marx ou de Platão, de Kant ou de Sartre. Na verdade, aqui, não se lê e não se sabe nada a sério. Apenas se passeia pelos textos. Geralmente textos de segunda mão. A inteligência por aí afora frutifica, opera. Existe como instrumento de mexer com o mundo. Aqui, só se frui, onanística. O que o saber mineiro produz mesmo são mistificações. Nisso somos riquíssimos. O produto mais acabado do esforço de Minas pra gerar intelectuais é gente como Veloso, inteligência vadia, eruditíssima. Inutilíssima.

Veja aí, leitor, como eu exagero. Gosto tanto do Veloso e até dele dei de falar mal. Qual! Que é que eu posso ter contra um homem que passou a vida inteira lendo, que se construiu de livros. Se não escreveu nenhum texto que a gente ainda leia, ao menos se exerceu: fodeu adoidado e nos ensinou a pensar.

Voltei no carro de Guedes com ele e o Curita. Como sempre, um falante demais, outro calado demais. Chegando aqui, apearam, entraram, se sentaram para um dedo de prosa, que prosperou. Me arrependo muito de ter deixado, foi uma conversa ruim demais. Guedes, monocórdico, voltou às suas louvações a Minas. É provável que ele fale tanto de Minas comigo porque esse é nosso único tema comum. Pode até ser que com os outros ele não seja tão maniático.

Para ele, o mineiro é perfeito. Toda outra gente tem o defeito de não nascer aqui. Defeito incurável. Para Guedes o que dá firmeza ao Brasil, sustém, esqueleto, é a existência de Minas, que aqui está, no que sempre foi, no que sempre será.

– Minas é isso aí, diz ele, sem tirar nem pôr. – Eu reclamei:

– Onde é que está esta sua Minas? Que é que é? Explique-se aí, seu Guedes.

– No cotidiano mineiro, uai. Quem não vê? – Pus sacarrolha nele pra tirar o conteúdo desse tal cotidiano e o que é que me sai? Primeiro, veio ele com o falado talento mineiro para a conciliação. Eu desmoralizei: o talento nosso é para a transigência, Guedes, pra traficância. Isso é o que eu vejo aí. Quis mais, desafiante, e o Guedes me saiu com a sagacidade. O mineiro seria sagaz, astuto como nenhum outro brasileiro. Eu ri.

– Esperteza, patifaria, é o que sobra aqui. Veja bem, olhe ao redor de nós, só se vê mineiros sacaneando uns aos outros. Quis ainda mais, e o filho daquela me veio com nada menos do que o tal grave senso mineiro da ordem. Eu não pude, me exaltei:

– Ora, Guedes, isso agora é puro reacionarismo. É conservadorismo rançoso de quem assume, contente, essa Minas e os mineiros tal e qual. Quem é que está contente aqui? Só a patota rica dos patifes. – Saí por aí, desabusado. Sem personalizar, porque seria demais, nem era necessário. Acabei dizendo que o que sobra aqui é mineiro servil, lambendo cu de rico, incensando autoridade, adulando bispo, bajulando milico, louvando juiz. Isso tudo pra subir na vida, enricar, arranjar sua sinecurazinha, nela se agarrar: mamar. Vendo minha irritação, Guedes quis conciliar:

– Sem malícia aqui ninguém se apruma, siô.

– É! E o povo que se foda, acha você!

– Conversando é que a gente se entende, siô.

Nessa altura não pude mais. Levantei, como quem diz: ponha-se pra fora. Já se sentia, aqui no escritório, o cheiro do cafezinho de Nora. Levantado fiquei, os dois se levantaram e eu os levei até a porta. Dei a mão e voltei, com a pior cara de que sou capaz. Nora até se assustou. Será que voltam?

CARETA

Não me esqueci de que estou escrevendo um romance pr'ocê. Que é um romance? Palavras, palavras articuladas, fazendo sentido. Não um sentido lógico, mas um sentido emotivo, expressivo, comovido. Você que lê confia demais no palavreado. Eu, tanto ou mais, além de ler, escrevo.

O fato é que trabalho duro, peneirando e enredando o que você vai ler. Mal dou conta, as palavras são inumeráveis. O que pode suceder é incontável. Tenho que escolher, de tudo o que me passa pela cabeça, o que vai caber melhor na sua cabeça. Entrar sem esforço, encantar.

O diabo é que tenho panca de moralista. Se não me cuido, acabo escrevendo coisas intencionais, querendo ensinar você a ser você melhor. E por que não? Quero só... O que é que eu quero mesmo? Sei lá. Creio que haverá um modo bom, tolerante e sábio de escrever romances. Um modo que, além de fazer um texto bom de ler, ajude você a ser coerente consigo. Assumindo-se tal qual é, como bicho que é, mas deixando espaço para a esperança, as ilusões e, também, para a vocação de anjo ou demônio, que você aspira ser.

Suspeito muito que leitor nenhum quer saber nada disso. Só quer ser engabelado. É mesmo? Feche meu livro, se não gosta. Não leia mais. Dê a alguém. Só gosta de mim quem tem um nervo ético estirado. Vibrando bonito para o que se faz de bom e solidário. Zoando como campainha de surdo, quando se faz um feio ou malfeito. Minha fraqueza é querer ser simpático a você, seja sacanamente para engrupir, seja astutamente para seduzir. Você não acha que meus livros iluminam o mundo? Queria tanto que você pensasse assim. Você é careta?

Não vá você pensar que esses desvarios são coisa minha. Nada disso. São doiduras desse Gê, dado a aloucamentos. Disparates. Está cada vez mais aloprado, o pobre. Perdi o controle sobre ele. Não disse, ele mesmo, que faz seus romances em estado mediúnico, caído em possessão? É o cavalo de santo de seus personagens. Você não vê? Gê é doido professo, alumbrado. Conheço o tipo. Naturalmente retraído, de certo modo insípido, mas quando dá de alucinar arrasta a gente aos vazios do retraimento dele. Se não firmamos o pé, impondo nossa identidade e diferença, mergulhamos com ele no não ser. É o que digo a você. A Gê se tem de ler com cautela, cuidadosamente, deixando sempre aberta uma janela pra gente escapulir. Isto aqui é uma dessas janelas, escancarada. Fuja!

Gê e eu. Eu e Gê. Dargeu. Gêdar. Eu sou eu? Ou eu sou ele? Ele é eu? Somos nós dois um só? Somos! Nisso está o risco. Há horas em que me sinto já tão atracado nele, que nem sou eu. O que me salva é o desejo de fugir dele, voltar a mim. Ele, o que quer mesmo é que eu fique pregado aí nele, para todo o sempre, amém. Gê só existe como sombra e criatura minha. Mas feito, perfeito como está e instalado aí dentro de você que me lê, ele é ele mesmo. Sempre acho que, se me ausento, ele é nada. Mas começo a duvidar. Eu sem ele também sou nada pra você. Existo é para fazê-lo. Vivo é nele.

Você tem dúvidas sobre essa autonomia de Gê em mim e de mim em Gê? Se tem é porque não se põe no meu lugar, aqui, só, metido neste oco, vestido no couro dele, sofrendo e curtindo suas saudades, vivendo, me nutrindo, dos seus amores.

Isto de viver desdobrado em dois, eu mesmo e eu em duplicata, é meu gozo de romancista. Curto demais. Tanto que não me arrisco a voltar a ser eu só, na rotina insípida que é minha vida sem Gê. A minha e a sua, não é mesmo?

Um galo sozinho não tece uma manhã

João Cabral de Melo Neto

SIÁ RITA

Quem explodiu aqui hoje de visita, foi minha prima Rita do Lajeado. Veio para o casamento da filha, Guguta, e ficou. Siá Rita, vizinha nossa de casa pegada lá no Mangueiral, é a melhor amiga de Nininha. Falou muito de minha irmã. Como vive tranquila sua vida pacata. Tomando conta das coisas. Recebendo a carga semanal que vem do Buritizal. Mandando o portador de volta, com as encomendas e as suas ordens. Nininha conversa com siá Rita toda tarde, quase a tarde toda. As duas debruçadas no muro baixo de seus jardins, trocando mudas, falando, incansáveis.

Sentada aqui comigo, gostando de ser arguida, siá Rita foi fazendo a crônica dos últimos anos do Mangueiral. Suicídios, entre as famílias conhecidas, apenas dois. Ambos enterrados no cemitério consagrado. Disfarçaram bem seu malfeito.

– Padre belga, lá quer saber de nada!

Assassinatos foram sem conta lá do lado do mercado, com o povinho miúdo. De gente nossa, um só, graças a Deus. Foi a pobre da Quita Colares, envenenada pela criada. Doida, achava que o marido de Quita, Capitãozinho Nené, estava apaixonado por ela.

– Que é que fizeram com a louca, Rita?

– Abafaram tudo, pois não é? Que é que se podia fazer? – argumentou. – O juiz mesmo esteve de acordo: doida! Foi servir na fazenda de uma parenta da finada, irmã de leite da doida. – Imagino essa louca trabalhando dia e noite, sempre vigiada para não repetir a façanha. Não vá ela, outra vez, entrar em amores que só se alcançam matando e nem se alcançam. Coitada.

No capítulo dos adultérios e perdições, siá Rita não queria entrar. Mal roçou, falando da moça nova, parenta nossa, uma estampa de beleza, que deu o mau passo. Pariu no Buritizal, por caridade de Nininha. Largou o filho lá e voltou pra casa, livre de culpas.

– O pai, quem é? – Quis eu saber. Rita titubeou:

– O povo diz que é meu filho Jessé.

– E por que não se casou com a moça, siá Rita, por quê?

– Casar como, seu Gê, se é o segundo enjeitado dela?

– É seu neto, mulher! Você larga lá, à toa? – Para Rita o filho é só da mãe. O pai apenas bota a semente na madre pra ela formar e criar.

Falou mais foi de enterros festivos. Inclusive um luxuosíssimo, com a matriz toda vestida de preto. O culto da morte continua vivíssimo no Mangueiral, com cantorias, comes e bebes e até namoros. Lugar bom de morrer é lá.

O entusiasmo de siá Rita só se levantou inteiro foi pra falar mal das coroações do mês de maio. Com meninas crescidas, pondo peito, namorando, lá de cima do altar da Virgem.

– Os padres novos, que acabaram com as festas do Divino tão bonitas, deviam acabar é com aquilo. Uma pouca-vergonha. Os padres antigos viviam amancebados, criando filharada, mas impunham respeito. Igreja não é lugar de regateira.

Assim é o Mangueiral. Assim permanecerá, espero. Coitos pecaminosos. Partos secretos. Funerais festivos. Paixões enlouquecidas. Virgindades em flor. Tudo misturado. Mas essa siá Rita é mesmo minha prima dos impossíveis. Imagine você que, ao sair, ela se levantou, me abraçou discreta, quase seca, quis andar, parou, respirou fundo tomando coragem, e, afinal, pediu:

– Seu Gê, será demais pedir para ver seu quarto tão falado?

– Qual o que, Rita. Vamos lá! – Fomos. Mostrei o quarto todo iluminado. O garrafal de que ela não quis provar bebida nenhuma. Pus um perfume em cada uma de suas mãos, para ela cheirar e, depois, um terceiro, no buço dela, que é quase um bigode.

Rita não se contentou. Acabou pedindo e eu mostrei os dois lençóis, o preto e o pérola. Ela apalpou e até cheirou. Que é que o povo de Mangueiral não sabe de mim? Tudo sabem, tudo maliciam. Invejam.

CINZA E MEL

Saí hoje com Nora, de passeio, no carro dela, como não fazia com ninguém há muito tempo. Alguma vez passeei de carro? Namorando, nunca. À toa, andei, até com Nora uma vez. Ando mais é no carro de Stela, nos quefazeres nossos. Meu carro que tive, enferruja, inútil há mais de vinte anos na garagem.

Nora e eu subimos devagar pela estrada nova que vai de Belo Horizonte pro Rio, passeando vadios. Querendo subir ainda mais, entramos num desvio e demos no inferno. Nos vimos, de repente, no meio de máquinas descomunais com bocas de ferro, imensíssimas, comendo a terra da morraria no meio de nuvens espessas de pó. Um homem mascarado, dentro da máquina, balançou a cabeça feroz. Danado porque teve que parar sua máquina enorme por causa daquele Fusca nosso, ali embaixo, que ele via como um besouro. Que lá jamais devia estar! Apareceu logo outro homem, querendo saber por que a máquina parou. Este nos olhou com menos espanto, zangou, mas nos guiou pra fora.

Fomos adiante, até nos vermos sós, despreocupados, para recomeçar nosso passeio. Chegamos, assim, de abrupto, ao pé da montanha, alterosa, cinzenta. Apeamos para andar, mão na mão, vendo o elefante descomunal de pedra parado lá, desde sempre, tapando o horizonte. Na abra do poente a montanha abre um espaço, onde puseram uma sepultura cercada de pedras brancas, cordial, com tufos de capim de bode, brotando em cima. O sol, visto lá de cima, parecia parado no céu, assustado com aquela nódoa de brancura ou esperando a hora de se pôr, num repente.

Sempre de mão na mão de Nora, Nora e eu, eu e Nora, olhamos longamente, não um ao outro, mas nós dois pra morraria, pro espaço alto do céu, lá em cima, meio tapado. Atrás de nós, era o vazio da cidade, anoitecendo. À nossa frente, a montanha esbatendo o último sol. Ela, a montanha, vivendo aquele eterno reencontro com o sol do entardecer. Nós, vivendo nosso vão momento. Molhamos as mãos na água de uma fonte fria, brancura pura, murmurante. Rimos à toa daquela água que ali corre, à toa.

Em tudo o mesmo abismo de beleza

Augusto dos Anjos

Voltamos de farol aceso no meio da noite, com medo de cair outra vez no inferno. Aqui sentado, agora, tudo vejo, revejo. O jorro d'água que mana e corre ali desde sempre apertado na garganta estreita que ela mesma, mole, abre na pedra dura há tanto, tanto tempo. Demoro dentro de mim, no candor de penumbra daquele desvão do tempo, revivendo meu, nosso momento. Eu, coração aflito, pensando no botão de Nora. Ela, eu não sei não. Decerto nem se sentindo existente nessa insciente plenitude jovem. Cinza e mel não se confundem, nem confluem. Lacera.

Na curva perigosa dos cinquenta
derrapei neste amor. Que dor!

Carlos Drummond de Andrade

LOUCAS

Estou arrasado. Stela me afundou numa tristeza vil. Ela está ainda pior. Morreu sua irmã doida, que viveu – isso é viver? – a vida quase toda em Barbacena.

Stela chorou demais falando dessa irmã, a segunda doida da família. Enlouqueceu de contágio, tratando da outra, doida desde menina. Terá Stela medo de enlouquecer ela também?

Falou, arrebatada, de uma tia-avó louca de jogar pedra, que envelheceu enjaulada no quintal da casa onde Stela cresceu. Confessa que é propensa. Será? Só me faltava, a mim, ver minha amiga Stela louca. Que faria eu, único amigo dela? Em Barbacena não aceitam doidos novos, só atendem os tantíssimos que lá estão, esperando a morte.

Stela chorando inconsolável, encheu minha tarde de tristeza e desespero. Eu emprestando a cara, atento. Ela falando, sofrida. A maior dor de Stela é nunca ter ido visitar as irmãs.

– Não podia vê-las naquela loucura delas. Nem devia, elas se exaltavam demais quando me viam. – As duas foram internadas juntas, pela própria Stela, que para isso foi chamada de volta da Europa pelos parentes. Quando partiu com o tal francês, deixou a irmã mais nova, doida há tempos, aos cuidados da mais velha, viúva. Então, de boa cabeça.

A doidice da menina era mais falta de juízo, mania de banhar-se demais, de perfumar-se toda, de fugir de casa procurando homem na rua. Qualquer homem.

– Se minha família tivesse caráter para acolher uma puta, Tininha teria sido até feliz. Nasceu pra isso. Quita, a viúva, que ficou aqui tomando conta da doida-menina, enlouqueceu pelo convívio, acha Stela. Será? Duvido! Se fosse assim, o pessoal dos manicômios ficava todo pirado.

– E fica – afirma Stela – com certeza convicta. – Qual! Ambas seriam propensas. Isso é que é. Stela não detalhou para mim a doidura da segunda irmã. Nem eu perguntei, vexado. Tarde horrível essa minha, nossa! Eu bebericando, Stela entornando copos e copos.

Além de não visitar nunca as irmãs, Stela não foi ao enterro de Tininha, que morreu há dois anos. Nem, agora, ao de Quita. Falando disso, grita que não se perdoa, bate duro na cabeça, se exalta e chora de fazer dó. Uma enfermeira avisou, na semana passada, que Quita ia morrer. Telefonou de novo para dizer que morreu e a que horas ia sair o enterro.

– Eu sabia, Gê, eu sabia. Não fui de ruim, de bruta. – Ruim demais foi minha tarde. Stela saiu há pouco, cambaleando. Estou preocupado, com medo dela se arrebentar com o carro, de tão bêbeda. Não vou telefonar para saber dela. Quero é descanso de tanta angústia que me caiu em cima.

Ainda estou arrasado. Essas duas irmãs loucas, internadas juntas por tantíssimos anos, em Barbacena, não me saem da cabeça. Desvairadas, envelhecendo devagar. Vejo-as de olhos saltados, insanas. Juntas, arrancando os cabelos. Juntas, tirando as roupas para se exibirem, peladas. Juntas, contidas na mesma camisa de força. Juntas, castigadas. Juntas, dopadas. Tendo seus acessos juntas. Juntas, delirando alucinadas. Juntas, levando choque elétrico. Insulina.

Qual! Não terá sido assim. Provavelmente ninguém reparava nessas doidas irmãs, perdidas em sua loucura, na multidão de malucas do pavilhão de mulheres doidas do Manicômio Estadual de Barbacena.

Louco só convive bem é com cachorro, dizia Nise. Terão algum cachorro lá em Barbacena?

CAVALA

Vivaldo esteve aqui trazido pelo Guedes. Visita de negócios. Disse logo de entrada que tinha dois assuntos capitais para tratar comigo. Primeiro que tudo, contratar a publicação de meu livro novo, este:

– Ovo na oveira não se frita, não, Vivaldino! – Ele não desistiu, argumentou copioso.

– Escritor mineiro tem que publicar é com editor de Minas, só. Só assim teremos editoras. Gente de todo Brasil publica comigo. Você resiste por quê? Sô!

– Até pode ser, disse. Mas primeiro o livro tem que haver. Então, a gente conversa. Saltou daí pro outro assunto:

– Queremos você na Academia Mineira de Letras, sô.

– Eu, Vivaldo? Que mal fiz a você? Não sou homem de chás nem de tertúlias. Coquetel, comigo, só se for Molotov. E ainda não decidi contra quem vou jogar. – Continuei brincando. Tem lá cabimento?

– Veja bem, sô! Você tem seus desafetos e sabe bem. Mas ninguém vence candidato meu. – Ouvindo isso, quase subi a serra. Mal me contive para não perguntar que desafetos são esses. O que eu queria dizer, mas não disse, é que não entro para Academia nenhuma por méritos dele nem através de suas chicanas. Vivaldo não declinou nome nenhum, escusou-se, mas disse:

– Seus fumos esquerdistas, sô. Só eles bastam para muita gente pôr o pé atrás. Eu não, naturalmente!

Quis me zangar, mas me retive. Afinal, o Vivaldo está me patrocinando, me paparicando. Não posso tratá-lo com dureza.

Saindo lá da porta, ele ainda insistiu. Quer porque quer editar este livro que não há. De fato, nem sei se haverá. Isto mais parece diário, pela ligeireza com que falo de mim e dos outros. Diário íntimo, desses próprios para publicação póstuma, vinte anos depois da morte do autor. T'esconjuro!

Ele se foi e eu fiquei com Guedes, esperando o cura.

– Se ao menos fosse a Brasileira, eu até podia claudicar – disse, pensando que isso é o que faço na vida. Confesso que me dá medo a insistência do Vivaldo. Se ele tiver metade da garra do velho Casassanta, que meteu até o Frieiro – galego indomável – na Mineira, acabará me comendo também.

– Pois eu não vejo nada melhor pr'ocê, siô! Pega agora a Mineira, dela salta pra Brasileira. Carreirão!

– Gosto de pensar que há outra Academia para ser aspirada. A de Carlos Drummond, a de Gilberto Freyre, a de Caio Prado, Sergio Buarque, de Callado, de Antonio Candido, que nunca foram na conversa de Austregésilo.

– Ora, ora, seu Gê! Se até o Rosa entrou, isso não basta?

– Qual, Guedes! Não dá, não. Quem votaria em mim? Nem os mineiros – o Cyro, o Abgar, Otto, velhos amigos – nem deles tenho voto certo.

– Votam, sim. Votam. Por você e por Minas. É outro mineiro no poleiro.

O cura chegou de táxi, deu um dedo de prosa e lá se foram os dois. Eu aqui registro a visita deles, cismando: sou um deles, sem tirar nem pôr, tanto ou mais mineiro quanto os outros. Só não participo do besta orgulho de ser mineiro e basta. Como se fosse virtude, o incidente de nascer aqui. Afinal, isso não é nenhuma vantagem, até ao contrário. A mineirada se multiplica que é um horror, ainda que cada vez menos mineira.

O peso da tradição e da rotina, que nos fazia tal qual éramos, pesa cada vez menos, ao peso dos modernismos que nos caem em cima. Rádio e televisão em doses brutais estão fazendo dos brasileiros todos, inclusive de nós mineiros, uns paulistas. Coitados de nós!

Ser mineiro pra Guedes é assumir nosso passado lusitano, com arfante orgulho dele: enforcando, esquartejando. Pra mim é dar uma de Tiradentes para mudar. E ninguém aqui está para isso. Nem eu. Não cultuo essa Minas arcaica e atrasada dos Guedes que um dia foi e se escafedeu. Graças! Quero é ver, redivivos, os Filipe dos Santos, os Joaquim José e os Antônio Francisco: criativos, veementes, vibrantes.

Perdoe-me, você que me lê, essa explosão zangada de minha veia cívica mineiral. Isso às vezes me ocorre, mas é raro. Não se assuste. Sou manso. Manso como os mineiros todos. Só nos movemos e comovemos, de fato, é para forçar o mundo a continuar tal qual. Entretanto, sinto no fundo do peito que existe outra Minas, que há de ser. Uma Minas profunda de rios secretos, correndo subterrâneos. Uma Minas que, incógnita, permanecerá até seu dia. Quando? Para quê? Sei lá. Só sei que ela está rilhando os dentes nessa espera secular. Era potranca ainda quando isso começou. Hoje é cavala no cio, presa nos varais de aroeira, escoiceando no escuro.

É hora, Minas, é hora, acorda. Rompe essas peias, joga fora esses arreios, eriça o pelo, balança a cabeça e as crinas, salta, escoceia e saia à luz de outro dia de glória.

Estou desvairando, outra vez, não vê? Minas é lá dessas coisas!

Ê tereí damoni zumbí. Uangê ô uanga ô assomê

Folclore negro-mineiro

CRESPO

Acordei crespo, pensando avessos: destino, sina. O tempo, cinzel fino do destino, esculpe a gente. Primeiro, conforma, aviva a forma, performa, até ficar pronto. Depois, devagar, desvela, desmonta, desfaz.

Tempo de nascer. Tempo de crescer. Tempo de ser. Tempo de declinar. Tempo de envelhecer. Tempo de acabar. Implacável, ele gira a roda, sem parar de girar. Zunindo, sucedendo, cuspindo água e fogo, flor e semente, árvore e lenha, terra e cinza.

Eu me cavaco ainda mais fundo, me fazendo testemunho de minha própria transmutação: me vejo, revejo, vivendo a vida vivida. Passado só serve pra isso, pra ser lembrado. É vida que já se foi, querendo existir como um sobejo. Gravetos de lenha queimando um foguinho sem calor.

Só se vive de verdade no futuro. Vive-se, enquanto se espera. O mais importante da vida é o que há de vir, o que ainda vai chegar. Quando alguém, eu ou você, se desengana de esperar, desespera.

O meu livro maior, maior que eu, remate de minha vida, é esse que escrevo hoje? Este que, amanhã, no seu hoje de então, você estará aí lendo. O importante da vida de alguém pode lá ser uma escritura? Na vida o que importa é só viver a vida, agir, gastar o corpo em tesões de comer, de beber, de foder, de se exercer, se afirmar. Machucando. Acariciando.

A quem eu hei, ainda, de amar, martirizar? A você que me lê, certamente. Mas é tão pouco. Tão de faz de conta. Tão unilateral, que só me dá uma inveja enorme do meu livro. Pudesse eu me sentar aí a seu lado, agora, nesse seu agora, para rir, alegre, bonito como fui um dia, encantar. Isso a você, moça-mulher que me lê. Se é homem, também podíamos nos entender, olho no olho, reconhecendo, severos, que viver é preciso e sempre vale a pena. Sabendo que sempre há tempos e contratempos da hora e da vez.

O que curti, hoje, foi a lembrança de Solzinho que me veio num repente de saudades. Solzinho, você que se foi há tanto tempo, hoje me volta, em reverbero de memória. Gostei imenso de ficar aqui pensando em você. Reconstituindo na mente, revivendo, sentidamente, meu sentimento de nós. Aqui sentado neste meu oco do mundo, revivi, instante a instante, aquele nosso primeiro instante.

Dele passei a outros, outros, tantos outros, dos nossos tão poucos encontros. Sempre aqui, aqui nesta sala, ali no quarto. Ainda sinto você no ar, na frente do sofá, entre as estantes, como uma sombra. Vejo seu fantasma ambulante, andando, parando, me olhando, me amando.

Por que é que você se foi, Solzinho? Você se lembrará de mim, como eu me lembro de você, com essa nitidez, essa saudade? Sei lá! Se nos encontrarmos, outra vez, frente a frente, você falará comigo? Que é que você dirá a mim? O que é que eu direi a você? Nada, talvez. Ou só:

– Boa tarde, minha senhora! A senhora me lembra uma moça dantanho? – Sei bem que você sofreria de ver o velho que hoje sou. Como é que você me apresentaria à sua filha?

– Este aqui é meu amigo Gê? Meu ex-professor? Ou, secamente, é o professor Ageu Rigueira?

Como você comporia a cara de olhar para ela, pra mim, pra nós dois, falando? Sempre estou pensando nessa sua filha. Nessa misteriosa filha – nossa? – culpada, penso eu, de nossa separação. Quando você sumiu e nunca mais deu notícias, apesar de sua proibição, eu toquei várias, inumeráveis vezes para sua casa. Imaginava que você atendesse, um dia, e eu imploraria que viesse me ver, que me deixasse vê-la. Tranquilizaria você quanto a qualquer possibilidade de escândalo. Você nunca atendeu. Atendiam lá, voz de homem, voz de mulher, perguntavam. Duas, três vezes, quem era, desligavam. Você nunca foi ao telefone. Soube, depois, por Luzia da faculdade que você teve uma gravidez difícil, e dela, uma filha. Quase caí de surpresa. Uma menina linda, disse Luzia. A linda menina que nos separou.

VOZ

Cale-se, Voz dentro de mim. Não fale. Adivinho suas razões. Você exagera! No ofício que se dá de me conduzir de rédea curta, me fazendo ver perigosos passos, você exorbita. Às vezes até parece outra irmã ciumenta, querendo desviar-me de qualquer aventura inconsequente.

Não sei quando você se instalou dentro de mim. Desde sempre senti seu aguilhão bisbilhoteiro me vigiando. Sempre ouvi sua voz mandante, maldizente. Seus severos julgamentos. Agora, deu de implicar com Nora. Que mal há em ver nela a mulher que ela é? Mulher do Zeca, é certo. E daí? Mulher! Servida de coxas, de peitos, de bunda, de orifícios oficiais e suplementares. Sei que são exclusividade dele. Lamentavelmente.

É certo que não posso me deixar levar nesse enlevo de estar tão aceso atrás de Nora. Mas que é que você quer? Graças a ela, minha tesãozinha minguada reascendeu.

Hoje, mais que nunca. Reclamei dela as janelas daqui sujas, opacas. Depois, aqui sentado, fiquei meia tarde fazendo de conta que escrevia, mas olhando Nora limpar minhas vidraças. Trepada no tamborete que mudava daqui pra'li, braços levantados, braços abaixados, passando um pano de álcool nos vidros por dentro e por fora, lentamente. Eu aqui sentado, emocionado, excitado, pau na mão. Vivia só de vê-la.

– Tá bom assim? Estão bem limpos, professor? O senhor, o que acha?

– Tá bom demais, Nora, bom demais. Obrigado, muito obrigado.

– Que é, Voz? Que é que você quer que eu faça? Que me arrependa, que me envergonhe, que reze? Porra! Brincadeiras de crianças são para as crianças.

Minha Voz é assim, infantil. Se leva a sério demais, a ela e a mim. E você aí que me lê? Você ouve vozes? Sente culpas? Tem remorsos? Não peque tanto, pelo amor de Deus. Não peque demais.

Não há cura, ai de ti, para o amor impossível

Menotti Del Picchia

ELMANO

Vamos mergulhar, agora, no bestunto desse Elmano. Preciso conhecer a peça. Fale, tio, quero ouvi-lo, fale aí, me dê seu testemunho.

– Falar? Falar a quem? Testemunhar? Testemunhar, eu? A quem? O quê? Jamais! Não confio no testemunho de ninguém. Nem no meu confio muito. Já me peguei em feios enganos. Meu olho de espelho vê como quer, deformando, conformando. Gente linda, de repente, eu vejo feia. Feíssimas caras se embelezam para mim, num repente, se me agradam. Acho até que morro no dia que tiver que ver este mundo tal qual é, se é que é. Ver a verdade nua e crua das coisas, tal como suspeito que elas sejam de fato, me arrebenta. Malevolências, benevolências, eu dispenso. Não tenho ânimo para conferir meus bem-querer. Assumo cada qual como me venha. Esse Gê, mesmo, antipatizei demais com ele. Depois fiquei ressabiado, com um pouco de inveja do êxito literário dele. Demasiadamente reconhecido, ao contrário do meu, necessitando ser gabado até por mim mesmo. Creio que ele me odiou ainda mais naqueles muitos anos. Ciúmes dos arrancos juvenis meus e de Stela. Nunca comentei isso com ela nem com ele. E não vou comentar. Jamais... Mas sei que ele soube de tudo e não gostou. Quem gosta? Nunca fomos indiferentes um ao outro, Gê e eu. Mas nunca tivemos apegos a ponto de nos amistarmos. Passei, agora, a frequentá-lo, por quê? Com todos os seus defeitos de provinciano cismático, Gê é melhor que os outros caras daqui. À falta de melhor, surubim seco é bacalhau. Com Stela, minha arrelia é pior. Ela não me odeia, como podia até odiar, me despreza. Está sempre a agir comigo, ou em relação a mim, como se eu fosse um charlatão rematado, ou um incompetente. Não sou, e ela sabe que não sou. Até me destaco. Não nesse caco que é Minas, mas no Brasil. Algures. Inveja muita, isso é o que eles têm de mim. Ultimamente, Stela deu para se fazer de minha amiga. Arranjou jeito de me aproximar do Gê. Por quê? Eles conversam dia sim, dia não. Terão se cansado um do outro? Agora ela me leva, decerto para renovar o convívio. Será? Gê aceitou bem, e a coisa funciona. Semanalmente encontramos os quatro, porque o Canutinho sempre está por lá, fofocando. Falamos de tudo. Mais falo eu, porque tenho mais vivências a contar, claro. E porque meu estilo é mais florido. Se bem que Stela é páreo para qualquer um. Hoje, minha preocupação maior é revisar meus livros para lhes dar redação definitiva. Coisa difícil. Cada um deles é filho de um momento. Se atualizo, o que era um bom livro daquela hora dele se reduz a um livro de hora nenhuma. Não quero, definitivamente, é ser lido ou consultado, no futuro, como uma voz testemunhal do passado, que encarnou tal ou qual tendência de moda, então. Quisera, quero mesmo, é ser autor de textos vivos, atuais. Quem é que extrairá dos meus livros as minhas ideias mais inovadoras? As de valor permanente – muitas delas atualíssimas – para colocá-las de novo em circulação? Isso exigiria, para ser bem-feito, que eu próprio escrevesse um livro, todo um livro, sobre mim mesmo. O que ninguém perdoaria. Por que havemos de ser tão invejosos uns dos outros, nós intelectuais? O negociante faz, de obrigação, o balanço anual do seu estoque, vendável ou não. O fazendeiro faz, tranquilo, a conta de seus haveres em terras, gados, ou pés de qualquer coisa. Eu não. Devo ser modesto e esperar que algum idiota me tome como tema de sua tese, para se pavonear e brilhar à minha custa. Merda!

PRAGAS

Vivo sou. Estou. Vivo e mortal. Cumpro minha sina. Que jeito? O que a vida me dá de gozo, sorvo; o que me cobra, purgo. Alegre, se possível, seja para dar claridade aos gozos; seja para diminuir o peso do infortúnio.

Não rogo pragas, não reclamo nem lamento. Só me exerço no que sou. Sinas cruzadas, digo eu, tantas são as vidas que vivo, imaginando e existindo, me achando e me confundindo. Essas vidas minhas de fazer de conta, às vezes mais reais, sentidas e sofridas do que esta que se diz minha vida verdadeira. Ela é o estuário em que desaguam alegrias e pesares, reais e imaginários de minhas vidas todas.

Comecei a me dar essas miragens, imaginando enredos e me embalando neles, como a um vício incontrolável. Não tinha a mais vaga ideia de que um dia poderia escrevê-los. O hábito vicioso foi se fixando e eu passei a viver mais a sonhar acordado do que a viver mesmo. Hoje componho meus livros como quem sonha acordado um sonho que ainda se está sonhando. Nisso me alongo. Já não é um vício, é um ofício. Vivo minhas vidas de fazer de conta, compondo, nos romances meus, minhas biografias inventadas.

Desse sonho, muito sonho desdobrou-se em enredos, compendiou-se em textos romanceiros. A matéria deles é espírito, ruminação de vivências, reminiscências inventadas, desdobramento de idos que nunca foram nem serão. Sou o poço de meus recordos. Um cacho de lembranças enterçadas em rosário que eu dedilho nostálgico, saudoso. Orante.

Dessas lembranças minhas, muita lembrança não é de idos meus nem de ninguém, mas de personagens que inventei, plasmei, dei vida e larguei.

A Amaro, eu o vejo, no garimpo, com seu mau hálito, sua cara quadrada, barbudo, descarregando o revólver pro ar, só de raiva. Acaba de verificar que não há diamante nenhum na bosta do garimpeiro a quem ele deu um purgante de óleo de rícino, na certeza de que tinha sido roubado. Atira pro ar, gritando no seu vozeirão:

– Hoje não corto sua mão não, seu corno! Hoje não!

A Xisto, eu vejo, preto retinto, seco como eu, tossindo, pinicando viola para musicar a loa que compôs a seu avô, canarinho livre, vendedor de negros na costa da África. Sequestrado no navio em que chegou à Bahia, o canarinho foi atrelado com gargalheira de ferro nas correntes do comboio de cem escravos com que andou trezentas léguas, para ser vendido como escravo em Mariana.

Ao índio Tuim, eu o vejo, murmurante, balbuciando na sua língua Crenac, que só ele entende e só ele fala, não sei se rezas, se esconjuros, se pragas nas capelas e oratórios dessas Minas. Esquisito demais, esmola comida com uma cuia e joga fora as moedas que ganha. Xisto se dana.

Eles me voltam, às vezes, como matéria que eu ainda poderia, quem sabe, modelar. Qual! Romance feito é como vida vivida, se tem é que deixar pra lá. Mas não posso evitar as saudades desses personagens meus, com quem vivi tão longamente. Sentidamente. Mais intimidade alcancei com eles do que com qualquer gente vivente.

Em que mó de engenho, dentro de mim, se moem esses fantasmas que me saem tão vivos de sua morte derradeira?

TRAVÉS

Voltei ontem à Santinha. Diabos! Não há mais Santinha nem puta nenhuma lá. O dono, agora, é um tal Mister Welles. Mulato, magríssimo, cabelo em trancinhas miúdas, elegantíssimo, dessa elegância de cabaretiê de Montes Claros. Me recebeu cordialíssimo. Com perguntas besuntadas de amabilidade, me pôs em cheque para dizer a que vinha, o que queria. Falei de Santinha, ele riu, disse que o negócio agora é dele. Mas que prossegue igual e que recebe, com o maior gosto, os clientes da senhora dona Santinha.

– Claro, claro doutor. É um privilégio tê-lo aqui como cliente. Enquanto falávamos entrou um rapaz com uísque para mim e para ele. Bebemos devagar, eu ouvindo ele contar a maravilha que foi a última ópera que seu amigo Fucinho montou no Rio. Descreveu os cenários, os figurinos, as vozes, as luzes. Falávamos animados, vendo moças atravessarem a sala. Várias. Elegantes, todas. Muito penteadas. Muito pintadas. Perfumadíssimas. Todas de grandes olhos, com cílios tão longos, que percebi logo: eram postiços.

A certa altura, duas delas se aproximaram. Uma se encostou nele. A outra em mim, roçante. Ele, tranquilo, abraçou a dele e foi levantando devagarzinho a saia dela com a mão, subindo pela parte de dentro das coxas. Eu olhando. A minha se enroscava em mim.

Imagine o meu susto aparvalhado quando ele, com a mão já no alto, afastou um pouco a saia da moça e me deixou ver o que empunhava: uma pica dura. Senti, simultâneo, no meu ombro, outra pica dura que me roçava quente. Embasbacado, olhei para conferir se era mulher. Mulher era pela cara. Mulher era pelos seios que deixava ver no decote, belos. Mulher com pica. Levantei, me inclinei cumprimentando:

– Quanto é que devo?

– Ora veja! Nada, nada, meu amigo. Sempre o receberemos aqui com prazer. Me inclinei uma vez mais para cada um dos espécimes que lá estavam e saí, rabo entre as pernas. Acompanhado até a porta por Mister Welles que lá ficou, fazendo mesuras até eu entrar no elevador.

Que é isso? Santo Deus dos demônios! Tanta safadeza junta, pode? Sei de lésbicas, sei de bichas, sabia de travestis no Carnaval. Mas espécimes assim – servidos de um senhor pau, portando belos seios, lambendo com a língua molhada suas próprias bocas rubras – eu nem podia supor. Mais espantoso ainda foi ver tudo isso organizado como negócio, pelo visto próspero, aqui na Belo Horizonte nossa, destas Minas Gerais. Muito mais próspero é esse senhor Welles que era minha amiga Santinha. É o que se vê. Ver para crer. Homens putos passando as putas para trás. Servirão só a homens ou a mulheres também? Uriel deve saber. Vou perguntar.

BANHO

Isso de viver na mesma casa, convivendo diário com uma mulher jovem, bonita, mexe com a gente. Preciso me cuidar para não estar sempre ligado nela.

Hoje me surpreendi achando que Nora tem a cara feinha e o resto, belíssimo, de Brigitte. Olhando melhor, descobri que a associação vem do modo dela repartir os cabelos claros, corridos. Talvez, também, da bundinha de tanajura. Ou até da intenção dela mesma de realçar parecença em gestos de bichinho.

Fico inquieto, toda tarde, na hora do banho de Nora, curtindo imaginá-la enquanto ela se banha. E esperando a boa hora do depois, quando ela vem toda fresca pra sala me servir o café.

Nem passo perto do banheiro. Fico andando na sala, às voltas, aceso, sabendo que ela está no banho. Acompanho, passo a passo, todo o banho de Nora.

Agora, ela tira a roupa, peça por peça, depressa.

Agora, liga a água e deixa escorrer, esperando que aqueça.

Agora, se senta na privada, logo ouço a descarga, sei que se levanta, acabou, se limpa.

Agora está no bidê. As francesas acometem sentando de frente. Nora, como é que se senta?

Agora ouço a ducha, está no banho. Adivinho como ela goza a água escorrendo pelo corpo. Se ensaboa, ensaboa a cara, ensaboa os braços, ensaboa a barriga, os seios, se lava toda.

Agora ensaboa as pernas, primeiro as coxas, depois os tornozelos.

Agora tira a touca e enxágua a cabeleira. Uma vez, duas vezes.

Agora, pega o toalhão que dei a ela. Enxuga primeiro os cabelos escorridos, arrebanhando e enrolando na toalha menor.

Agora, com o toalhão esfrega as costas, os seios, depois os braços.

Agora enxuga a barriga, a bunda, as pernas. Dependura a toalha felpuda e se veste devagar: a calcinha, o sutiã – pra que sutiã? – a saia, a blusa. Não, hoje será um vestido. Tomara! Qual! Queria mesmo é ver Nora pelada.

[...] *de todo nua,*
só de teu banho vestida

João Cabral de Melo Neto

Veio, afinal. Demorou porque estava fritando sonhos, deliciosos, com açúcar e canela em cima. Veio, como sempre, fresca, os cabelos recolhidos na toalha emoldurando escultural a cabeça e a cara, vestida no seu vestidinho caseiro, azulado, cheirando sabonete e loção. Deu um dedo de prosa, me serviu e saiu para seus afazeres.

Eu ficarei aqui, como sempre, cheirando, agreste, o ar onde ela passou, brejeira. Como é que me livro disso? E lá quero me livrar? Não tiro nada dela. Não abuso. Só exerço minhas faculdades, discretamente. Imaginação contida, desejos castos, ternura só de palavras, sem qualquer gesto. Candor.

Afora Nora, me sinto solto, só no mundo. Os laços que me ligam ainda a pessoas são reminiscências: Stela; ou confluências: Canuto; disputas: Elmano; confrontos: Guedes e Uriel. Não me pesam nada. Nada acrescentam. Se não os tivesse amanhã, daria no mesmo. Ela sim, Nora tem peso para mim. Perdê-la seria ruim. Nem pensar.

O que Nora mais me dá é esse convívio de velho e guria. De minha parte meio culposo, da parte dela, filial. E eu não quero mais. Serei o sogro casto, paternal, vendo-a embuchar, prenha de Zeca, como avô que espera neto, carinhoso. O filho que nunca vi no Zeca por artes de Nora começa a se configurar. Enquanto isso, eu olho, imploro. Quero beber, antes que morra:

Água de amor em sua fonte?

Bernart de Ventadorn

LSD

Stela espevitou. Descobri hoje por quê: LSD, nada menos. Está é drogada, a safada. Vi, primeiro, como mudou seu jeito de vestir. Deixou a saia-e-blusa professoral, cinzenta, para usar, no diário, vestidos coloridos, vaporosos. Maquiagem. Perfumes fortes, doces, enjoativos. Mudou até o jeito de rir, de andar, de sentar, se espreguiçar, de olhar. Deu pra dengar.

Eu desconfiava de tanta alegria solta, perguntando e reclamando para saber o que ela me escondia. Alguma coisa seria, eu sabia. Aquele salto das tristezas do luto para essa exaltação... Paixão seria – pensava eu – só um amor novo, em flor, podia alegrá-la tanto. Hoje me contou tudo. Tudo, no caso, é o LSD.

– Abriu meus olhos, Gê, abriu minha mente, me abriu para um mundo novo. Me desabotoou de dentro de mim. Fora de mim. Explodiu meus bloqueios, Gê. Violentou minha alma. Libertou meus sentidos.

Assim é que fala. Foi o que me disse. Eloquentíssima. Entusiasmada com a experiência. O que quer, agora, é me pôr no bando. Doida! São uns dez. Um médico, que controla, dois professores e três professoras lá da Fafi e alguns eventuais.

Entre eles o sacana do Elmano, que foi duas vezes. Da primeira, armado com quantidade de canetas e uma resma de papel. Queria registrar suas visões inspiradas. Nada. Só rabiscou garatujas ilegíveis. Na segunda vez foi pior, caiu no desespero de uma viagem apavorante e não quis mais saber de LSD. Ainda bem ou tanto pior, pouco me importa.

Disse a Stela que para mim isso não dá. Meu limite é a liamba. Era, aliás, foi. Gostei muito, há tempos, de puxar um fuminho com Lu, para comer bombons, beber licor, transar. Tudo numa boa de tesão, alegria e gozo: doiduras. Mas isso de buscar altas alturas, de alargar consciência, de mergulhar no inconsciente à procura de êxtases poéticos, de percepções profundas, de vivências místicas, estéticas, isso tudo demais que Stela quer, não. Comigo não! Não entro nisso não. Nunca. Jamais!

Tiro boa dose de sarro me curtindo ao natural. Ouvindo música, lendo, escrevendo enredos, principalmente amando, se Deus me ajuda. Mas compreendo que Stela queira arrombar seu inconsciente. Ela necessita sair de si mesma. Fugir da existência que leva nessa sua vida empapelada de mulher só, mal-amada.

Disse a ela justamente o contrário. Afirmei, com toda convicção, que nisso só vejo riscos para ela. Esse seu novo estilo de viver é desvario. Insisti quanto pude, sem certeza nenhuma. Por quê?

A verdade é que ela melhorou de figura e de humor. Parece até meio feliz, apesar dos olhos em calda, flutuando, da soltura vaga. Meu medo, quase certeza, é que Stela já tenha passado pra cocaína. Até, quem sabe, desembocado na heroína? Perguntei. Mas era tão veemente minha oposição, que ela não quis me dizer. E eu lá preciso saber? Devo é ignorar.

Por que uma mulher erada como Stela, triste, de vida insossa, não pode buscar sua alegria onde queira? Sou lá algum moralista? Se a felicidade é hormonal, como quer Elmano, afirmando que é, por que não dar uma ajudazinha? Não entro nisso é, talvez, pelo medo de não ter forças para sair. É pelo pavor de desembestar tontão por aí.

QUINA

O espaço social em que nasci, onde sempre vivi, onde estou agora, é o intermediário, de algodão isolante, entre as classes antagônicas. Lá em cima, ficam os ricos mais ricos, poderosas potestades, mandando e mamando. Lá embaixo, a humanidade imensíssima, suada e sofrida. Eu no meio, entre eles, me equilibro. Afundar na gueena seria insensatez suprema. Alçar-me para o mundo da gente lá de cima, haja Hércules. Assim encurralado, só me resta virar espectador, olhar testemunhando os viveres contrastantes do meu povo destas Minas. Os mandantes, lá de cima, contentes de si e do mundo. Os mandados, lá de baixo, sofridos, resignados.

Minas é pedra de quina do Capitólio. Sustém da ordem continental. Basta que acenem de lá, e os nossos vilares, solícitos, levantam-se todos gritando, uníssonos:

– Presente, patrão, presente. – Assim já era na era dos quintos de Vila Rica e dos contratadores do Tijuco. Lá, então, aprendemos a lição de jamais sublevar. Lá, também, vimos como esta gente nossa, de cima, presta mesmo, e só, é para manter a ordem que aí está. Sabem que nela se assentam os seus direitos supremos a tudo fruir, sem nada dar.

O escarmento funcionou. Sua trombeta real soou com terrível efeito de demonstração. Vejo nítida a tropinha do antialferes vitorioso, filho da puta, com seus burrecos carregando nas bruacas, salgados, os quartos de Tiradentes que ele veio dependurado pela estrada do Rio a Vila Rica. A decepada cabeça, já bichada, ele mudava de lado em cada pouso. Guardava bem para espetar, conforme as instruções de Maria Louca, num poste alto, no largo principal de Ouro Preto e lá apodrecer, fétida pinicada de urubus. Os mineiros olhando e vendo, e vendo, e vendo, e olhando, se escarmentando, aprendendo:

– Juízo, meu filho! Não seja palmatória do mundo!

Assim fala mãe mineira que não é nenhuma matrona romana, heroica e pecadora. É gente só, humana gente, sabendo, sábia, que a vida é para se viver, pedindo desculpa. Sempre sobra, é verdade, um doido, uma doida, que chucha gringo com vara curta, se perdendo, mas se salvando e nos salvando a honra. São o sal de nossa fraca carne.

O dia em que nasci moura e pereça

Camões

Repassei hoje, atentamente, toda a gente que conheço, procurando algum combatente tiradêntico de uma nova Minas. Não encontrei ninguém. Ninguém. O mais parecido com isso é o desbundado Elmano. Ele, ao menos, muito quis se exercer, desviando o curso das coisas. Mas quando viu que estava é querendo, com suas duas mãos, represar o Velho Chico, se escafedeu.

E eu? Eu mesmo, o que faço que não me revolto? Ou pelo menos não incito revoltosos? Não, não sou disso, não. Coitadim de mim. Nada dessas ferocidades serve pra mim. Só quero anunciar os tiradentes que virão. Para isso, devasso horizontes, lambendo tudo com os olhos, procurando, procurando. Não acho nenhum. Sou o anunciador do amanhã.

Tenho apenas duas mãos e o sentimento do mundo

Carlos Drummond de Andrade

MAGNÓLIA

Estive de cama uns dias com uma gripe danada que ainda me agarra. Até gostei. Gripado, mas bem tratado: chás, remédios, carinhos. Carinhos.

Levantei há pouco, abri a janela da rua sempre emperrada, para ver entrar aqui um galho de magnólia florescente que espetava o vidro. Agora, o quarto recende do cheiro penetrante. Clarinada de perfume. O sol que entrou também desenha num quadrado de luz na parede a sombra da magnólia. Bonito demais!

Não é que me alegrei? Essa minha máquina de viver é muitíssimo bem-feita, perfeita. Com qualquer fungada de cheiro, qualquer clamor de claridade, qualquer carinho bom, se alegra vivaz. Viver é preciso e é gostoso, me levantei e vim cá pro escritório, conversar com você. Você também adora viver, não adora?

Em dias como este até parece que fui feito para amar, me espevitar. Só no ritmo afoito ou lento de amar minha vida reverdece, floresce. Sem amor, sem carinho, o que desponta em mim são amarelas nostalgias, ansiedades roxas, brancos desenganos. Outras são as cores do amor: fulgores, verdores, rubrores. Nelas estou, feliz de mim, da vida, do mundo.

Você bem sabe que este não é meu natural. Sou mais das melancolias. Também, quem é que aguentaria viver no ritmo e intensidade das paixões? Felizmente há os remansos em que a gente descansa, se refaz dos estragos do último amor. As travessias de espera, vazias de amor, como a de agora, são o miolo da vida, o todo-dia da existência da gente. São vãos vazios de amores que eu devia ter amado e não amei. São a presença ausente de minhas amadas que se retraíram. São mesmo é o espaço das que virão. Umas entraram em mim demais até: até hoje, de perto ou de longe me acenam, me oprimem em esperanças, lembranças. Outras, que ainda me virão, demoram. Muito amor demais. Pouco amor demais. Tudo somado é só amor.

Eu, homem sensato, sério, professor emérito, escritor de renome, aqui estou sentado, desvairando. Desejando que minha vida passada tivesse sido diferente. Querendo – o que é ainda mais insensato – que minha vida presente seja outra. Qual? Na verdade, preciso de tão pouco para ser feliz. Preciso só de um amor.

Se eu tivesse sido mais impulsivo, se ao menos tivesse tido a coragem de meus desejos, a vida não me teria corrido tão macia, talvez, mas teria sido mais bem vivida. Se eu, agora, afinal, assumisse minha tesão, teria ainda oportunidade de viver mais conforme a mim e a meus instintos? Quisera. Duvido muito.

Eu tenho um amor novo que quero amar contigo

NININHA

– Ei, Nininha! Me ouça. Me deu um trabalhão danado encontrar você, Nininha. Fique quieta aí. Eu estou falando é com você. Ouça! Me ouça.

– Que é? Gê?

– Não venho da parte de Gê, não. Venho é de minha parte mesmo. Sou eu que pergunto, você só pensa, responde. Qual é a sua, Nininha? Fale. Fale aí.

– Esse Gê, meu irmão, é minha perdição. Escreveu! Vai mandar os netos conhecer o Buritizal. Que ao menos venham sem a mãe. Por tudo que sei dela é uma cadela, como a mãe. É um horror a gente não poder escolher os parentes colaterais. Eles caem, em matilha, na família da gente. Maldição. Esses netos dele, como serão?

– Gê e eu demos certo, graças. Mas nós mesmos nem tanto. Gê fez de mim o homem da casa, pau de toda obra, para cuidar da fazenda nossa, o Buritizal. Eu concentrei nele todo o amor que podia dar a uma familhona de marido e filharada.

– Ele lá, eu cá. Eu cá, ele lá. Anos e anos, sem nos ver. Agora, de repente, esses netos dele, sobrinhos-netos meus, herdeiros nossos, vão me cair aqui.

– Só quero ver quando chegarem. Vou ficar uns dois dias, ou três, olhando, prestando atenção neles, até reconhecer o que mais puxou nossa gente. Ainda que seja nos defeitos. A esse vou me dar. A ele só, discretamente. Legalmente, a metade de tudo nosso que me cabe, eu posso legar. E mais, muito mais, posso ir dando devagar: dinheiro, gado, trens.

– São umas crianças, nem se formaram ainda. Podem se transformar. Que me importa? Busco é a raça de minha gente, a semente que eles levam de meu avô Quincas, de minha avó Coló. Bolas, e se eles derem de puxar o lado do meu avô Ageu, da minha avó Das Dores? Também serve, dá no mesmo. Não pode haver gente mais diferente do que essas minhas gentes materna e paterna. Vovô Quincas, morenaço, duro, na frente dos garimpos, homem do mundo, mandante, valente, gritador. Vovó Coló fidalga, fina, mandando quieta, sibilina. Vovô Ageu, maestro. Papai, músico também. Ambos empregados servis, se compensando na cachaça. Vovó Das Dores eu nem sei quem foi, como foi. Dela não sei nada. O neto que puxar um ramo, renega o outro. Veremos. A um deles vou querer mais. A um deles vou preferir, será o que for mais parecido com Gê menino.

– A ojeriza que me deu, na primeira hora, a notícia da vinda deles, está se transformando em curiosidade. Estou gostando até de começar a pensar nos dois peraltas brincando no quintal. Escolher um deles para meu neto esquenta meu coração saudoso de quereres. Me vejo dando banho no danadinho, vestindo a roupa dele, recomendando para não cair do cavalo.

– Como é mesmo o nome dos dois meninos? Aquele doido do Gê nunca disse e não pôs na carta. Já li e reli, procurando. Só escreveu os netos. Nem o trato de meus netos ele dá. Que importa? Lá vem o neto de Gê, trazendo meu descendente e herdeiro pela mão. Vem diretamente a mim, se é que, chegando aqui, reconheço nele minha gente. Aí, eu a ele me dou. E ele a mim, também. Não podia eu acabar de criá-los? Com a mãe que têm, ríspida, desabusada, pecadora, nenhum deles terá tido educação que preste. O que sei da tal Mila não sei por Gê, que dela nunca me falou. Sei é pelo que pesco, filtrado, de mil notícias que me chegam aqui e que eu escarafuncho para saber mais e mais. Assim também é que sei de Gê. Sei até como é a casa dele. O quarto da perdição que ele tem lá: um cabaré. O mulatinho, filho da empregada, metido a afilhado e a parente. A mulher dele, a tal Silviana, que Gê trata de Nora. Agora é a ama da casa, a serva dos escritores todos que vivem lá, num entra e sai, escutando música calados ou discutindo animados, bebendo, bebendo, bebendo.

– Vida mais besta essa de Gê. Ouvir de manhãzinha o mugido das vacas dele lá no Buritizal seria mais negócio. Pode até ser que lá, na varanda da casona nova que eu fiz de tijolo e janela envidraçada, ouvindo o ranger da roda d'água e os socos do monjolo, ele escrevesse uns livros mais prestantes.

BROCHA

Passou o tempo, há tempos, em que, inocente de que vivia, eu queria morrer, me matar. Mas não passou nem passará o presságio, a magia da morte oferecida. No quarto alto de hotel, tenho sempre bem presente que para além da janela mora minha morte, à minha espera. Não vou lá! Remédio novo que começo a tomar, tomo, ciente de que no fundo do vidro o que está é minha morte. O mar, meu amado mar, eu o vejo como a morte, minha morte ofertada.

Não posso escrever com a barulheira das construções aí dos dois lados. Atormentam a gente das sete da manhã às quatro da tarde. Quando fundem as lajes é ainda pior, a zoeira atravessa a noite inteira.

Lembro-me de quando vim para cá. Nem muro fiz. Podia ver a paisagem das escarpas pedregosas desses altos da Serra daqui da minha rua da Angustura. Nos anos seguintes, foram chovendo vizinhos e foi se fechando a paisagem, com seus muros. Cada qual, e eu também, queria seu espaço exclusivo, distanciado dos outros. Depois de um assalto falado, distante daqui, alguns levantaram ainda mais os muros e os eriçaram com cacos de garrafa.

Na verdade, isso não me importa nada. Não sou de convivências. A única que consinto é com don'Ana. Por amor dela e de Vazinha, nunca mandei levantar o pedaço do nosso muro que ruiu há anos.

O que me incomoda é essa barulheira de caminhão chegando e saindo com cargas pesadas. São essas marteladas ressoando dentro de minha cabeça. É o zumbido impossível das serras mecânicas. É o rilhar sinistro dos guindastes.

Essa nova onda de construções me dana. Primeiro era um deserto, minha casa isolada. Depois, casas iguais à minha, surgindo como cogumelos, por todo lado. Agora, demolem as casas para levantar edifícios, cada vez maiores.

Um pouco me dana, mesmo, é o confisco da paisagem. Apesar de que a vi pouquíssimas vezes, gostava de saber que aí estava para ser vista. Bela, imagino, ao amanhecer que receio não ter visto nunca. Belíssima, no entardecer, que sempre vejo. O que vi mais, com olhos de ver, rever, foram os clarões do plenilúnio. Esses, sim, vi demorado, alumiando o céu acima das mangueiras, milhares de vezes. Centenas, digamos. Esse ficará, certamente. Por mais que Beagá cresça, não tapará meu céu estrelado.

Elmano esteve aqui agora de tarde. Acaba de sair. Infeliz, me ocupou horas. Quis rir dele, mas não pude. O bravo fornicador brochou.

– Minha glória era meu pau, Gê. – Eloquente contumaz, achou jeito de pilheriar até em cima de sua própria brochura:

– Tântalo de carne – disse – não será tanto. Vi bem como o puto lambeu com os olhos a bunda de Nora quando ela nos servia o café.

A brochura do Elmano tem enredo. É arte de uma dona por quem se apaixonou. Fez o diabo para seduzi-la e, agora, dorme com ela e nada. Ou nem dorme, ordena a noite inteira a seu pau que endureça, sem conseguir nadinha. O pobre morre de vergonha e o vexame agrava ainda mais a brochura. A dama, que até gostava das preliminares, achando que depois ia ter o dela, agora quer o que ele não pode dar: o pau duro, estuprador de que ele fala, eloquentíssimo, mas não prova. Bem feito, castigo merecido.

Para Elmano, desgraça maior não pode haver. Só se ficasse mudo. Aí morria engasgado, no esforço de falar. Até se matava, acho eu.

Elmano saiu e eu me meti no quintal. Lá fiquei, olhando a noite anoitecer, meio tristonho, querendo puxar angústia. Vi a noite cair inteira. Negra, sem lua, faiscante de estrelas. No céu imenso, luziam frias. Luzem assim desde sempre. Luzirão eternamente. Eu, bichinho cá da terra, feito de carne mortal; aqui, esperando a morte, olhava assustado a eternidade. Tantíssimo mundo, universo. Para quê? Belo é, até demais.

Nessas noites de luz mais belas do que a aurora

Augusto de Lima

Nisso estava eu, cismando, quando senti o cheiro vivo de carne de sol chiando nas brasas. Beleza. Fiquei com a boca cheia d'água. Será uma carne de dois pelos, que vou comer com Nora, molhando na farinha seca. Viver é bom demais. Agora estou sentado aqui. Mas já vou lá, Nora está me chamando. Já vou. Até logo.

VÍCIO

Romancear é tão fácil e tão difícil quanto viver a vida, vivenciar. Em certos casos é também inevitável. Inescapável. Senão pelo suicídio. Não digo que seja assim comigo. Não me sinto condenado nem me desgosta escrever, ao contrário. O que me falta é a coragem de não fazer outra coisa ou nada.

Escrever será certamente tão bom, talvez até melhor do que ler. A estória pra nós vai saindo da escrita tão surpreendente, como salta da página impressa para você. Só é mais demorado e, por isso, mais sofrido e mais gozoso.

Entregar-se a esse exercício forte tem seus riscos de vida. Muito autor em lugar de viver sua vida procurando os desdobramentos possíveis, desejáveis, dela, se afunda nesse vício de fantasiar vidas alheias, escrevendo impossíveis biografias impostadas. Eu não sou um deles. Sofro não ser. Gozo muito também.

Escrever, para mim, está virando uma destinação de que não escapo, nem quero escapar. Escrever para quê? Haverei perguntado um dia? Já não pergunto. Por fruição? Não pode ser. Será? Como pode ser gozoso o tormento que me amarra nessa servidão de que não consigo me livrar? Como pode ser sofrido o que mais me apraz? Escreverei por vocação, destinação, ou para agradar você?

Escrevo, de fato, é para mim, acho eu. Engendrar enredos e escrevê-los, misturando fantasias e verdades, virou meu jeito próprio, pessoal, de me ser, de viver e conviver. Escrevo romance como meu pai bebia cachaça: vício. Se só fizesse outras coisas na vida, qualquer coisa prática, dessas tantas que enricam as pessoas, que lhes dão importância e poder, acho que morria ou me matava.

Isso é vida para leitor. Nós, romancistas, somos gente de outra laia. Imprestáveis não somos. Mas nosso préstimo é pouco, reconheço. Haverá ofícios ou vícios piores, outros melhores. Não troco nem invejo.

Este meu *Migo,* que você lê aí, não sei onde, não sei quando, é o quarto romance que escrevo. Até parece o primeiro, tanto é o nada que aprendi com os outros todos, para me servir agora, aqui.

Num, o primeiro, me visto de índio Mairum para sentir e fazer sentir a dor e o gozo de ser índio. Seu tema é a morte de Deus: morre porque o mundo não tem remédio. Falo do mundo índio em seus caldos originais; do nosso, nem se fala.

Noutro, me faço de fazendeirão boçal, como minha gente dos dois costados, filhos e netos de senhores de escravos, gastadores de gente. Ele não é minha glória, é meu fracasso. Tudo fiz, pus quanto talento tinha, para desenhar odioso aquele Mulo, e ele me saiu comovente. Só romance é assim de infiel com a gente.

No terceiro, assumo, rindo, a nossa consciência numa antiutopia glauberiana em que me disfarço de negro prenhador de amazonas para retomar o discurso bolivariano numa paródia de *A tempestade*. Todo mundo tomou o livro, aqui, como piada. É o mais sério que escrevi, dizem lá fora.

Agora o desafio é maior. Aqui encarno minha própria carne, a que podia ter sido, até devia. Mas não fui, aterrado que fiquei com a sina proposta de reviver a vida dos meus. O que busco é aquele eu que eu teria sido, é meu sentimento mineiro do mundo que eu teria tido, para, aqui, curti-lo de mentira, como se fosse meu mesmo no mais intrínseco de mim.

Sei bem que esse Gê, tíbio e gaiato, não podia ser eu, jamais. Nem eu tenho caixa para ser ele. Mas, sabe-se lá, as coisas reais, além de impávidas, são inexplicáveis. Eu e Ageu, meu filho e meu pai, sou sempre eu reencarnado na miudeza de destinos afins ao meu. Para quê? Por quê? Sei lá! Romanceio.

Em mim, apesar de mim, é o destino que se cumpre. Me obriga a dar voz àquele eu que eu teria sido, se lá ficasse, distraído, belorizontando. Escapei dele como existência, mas aqui ele me agarra, me obriga. Nunca pensei que meu tema um dia fosse o amor carnal e terminal ou o fervor pátrio mineiro. Assim é, fé em Deus e pé na tábua. Vamos adiante pra ver no que dá.

Se ninguém, nem Deus comanda o destino – se comandasse, seria a fatalidade – como posso eu querer comandar o destino de Ageu? Dar uma de Deus, quem não gostava? Com que roupa? Aqui estou, fazendo Gê, como ele me vem. Sua alma, sua palma. Literatura é isso aí.

Fui-o outrora agora.

Fernando Pessoa

HORAS

São sete horas da noite, aqui e em toda Minas. Nem menos nem mais. Sete horas de uma noite mais que começa, recomeça, sem alarido, tranquila. Ela, a noite, se abre atirando sua rajada de segundos que continuará cuspindo até se esgotar para sempre.

Vidas muitas há de haver que nesse lapso se esgotam, sem mais tempo de ser. Meu prazo de sessent'anos, quase eterno, não começa, excede, está por esgotar-se. Me dói saber que passei mais da metade dele dormindo. Com o resto demorei neste mundo, finando o tempo que, dadivoso, o tempo dá: brinquei, amei, trabalhei, sonhei, chorei, me virei. Durei. Agora, rememoro outrora.

Nininha, lá de longe, me acena amorosa. Aqui, no disco que roda, Gal canta uma canção de amor, com sua voz vária, exata, em rajada de sons. Eu ouço, apalpando o tempo. Lá dentro, Nora tira a mesa onde jantamos, cuidando de não fazer barulho.

quando eu, senhora, em vós os olhos ponho
e vejo o que não vi nunca, nem cri
que houvesse

Sá de Miranda

Prolongada vigília esta minha, testemunhando em silêncio, por vezes comovido, o destino se cumprir em mim, em nós. Que fazer? O que está escrito será. A Apoteose havia fatalmente de se erguer em concreto onde se ergueu, no Rio. Onde mais, que no Sambódromo? Aqui em Minas alterosas é que não podia ser.

Tudo o que há de ser, já era desde sempre. Só aguardava, recôndito, sua hora de cumprir-se. Nora nasceu, faz pouco, destinada a cumprir sina cruzada com a minha. Tangente. Passar minhas camisas, lavar meus lençóis, cuidar minha casa e mim. Cabe a ela também se deixar ver. Andar para que eu a divise, supondo o que poderia ser, e não será.

O que há de ser sucederá. Como não havia de suceder? Houve tempo em que eu me sabia. Agora, nada sei. Ignoro e espero, temo e desejo. Amanhã será o dia do que vai suceder amanhã. Outro dia. Nesse rumo é que vim abrindo e fechando portas. Nora hoje não virá mais. Acabado o quefazer da noite, irá dormir, para além do corredor. Sozinha.

Ganhei (perdi) meu dia.
E baixa a coisa fria

Carlos Drummond de Andrade

NORA É NORA

– Nora, você é Nora – disse eu a ela.

– Cada qual é ele mesmo, fessô. Claro!

– É verdade, todos somos um. Mas você é muito mais única. Você é você, Nora.

Nora é singular e variada, como ninguém mais. É menina e é mulher. É ingênua e é sabida. É sincera e disfarçada.

Nem mesmo Nora, de verdade, Nora é. Mulher do Zeca, claro que é. Mas filho meu, ele não é. Pois é. Será Nora filha daquela família dela, aquele pai, aquela mãe? Parecem pais de outra. Terá sido largada lá? Terá sido furtada? Adotada, quem sabe? Ela é gente de outra jaça. Quem é Nora? Nora é Nora. Tudo isso e tão só isto: Nora.

Parece até que Nora não nasceu feita, tal qual é. Foi surgindo, ainda está se fazendo. Qual! Nora nasceu, cresceu, foi vivendo e sonhando, sonhando e crescendo, guardando-se zelosa para seu destino. Chegada a hora, com demora, se deu a Zeca, em sua virgindade de pétala, donzela. Vindo para cá ia a seu encontro. Ia ser ela. Saía, fugia para se assumir em sua pele, em seu jeito.

Flor virando fruto? Cobra se descamando? Siri se descascando? Será Nora mesma em busca de sua concha? Nora é Nora.

Chegou aqui em ser. Era Silviana, querendo ainda ser Nora. Aqui sob meus olhos, vendo, deslumbrados, ela foi se encolhendo e se alargando, se desfazendo e refazendo, sendo. Ainda está aprendendo. Nora é Nora, agora. Posta no rumo de sua sina. Minha e dela.

Nora parece com quem? Com ninguém! Nora é Nininha? Sim, um pouco, pouquinho. Nora é Solzinho, renascendo? Algo têm elas irmanadas. Nora é Bia? Nora é Mila? Não, não. Não é não. Nora é Nora, está sendo, caminhando ligeiro ao encontro de si mesma. Ela é ela. Ela é Nininha. Ela não é ninguém mais do que ela. Nora é quem há de ser. Nora será o que ela, a amada, havia de ser.

Quem pode amar-te, sem morrer de amores?

Maciel Monteiro

NÓS OUTROS

Andei lendo essas minhas escrituras, relendo, ponderando. Que é minha vida que inventario aqui? Afora diferenças de somenos, é a vida de toda gente, sem tirar nem pôr. Igual a sua, a de seus amigos, a de seus parentes. Senão, preste atenção. Cada um de nós, o que é que é? Terá a peculiaridade de ser médico e não engenheiro, de ser milico – coitado! – e não cura – pobrezinho! – de ser comerciante e não fazendeiro, ou fazendeiro mesmo. Não pode é ser operário sindicalizado, enxadeiro ou capiau porque sairia de nossa ciranda de pessoas viáveis. O que nos diferencia é nada diante do que nos iguala.

Vivemos todos nós essa vidinha mansa, classe-medista, em Bel'orizonte, ou em qualquer parte. Pense você aí: sua gente como é que vive? O que é que faz? Ponha-se ao lado deles como mais um e veja se não é tal qual. Quando quero muito me diferenciar de minha gente mineira, como pessoa especial, me faço vê-los comendo contritos, cada domingo, sua macarronada, seu arroz de forno, sua galinha de parida, com a família toda reunida. Sentados à mesa, pais e filhos, genros e noras, enteados, netos, às vezes até esticando para sobrinhos e primos. Nada disso eu não faço não. Mas, no resto, sou igualzinho aos mais, com variantes de estilo.

Você estará aí matutando: meu marido não é putanheiro como você. Nem tem amantes desvairadas como as suas. Eu mesma vivo em mim, contida. Será? Coitado dele! Coitada de você! Ponha a mão na consciência e diga, não a mim, mas a você mesma, se nunca se entesou por ninguém. Sempre foi comida tranquila e honesta de um comedor só, ativo? Você afirma que sim? Será? Gosta que tenha sido assim? Quer continuar assim, nessa secura?

Em resumidas contas, só digo: seja como Deus quiser. Viva sua vida e não me julgue severamente demais. Eu vivo a minha, como ela me cai, aceitando os desafios que põe – que jeito? – É o que todos fazemos, acho eu, sem virtudes nem culpas, nos conformes do destino. Mas que você precisa tirar algum sarro de seu viver, precisa, e muito.

Com que autoridade eu poso aqui de conselheiro? Se nem de minha vida dou conta, quanto mais da sua. Vivo cercado de gentes incompletas, incapazes de realizar-se em plenitude: eu, você, meus amigos, nós todos somos uns bananas!

Por que compus meu livro com esta humanidadezinha rasteira? Posso eu tomar esse bando como representativo dos mineiros? Qual! Eles não são representativos de nada. Que são os mineiros? Que é, afinal, essa mineiralidade singular, recôndita, que todos veem em nós, que eu aqui indago, interminavelmente, e não encontro e não vejo, jamais?

Os mineiros são dóceis ou são ásperos? São afáveis e ternos ou são secos e bruscos? São discretos, contidos, ou são falastrões, inconfidentes? São rígidos ou flexíveis? São fortes, vigorosos ou são frouxos e fracos? São precisos, exatos, cumpridores ou são usurários, enganadores, muito ladrões? Tudo isso somos. Isso e quanto adjetivo mais você quiser botar. Somos mesmo é gente, humana gente, variada e inconsequente. Eu mesmo, de mim, posso dizer aqui que tudo isso fui, me contrastando quadra a quadra, nos papéis que vivi.

Por que criei esses meus personagens assim como eles são? Serão eles uns eus meus inconfessáveis que eu encarno aí como se me fossem alheios? Por que os fiz tão detestáveis todos? A Stela não devia ter desenhado menos errada, mais feliz?

Elmano é o retrato de minha ambiguidade, reconheço. Talvez seja, também, quem eu quisera ser. Ou melhor, quem eu queria ter sido, porque seu ser presente é imprestável demais. Guedes e Uriel, encarnando a mineiridade mais rançosa, eu os terei feito assim, para xingá-los ou para louvá-los? Ao Cura e a Canuto, coitadinhos, viciados, não podia dar trato mais humano? Com essa galeria de gente, parca e insossa, como fazer um romance de arromba?

Outro defeito principal deste livro, que pode ainda me obrigar a rasgá-lo, é a estreiteza do espaço em que ele se desempenha. Amplitudes maiores só alcanço aqui retornando à infância, no Mangueiral. Ou nas minhas fugas breves, ao Rio e a São Paulo. Mais ainda, talvez, nos meus voos de morcego sobre as velharias mineiras.

Tudo mais é de somenos. Só contam, mesmo, neste meu romance, as estreitas dimensões domésticas. A casa, com seu quintal que é o espaço meu, de Nora, de Zeca e de Vazinha. Esta biblioteca de Stela e de Canuto, de Uriel e de Elmano, do Guedes e de seu Cura. O quarto só meu, só, agora, mas cheio de rememorações carnais de Bia, de Sol e de Lu.

Dentro deste âmbito miúdo aqui de casa, na estreita rua da Angustura, é que eu me exerço e romanceio, vestindo as fantasias de cada uma dessas figurinhas minhas. Convivendo com elas, nesta nossa existência fictícia, vou descobrindo e desvendando os traços e tiques, os vícios e as manias de cada qual, para dar a elas, me dando a mim também, forma e figura, paixão e mistério. Alcançarei?

Vão demolir esta casa.
Mas meu quarto vai ficar,
[...] *Com seus livros, com seus quadros,*
Intacto, suspenso no ar!

Manuel Bandeira

TÉDIO

Você vê o que está me sucedendo? Nada! A vida me cai aqui em casa como quer. Nem cai em cima de mim, só ecoa. São os amigos que trazem a esse buraco notícias do que acontece lá fora de assinalável. Vivo da fala deles, de suas notícias de vidas alheias, que comento enfastiado.

Se ao menos fossem gente verdadeira, do trabalho e da ação, trazendo testemunhos quentes de ferocidades, façanhas, amores, terrores. Qual! Falam é de suas vidinhas miúdas, como a minha, em que também não acontece nada. Só Stela às vezes acontece. Mal.

Notícia mais quente, sensacional, quem me traz é o jornal que leio cada vez mais entediado. Tanto da política, quanto da crônica diária de tantos dramas alheios. Nem parece verdade tanta violência e sangueira. Leio indiferente.

Agora dei para ver com Nora, lá na sala, depois da janta, o noticiário da televisão. Meio envergonhado, fico um pouco mais para ver um pedaço da novela que ela acompanha, também acanhada. Se envergonha demais de ser tida como noveleira, viciada, dessas que vivem mais os dramas apaixonantes da TV que suas próprias insossas vidas. Você é noveleira como nós, ocasional, ou é viciada? Curta sua novela, querida, é um barato. Mas viva, pelo amor de Deus, viva.

Essa minha escreveção quase diária é, hoje, vício igual ao das noveleiras. Me mantém aqui atarraxado, cismando. Ruminações são, principalmente, de idos meus, vividos. Palha de cana ressequida, sem suco que se aproveite. Também são fantasias, devaneios. Que fazer, se meu presente não rende nada? Nem renderá! Me falta até capital humano para que me aconteçam coisas. Uma filha estuprada. Um genro suicida. Uma neta louca. Uma avó ladra. Um irmão desmunhecando. Nem parentes, nem amigos tenho, aos quais possam ocorrer coisas sensacionais. Ninguém conhecido meu vai protagonizar desgraça nenhuma. Tédio é a minha dimensão angustiada. Tanta que até chamo desgraça.

Devia é fechar esse tugúrio, tocar fogo na casa, nos livros, nos discos e sair por aí, ruando aventuroso. Não, melhor mesmo seria vender tudo num leilão rápido e escandaloso, pegar o dinheiro vivo e ir virar baiano no Pelourinho. Lá viver uma vida verdadeira, amando minhas negras, levando surras, sonhando, sendo roubado, mendigando. Por que não? Você se assusta? Qualquer coisa vital, mesmo desgraças, é melhor que coisa nenhuma.

Oh! Sono vem!... Que eu quero amar a morte
Com o mesmo engano com que amei a vida.

Mário de Andrade

PILEQUE

Recebi um cartão de Lu, postado de Rodes, com duas linhas de saudades. Que estará fazendo ela na Grécia? Amando, decerto. Amando, comendo, bebendo, cheirando, vivendo. Nunca vi ninguém tão voraz, de sentidos tão acesos para o gozo, como Lu-Maravilha.

Fiquei um tempão rodando o postal, olhando a paisagem e, através dela, recordando Lu. Fui tão duro com ela quando o amor esvaneceu. Hoje, sinto saudades. Lu é uma romana vivida, residente no planeta Terra, que conhece inteiro. Estará, agora, perto dos quarenta. No meu tempo, nosso tempo, teria pouco mais de trinta. Amávamos e falávamos tardes inteiras, nesse quarto aí do lado, que guarda tantas marcas, coisas, loucuras, dela. Nossas.

Lembrei-me, hoje, da graça com que Lu contava seus fracassos com os machões cubanos.

– Piores que os brasileiros – dizia ela. – Foi para cama com heróis laureados e quase suicidou-se, achando que tinha virado uma matrona castradora. Todos brochavam. Nada valiam suas romanas artes milenares. Quanto mais ela insistia, mais eles desmilinguiam. Assim foi, até que um dia Lu descobriu que cubano só fode estuprando. A mulher tem que fechar as coxas, resistir bravamente e até choramingar. Aí, funcionam que é uma beleza.

Outro caso da minha querida Lu, que não resisto ao desejo de contar a você, é o da sua iniciação amorosa. Logo que entrou pra faculdade, transou com um colega. Gostou demais. Até aí, tudo ótimo. O diabo é que sua irmã mais velha, uma virago, descobriu e começou a chantagear. Ameaçava contar tudo ao pai, um italiano das antigas. Para sair do aperto, Lu, uma tarde, no meio do jantar, caiu num acesso de choro convulsivo. Os pais socorreram. O velho, solícito, perguntava, carinhoso:

– Por que chora, filha minha, por quê?

Confessou, então, em prantos, que tinha dado pro namorado e que doeu demais. Que ela se sentia arrasada, horrorizada.

– Nunca mais dou, pai. Não sirvo para isso. – Aconteceu, então, o impossível. O velho pôs-se a consolar a filhinha dizendo que, às vezes, é assim, dói mesmo um pouco. Mas é só no princípio. No futuro, ela podia até gostar. Tinha que esperar um namorado bom, então tudo dará certo. Só Lu. Só Lu. Só Lu! Minha Lu.

Tudo isso que você leu agora eu escrevi ontem. Depois é que sucedeu o que se deu: meu pileque. Conto a você: a certa hora me levantei daqui da mesa (com Lu na cabeça), com vontade de ouvir alguns dos discos que ouvíamos e pus o Stockhausen a rodar. Fiquei escutando de pé sem achar Lu nem eu naquele alarido. Aí me deu a louca. Começou com uma palpitação. Eu me assustei com o coração disparado e fui pro quarto, assustado. Que é que há? Que é que há comigo? Eu me perguntava e me dizia que não eram tamanhas as saudades que tenho dela para tanta emoção. Maiores serão as saudades de mim, de quem eu era, no tempo dela, de nós.

Lá fiquei, alterado, mexendo nas coisas de Lu. Cheirei perfumes, apalpei roupas, e acabei na beira da mesa de bebidas, que Nora matém limpíssima. Deu vontade e comecei a bebericar pelo gargalo, uma que outra. Sentado na beirada da cama, bebi quantidade. Tanto que acabei num pileque feio.

Não tendo água na geladeira lá do quarto, vim para cá e chamei Nora para pedir. Ela viu que eu estava bêbado. Um vexame. Me deu a água com risadinhas, creio até que oferecendo e afastando o copo, para eu ter que agarrar, cambaleando. O certo é que quase caí em cima dela e meio que me danei. Não sei quanto. Só me lembro da raiva que me deu o desaforo de não poder tomar um pileque aqui em minha própria casa. Fui dormir putíssimo.

Agora, aqui, escrevo envergonhado. Não tenho cara para me sentar na mesa do almoço, com ela. Mas lá vou eu, tenho uma fome canina e Nora já me chamou duas vezes.

Estou de volta, tudo bem. Respeitosa, Nora me serviu sem dar sinais de que se lembrasse de nada. Podia dizer a ela: foi uma visita de Lu que tive, das lembranças tantas que tenho dela e que, às vezes, me voltam em cascata. Tudo bem. Tudo bem. Não disse nada.

Com que ânsia tão raiva
Quero aquele outrora!

Fernando Pessoa

QUIMERA

Meu bestiário se ativou outra vez. Aqui sentado, balançando os pés descalços debaixo da mesa, de mãos soltas ou segurando a caneta, sou hoje, consisto, é no meu bestunto tonto, girando, adoidado.

Minha fonte emborcada jorra imagens, sons musicais, dodecafônicos, vozes animais e gentias. É um carnaval só. Há horas que estou assim. Alucinando. Hoje, num carnaval rústico. Só me saem fantasias caprichosas dos tempos de eu menino na fazenda. Tudo transfigurado.

O paiol do Buritizal, cheio de espigas secas, as escuras mós de pedra dura do moinho de fubá; a roda-d'água, girando, jorrando. Tudo isso resplande, maravilhoso. Os milhos são espigas d'oiro. As rodas, de negro diamante. As águas, cristais espadanantes.

Essas imagens vêm de dentro de mim. Mas o que me sai não é o que estava lá depositado. Posso diferenciar perfeitamente cada uma dessas maravilhas que me vêm, da realidade que um dia vi. Transfigurado dentro de mim aquele mundo feio, rebrilha nessa maravilha incandescente que vejo.

Estou, outra vez, afundando no mistério. Nele vivo, assombrado dos primores que vejo. Quimeras. Os idos meus, vestidos de véus, refeitos pela fantasia, são agora o que deveriam ter sido, se esse mundo fosse a maravilha que merecia ser. Que é mesmo quimera? Um híbrido, se me lembro, feito de leão, cabra e dragão vomitando fogo. Hibridades.

Meu reino, hoje, não é deste mundo, é o desvario. Nele, o que é que sou? Sou é esta máquina de cismar, fantasiar. Nas fantasias que me saem é que me encontro, me assento em mim, me exerço. Doença de escritor, será? Somos, é certo, gente pouco humana, feita mais de papel que de carne. Nos alimentamos é de palavras, mais delas, de ilusões, que do real convívio humano. Resisto a isso quanto posso, com medo de me afundar tanto demais nesse desvario que não possa sair mais, nunca mais. Eu não me entrego, não. Mas elas, as fantasias, nem te ligo, me tombam, fazem de mim o que querem.

O disco que pus na vitrola gira. Eu giro dentro de mim, me enrodilho, me enrosco, buscando no fundo seivas que não tenho, mas invento. Não me comando. É como se pilotasse um avião que nunca tinha visto. Só depois de tocar um botão, sei, pelo safanão, para que ele serve.

Não entendo mais nada, muito menos a mim. Sempre me estranhei, hoje muito mais. Quando penso que eu sou eu, tal e qual, e que aquilo tudo é vadiagem da imaginação, vejo logo desfeita a ilusão. Mas aí outra ilusão, instantânea, em que sou índio ou palhaço toma o lugar daquela. Pejado de presságios misturados a esperanças desencontradas, rodo desgovernado.

Uma pessoa assim como eu, ou como você – se é também de desvarios –, pode lá responder realmente pelo que faz? Acho que por força própria ou lucidez inata, eu não sou capaz de pecado nem de virtude. Essas palavras apenas designam coisas que já fiz e julgo depois de feitas, achando boas ou ruins, pra mim ou pros mais.

E você, como é? Bom seria conversarmos. Qualquer assunto servia. Você gosta de falar de quê? Da remissão dos pecados? Ou da recordação gozosa deles? Dos meus pecados, dos seus pecados, dos pecados alheios, na carnalidade crua deles, gozando recordá-los? Dos seus pecados mais gozosos você me falaria, em confidência?

Você crê no Céu? No Inferno, você crê? Há quem creia no Purgatório. Até no Limbo, você já ouviu dizer? Dessas eminências, nada sei. Nem mesmo sei se tenho alma castigável. Duvido! Alma para mim é a pessoa de sombra, portada por minha carne, me animando a existência. Essa outra alma pronta pra escapulir, até aflita para fugir depressa de sua prisão carnal e subir, ou descer para a eternidade da Dor, ou da Glória, não creio que eu tenha não. Quem sou eu? Você certamente tem sua alma e zela muito por ela. Anjo da guarda, você tem? Eu já tive. Meu e de Nininha. Nós até falávamos com ele. Perdi, perdemos. É isso aí. Minha máquina de enredar decidiu especular e deu nisso. Ficou aqui provocando você com bocagens.

Perdoe. Eu nada posso fazer. Meu centro de desvario é autônomo, faz o que quer. Frequentemente se arvora em achaques de criatividade e se enreda, sonhando sozinho seus próprios sonhos. São alucinações minhas, delírios meus. Mas não se assuste não. Não vou morrer nem enlouquecer. Este livro eu vou acabar de escrever. Sempre fui propenso aos desvarios e às quimeras. Sofrê-los, gozá-los, é matéria minha. Releve!

Minha alma beija o quadro que pintou...

Fernando Pessoa

VELHA

Stela fraqueja espantosamente. Perdeu toda aquela agressividade verbal que era o traço distintivo dela. Afrouxou. Seu modo de ser, com aquela coragem de si, alegre, risonha, dobrou-se, alquebrou-se. Hoje, imagine, entrou aqui, me dizendo:

– Você está ficando calvo, calvo, Gê.

– Ora calvo, Stela. Ora, ficando. Estou é careca. – Podia até acrescentar, para ser mais preciso e equânime, que o cabelo dela também raleia. Não valia a pena. Nunca pensei que veria Stela envelhecer e decair assim. Nem supus jamais que ela seria testemunha ocular de minha velhice. Comeu a carne, chupe os ossos, diríamos, um ao outro, se nos tivéssemos casado no tempo nosso, quando devíamos.

Nesses anos, décadas, de convivência, espaçada pelos vazios das travessias que fizemos a sós, vimos mudanças demais. Em nós, em Minas, no mundo, tudo muda sem parar. E muda cada vez mais aceleradamente. E de forma mais radical. Muda pra melhor, no geral. No singular, em nós mesmos, muda pra pior. É apenas suportável. Rosa dizia que o mundo não muda nunca, só de hora em hora, piora. Muda sim, Rosa, e não é assim tão ruim. Deixe de amargor.

Outra mudança faz de mor espanto: Que não se muda já como soía.

Camões

Muda e melhora. Veja as moças de hoje. Parecem bisnetas de suas mães, tamanha a distância que as separa. Trabalham fora para sustentar família, inclusive seus homens. Tomam pílulas todo santo dia. Ou quando acham que estão fodíveis e que, provavelmente, serão fodidas. Graças. Os rapazes também ficaram uns machos dóceis, chorões, com fome de orgias, mas sem tesão pro todo-dia. Homem com homem, mulher com mulher, descobrem talentos recíprocos que curtem adoidados, numa pouca-vergonha tão desinibida, como eu jamais supus. Mulheres sobem nas tamancas e viram marechalas. Homens brigam pra ficar em casa, cozinhando, cuidando a filharada.

No material, as mudanças são ainda maiores. Basta ver como enriqueceu espantosamente a maquinaria do mundo, com tanta máquina serviçal: fazente, vidente, falante, ouvinte. Minas que eu vi, rapaz, é outra. Mais diferente desta, do que ela foi dos heroicos tempos de nossas priscas eras: a botocuda e a ouro-pretana. Hoje, se algum avô meu surgisse aí, se assustaria demais.

Mas eu falava é de Stela. Ela me preocupa. Demais. Que é que deu nela? Aquela leveza de drogada, onde está? Essa tristeza vil de velhice assumida é ainda pior. Qual! Aí está ela, na dela.

¡Quero quedar onde os meus dores foron!

Rosália de Castro

Estou em Maryland, numa conferência, sofrendo o pessimismo desses intelectuais do PMDB – acabados, acham que é o Brasil que vai acabar. – Aproveito para rever, uma vez mais, este texto. Mas não revejo nada! Só tenho olhos, hoje, é para ver a primavera explodindo lá fora. É a natureza no cio, uma indecência floral.

Nosso Gê decerto gostaria de ver tais esplendores. Qual! Gê, de palavras feito, não vê nada, nem tem olhos de ver. Quem vê sou eu, pra ele e pr'ocê. Sou eu que, aqui, olho com os dois olhos: deslumbrado.

Um nervo filosófico pisca no meu olho, advertindo: olhe! Olhe mais! Ele sabe que não é sempre que estarei aí, para ver a ciranda anual da primavera nórdica florindo. Somos mortais, é uma pena. Gê, com suas carnes de mentira, nos sobreviverá. Cego como uma porta.

MIGO

Confesso a você, sem nenhuma vergonha, que gosto demais de ser mimado. Quem não gosta? Nem me importa saber por que me dão carinho. Quero é mais. É bom demais. Migo é isso aí. É este sentimento contente de mim mesmo. É este sentido amor por mim. É este desejo fundo de me exercer amando. É, sobretudo, a vontade de ser amado.

Admiração, também, eu gosto muito. Não me importa por que me admirem. Ser admirado é bom, muitíssimo bom. Até adulação me serve. Interesseira? Pode ser, e daí? Cada um dá, se dá, o que tem. É melhor que nada.

Não posso é viver a seco, entre gentes que só são capazes de secura. Preciso acarinhar e ser acarinhado. Admirar e ser admirado. Querer e ser querido. Será fraqueza? Pode ser que seja. Mas volto a perguntar: e daí? Sou carente, confesso francamente. Trabalho tanto, me esforço como um danado, por quê? Para quê? Para que me queiram, para que me admirem, para que me louvem, para que me bajulem, para que me amem. Ou, ao menos, me vejam. Não poupe carinhos e mimos comigo. Careço muito.

Conheci alguns êxitos na vida. Gozei cada um, gota a gota, espichando quanto pude. O ruim é que, um por um cada um passou, esmaeceu, se foi, findou. De todos só me ficou a lembrança quente, agradável de lembrar. Melhor que ser mimado, ou quase tão bom, é mimar. Amar e acariciar longa, longuissimamente a minha amada, sendo por ela acariciado, mimado. O que mais me dói é viver desamado.

Dos amores que tive, às vezes penso que foram tantos, muitos, muitíssimos. De fato, foram poucos, pouquíssimos. Muito menos do que deveriam ter sido. Muito menos do que eu merecia. Deles todos nenhum ficou vivo, como tanta gente tem e curte a vida inteira. Às vezes um amor só, tranquilo, feito mais de ternura que de paixão, é guardado por toda a existência.

Haverá beleza maior que um longo amor, resistindo ao tempo, à convivência e à rotina, para continuar dando e recebendo, o mesmo leite de ternura ao longo de toda uma vida inteira? Inveja não me dá não! Admiração, muita, até espanto. É assim seu amor? Beleza!

Quem compreenderá meu coração?

Augusto Frederico Schmidt

CARRILHÃO

Lembrei-me, hoje, de outro feito de meu avô Quincas Sá, que precisa ser contado. É memorável.

Homem sabidamente sovina, Quincas comprou nada menos que um carrilhão. Pagou caro, tanto pela estrovenga como pela festa de sua inauguração. Que é que queria, aquele meu avô? Decerto, impor admiração à sua grandeza e glória ao povo do Mangueiral, que teimava em chamá-lo de Quinca Preto.

O tal carrilhão era tão enorme, composto de sinos tão pesados – alguns de dois badalos – que Quincas teve de levantar outra torre na matriz para aguentá-lo. Trouxe de fora seu Vitório, para mover sua máquina de glorificação. Quando as toadas de bronze soaram, reboando, retumbando, o estrondaço foi tamanho como jamais se viu. A cidade toda estremeceu debaixo da potência sonora dos incontáveis sinos. Começando a badalar – começou ao meio-dia em ponto – o tal Vitório badalou o carrilhão até as seis da tarde, em ponto. Entoou todas as toadas: as graves e as agudas; as alegres e as tristes e as misturadas. Umas ensurdecedoras. Outras em doces dobres, tinindo, repicando e até chorando em trinados ciciantes.

Nessas seis horas que durou a festa pródiga, explodiram morteiros, espocaram foguetes, as duas bandas líricas tocaram esfuziantes na cidade engalanada de bandeirolas e alegorias, espantando o povo com tanta alegria de graça. Comeram-se naquelas horas, dez reses, vinte e cinco porcos magros, muitíssimos alqueires de farinha da boa em farofa de linguiça e em paçoca de carne de sol. Beberam dúzias de barrilotes de pinga da melhor.

Eu sempre me pergunto que feios pecados terá pecado aquele meu avô, para ter tanta precisão de glorificar ao Altíssimo. Quem sabe nem foi pecado, mas justo orgulho, pela vanglória de poder dar a Deus, com tanta glória, alvíssaras tão incomensuráveis. Terá meu avô gastado fortunas para se dar aquela tarde de glória. Quem sabe até o falado meio litro de diamantes graúdos com que entrou na nossa família.

Para quem quer afirmar grandezas reais, foi até barata aquela badalação. Naquele ano e no ano seguinte, e até hoje, se fala no Mangueiral das grandezas desse feito de gastar gastos tão imensos, só por amor à glória própria e à grandeza de Deus.

O carrilhão não existe mais, deu caruncho numa das traves, que perdeu os sinos, despencados. A outra, periclitante, ameaçando tragédias, assustou tanto ao bispo que sua reverendíssima mandou desmontar e vender os sinos pelo preço do bronze.

Triste sina a desse meu avô empreendedor. O mercado que ele edificou ruiu no dia da inauguração, de madrugada, felizmente. O carrilhão de suas glórias caruncho comeu e o bispo bebeu.

Você pode imaginar, maliciando, que pus sinos demais nesse carrilhão. Bem pode ser. Eu nunca o vi. Para meu gosto a festa tinha de ser assim, colossal. E meu carrilhão, o maior do mundo. Dentro de mim, desde que ouvi essa história da boca de vovó Coló, meu carrilhão badala, dobra, blande, trina e repica.

Nos meus olhos, o tempo é uma cegueira

Paulo Mendes Campos

VEXAME

Nora e eu corremos, hoje, um risco besta. Tive um medo atroz de que Zeca descobrisse nosso apego inocente e entrasse em suspeitas absurdas. Ele chegou da loja e, lá da sala, perguntou por ela. Mandei entrar. Entrou, reperguntou. Mostrei com o queixo: está lá.

Sabendo o que ela fazia – só estava arrumando – porque tinha vindo de lá, eu devia estar tranquilo. Mas fiquei cismado: é preciso que ele não malicie. Temia, também, temo sempre que, desafiada, Nora perca a coragem de nossa intimidade. Não vá ela se acovardar nem se aturdir. Tenho que defender esse convívio nosso, secreto, discreto, e não deixar que Zeca mal interprete nada, absurdamente.

Procurava me tranquilizar, ponderando que nada há de mais natural do que Nora entrar no meu quarto e arrumar tudo lá, se a casa toda está nas mãos dela. Mas vi aflito Zeca entrar no quarto, atrás de Nora. Eu aqui, aceso, querendo escutar. Ouvi:

– Ei, mulher enxerida, está arrumando ou está bisbilhotando? Levantei e fui atrás, querendo protegê-la. Era mesmo muito estranho, aos olhos dele e até aos meus. Sobre a cama, Nora tinha espalhado, arrumando em ordem, os muitos vidros de perfume, as bolsas, os estojos de maquiagem, as echarpes de seda, o *peignoir* japonês, os sutiãs e as calcinhas bordadas. Coisas de Lu que guardo aí no armário.

Ela, envergonhadíssima de ser descoberta no seu malfeito, torcia as mãos. Zeca ria, disfarçando. Tentava trocar olhares coniventes comigo. Queria desculpá-la de uma culpa evidente, porque ele mesmo nunca teve liberdade de mexer nas minhas coisas. Voltando-se para mim, comentou:

– O senhor vê? Essas santinhas de pau oco, metidas a virtuosas. Não resistem à tentação de espiar. – Reagi ríspido, severo:

– Ponha tudo onde estava. Cada coisa no seu lugar. – Nora foi arrumando tudo, para pôr no armário, nem me olhou. Zeca e eu demoramos pouco lá, atentos. Ele se chegou junto da mesa redonda, levantou umas das muitíssimas garrafas e me disse, sacana:

– Bar sortido como esse nunca vi, professor. – Para arrematar, mostrando que não fiquei ressentido, na hora do jantar, antes de me sentar, pus na frente de Nora um vidro de essência. Ela riu acanhada, Zeca também riu, aliviado. Tudo bem, tudo bem.

PUDENS

Vamos, Voz, chegou sua vez, nos diga aí, agora, quem é você? Qual é a sua?

– Eu? Eu mesmo não sou. Expresso apenas vossa carnalidade imaculada: a vossa, de vós que viveis e a geral: a das carnes e a das flores. Todos vós, bichos e plantas, isto sois: máquinas eróticas viventes. Espantosa sexualidade de todo ser vivo, feito, refeito, desfeito, na torrente de coitos, ciúmes, incestos, orgias, taras, mênstruos, abortos, partos. Foi Deus mesmo quem disse ou fez dizer:

Inter faeces et urinam nascimur

Confesso que me encanta tanto como me horroriza esse caudal vibrante. A vida vivendo sua dimensão planetária de violência desenfreada, feita de amor e morte. Meu tema e problema sois vós, bichos e plantas. Ativados pelas tesões frementes que vos imantam. Embrutecidos pela agressividade inata do vosso pendor assassino. Mas abençoados pela vontade de beleza e de ternura – ó mistério – a que às vezes sucumbis.

A vida é enfermidades da matéria, amor e pestilência. Vossa fonte vital é a caldeira intestinal turbilhonante que carregais, movida a miasmas de fervilhante coalhada podre. É o rio rubro de sangue vivo, enxameado de glóbulos e de amebas, que vos percorre em guerra sangrenta, nutrindo nervos e carnes, saneando, excretando. Tudo isso astuciosamente centrado ao redor de vossas gônadas; aureolado pela energia espiritual da tesão; freado, sofreado, pelas rédeas do orgasmo e do cansaço.

Amar é o preço de viver. Sexos e flores, erotizando e florescendo, multiplicam a vida. Assim vos faz a natureza, perdulária, jorrando vida prodigiosamente para da morte nutrir mais vida. Tamanhamente que cobriu já o planeta inteiro com esse mofo vital que vive e morre enquanto alenta, ama, dói, goza e pensa.

Atolados na vida, amais engolfados uns nos outros, machos e fêmeas, afogados em rios de esperma. Nascidos, saem da matéria cósmica corrompida pela vida, como gota emprestada de matéria vivente, acesa de fome insaciável para comer e expandir-se e de erotismo para transar e reproduzir. Viveis absorvendo e desgastando imensidades de matéria putrível, para prosseguir na fermentação fabulosa que é a vida, num derrame prodigioso de energia, concatenado pelo amor para a morte.

Mortos, morreis vivendo uma exaltação final de purulência furiosa, que vos lava das carnes para nos devolver ao universo como átomos tão limpos de vós, que não levam marca nenhuma, nem sequer a mais remota memória, de que um dia esplenderam e federam como matéria vivente.

Este é o diapasão em que me ponho e me penso. Horrorizado deste Gê e de sua eloquência porca. Exausto de sua busca de dimensões outras de brancura. Quais? Como negar que sois, e só sois, massa borbulhante, bolhas que espoucam breve e se acabam? E por que não havíeis de ser assim?

Que é para vós mortais o puro e o impuro? Que é pureza? Que é pecado? A vida é morte, é carne fervilhante. O amor é vida esfumaçando em vãs espiritualidades, arroubos místicos; ou se queimando em heroicidades, martiriológios, santidades. Esta é vossa humana dimensão: amor e furor; gozo e dor; tesão e pudor; ser e saber. A minha? Ó, nem sou.

Rasgo dos mundos o velório espesso

Augusto dos Anjos

ROTINA

Aqui estou eu novamente, leitor-leitora, pronto para mergulhar outra vez em você. Entrar pelos seus olhos adentro, até onde você se sente e se entende. Ali, só ali, você me compreende. Não falo dessa coisa de fazer você falar de si. Quem sou eu?

– Que é viver, meu viver, seu viver? É só se deixar ir, largar-se na correnteza? Abandonar-se à sorte, ao azar? É submeter-se aos mais, suplicando a tanta gente demais que há a nosso redor, que nos deixe ser o que somos e viver em paz? Não! Não é não!

Ninguém pode se ser e se exercer debaixo do despotismo de tanta obrigação, devoção, dedicação. Bem pouco é já o gozo que os sentidos nos podem dar. Menor ainda, a lucidez que podemos alcançar. Por que tudo isso empanar? Muitíssimo menos será, se nos submetemos à rotina das convivências e das conivências que se vão fixando no dia a dia. Temos é de nos rebelar. Mergulhe em sua alma e se pergunte: foi pra isso que nasci? Pra servir? Pra carpir?

Esse ofício meu de escrever é servidão. Na verdade, me ocupo é de me descrever. Aqui sentado, dias e meses, faço de conta que vivo, me pagando em palavras. Só que, ultimamente, isso já não me alenta, cansa, decepciona. Quero mais.

Você, suponho eu, terá tempo e disposição de sentar-se para me ler, mas não se atém a isso. Lerá, suponho eu, umas poucas horas, muitas mais dedicará ao seu viver real. Amores furiosos, ainda que frustrados, você tem e curte, espero eu. Amores pecaminosos, terá você coragem de ter? De sonhar, fantasiar, certamente terá. Amores e desamores reais ou fictícios, ódios também, nos alentam. Você os tem e a eles se entrega que eu sei. Se é pouco, se vire.

Não perca tempo, a vida é breve. Mais breve, o gozo que nos pode dar. Da vida, disse um boboca, só se leva a vida que a gente leva. Valeu a pena nascer, crescer, tanto aprender para isso que é sua vida, minha vida? Vá à luta que é hora.

Eu, cá por mim, decidi sair por aí, cair em campo na busca de alguma coisa que me comova, em que me gaste. Ontem dei uma volta longa, demorada, por ruas que nunca antes tinha visto. Ninguém me conheceu. Era um velho a mais que andava, quem sabe, para comprar meia dúzia de ovos. Eu ali, sozinho, olhava o povo viver, sondando a eles com os mesmo olhos com que eles me olhavam.

Tentava adivinhar de uns tantos, eram muitos demais, o que seriam, o que fariam. Quase adivinhei, mas me dei mal. Uma mulher meio vesga ia ali tão aflita balançando as mãos e a cabeça, que supus uma tragédia e quis ajudá-la. Fui a ela, puxar prosa:

– Dona, onde se compram jornais?

– O que, jornal!?! Jornais! Sei não, não sei, nunca vi. – Saiu muito mais aflita. Falando, foi se afastando, me olhando de longe, mostrando na cara um medo crescente de mim. Assustei a velha. Assusto a alguém? Nunca podia supor. Louca seria, mais louco eu, atentando gente aturdida.

Acabei sentado num bar onde tomei tranquilo uma cerveja, rebati numa talagada de pinga e quase acabei uma segunda cerveja. Foi tão bom beber ali no meio da gente, ouvindo o rádio e ouvindo o zunzum das conversas deles, as risadas; olhando um e outro com simpatia. Melhor ainda foi mijar a mijada que mijei na privada fétida do bar. Voltei cabeceando um pouco cá pra casa, sempre a pé até aqui, com o sentimento bom de que me cumpri. Saí da rotina, vivi.

Não: não quero nada.
Já disse que não quero nada.

Fernando Pessoa

COLOSSO

O Ministro da Cultura esteve em Minas para tombar o Colosso. Palavra ruim esta: tombar. Tomba-se um boi, tomba-se uma dona. A uma casa se tomba, derrubando. Tombar o Colosso, Celso, para quê? Aquilo, pra ser destruído, só com bomba atômica.

A propósito, pergunto: o Colosso não seria um *bunker* grande, atômico, que os ricos estariam fazendo para nele se resguardarem, se vier a Guerra-do-fim-do-mundo? Qual! Tolice! Quem iria fazer um abrigão tão enorme, sem entrada de luz nem de ar? E não tem? Que sei eu? Lá dentro cabe tudo o que se quiser.

Humilhante é que o Ministro tombou o Bichão sem ver seus miúdos. Não consentiram. Correm os boatos mais desencontrados na cidade sobre o que será o vão do Colosso. Uns querem que seja um templo, um depósito de obras de arte como os ocos porta-sarcófagos das pirâmides. Outros dizem que seriam galerias descomunais, com estalactites descendo, estalagmites subindo, coloridíssimas, iluminadíssimas! Bobagem, isso já temos demais, ao natural, no Maquiné, por aí tudo.

O certo é que ninguém sabe de nada. Nenhuma notícia confiável se filtra lá de dentro para cá. Nem cá de fora, de parte de algum porta-voz confiável.

A esquerda começou a agitar-se, dizendo que se trata de um desrespeito à nossa soberania, uma vez que nem o Governador pôde visitar o Trem. De fato, ele só compareceu lá no enterramento da pedra fundamental, junto com o Cardeal que espargiu água benta, com a banda da polícia militar, tocando dobrados esfuziantes. Razão não deixam de ter esses comunas. Que o Governador não saiba nem tenha a coragem de perguntar, é vexatório. Imagino a mulher dele, na cama, perguntando.

– Newtinho, meu bem, que é aquele Trem? – E ele arrotando, para não dizer não sei. A sogra, no lanche, indagando, e Newton desconversando:

– É o Colosso, ora, um monumento. A senhora, o que sabe dos miúdos do Cristo Redentor? Não sabe nada não! E gosta! É a mesma coisa, uai!

Detesto esse Colosso de todo coração. Por quê? Por que eu, por que nós, intelectuais, esquerdinhas, havemos de estar sempre do contra? Esse empreendimento pode até dar certo. Quem sabe lá? Hoje, ele só espanta pelo vulto e pelo mistério. Amanhã, sabe-se lá?

Cada povo, em cada era, dá o que tem. Os ouros do Itacolomi, em mãos lusitanas, nos deram o barroco de Ouro Preto, que deve ter horrorizado aos índios. Os ouros de Nova Lima, em mãos dos ingleses, só deram buracos e merda. Os minérios que hoje exportamos aos milhões de toneladas, transplantando montanhas mineiras para o estrangeiro, artisticamente darão em nada, ou darão no Colosso. Obrão Magno de nosso tempo. Tomara!

ANO-NOVO

Ontem, don'Ana, me vendo no quintal, se debruçou no muro e gritou de lá:

– Feliz Ano-novo, seu Ageu.

– Alegrias mil pr'ocê e pros meninos, don'Ana.

Amadureceu bem a don'Ana. Engordou e a gordura cai bem nela, dá um ar madonal barroco, tranquilo, de mãe assumida, de mulher satisfeita. Não é tão bonita nem tão safa, mas me lembra, vagamente, aquele mulherão que Ceschiatti esculpiu para a Pampulha, como a imagem da mulher plena, devassa, muito bem fodida, que descansa, lassa.

A filha, Vazinha, atrás da mãe, me fazia caretas e saudava, tesa, levantando a pontinha da saia e se inclinando, princesa.

– Vazinha cresceu, hein, don'Ana? Está ficando moça.

– Precisa é tomar juízo, seu Ageu, já não é mais criança. – Antes que a conversa se complicasse, dei a volta e vim pra cá. Vizinha e velho amor só é bom se ver de longe, de raro em raro. O menino que vi crescer na barriga dela e tão bem acariciei antes de nascer terá dez anos. O tempo voa, se esvai a vida.

Ninguém como don'Ana me vê mais solenemente como o escritor. Nem ninguém, também, verá o ofício de romancear como coisa tão séria e meritória. Sentia isso quando ela vinha aqui, pelo jeito de olhar meus livros, passar a mão nas lombadas, espantar-se com o tamanho da resma de papel branco e olhar, atenta, as folhas manuscritas e as datilografadas. Tenho certeza, no entanto, de que ela não conseguiu atravessar nenhum de meus livros.

Don'Ana é todo o contrário dessas donas atulhadas de romances, vivendo mais nas fantasias que leem que no real da vida. Gostará de ter os dois romances meus com dedicatória discreta, que mostrará às amigas. Mas não me consome.

Talvez por isso tivemos aquela confluência tão natural, quando ela, florescendo de grávida, teve seu ataque de tesão. Aquilo para ela, suponho, nem foi adultério. Foi o inesperado sucedendo repetidas vezes para ser esquecido, logo, logo. Completamente. Sem a menor sombra de remorso. Numa boa.

As romanceiras, tirando seu gozo de viver e aprendendo a gozar com os pecados dos personagens dos livros que leem, pecam mais e melhor do que pecamos, don'Ana e eu. Leem e releem as cenas mais quentes, superexcitadas. Vivem com todos os sentidos o amor alheio, se sentindo carnalmente despidas, violentadas, possuídas: gozosamente. Se achassem uma cama a jeito, caiam nela, fogosas.

– É assim com você, querida? Queria tanto conversar com você.

ESPELHO

O dia lá fora radia. Eu daqui olho, palerma. Querendo ou não, sua luz me dá alegria, aquece minha bola do peito. Vivo estou, com olhos de ver tanta beleza. Vivo para comer, cheirar, me mover. Amar – quem sabe? – amar a quem? Ninguém?

Vivo à espera do destino que cairá na minha cabeça, eu sei. Minha boca de calar então falará, rirá, cantará até, em gorjeios. Ficarei idiota de tão feliz. Mas se ele me vier meio sem graça, insosso, que fazer? Só restará enterrar-me outra vez no meu silêncio. Não receber os amigos nem olhar mais para Nora, que decerto terá morrido. Se não, que estava ela fazendo no mundo?

Temo que a desgraça capaz de me suceder, desgraça mesmo, é perder Nora. Como, eu não sei, não. Decerto não sucederá. Depois de tanta vida besta, de tanta espera vã, é hora, afinal, de me virem alegrias, êxitos. No mínimo, o êxito de ter olhos de vê-la, a alegria de tê-la aqui comigo, me vendo. Tê-la mulher, talvez, quem dera? – Que coisa mais sem nexo acabo de escrever! As coxas de Nora têm nexo? Ou o que têm, é sexo?

O sempre nunca dar com o mais de tanto sempre

Hoje tenho uma verdade nova em flor para revelar a você. Essa minha verdade nova é novidade novidadeira, dessas que atiçam a gente. A verdade que eu aqui revelo, agora, doída verdade, é que por trás de minhas amadas tantas, tão belas, que aqui desfilam suas graças, eriçando pelos, destilando óleos e mirras, recendendo almíscar, estão, disfarçadas, as amadas de Darcy. Você reparou como as mulheres dele são sempre peludas e cheias de cheiros?

Esses muitos demasiados amores que ele me atribui terão sido amores carnais que ele viveu? Ou são, como os meus, amores de fantasia? Em literato não se confia. Alimentando-se de palavras, neles, o real e o imaginário são uma coisa só. Que importa isso, afinal?

Aqui pra nós, acho que Darcy me assume tão bem porque espelho a vida que ele gostaria de ter vivido. Amo os amores que ele mais queria amar. Assim é ele. Foi-se de Minas há tanto tempo, perambular pelo mundo, mas não se consola. Ou ele me inventará assim, modesto e tíbio, para se consolar? Versátil, Darcy atira tanto na ação como no pensamento. A mim, ele me fez apto só para a imaginação. Ainda bem que me deu esses amores maiores que amei e ainda vou amar. Será?

Morro de inveja dele e de você que me lê. Existo como se fosse um enfeite de salão, levado daqui pr'ali. Sem me exercer humanamente como você se exerce, cansando, suando, cagando, mijando, cuspindo, comendo, bebendo, tossindo, espirrando, fodendo. Nada disso tenho a meu alcance. Nem desejo. Sou feito à prova de vertigens, jamais me alucino. Na hora da paixão mais tarada, permaneço frio como as palavras de que sou feito.

Ao contrário de você e dele, nervosos, inseguros, enfermiços, sensitivos, neurastênicos, dolorosos; eu sou de uma tranquilidade apolínea. Posto na dimensão perfeita do em-ser, aqui permaneço até que ele me convoque e exorcize para seus carnais exercícios espirituais de arte verbal. Olhando daqui, quieto e calmo, me dá uma pena enorme de vocês aí se agitando, com tanta obrigação de felicidade animal, de boa saúde, de alegria vivaz, de competência a toda prova, de inteligência pura. Confesso que tiro disso, também, algum contentamento. Que importa não se ser sol nem lua, se se é luz e luar?

...essa nudez, enfim, além dos corpos...

Carlos Drummond de Andrade

DROGA

Stela piorou demais. Deu pra vir aqui quando bem quer, nem telefona. Chega, chama Nora lá da porta, apenas olha para ela, entra e senta aqui no escritório, sem me saudar. Fica aí, ausente, os olhos esbugalhados, imóveis, olhando pra dentro.

Apesar de bem sentada, pelo jeito parece até que está suspensa no ar, boiando. Se eu falo, vira a cara para mim, lentamente, me ouve paciente. Raramente responde em palavras. Só dá sinais de assentimento. É como um bêbado disfarçando pileque. Quando a toco, estremece ligeiramente, olha assustada, implorante, como quem pede que não faça isso nunca mais.

É terrível ver Stela assim. Nunca conheci ninguém tão atenta, acesa, quanto esta minha Stela. Tudo nela era lucidez. De si, de nós, do mundo. Eu jamais soube muito de mim, o que sou. Não me conheço. Stela, não. Stela se sabe e como! Ou se sabia, completamente. Sabia como nasceu, cresceu, floriu e deu. Sabia melhor que eu quem fui eu, quem sou eu.

Agora, aí está Stela, assim. Está ruim minha velha amiga. Acabou-se o orgulho dela. Stela virou um trambolho. Que fazer? Fui ao médico. Disse a ele, claramente, que sei que ela está dopada, que o problema dela é ele. Disse francamente, argumentando que nosso ofício, meu e dela, é a lucidez. Pedi até que a deixasse infeliz, mas não acabasse com ela assim. Ele só me olhou, superior, disse:

– A alternativa é o suicídio. Você assume?

Puta que o pariu! Assumo coisíssima nenhuma. Para mim foi ele mesmo que botou Stela assim. Ela estaria intranquila, desinfeliz, como dizíamos. Esse foi sempre o estado natural dela. Menopausa sofrida, suponho.

A idiota da Stela, desfeita pela coca, procurou o imbecil. Foi socorrida. Posso imaginar, passo a passo, como a socorreu. Não adiantou. Stela é inteligente demais para analistas. Empurrada pela infelicidade que sentia, eloquente, convincente como ela é, deve ter exagerado seus infortúnios, como sempre fez na vida. O idiota que nada sabia dela se assustou, temendo o pior. Um suicídio ameaçaria sua rica clínica. Isso, imagino, foi o que sucedeu. É o que está acontecendo. Tenho pouco saco para suportar Stela dopada. Canuto nem quer saber, nunca gostou dela.

– Tá na dela, professor. Larga, senão vira enfermeiro de doida.

Como é que vou largar, se sua presença diária, de horas, aqui no escritório, me incomoda horrores? Proibi-la de entrar aqui em casa seria perverso demais com ela. Permitir que venha, é perverso demais comigo e com Nora. Que jeito? Que jeito eu vou dar no que não tem jeito?

Fico aqui penando, olhando Stela e escrevendo. Vendo ela ali, estatelada, repasso, calado, nossa vida comum; anos e anos. Lembro-me, agora, do cabaço dela, que cobrei tanto. Pra mim era importantíssimo, então. Eu era besta demais. Besta e sacana. Casei-me com Vilma descabaçada, que nem se ocupou de disfarçar a falta. Era tão fácil. Um médico judeu, daqui de Belô, conhecido de todos, fazia cabaços a preços justos. Cobrava umas fodas da noiva e uns contos do cara. Quem quisesse levava pro leito nupcial um cabaço perfeito, de fio cirúrgico, pra o futuro marido deflorar, tirando sangue da noiva.

Daqui, olhando Stela ali, ausente, me afundo. Ela pareceria até contente, se não tivesse essa expressão burralda, indiferente. Queria tanto ver Stela tal qual era, falante, brigante, doidona, sorridente. Gritando:

– Me leia! Me leia! – Stela, minha cavala, perdida de mim há tantos anos. Você é que me volta, agora, perdida de si, dopada. Cavalgá-la, não posso mais. Nem você quer. Estamos condenados é a conviver conosco tal qual somos, agora, dois cacos velhos. Eu nem tanto, você demais. Queria, ao menos, que esse convívio fosse de mim para você, de você para mim, em lucidez. Além da droga, que porta se abria à Stela, desenganada? A luxúria, pela busca desvairada de acabar-se em químicos espasmos de orgasmo? Eu supus que esse seria o caminho dela. Foi, e deu em nada. Hoje vejo que, além da droga, a porta que se abre a Stela é essa! A religião poderia ter sido. Vejo facilmente Stela queimando no fogo da fé, realizando-se em santidade. Impossível? Essa porta médico-hipnótica é que eu não supus, jamais. É a porta de Stela. Porra!

Não, o melhor é não falares, não explicares coisa alguma.

Mário Quintana

ESCRITURA

Recuso o direito autoral divino de tudo ver e tudo saber. Entrar no íntimo de meus personagens e fazê-los falar de suas intimidades mais recônditas é dar uma de Deus onisciente, passarinhando acima deles, sabetudando, para dizer a você o que é, o já sido e o que ainda há de ser.

Você me lendo, o que lê são testemunhos pessoais de Gê, sobre o que ele vê, do modo como ele pensa que são as pessoas e as coisas. Além disso, você encontra capítulos em que alguém lê meus personagens de uma forma diferente da leitura de Gê. Eu, acima deles dois – de Gê e do capeta – tudo isso componho em falas monologais.

Assim vou construindo, dentro de você, os seres que quero fazer viver. Sempre falo a partir de uma voz que encarna uma experiência humana única, singular, intransferível: a de Gê. Mas dou a palavra a meus personagens outros que contracenam com ele porque sei que todos somos estanques. Cada qual sabe de si, se é que sabe.

Esse Gê, você já cansou de saber, sou eu mesmo. Ele sou aquele eu que eu houvera sido, se ficasse em Minas. Gê não é o mineiro nem é a mineiridade. É só um mineiro, tão diferente dos outros como cada um deles é. Gente variada assim estou pra ver. Stela também sou eu, em mulher. Feita para ser o contraponto, o côncavo do convexo de Gê. Pena é que, como você viu, ela se desembestou para ser o que bem quis, des-ser. Nininha é a irmã que tanto quis ter, que amaria exaltadamente, de quem teria ciúmes gregos.

Os outros todos deviam contracenar para compor o quadro romanesco. Alguns me escaparam, invadindo espaços indevidos. Principalmente Nora, amor pecaminoso, mas não tanto, que eu e qualquer homem gostaria de amar, com os sobressaltos e aflições que correspondem, dentro da tranquilidade de um espaço doméstico, sem explodir.

Amor total e falho... Puro e impuro...
Amor do velho adolescente...

Manuel Bandeira

Em resumidas contas, vejo agora, este é o romance dos três amores que eu poderia ter tido e amado. Ardentemente. Quem, mineiro, não teve ou não desejou amores desses? É certo que alguns teriam vivido ou escrito esses amores de forma mais cabal. Um doido podia até incestuar com a pobre da minha irmã Nininha, atabalhoando o enredo. Outro se teria casado com Stela e fodido o livro. Um terceiro podia recusar, superior, os santos calores de Nora, fazendo nisso grande besteira.

Essas são estórias que você, leitor-leitora, quando quiser, se quiser, pode compor. Eu aqui estou como criador é para criar esta estória que me sai na ponta da pena e de que gosto muito. O romancista – já disse a você – é quem primeiro lê seus livros. Vamos lendo à medida que ele nos vai saindo, quase sempre de forma abrupta. Surpreendente.

Isso significa que não compomos romance seguindo planos. Ao menos eu, não. Apenas propomos à imaginação, à minha e à sua, um esquema para fantasiar. Dentro dele, as coisas vão sucedendo, capítulo após capítulo, desordenadamente. Muitas vezes até fora do esquadro. Isso é muito ruim, porque obriga a refazer o próprio esquema, laboriosamente. Cada tema ou personagem em que eu mexa mexe com tudo o mais, põe todos os outros a tremer, exigindo reparos.

Esses capítulos salteados, uma vez feitos, eu vou pondo na gaveta, para um dia compaginar. Servicinho delicado. Concateno bem lendo, relendo, buscando contradições que corrigir. Mas, sobretudo, sentindo o efeito de cada capítulo sobre o que antecede e sobre o que vai suceder. Trabalho danado. Só com a atenção redobrada a urdidura sai correta e nela a trama traça e retraça os temas como devem ser, num tecido bom de ver e tocar ou num livro bom de ler.

– Ei, você aí que me lê, por que não escreve seu próprio romance?

Vou-me embora pra Pasárgada
Lá sou amigo do rei

Manuel Bandeira

É PRECISO

Estou que nem Carlos. Não posso mais com tanto dever e precisão. É preciso escrever esse livro. É preciso ser discreto com Nora. É preciso suportar Zeca. É preciso ouvir os amigos. É preciso aguentar a Stela. É preciso sofrer Canuto. É preciso ser inteligente. É preciso ouvir música. É preciso! Merda! Nada é preciso. Preciso é de mim, que me perdi no meio deles todos, servil, sendo o que querem que eu seja. Merda!

Achei sempre, acho ainda, que velhice é supor, saber, que já se fez o que se tinha de maior a fazer na vida. Quem não põe adiante, mas atrás, o a-que-veio, envelheceu irremediavelmente. Meu quefazer grande, maior, assinalado, não foi minha vidinha de professor, que não deixa marca. Nem a de autor dos livros que publiquei. É este livro que faço agora e que hei de lavrar e acurar e apurar como a maravilha maior de que sou capaz. Maravilha maior não só minha, mas de todos os escritores mineiros. Nesta altura eu penso no Rosa e me encolho todo. Preciso é ser ainda maior que ele. O maior dos escritores brasileiros. E por que não do mundo inteiro?

Esse Ageu, que criei e aí está, em você, por que não seria, pra nós mineiros, o que tantos personagens fortes são para a literatura de tantos povos? Eles é que dão forma e figura à sua gente, fazendo-a visível, apreciável a todos os olhares. Isso é o que o Ageu devia ser. Toda gente saberia, através dele, que mineiro é assim. Um escritor mineiro, quero dizer, porque mineiro há de todo tipo. Mas esse nosso Ageu é mais, ele é – devia ser – a mineiridade escarrada. Essa pobre mineiralidade que somos, feita de falsos ouros, velhas glórias, muita angústia e tédio. E pouca carcaça a minha, temo eu, para tamanho cometimento. Menor ainda a de Ageu, temo eu.

Veja só a bobagem em que caí. Recaí. Escrever romances tem lá alguma importância para um mortal? Acabava eu de dizer que é preciso achar que nada é preciso. Só é preciso romper com a rotina, viver a vida. E aqui recaio em novas precisões.

Ontem, com essas inquietações na cabeça, dei outra volta das minhas. Dessa vez fui direto ao bar, aquele. O rapaz, meio me reconhecendo, me saudou de lá do balcão, balançando as mãos e perguntando, com as sobrancelhas, se era cerveja mesmo que eu queria e mandava. Era. Bebi uma, rebati com pinga, provei outra, mijei, voltei. Maravilha.

O que me salva é Nora que veio com café novo pra mim. Aí ficou sentada, com as mãos abertas sobre as pernas, me olhando tranquila. Essa é a nossa vida, nosso vínculo secreto, atado, proibido. Somos, eu e Nora, o amor sem coragem de si mesmo.

Às vezes, como agora, penso que devia fugir do que acabará por suceder. Se eu tivesse juízo, coragem e juízo, saía por aí, sumia, para viver a vida que a vida me desse. Vida minha, verdadeira, não vida roubada.

Mas por que sair por aí, se minha vida é feita dos desejos que estão aqui? O mundo lá de fora não tem nada a me dar. Eu não posso é ficar para sempre aqui, afundado, mergulhado neste meu rio de palavras. Nesta minha falsa vida, de reminiscências inventadas, de esperanças impossíveis, sabendo que minha vida desejada está é aqui, ao alcance de minha mão. Que é que me tolhe? Que é que ata minhas mãos? Que é que contém meu ânimo? E a Nora? O que é que a contém dentro de si, tão recolhida? A vida aí está, à nossa espera. A outra vida nossa, a verdadeira, que pode nos suceder e não sucede.

Meu Eros é Édipo. O dos pés inchados, doloridos das feridas que o matador abriu, cumprindo sina, para que ele não crescesse parricida. E cresceu e matou. Édipo, porém, trôpego, inseguro, que nem eu, procura seu destino. Encontra em Jocasta, sua mãe, a amada mortal que ama em glória. Até o trágico dia, aquele do espelho, em que se vê pai de seus irmãos, irmão de seus filhos. Filho, ele, de sua amada. Arranca os próprios olhos, para não ver. Aí também e ainda mais eu o encarno. Saio mundo afora como Édipo, o velho, perambulando de mãos dadas com Antígona, a amada, em que ele não vê a filha nem ela vê o pai. Ele com ela. Eu com Nora.

Boiam leves meus insossos recordos. Palha remastigada que já não me alenta. Quero agora é plantar reminiscências futuras. Amar o amor que amo. A ele me dar inteiramente. Ardores de mentira, recordados, são fingimentos da mente. São mentira, fantasia. Quero a alegria de verdadeiros ardores novos, vivos, carnais. Cheirosos e fétidos. Esse é o amor que meu coração pede. Essa é a alegria a que minha alma aspira.

A única perfeição é a alegria

Lou Andreas Salomé

Alegria que vem da vida verdadeira nos seus caldos vivos, quentes, de se amar e só depois pensar se valeu a pena. É hora, tarda já, tarda demais. É hora, se apresse. Agarre Nora, agora, com as duas mãos, com a boca, o sexo. Agarre, que é hora. Ame Nora, agora. Chegou a hora. A hora de Nora. Agora.

Que é que me deu, Deus meu?

Sou eu ardendo em mim

Carlos Drummond de Andrade

NORA

Vamos ler outra vez essa Nora. É hora. Está mudada essa mulher. Fale, Nora, sei que você quer falar. Já nem se contém. Fale!

– Falar com quem? Falo é comigo. Esse meu querido sogro está passando dos limites. Deu, outro dia, uma daquele guri da quinta série. Me fez limpar, por mais de hora, as janelas, duas janelas, lá do escritório. Ele olhando, zarolhando, tresolhando. Eu, inocentona, me exibindo. Subi no tamborete, me virei, me rebolei, braços levantados para alcançar os vidros mais altos. Acabei trepando no umbral da janela para chegar mais alto ainda com a mão e a esponja. Demorei na janela que fica mais perto de Gê. Lá, levantava os braços e, sem querer, alçava a saia. Sabendo que ele olhava minhas coxas. Vi, hoje, de relance, com Gê, o que umas vezes quase vi no meu guri. Os olhos estatelados, o tremor, a explosão e o acabrunhamento final. Gê podia me chamar, eu ia, claro que ia, estava doida pra ir. Não chamou. Uma hora, eu mesma, mais tesuda que cansada, me cheguei junto e descansei a mão na mesa, junto da mão dele, esperando que ele pegasse. Nada, se inclinou pra trás na cadeira, olhando superior. Terá medo de minha recusa? Do escândalo? Terá medo do Zeca? Eu morro de medo. Quando ele acabou, lá embaixo da mesa, eu me senti mais glorificada do que lograda. Olhei todo aquele longo instante para a cara dele, vendo a explosão que viria e veio. Esse homem sensível, me desejando tanto, eu aqui junto dele, toda úmida, tesudíssima, e nem nos aproximamos. Hoje não tive nem cariciazinhas dele. Abatida, carreguei pra fora o balde, a vassoura, a esponja, o pano, dizendo: – Agora está limpo. O que eu devia dizer é: Gê, eu quero você, quero você, demais. Foi bom assim. Melhor que não tivesse acontecido nada. É perigoso demais. Tenho de me cuidar e cuidar dele. Será mesmo Gê, aqui atado, que se consome de desejo, sem coragem de me tocar? Serei eu que provoco, até deixá-lo assim? Somos nós dois, me parece. O que é muitíssimo ruim. Perigoso demais. Amanhã, vou arrumar o quarto dele. Arrumar bem demorado. Bom seria que ele entrasse e me encontrasse deitada no colchão de plumas, pernas abertas, fazendo de conta que lia. Ele chegava e aí. Aí coisa nenhuma, mulher! Não seja louca. Você está chamando desgraça para essa casa? Tentando o velho? Preciso me controlar. Preciso. Preciso mesmo. Já experimentei, uma por uma, todas as bebidas que ele tem lá na mesa redonda. Uma vez saí estonteada de tantos golinhos que dei em tanta bebida forte. Imagino as farras que Gê fazia. Bêbado ele, bêbada a dona, pelados naquela cama fofa. Seria Stela? Zeca afirma que eles não transam, mas malicia. Sabe das outras transas dele, mas não me conta. Fala desse assunto sempre correndo, como quem quer acreditar e me fazer crer que o velho foi farrista, mas aposentou. E, agora, um santarrão, pensa ele. Eu é que sei, bem sei, quanto sei: de santo esse meu velho sogro não tem é nada. É um fauno. Queria comer Vazinha. Agora está doido é pra pôr em mim. Hoje mesmo estivemos por um triz. É perigoso demais. Tenho que me cuidar, de mim e dele. Ai de nós, Ai de mim.

COBRA

Atravessei aceso a noite inteira. Insone e querendo não dormir. Só queria viver lúcido toda minha longa travessia noturna. Eu era eu, um ser minúsculo, instantâneo, e me sabia. Ela, a noite, era ela, o sempre, o interminável. Era o mundo e se sabia, em sinfonia. Eu, pulsando meu instante nas batidas de meu coração, vivia mergulhado na imensidade da noite, bebendo em haustos a eternidade dela. Assim foi, eu o senti por muito, muito tempo. Quase um infinito tempo.

Eu sabia que a noite havia de findar, mas não queria. Para mim essa minha noite, era a noite eterna, imortal. Nela, vazio de pensamento, feliz de mim, me mergulhava numa morte de empréstimo. Só temia a luz do dia. A manhã veio, não pude evitar. Percebi pelo clarão de névoa escura, discretíssimo, que vi vir vindo para além da janela. Pulsando, ela também, segundo a segundo, ainda mais lentamente, a manhã foi aclarando, clareando, amanhecendo, num ritmo crescente, de luz. Longuissimamente.

Ainda era noite e já era dia, quando no claro-escuro explodiu a passarinhada. O mundo despertava. Saía da noite escura, se iluminava. Eu, exausto, dormi. Dormi até agora. É tarde já.

Encontrei a mesa posta de sempre e nela a presença ausente de Nora. Bebi meu café negro e aqui estou de novo, sentado na cadeira e em mim, buscando a noite infinda, o homem insone, que sozinho a viveu, no seu eterno instante. Sou aquele que com a manhã afundou no sono, construindo em mim, dormido, minha própria noite escura, na clara manhã da casa, do mundo.

Arrumei a mesa e me pus a ler, a escrever. Nisso estou, me relendo capítulo por capítulo, me vendo inventar-me de novo. Comecei este capítulo como sempre começo, sem saber o que vou escrever. Vai-me saindo. Muitas vezes interrompo, largo ou rasgo, sentindo que perdi o fio: não pegou. Se acontece pegar, eu releio, pondero: necessário não será porque são todos dispensáveis, mas guardo.

Romance é isto aí. Um viver vadio, viveres alheios. Vestindo a alma dos outros pra nos expressar, disfarçados. E você aí? É de manhã? É meio-dia? É de tarde? É de noite?

– Bom-dia ou boa-noite?

Agarre este meu livro que caiu em suas mãos. Agarre bem para merecê-lo, leia com coragem. Nessas páginas impressas, eu, interminavelmente, me delato:

inteiro e verdadeiro. Página ante página, aqui estou, sempre à sua espera. Sou seu amigo mais amigo. Seu amante mais fiel. Me leia, confiante.

A cobra de que falo a páginas tantas, se é que falo, é cobra verdadeira. Cuidado! Se ela salta sobre você em bote firme e morde a maçã do seu rosto, ou a curva inferior do papo do seu seio, saiba que é fatal. Mortal. Encomende sua alma aos santos. Arrependa-se dos seus feios pecados e se prepare para a vida eterna. Sua morte será prematura, porque você terá morrido antes de terminar a leitura deste meu livro. Uma pena!

Meu gosto era escrever para você um livro forte, carnal. Cru como a vida, que, na verdade, é feita de carne e de bosta, de esperma e de lágrima. Para me satisfazer, este meu livro havia de ser ainda mais cru e convincente. Queria e quero é escrever um livro forte como um bicho selvagem. Uma onça virada ao avesso, com as vísceras postas para fora, pingando sangue e fel. Uma coisa espantosa, ruim demais de se ver, forte como a morte. Implacável como a vida. Irreparável.

O sucesso é mais doce
A quem nunca sucede

Emily Dickinson

CAL

Vendo estas Minas tão mofinas, quem diria, desatinado, que escarmentados, somos o povo destinado? Somos o tíbio povo dos heróis assinalados. Eles aí estão, há séculos, a nos cobrar amor à liberdade. Filipe grita, Joaquim José responde:

– *Libertas quae sera tamen*

– *Liberdade, aqui e agora. Já!*

A Filipe, esquartejado, como é que o acabaram? Os cavalos mais fortes dos brasis lá estavam: mordendo os freios, escumando, escoiceando na praça empedrada. Eram quatro. Um cavalo foi atrelado no seu braço esquerdo. Outro cavalo, na perna direita. O terceiro cavalo, no braço direito. O último cavalo, na perna esquerda. Cada cavalo, montado por um tropeiro encouraçado.

Açoitados, esporeados, os quatro cavalos dispararam, cada qual para seu lado. Mas lá ficaram parados, tirando faíscas com as ferraduras no pedral, atados que estavam na carne rija de Filipe. Chicoteados, esporeados de sangrar, afinal, com Filipe estraçalhado, partiu libertado o cavalo do braço direito, levando com o braço um pedaço do peito. Rápidos, instantâneos, os outros três cavalos dispararam, despedaçando Filipe, cada qual com seu pedaço.

O que fizeram quando os cavalos suados já longe pararam, cumprida a ordem hedionda? Os cavaleiros lá se foram, arrastando seus quartos pelas estradas, para o monturo de um antigo cascalhal. Lá no buraco preto, já pelo meio de cal, jogaram o que restava das carnes e ossos do herói e mais cal lançaram por cima. Filipe ferveu nas carnes parcas sua morte derradeira. Para todo o sempre, mataram Filipe. Mataram tão matado, que para todo o sempre será ele lembrado.

Meio século correu com o povo agachado até chegar a hora e a vez de outro assinalado. O destino caiu, coroou dessa vez a cabeça de Joaquim José, condenado pela Rainha Louca a morrer morte natural na forca, ser esquartejado e exposto para escarmento do povo. Despedaçado, lá ficaram suas partes, apodrecendo, até que o tempo as consumisse como queria Dona Maria. Os quatro quartos plantados fedendo, na Estrada Real. A cabeça com a cabeleira e a barba, bastas, alçada num poste alto, em Ouro Preto, guardada por famintos urubus asas de ferro, bicos agudos: tenazes. Esses foram, só eles, seus coveiros. Acabado assim tão acabado, sem ao menos a caridade de cal virgem, Tiradentes não se acabou nem se acaba. Prossegue em nós, latejando. Pelos séculos continuará clamando na carne dos netos de nossos netos, cobrando de cada qual sua dignidade, seu amor à liberdade.

As barbas as barbas as barbas
[...]
Aqui permanecerão,
[...]
À espera doutra cara
E doutra vergonha.

Dantas Mota

Esses são nossos heróis assinalados, símbolos de uma grandeza recôndita que havia. Ainda há, eu quero crer, mais rara que os ouros, por garimpar.

Maior que eles dois, porém, é a multidão que vou chamar. Veja:

– Venham, eu os convoco, venham todos. Venham aqui dizer da dor dos nervos dilacerados, do cansaço dos músculos esgotados. Venham todos, com suas tristes caras, com suas murchas ilusões, venham vestidos ou nus, tal como foram enterrados, se foram. Venham morrer aqui de novo suas miúdas mortes inglórias.

Venha primeiro você, você mineiro anônimo que furtou o crânio de Tiradentes, rezou por sua alma e o sepultou. Mas venham todos!

Você os vê? Foram milhões de almas vestidas de corpos mortais, doídos, os que aqui nessas Minas se gastaram. Olhe de novo pra eles, olhe bem. Veja só. No princípio eram principalmente índios nativos e uns poucos brancarrões importados. Depois, principalmente negros, vindos de longe, africanos. Mas logo, logo, veja só: eram já multidões de mestiços, crioulos, daqui mesmo.

Esses milhões de gentes tantas são as mulas desta gueena de lavar cascalhais. Vê você como eles todos nos olham, olhos baixos, temerosos, perguntando calados:

– Quem somos nós? Existimos, para quê? Por quê? Para nada?

Somos o povo dos heróis assinalados, mas somos mesmo é o povo dessas multidões medonhas de gentes, enganadas e gastadas. O povo escarmentado na carne e na alma. Somos o povo que viu e que vê. O povo que vigia e espera.

Minas estelar, páramo, mãe do ferro, mãe do ouro e do azougue. Mãe mineral, fulgor sulfúrico. Minas sideral, lusa quina de rocha viva enterrada além-mar.

Minas antiga, cruel satrápia do fel e da agonia, sou eu que te peço: ponha um final nesta agonia: relampeia. Relampeia agora, peça a morte. Morra! Morra e renasça. Rolem pedras saltadas do mar petrificado; rolem, arrombem o subterrâneo paredão de granito que aprisiona o povo e o tempo, escravizando, sangrando, esfomeando, assassinando.

Minas, árvore alta. Minas de sangue, de lágrima, de cólera. Minas, mãe dos homens. Minas do esperma, do milho, da pétala, da pá, da dinamite. Minas carnal da flor e da semente. Minas mãe da dor, mãe da vergonha. Minas, minha mãe crepuscular.

Havemos de amanhecer.
O mundo se tinge com as tintas da antemanhã

Carlos Drummond de Andrade

MÚSICA

É noite, ardente e sossegada. Nora entrou aqui há pouco. Para nada. Só queria ouvir de perto o piano de Keith Jarrett que escutava encantada lá de fora. Ficou aí ouvindo, de pé. Pedi que sentasse, não quis. De pé, olhava pra dentro de si mesma, contendo-se visivelmente, para não remarcar o ritmo envolvente, vibrante.

Eu escandia seu nome, silente, Nora, Nora, vendo a música ondular levissimamente na carne dela. A certa altura, quase perdi o fôlego. Foi quando Nora encostou seu emblema na quina da minha mesa e aí ficou se comprimindo. A vontade que eu tinha era de não sei o quê.

Nora não me olhou nenhuma vez. Foi bom, assim não viu minha emoção. Decerto sentiu, adivinhou, por isso não me olhou. Eu passei o tempo todo a olhá-la, vendo-a estremecer, comendo-a com os olhos.

Acabada a música, Nora se foi, silente, lânguida. Lá da porta abrochou os lábios num beijo pra mim, de longe. Eu fiquei aqui na poltrona, aceso. Mastro alto.

A música calada,
A solidão sonora

São João da Cruz

Aqui estou, sem Nora. Sozinho, outra vez, desatando a arguição recôndita. Com muito medo de mergulhar nela. Sem nenhuma coragem de fugir dela. Quem sou eu, que aqui sentado me confesso? Sou, sempre fui, a procura ansiosa de mim, a espera do que me há de suceder. Não sei o quê. Sei é que sucederá, como sempre, em miudezas. Não é isso o que aspiro.

Quero o apogeu, o absoluto. Quero culminâncias de mim. Quero aquilo que, sucedido, tudo mude, revogue o vivido, renove o viver, para um auge do bem ou do mal. A força necessária para tanto só me podia vir se eu tivesse a coragem dos fortes atos, de corajosas rupturas. Só essa porta me poria na boca de acesso ao destino que aspiro.

Não faço nada para que nada de grande me suceda. Sou, só sei ser, o alvo. A vítima passiva, sem meta minha, esperando que sobre mim se cumpra minha sina. Vivi a vida nesta travessia sombria do espesso mistério. Sondando, esperançoso, em alvoroço. Temeroso de que onças me saltassem em cima. Prevendo desencarrilamentos trágicos. Não tive as onças, minhas tragédias nunca me sucederam, salvo o amor que esplendeu uma vez ou outra, em alvoroço. Sucedeu. Este, o milagre que espero agora, outra vez. Um amor de me gastar em tesão, queimando-me nos fogos da paixão.

Nada sucederá, temo eu. Não sucederá mesmo, se não me abro ao destino, se não ouso. Nada sucederá, se permaneço aqui escondido em mim, esperando secretamente, timidamente, viveres que nem mereço. Entretanto, isso é o que pede minha alma ao meu corpo: a glória do amor a Nora. Isso é o que meu corpo exige de minha alma: as exuberâncias de um amor novo.

Aqui, de alma acesa, coração ardente, mas de mãos atadas, vazio, vivo em delírio meu destino mutilado. Só em instantâneos esplendores imaginários me exalto amando Nora. Nessas fantasias me cavalgo, seguro as rédeas do tempo para reter aqueles instantes frementes, no sentimento indizível de que vou, uma vez mais, amar apaixonado. Mas a fantasia logo se exaure e eu me retraio de meu instante de glória aspirada. Estalo como uma bolha. Lá se vai a ilusão, apaga-se a esperança e eu me devolvo a mim, à rotina, me perguntando, assustado, por que me exaltei tanto. Resta o silêncio e a espera de outro instante de febre e delírio.

Sou apenas um homem.
Um homem pequenino à beira de um rio.

Carlos Drummond de Andrade

DOMINUS

Recebi, pela manhã, uma visita inesperada. Honrosíssima. Voltou cá nada menos que Sua Reverendíssima, o bispo Dom Cortez. Já na porta ofendeu meus melindres dizendo que a visita não era para mim. Como é que bate à minha porta, vem à minha casa e não é a mim que procura?

Tudo bem. Ele me explicou logo que vinha era atrás do senhor doutor Antônio José de Guedes e Guedes, para levá-lo de volta à família. Guedes, surpreendido aqui comigo, quis repelir, discutir o assunto. Mas qual! Sua Reverendíssima não lhe deu a menor chance.

– Venho de sua casa, senhor Antônio José. Ouvi sua ilustre esposa em confissão. Ela o espera. O senhor volta comigo, agora. Vai reintegrar seu lar, na lei de Deus. Na tradição dos mineiros bons de quatro costados.

Guedes meteu o paletó e lá se foi, aflito, atormentado. Foi ao encontro de Creusa, sua mulher que ele sofre há tantos anos, e dos filhos. Um rapazote imberbe e uma mocinha pondo peitos.

Ontem Guedes me caiu aqui alta noite, pedindo pousada. Nervoso, de olheiras fundas, angustiado. Que jeito? Deixei dormir no sofá daqui do escritório. Só soube – e me bastou! – que dona Creusa descobriu um montão de cartas do Cura para ele. Escandalosas seriam: amorosas! Como ela tem guelra e pelos nas ventas, e não tem juízo nenhum, juntou o pai com os filhos todos na sala e pôs ali, de público, o assunto às claras. Com que palavras não sei. Guedes não disse. Só me disse e repetiu, declamante, a decisão irrevogável:

– Nesta casa minha e de meus filhos o senhor não põe mais os pés. Jamais! – Pôs ou porá, daqui a pouco. Está a caminho, para lá entrar, de volta, pela mão da Igreja. Na casa, com certeza, na cama de Creuza é que não, creio eu. Jamais. Aquela mulher é uma cobra. E quererá Guedes costelejos conjugais com Creusa? Duvido muito.

Insensatos amigos meus. Pecar, entendo que pecassem. Serão imperativos dos talentos exóticos que têm nas carnes. Escrever cartas de amor é demais.

Queria eu ouvir a conversa do Bispo com o Cura. Este me dá pena. Por quê? Sei lá. Me sinto meio conivente nessa transa deles, tão sabida. Desfeita para sempre, suponho eu, por dona Creuza e Sua Excelência Episcopal. Não verei juntos, outra vez, jamais, Guedes e o Cura, sua sombra de sotaina preta. É pena.

Esta minha Minas – Sião florido de Dantas Mota – é a mais desértica e estéril das terras em matéria moral. Pecadora inveterada e hipócrita até a medula. Mineiro nenhum perde ocasião de pecar gozoso. Mas, ameaçado de escândalo, abandona qualquer paixão, mente e até mata. Desmascarados, Guedes e Lé sofrerão demais, por uns dias. Depois virá a resignação. Deus seja louvado.

Ó, terra minha, afundada no pecado de ferozes coitos secretos, culposos, fingindo virtude. A julgar pela fala, nós mineiros nem somos bichos armados de sexo como todo ser vivente, pela vontade minuciosa de Deus. Somos é seus anjos sem asas, ou com asas de morcego, esvoaçantes, não pecando nunca. Só segredando, maldando.

Minas é um desvão do tempo. Sem memória de si, se repete, arquejante, desde que nasceu, junto com o mundo. Nela, piranhas e abelhas sangram e melam, desde sempre, no corpo e na alma dos pecadores. Não me posso pôr no ser do Cura aflito, sofrer suas dores, gozar seus gozos. Também não posso vestir o couro de meu amigo Guedes. Mal imagino o modo sofrido deles dois sentirem seu amor, seu mundo.

ZECA

Volto ao Zeca, é hora. Vamos, Zeca, cadê você?

– Aqui estou. É incrível. Eu mesmo, Zeca. Zequinha do professor. Zequinha da Clotilde, empregada dele, que me pariu e me largou. Dou uma banana ecumênica pr'eles dois. Aqui estou voando. Eu, Zeca, no ar. Dez mil metros de altitude! Ou serão dez mil pés? Lá fora, dizem, o frio é tão grande, que se eu puser o dedo lá, vira gelo, instantâneo. Picolé do Zeca. Cruz! Aqui dentro, um calorzinho bom. Lá vou eu, me carregando, carregado, voando nesta lata voadora. As nuvens lá embaixo: rá! rá! Rio delas! Rio delas! É incrível, voar é melhor do que ficar bêbado. É o maior barato! Diabo! O avião deu um pinote. A caneta quase me caiu da mão. Mandaram amarrar o cinto. Vou me aquietar. O ar lá fora é tão ralo que, se furassem um buraquinho neste avião, nós todos sairíamos pra fora, esguichados num jorro de carne e sangue. Os ossos, acho eu, ficariam pro lado de dentro. Depende do tamanho do buraco. Mas ninguém vai furar nenhum buraco nesta coisa, não. Credo! Esta lata vai levar o Zequinha, direitinho, para o Rio de Janeiro. Dentro de uma hora eu estou lá, pousando no Aeroporto Internacional do Galeão, pr'aquela farra, aquela orgia do Carnaval-Rio. Mila, bandida, já estará no Copa, me esperando. Me espere, Mila. Me espere, eu já vou indo. Confiar nesta lata voadora, eu não confio não. Confio é no piloto. Homem bem preparado, que está nos conduzindo, a mim e a esses passageiros todos. Não seríamos nós muito confiados demais? Ninguém olhou a documentação dele. Sabe-se lá... Qual! Se ele fizer alguma bestagem, o copiloto, ali ao lado, dá uma porrada na cabeça dele, toma conta do guidão e leva esse avião ao destino. Eu preferia era voar em avião automático, sem piloto. Deve ser mais confiável. Loucura em piloto é coisa pensável. Loucura numa máquina, não. Qual! E pane? Se dá em carro, como é que não dá em avião? Eu não confio não. Deixa o piloto aí, com seu copiloto de machadinha na mão. Voando aqui em cima, eu vejo que a Terra é mesmo uma bola. Vejo não, adivinho. Bolona redonda, compacta, voando no espaço, coberta de água que não derrama. Por quê? Cercada de nuvens que não se esgarçam. Por quê? Debaixo das nuvens vejo o mar. Lá embaixo haverá navios navegando, tranquilos, carregando minério. Sobre a terra, composições enormíssimas, quilométricas, de trens, carregam minério mineiro pro Japão. E eu aqui voando, pairando, levitando, plumando no ar. No ar! Quanta vez viajando de trem, eu, de trás da janela, vi vaca pastando, vi homem abanando a mão, vi mulher bonita que perdi naquele instante de correria. Aqui da janela do avião não vejo nada. Nadinha. Vejo o ar, que nem enxergo. Bicho valente é o homem. Eu, inclusive. Inventa latas voadoras pra navegar no espaço frio. É preciso mesmo ter coragem. Com nossos corpinhos tão vulneráveis que qualquer buraquinho nos acaba, aqui estamos, protegidos por esta lataria fina. Frágil. Hoje, ela não cai não. Ah! isso não! Não pode cair não! Hoje, comigo aqui, não! É o primeiro voo do Zeca, filho da Clotilde, filho do puto do professor, filho daquela, que me nega paternidade. Mas, se cair, como é que vai ser? Os corpos todos esmagados, eu misturado com aquela dona ali. Não, ela é muito feia, muito feia demais! Se tem que misturar, me misturem com aquela outra, que está lá cuidando da criança. Bonitinha não é muito, mas servível é, pra misturar com minha carne morta. Nós dois, encaixotados num caixão de alumínio e devolvidos à família. Que família? Até seguro quererão pagar. Vão bater na porta lá de casa: – Professor, o finado é filho seu? – Aí, ele vai dizer: – É sim, é sim. É meu filho Zeca! – Gritará, pra entrar na grana. Safado! Quanto é que eu valho morto, pro seguro? Sei lá! Mas eu não me vendo não. Não me vendo por preço nenhum. Esta vida que eu tenho e que é minha é pra eu viver e gozar até o fim. Quero morrer velho, caquético. Vou durar mais que o professor. Pensando bem, não é o Professor, é Nora que vai entrar no meu rico seguro. Ficava rica antes da orfandade. Malvada! Eu morto e meu dote desperdiçado. Que é que Nora vai fazer? Vai não, ia. Iria. Voltar pra casa, isso é que é. Gostando ou não gostando do velho Tadeu. Filho dele, hoje, sou eu. Só eu, vivo, vivíssimo, Zeca Parido da Silva.

TRANSA

De repente, não mais que de repente

Vinicius de Moraes

Aconteceu. Graças. Tenho que louvar. Nora e eu! Aconteceu. No jantar bebemos um vinho, conversando, nos olhando. Depois, sentados aqui, ouvimos Carmina Burana, a pedido de Nora, que acompanhou os cantos, ária por ária, na tradução que dei a ela.

– Nunca pensei que este níger fosse um cisne sendo assado no forno, se lamentando.

Tomei sua mão na minha mão e ficamos lendo juntos. Quando Nora se levantou para sair, eu também levantei. Aproximei-me dela para o beijo de costume. Minha boca resvalou, escorregou, e nossas bocas se juntaram, se atracaram. Nora encerrou o beijo, acho que envergonhada, arrependida, e se foi depressa para a sala, para o quarto.

Aqui fiquei, longamente, nos repassando. Sentindo Nora me pulsar, ardente, em todo o corpo, em toda a alma. A coragem que sempre me faltou surgiu aí, explosiva, num repente. Saí atrás de Nora. Pé ante pé atravessei a sala, cuidando de não fazer barulho nas tábuas. Avancei até o corredor e lá fui até a porta do quarto. Entreaberta.

Lá fiquei silente, parado. Paralisado. Queria adivinhar se Nora me queria. Se não me queria. Aí, ela apagou a luz, sem fechar a porta. Juntei toda a coragem que tinha e, trêmulo, entrei. Com o coração batendo, sentei na beira da cama. Nora deitada de bruços, deitada ficou, a cara metida no travesseiro. Eu alisava as costas dela, lentamente sentindo, debaixo da camisola macia, a pele quente, a carne firme. Vi bem: se não me rejeita, me aceita. Foi o que concluí. Nora não dava sinal de si. Nada.

Fui adiante, procurando com a mão a nuca de Nora debaixo dos cabelos. Depois, avancei pelas cavas das mangas, com as duas mãos até o sovaco e os seios. Senti nas minhas mãos os dois seios pulsantes. Então, fiz Nora virar para mim. Beijei de amor seus lábios gordos. A boca seca foi amaciando. Senti, aí, que ela também me beijava. Quando Nora me abraçou, o coração quase me saiu pela boca.

Voltei ao santo corpo dela. Desci com minha mão por ela abaixo até os joelhos e fui subindo, por baixo da camisola, coxas acima. Fechadas. Abri, mansamente, sentindo a seda da entrecoxa suada. Fui aos pentelhos e, afinal, salva-me Deus, ao imo. Beijando sempre, pousei na racha a base do meu polegar. Lá fiquei sentindo-a pulsar. Ajudei lentissimamente, sempre beijando. Aí, milagre, senti Nora destilando seus óleos, melando. Peguei, então, a mão de Nora e pus em mim. Ela enlaçou meu pau, acariciante, desabrochou-se e entregou-se a mim, abandonada, eriçada, em ardor.

Abri Nora, deitei nela, nela entrei, penetrei seu mistério de carne e flor. Bruto, na afoiteza de minha sofreguidão, gozei quase instantâneo. Beijei, saí dela, rápido, e meu fui, como quem foge.

Hoje de manhã ouvi a batida seca na porta, me tranquilizei: é Nora, foi dar sua aula. Tudo em paz, tudo bem. Não foi um sonho, tenho certeza.

Esse sabor de amar ninguém me toma.

Arnaut Daniel

COMIGO

Vida minha florida de Nora sozinha aqui comigo. Acordei tarde, Nora passou a noite toda aqui no quarto comigo, nos falando, acariciando, amando. Ela se fez menina, brincando, sorrindo, até cantando.

Nora é que quis vir para cá. Pôs na cama os lençóis de seda, o preto por baixo, o pérola por cima e lá ela deitou, nuela. Linda.

Sua beleza me espanta, me faz pensar na desigualdade dessa nossa troca. Ela se dando a mim em sua beleza jovem, plena, que me enche os olhos. O que recebe em troca sou eu. Isto que resta de mim. Fui até bonito, se me lembro, bastante. Hoje sou isto. Que me importa, se Nora não se importa?

Quisesse ela beleza jovem, teria. Teria e tem. É a mim que ela ama. Seu amor me reverdece. Nosso amor acende em nós luzes. Reciprocamente.

Um no outro, o outro no um. Eu abraçando Nora, Nora abraçada em mim. Eu beijando Nora, Nora me beijando. Eu comendo Nora, Nora me comendo. Bocas nas bocas, nossas bocas todas coladas. Peito meu, sobre os seios de Nora. Minha barriga colada no ventre de Nora. Minhas mãos buscando, acariciando. As mãos de Nora me acariciando, me enlaçando. Pernas nossas emboladas. Corpo a corpo, atracados. Meu corpo, o corpo de Nora: um corpo só. Migo dela no meu migo. Comigo. Umbigo a umbigo. Eu e Nora, Nora e eu. Eus. Sexo no sexo, atrelados. Eu em Nora, Nora ni mim.

Só me paralisa, agora, o medo medonho de perdê-la. Será o amor, nosso amor, capaz de nos soldar? Precisa ser. Tenho, apesar de mim, algum encanto para Nora? Qual? Seja qual for, quero é que dure. Eu duro, dentro dela, melada.

Que não seja imortal, posto que é chama
Mas que seja infinito enquanto dure.

Vinicius de Moraes

Felicidade é isso que caiu em cima de mim. Tudo bem, Nora minha, serei seu marido secreto, amoroso, atento. O que Zeca não foi, não deu a você, nem podia dar, nunca, porque não tinha, eu tenho, só tenho: amor, querida minha, amor. Amor demais.

Todo dia, toda noite, o dia inteiro, a noite toda, beijarei suas mãos e suas faces, sua boca e seu sexo. Beijarei você toda, inteirinha. Refarei você todo santo dia, apalpando, beijando com minhas mãos, com meus lábios de eriçar seus pelos, com meu sexo de luxúria lúbrica e lasciva, como meu amor de ternura, de carinho e de tesão. Olharei você, de dia e de noite, com olhos de ver, de lamber sua beleza. Direi a você todas as palavras que sei dizer: as doces e as amargas, as duras e as macias, as carinhosas e as apaixonadas. Só não direi as frias, as pétreas, as agourentas.

Se for o caso, Nora, Nora minha, eu até mato você para que não sofra nunca. Jamais. Serei risonho, rindo à toa, se você me quiser alegre. Serei triste, tristíssimo, se minha tristeza você pedir.

Nora, Nora, minha amada, minha filha, minha namorada. Nora minha morada. Nora. Nora, minha amada.

NORA FLOR

O espaço da casa se amplia e se contrai em pulsações coronárias. Fica cheia demais – nós dois apertados num canto – quando entra Zeca. Mesmo quando são meus amigos que vêm, sinto esse estreitamento do mundo. Ao contrário, quando eles se vão – sobretudo quando Zeca sai –, risonhos aspiramos aliviados. Temos para nós somente todo o ar, toda a luz do universo. Com o coração pulsando na boca, nos buscamos ardentes. Sós. Nós. Nós e Deus, no infinito.

Vazinha, malcriada, posta em seu lugar, sofre, mas tem que aguentar. Sabe, agora, com horror, que a dona, senhora, é Nora. Foi preciso que eu pusesse carranca e que Nora batesse muitas vezes com o pé no assoalho, advertindo. Mas ela, vindo pelo quintal, tenta se aproximar de minha janela sempre que supõe que eu esteja só. A danada busca minha conivência, me olha longamente, lá de longe, quando assomo à janela. Caiu aqui, ontem, incontinente, assim que Nora saiu para dar aula. Repeli severo, com alguma pena. Mas ficou claro: aqui não quero vê-la mais.

Eu, esta casa, meu mundo, é o espaço meu e seu, Nora. O amor arrombou minha solidão, me arrancou de mim para compartilhar minha felicidade contigo, Nora. Afinal, cheio de certeza, assumo nosso amor, venço a solidão e o medo. Existo, amor é vida, é ventura. Quero minha, nossa felicidade, toda inteira, agora, Nora. Só peço a Deus que ela dure, perdure, demore. O depois desse esplendor é o que me aterra. Não pode haver depois; se houver, que o mundo inútil estoure.

Onde corriam antes as águas desse amor todo que flui agora? Em Nora estava contido, em mim estava dormido. Agora em mim, em nós, pulsa, pleno. Tão presente que joga o passado lá onde deve estar, esquecido. Ao futuro também, lança, pra lá, onde ameaça e espera. Quero é este presente. Quero um presente longo, como um rio que não cansa de correr. Nosso amor aí está, e passa e flui e não se acaba nunca de passar.

Oh! Ditosa ventura!

São João da Cruz

Minha vida floriu. É amor. Foi-se o tédio. Foram-se os fastios. Nunca amei assim. Vez por vez, cada vez é suprema vez. No começo, Nora se guardava, só desabrochava lá no quarto, na segurança total de que ninguém veria. Só lá se abria. Eu também, só lá me abria. Assim é, sempre será. Mas o impossível é evitar que nos enlacemos com o olhar, ou que nossas mãos nos escapem e se toquem, em gestos de passagem. Quando dá de jeito, caímos naquele abraço apertado e ela se vai.

Só lá, a sós, nos desatamos; mas Nora e eu nos expressamos pela casa inteira. Ela em gestos amorosos, carinhosos, na própria sala ou em breves agarramentos, ávidos, aqui no escritório. Eu em olhares, toques casuais. Nós dois, passeando pelo quintal, lado a lado, olhando plantas crescerem, vendo flores se abrirem.

Hoje, sem Nora, nem me imagino. Vi, arfante, seus seios arfantes. Os vi com meus olhos, com minhas mãos, mais ainda com minha boca. Vi, senti, tremente, sua boca úmida de beijar minha boca. Íntimo, seu sexo tímido quase não vi. Nele moro, entro, saio, me afundo bem fundo, lambo, cheiro, ébrio de gozo e de fazer gozar.

Nora é meu país, nele sou feliz. Desavergonhadamente feliz. Ditoso como nunca supus que alguém fosse capaz de ser.

Ó, meu Deus, vê-la, olhos nos olhos, rente, frente a frente.

Senti-la, ter-me nela, todo inteiro, lá dentro, até a raiz, só contido por seu alto escudo.

Aguentar ali, rédeas nas mãos, o cavalo da paixão, numa longa pausa, tão longa quanto possa, até sermos um só, um único ser e, então, juntos, eclodir.

Onda de mar que alteia, detém-se, redondeia e arrebenta em glória de branca espuma. Caímos um no outro, descansamos.

Oh! Noite que juntastes
[...]
Amada no amado transformada

São João da Cruz

FELICIDADE

Nunca soube que queria tanto ser feliz. Nunca. Nunca como agora. Sempre pensei e disse que estou no mundo a serviço. Não me dou a fúteis alegrias e a tristezas vãs, dizia. Não puxo angústias e não curto alvoroços, afirmava. Sou é desinfeliz, blasonava. Bestagens! Assim eu era. A felicidade não estava a meu alcance. Agora, sim, aí está. Empanada, é certo, sob riscos fatais, é verdade; mas audazmente presente. Estou feliz, sou feliz como um besta. Devo ter a cara sonsa, inocente, que corresponde aos felizardos. Infantil:

Don don dorondondon.
[...]
Dindon dorondin-din
[...]
É de rinfonfon

Carlos Drummond de Andrade

Canuto estranhou encontrar-me tão contente e criativo. Stela perguntou que passarinho azul me beliscou. Preciso me conter. Por agora bastou a notícia de que se foi minha velha enxaqueca de que nunca falei. Foi-se, disse, graças a uma recomendação do médico. Ao invés de uma drágea, agora tomo duas. Aí está a fórmula mágica da alegria. Copiem! Copie você também que me lê: duas drágeas de fenalgim, igual a felicidade.

Vou beber essa minha felicidade gota a gota. Tanta beleza não pode durar. Enquanto durar, e para que dure e dure, vou proteger nosso amor com toda cautela. Protegê-lo e curti-lo quanto, enquanto, possa. Aprendi a viver. Toda a minha vida tomou outro gosto. Tudo agora é melhor: fazer a barba, tomar café, me apalpar, ler um livro, tudo. Tudo tem outro viço. Agora saio do banho vestido. Não entro de pijama e roupão nem no escritório. Menos ainda em casa.

O mel que mana de Nora é o mais melado que eu tive na vida. Fico hirto só de pensar que alguém possa descobrir. Bem sei como o mundo todo ia maldar. Todo mundo dizendo: o velho e a moça, pecadores! O pai postiço e a filha torta: incesto! Zeca, boçal demais, nem pode adivinhar. Suspeitar já seria fatal. Toda cautela é pouca, seu Gê. Cautela! Na mansidão dos gestos, na sabedoria das palavras, na inteligência em saber prever o que Zeca possa querer e dar, dar. Subornar. Aplacar.

Desta hora, sim, eu tenho medo.

Carlos Drummond de Andrade

AMO

Aqui estou me lavando em águas novas. Acabaram-se as saudades sem fim, de mim, dos dias e das horas em que amava ou esperava, amando, a ausente amada. Aceso, outra vez, de amor correspondido, vivo de alma florida, iluminada.

Um não sei quê, que nasce não sei onde.
Vem não sei como, e dói não sei porquê.

Camões

Amo, sô, amo. É só isso e é isto tudo: amo! Assim é que hoje me vejo, em espanto. Contente de tão feliz. Feliz de tão contente. Amar, eu? Isso me perguntaria há pouco, desenganado de um novo amor, amor verdadeiro, que me viesse, me caísse em mim. Como caiu e caí e me afoga e me exalta. Exulto.

É isso aí, sô, estou amando. Loucamente. Não conte a ninguém. É segredo de nós dois, ela e eu, eu e ela. Nós dois e você aí que me lê, que me espreita, sondando minhas intimidades. Prometo que vou deixar você saber de tudo. Mas guarde segredo. Amor, você sabe como é? Você sabe o que é? Pois é: amor! Estou pondo o coração pela boca. Sinto meu sangue ferver, rebombar, regando minha paixão.

Até meio bonito, corado, acho que estou. É amor. Você ama? Está amando apaixonadamente, agora? Já amou? Amou demais? Decerto amou. Amor carnal, amor espiritual, tudo misturado? Amor total, como tem que ser todo amor, como é este meu amado amor.

Se não amou nem ama, pobre de você. Saia por aí, procure nos passeios, debaixo das árvores do parque, nas praias, na roça, nos bares, nas repartições, nos supermercados, nas feiras. Por toda parte há gente que nem cachorro, fuçando, farejando, procurando seu par, sem achar. Não descanse enquanto não encontrar.

Vá logo, sô! Larga este livro meu. Caia na vida. Caia no real. Vá! Sem amor, muito amor, a gente fica cinzento, apaga. Só se vive mesmo, de verdade, é amando: amado-amando. Perdido de amor como eu estou. Estou não: sou! Sou o amor amado de minha amada que eu amo tanto, que me ama demais. Perdidamente. Achadamente. Ardentemente.

Quem pagará o enterro e as flores
Se eu morrer de amores?

Vinicius de Moraes

PROÍBO

Que sentido guarda essa escritura em que se chocam o que eu quero, o que eu posso dizer e o que me está saindo? Sei lá. No que tange a mim, mostra tudo com dobrada visão. Num plano, a vida de meu todo-dia nesta casa solar com Nora amanhecendo para mim. Noutro, o escritor, eu, aqui, cansado já de cavoucar memória, de recordar idos já vividos ou de inventar o que pôr em cada vão vazio de meus recordos. Somadas e subtraídas as duas visões, se impõe a crônica dos meus dias de agora, de meu amor, meu e de Nora. Empalidece a ressonância dos idos mortos da vida vivida, que é, pensando bem, a única matéria romanceável.

O que aqui está acontecendo agora, esse amor meu, pleno, luminoso, não é matéria que se relate. Eu sei bem porque continuo escrevendo esta minha crônica. É tão só pelo gozo que me dá pôr em palavras o que jamais devia desvelar. Mas sei agora, com a certeza mais certa, que este não é texto de se publicar: proíbo! Veto qualquer divulgação! Felicidade vivente, tão presente e tanta e tão secreta que eu vivo e revivo instantâneo, descrevendo, se tem é que guardar, esconder, não divulgar.

Nora é o melhor que me sucedeu na vida. Nora comigo aqui, no nosso íntimo convívio. Nora comigo na cama. Nora. Nora. Nora, minha paixão carnal, Nora, minha ilusão. Mas por que não guardar os registros deste meu amor vivente? Para mim mesmo, para ter à mão, amanhã, os dizeres do amor que eu mais vou querer recordar. Para outros longínquos leitores também? Por que não?

Por que temo tanto que você me leia? Afinal, minha vida, sua vida, a vida de qualquer um, é ilusão fugaz. Você duvida? Pense bem. Seu próprio passado recordado, não sendo coisa que exista em qualquer lugar, com o mínimo de peso para demonstrar que realmente existe, de fato, não é nada. Pode aspirar, no máximo, a ser um relato como este aqui, isso mesmo, se alcançar, como este meu, cristalizar-se em palavras.

Meu relato romanesco, ainda que falso, será tão real ou irreal como o seu, isso se o seu chegar a dizer-se. Eu me vivendo e me dizendo neste rio de palavras emocionadas, passo a existir graças à permanência, à veracidade testemunhal que só a literatura confere como verdade verdadeira. Você, se não se produz como literatura, amanhã não será nada, nada, por mais veementes que sejam seus amores.

Só o romance dá entidade referível, existência real às pessoas. Condensando, coisificando recordos, ele guarda um feixe de destinos que seriam fatalmente esquecidos. Permite até participar mil vezes de dores e de gozos ocorridos, como se eles estivessem sendo sofridos e gozados agora. Meu amor mais amado, que eu amo agora ardentemente, amanhã esquecido, é como se não tivesse existido.

No romance, só nele, a vida esplende e se salva, impedida de fluir e se perder no fluxo inexorável do tempo. Ainda duvida? Não importa. A mim só me afeta a certeza de que, no milênio que vem, eu e Nora estaremos lá, vivazes, jorrando nosso jorro de vida e de felicidade. E você? Você, pergunto eu, você minha amiga, você, meu amigo, como estará, onde estará?

Conte aqui pra mim, sinceramente, se você não inveja o amor de Heloísa? Não gostaria, você também, de dizer a seu amado:

O que eu quero, se você não se enoja, é ser sua puta

STELA

Fale, Stela. Conta aí. Que é que há com você?

– Com mil demônios! Vi hoje, horrorizada, que Gê só me quer doida. Assim é que ele sempre me quis. Sou sua querida amiga Stela, a doida, doidona. Descobri isso hoje. Clarissimamente. Vi os olhinhos brilhantes dele, assustados de me ver tranquila. Isso mesmo. Minha brandura assusta Gê. Demais. Vi perfeitamente como ele se inquietou, buscando na minha mansidão de gestos, meu jeito de sempre, estouvado. Na minha fala amena, Gê só vê sinais de doidura insana. Cheguei a pensar que ele buscava em mim ares de minhas duas irmãs louconas. Teve a discrição de não dizer, mas deixou perceber que meu natural, acha ele, é ser doida, ou o contrário de doida, transdoidada. Uma hora comecei a gozá-lo. Me punha ainda mais tranquila e lânguida, bocejava. Ele me olhava horrorizado. Assombrado. Afinal, explodiu, perguntando: e você está hipnotizada, mulher? Dopada? – Dopada e contente – disse eu. E ele: – Isso é que você é, agora, Stela, uma drogada. Eu me danei: Qual é, Gê, você só me quer deprê? Querias... Vou viver meus dias dopada. – E é a pura verdade. Assim é que vai ser. Com a cuca cheia de bolas, me curtindo devagar, numa boa. Assim é que vou viver, me dizendo todo o dia, toda hora: sou linda, linda. E me sentindo linda, como sinto que sou mesmo. Sou boona pra valer. E olhe lá. Sou boona mesmo, de fato. Aquele ideal tão meu, tão besta, de ser a lucidez encarnada, a mulher mais mulher, era pura insanidade. Eu fazia das tripas coração para ser admirada, respeitada. Aí mesmo é que me fodia. Nem fodia, sofria, sem nem saber quanto aquilo me doía. Hoje sei. Me livrei. Gê compreendeu bem. O rapaz é sagaz. Compreendeu e não gostou nada. Ele me quer mesmo é como eu era. Doidona, naquela. Até me disse, sem nenhum acanhamento, que uma Stela clinicamente conformada, resignada, é o pior que me podia suceder a mim. A ele, pode ser. A mim, não. Tou numa boa como nunca estive. Quando entrei no LSD e na cocaína, ele nem ligou. Olhou por cima, achou que eu estava numa boa. Era outra doidura minha, aceitável. Estava é na pior desgraça. Entrei naquela fossa, nela me afoguei. Quase me acabava quando fui lá pedir socorro a Salvador. Gê não viu nada, nem se ligou. Agora, me vendo curada, se exalta. E o puto ainda manga de mim, chamando cura farmacológica, psicanalógica a minha cura. Terrível, diz ele. Terrível pra quem? Pra mim? Pra mim não é terrível nada. Achei meu caminho. Sei, agora, o que vou fazer desta minha vida. Não sei mais é como se pode viver a seco neste mundo angustiado. Gê e tanta gente mais, tristonha de nascença, podia tão bem se alegrar, se conformar! Este povo meu, todo, esses mineiros tristes, com uma mãozinha de Salvador, iam ficar felizes, contentes. A alegria faz mal a alguém? Isso é o que estou oferecendo, o que Salvador oferece a Gê, ao mundo. Vamos nos alegrar, companheiros? Gê só falta rogar praga quando falo em Salvador. Para ele, desgraça maior não podia me suceder. Quando proponho generalizar a tranquilidade para toda a mineirada, ele me goza: – Que é que você quer? Robotizar todo mundo aqui? Para saírem todos por aí, idiotizados, fazendo propaganda da felicidade? Toma juízo, Stela! – Juízo já tomei, bem. Tomei na dose certa, tomo todo dia. Estou ajuizadíssima! O que é que eu posso fazer pro Gê compreender? Eu digo a ele, repito: – Experimenta, bem. É bom demais. Juntos puxamos fumo. Nas heroicas, você não entrou, ficou à porta. Eu, na esperança de explosões de fantasia, mergulhei de cabeça e deu naquele horror de pesadelos. Agora me achei. Venha comigo, Gê? Venha comigo, pelo amor de Deus! Vamos lá no Salvador. É bom demais. Muito melhor do que você pode pensar. Toda gente está tomando esse caminho pra se alegrar, pra não se entristecer, pra se suportar, pra viver. Ele só me diz: Não, Stela, não! Isso não é pra mim. Não é pra nós. Nós não podemos cair nisso, não. Nosso ofício é lucidez. Nosso papel no mundo é estarmos atentos, acesos. Não podemos cair nessa hipnose de entrega. A mim ninguém me pega. Saia disso, menina! Saia disso! – Gostei muito do menina e do jeito dele insistir nas palavras carinhosas pra me engrupir! Quer me tirar do que me salva! Doido está ele na sua angústia inconfessada. Eu me salvei, escapei. Saí daquela de querer, a frio ou dopada, alcançar a glória no mundo. Que glória? Não! Comigo não! Saí disso, me livrei. Escapei. Aquela tensão estava me matando. Agora é que começo a viver, a me curtir em paz. Assim é que devia ter vivido toda a minha vida. Pena é que tardei tanto em me encontrar. Tenho certeza até de que Salvador teria salvo minhas irmãs, que se acabaram loucas como cadelas, sofrendo e morrendo em Barbacena. A verdade das coisas é que Gê, me dói ver, preferia que eu estivesse lá. Achará ele que, pelo caminho em que estou, eu possa endoidar? Qual! Como? Ele tem de reconhecer que eu vivo agora mergulhada numa alta aura. Contente, feliz. O idiota, diante dessa evidência, me saiu professoral. Disse até, louco, louco, que meu caminho para ele seria a santidade. Ele me vê, fácil, ardendo em fé. Ri macio, ri ali, na cara dele, dizendo:

– Gêzinho, meu bem, vá à merda! *Merde! Petit merde!* Merda pr'ocê, Gê. Vá à merda, docemente. *Doucement.*

SERRANIA

Saímos hoje, nós dois, para nosso passeio de carro. Voltamos ao alto da serra. Lá é, agora, nosso lugar. O passeio nosso, só nosso, de nós dois, que descobrimos aquela paisagem abissal. É bom demais saber que ela lá está. Sempre estará a nos esperar.

Passamos a tarde toda deitados nas pedras vendo se moverem, solenes, no alto do céu, grandes nuvens translúcidas das últimas luzes. Lá embaixo, suas sombras escuras se moviam, projetadas no chão de pedras.

A certa hora, uma viva impressão da grandeza e da antiguidade do mundo e de nossa insignificância e fugacidade me comoveu profundamente. Tanto que, bestamente, arrastei Nora, a fiz deitar mais junto de mim. Levantei sua saia, tirei sua calcinha e, assim, sem mais, amei Nora ali, avidamente.

Minha menina Nora, dócil, devia ter se assustado demais com aquele meu ataque súbito de ternura impura. Não foi assim. Quando entrei nela, senti, instantâneo, o explodir de seus aromas, rescendendo na boca, enchendo o ar. Tesudíssima essa minha Nora. Lá nos deixamos ficar, lado a lado, deitados, olhando o trânsito das nuvens no céu do anoitecer. Afinal, Nora levantou-se, lépida, bateu as mãos na saia e na blusa, se limpando, vestiu a calcinha, me deu a mão e fomos para o carro.

– É hora, Gê, tarda. Vamos.

Nora, agora, me chama assim: Gê. Em gestos desses vai assumindo nosso amor. Eu também estou perdido de amor. Completamente.

Eu te peço perdão por te amar de repente

Vinicius de Moraes

O amor é minha casa. Nele moro, demoro, feliz, exultante. Entramos, aqui estamos, nós, ambos, no reino da alegria pura. Eu lá jazia, só, no meu monastério, esperando a noite, a morte. Nora me veio, docemente, me tomou pelas mãos, em amor, e nós nos construímos nosso nós, amanhecemos.

Olho você, minha Nora de agora, recém-nascida. Encantado só de vê-la. Afogo feliz nas águas desse amor. Permaneço eu mesmo, mas já não sou o eu que eu era. Sou o novo Ageu que nasceu e floresce. Sou meu migo regado por você, Nora.

Nesse ritmo de êxtases instantâneos, de convívio íntimo, demorado, existo pleno, como não existi jamais. Nele sou eu e sou Nora. O amor dela. Ela é ela, mais ainda, muito mais, e é eu, é meu amor.

Nora, meu amor e meu espanto. Nora, meu mistério, vivo em você, outra vez, meus jovens anos. Sou o jovem namorado que jamais fui. Afinal, capaz de felicidade plena.

A vida é para mim, está-se vendo,
uma felicidade sem repouso.

Mário de Andrade

GLAUBER

O inefável Elmano acaba de sair daqui. Veio só, ainda cedo, e saiu agora, quase empurrado. Sangra, hoje, na veia da modéstia. Demais!

– Fracassei, sô. Não alcancei nada de tanto que tentei. Nem obra, nem amor, nada. – Eu, besta, consolando o chorão.

– Qual! Não é assim não etc. e tal. Disse até que ele foi – mas logo me corrigi. – Você é a flor de nossa geração: o mais viajado, o mais editado, o mais amado.

Filho da puta é o que ele é. Vi isso, de estalo, quando percebi que, se lamentando, humilde e sofrido, ele queria, precisamente, colher meus elogios. Sou mesmo um paspalhão.

Precisei me conter para não brigar outra vez com Elmano. Afinal, sabe-se lá, o corno pode mesmo ter tido um ataque incontido de tristeza feroz e de modéstia vil. Estava pálido, ar doentio, parecia um cagão. Sabe-se lá. Esses tipos que parecem encouraçados de fortaleza vital, intelectual e cívica, quando caem em si, esboroam. Alguns até suicidam. Afinal, o que me pede não é tanto, só quer uns elogios. Com eles se arvora, se apruma. Elogiei, numa boa.

O balanço de Elmano, tão sombrio, poderia até me inspirar a fazer, eu mesmo, o mesmo, no mesmo tom. Teria até minhas alegações negativas a fazer enquanto escritor. Ai de mim. Mas nessa eu não caio não.

Te entrega, Corisco... Eu não me entrego não.
Só me entrego na morte, de parabélum na mão

Glauber Rocha

A verdade, creia, é que carreira e sucesso já não me importam nada.

Esse Elmano é impossível. Mesmo hoje, me enchendo com suas lamúrias, me comoveu. Foi quando contou, emocionadíssimo, um ataque medonho de tristeza do Glauber. Mandou chamar o Elmano, que o encontrou nu, no quarto de seu apartamento de Ipanema. Lá, Glauber abraçou Elmano e chorou horas, convulsivamente. Chorava falando e sofrendo. Sofrendo, com dor imensa, a miséria, a tristeza, a fome do povo brasileiro. Sobretudo das crianças, que ele carregava nas costas, arquejante. Era um São Cristóvão, disse Elmano, carregando Jesus Cristo menino e, nele, os pecados do mundo.

COLOSSO

Estalou o escândalo em Belo Horizonte. O povo parece que descobriu o que é o Colosso, ou o Trem, como eles dizem. É pura pornografia. Magno-pornô. Deboche.

A guarda que protege a Coisa foi dobrada e está armadíssima, tantos são os que querem devassar o Colosso. O boato que corre, não se sabe de que origem, e menos ainda que verdade contenha, descreve o interior do monstro como o que há de mais espantoso. Indecoroso mesmo.

Quem entra lá, atravessa, primeiro, uma via aberta entre dois paredões imensos que vão escurecendo à medida que se avança. Ao final, já anda às apalpadelas. Aí, dá com um tufo de vergalhões de aço, pretos, grossos, retorcidos, tão grande e espesso que uma pessoa passaria por aquilo como uma pulga pelos pentelhos.

Transposto o tufo, entra numa imensa boca e desemboca num longuíssimo, larguíssimo túnel rosado, com estrias vermelhas, liso e brilhante como se fosse feito de pele e de pérola. Mucosa rosa. Começa, então, a ouvir uma música celestial, que, aos poucos, vai ficando solene e, à medida que prossegue, começa a ficar rítmica e excitante. À certa altura a música para de estalo e surgem em toda potência, estrondando roucas, as batidas do coração materno. Aí, então, o invasor, aterrado, se encontra a si mesmo e berra de espanto seu grito primevo. Apavorado. Despenca no espaço, até onde, não se sabe. Até a vida, decerto.

O Colosso seria a intimidade da mulher gestando. Quer dizer, da mãe, da mãe da gente. Da mãe de cada um de nós. Restituído ali, ao tamanho de um espermatozoide, você atravessaria de retorno, o conduto sagrado até sentir, em pasmo, o surgimento do seu próprio ser.

Mas mineiro nenhum quer lá saber disso? Uns não creem, debocham. Outros creem e se exaltam, revoltados. Todos querem ver: urgentemente. Se abrissem hoje o Vaginão, a multidão entraria ali como o enxame de uma porrada rica. Com que efeito? Sabe-se lá.

Elmano, desmancha-prazer, acha tudo isso naturalíssimo. Deitou entrevista, no jornal do Uriel, dizendo que já viu um trem assim na Suécia. Para ele é coisa corriqueira entrar no bucho da mãe para ver sua própria fundação. Um curita encabeça a multidão que avança para devassar o Colosso.

Começo a ficar aflito, eu também, com esse Trem, essa Coisa, esse Monstro, esse Colosso.

Vigiai e orai
[...]
é chegada a hora

Mateus 26:41, 45

EUS

Afinal, um sonho de que me lembro. Pesadelo? Qual! Como é que se diz o contrário de pesadelo? Levedelo? Não tem importância. Tive um sonho de encantamento, carnal, gozoso. Para sonhar assim é que se tomam drogas, suponho. Eu sonhei meu sonho de graça. Tomara que se repita.

Não é contável, lamento, não tem enredo. Sei só que eu era eu mesmo e eu era ela, mulher, ao mesmo tempo. Bela mulher, bucetuda, que me fodia gloriosa. Isso mesmo: exatamente. Eu, homem, com meu pau majestoso, fodendo a ela, me fodia a mim, mulher, que me comia com uma vulva babada, cheirosa. Maravilha.

O mais gozoso era sentir a dureza do meu pau, alçado, entrando estraçalhante na minha buceta também intumescida. As duas intumescências minhas, plenas, se amando engolfadas. Minha adaga entrando lubrificada, afiada, na minha carne, cortante. Minha xoxota se abrindo, melada, aveludada, recebendo, engolindo, comendo, insaciável, meu pau que era dela.

Tudo era eu. Eu ao cubo. Por cima e por baixo, numa foda fodida no ar. Nós dois suspensos, ela e eu, eu mais ela, voando no espaço, livres, atracados como cão e cadela. Dois em um. Um em dois. Eu e ela, ela mais eu. Ambos eu. Eus.

Contei meu sonho a Nora e ela não gostou. Ciúmes? Sim, tenho certeza. Mas era também um estranho amargor que nunca vi nela. Claro amargor que ela expressou dizendo que o sonho era bem meu. O que é que quis dizer? O quê?

Eu podia ter mentido, dizendo que foi com ela que sonhei minha trepada dupla, aérea, dançante. Mas se não foi, pô! Mulher é assim, inclusive minha amada mais amada. Brigamos:

– Você, Gê, só ama a você.

– E você, Nora, a quem é que ama?

Ela resmungou de maus modos, arrogante, ameaçante. Que é que vai fazer? Vingar-se? Como? Vamos ver se não inventa sonhar trepando com outro ela, pra me contar. No caso de Nora, mesmo se fazendo homem para se trepar a si mesma, para mim seria sempre com outro homem que não comigo, nem com o Zeca. Único que, repelindo, consinto, chorando.

Amor, que a amado algum amar perdoa

Dante Alighieri

FLAGRA

Aconteceu. Horror! Não podia ser pior. Zeca chegou de viagem, tarde da noite, e me pegou saindo de pijama do quarto dele e de Nora. Hórrido horror. Me vendo, ele parou empertigado no corredor, me olhou com olhar de troça. Levantou as duas mãos fechadas e me esperou. Quando passei, ele se alçou, enorme, levantou mais a mão direita sobre a minha cabeça como se fosse desfechar um croque medonho. Passei ligeiro e ele me disse, rindo, descarado:

– Velho sacripanta, comendo minha santinha. – Riu estridente e acrescentou:

– Uma surra é o que você queria. Merecia. Não é, velho de merda? Não bato não. Hoje não. – Vim pra cá arrasado, morro de vergonha e de medo. Aqui estou há horas, querendo escutar a zoeira da surra. Não ouço nada. Estou exausto, vou dormir.

Hoje de manhã demorei aqui, com medo de entrar na sala. Afinal, entrei. Encontrei a mesa do café posta, como todo dia. Até pão de queijo, fresco, dos que Nora faz, havia. Ela não apareceu. Que será dela? Onde está? Estará no quarto? Terá ido dar aula? Será que apanhou demais? Não fui ver. Zeca também não vi. Decerto saiu como faz todo dia, muito cedo, para abrir a loja do sogro. Nisso ele não falha.

Vejo, agora, que Nora chegou da escola. Entrou, foi pra cozinha. É hora do almoço. Ouço daqui Nora arrumando a mesa. Vou pra lá.

Estou de volta. Encontrei Nora com a cara de sempre. Posta a comida, sentou-se comigo, comemos. Perguntei:

– Xingou demais. Debochou, mas não bateu não.

– Que vamos fazer?

– Nada. Só quero que ele não conte a pai.

Aqui estou de novo, porta fechada, querendo adivinhar o que é que Zeca vai fazer.

Chegou. Foi direto pro quarto deles. Lá está Nora me chamando pro jantar. Vou lá.

Estou de volta. Foi ruim demais. Sentei com Nora e comecei a comer, sem falar. Aí Zeca apareceu.

– Boa noite. – Eu parei com a colher de canja tremendo na mão, esperando. Nora, lívida, olhava para o nada. Ele, calado, se serviu de canja, encheu bem o prato e começou a comer tranquilo. Aí, disse:

– Que silêncio é esse, gente? Perderam a língua? O sacripanta come-quieto e a santinha papa-múmia não têm nada a me dizer? – Levantei e saí, vexadíssimo. Vim para cá. Não sei de Nora. Que será dela? Que será de mim? Que será de nós nas mãos desse demônio?

Ouvi, agora, pelo barulho da porta da rua, que ele saiu. Vou ver Nora? Ela virá aqui me ver? Não veio até agora. Só me resta esperar. Lá não vou. Vou lá não.

Senhor, a noite veio e a alma é vil.

Fernando Pessoa

URIEL

Vou mergulhar, outra vez, nas banhas desse gordo. Vamos, Uriel, fale aí, fale. Você que escreve toda peçonha destas Minas, conta pra mim, o quê que está farejando? Do que é que você anda atrás?

– Esse Gê, esse meu amigo Gê, está confuso demais. Pior ainda a Stela. O que é que deu nela? Essa mulher está louca. Não disse palavra durante toda a tarde e cabeceou duas vezes. Bêbada? Drogada? Drogada, isso sim, não pode ser outra coisa. Coca não é, conheço muito bem todas as caras que dá. Será cogumelo de bosta de vaca zebu de Congonhas que ela está tomando na sopa? Ou a tal casca de ayahuasca que está envenenando a meninada? Bem pode ser. Doida pra isso ela é o suficiente. É demais. Até sobra. Mas Gê, de onde é que vem a birutice dele? Será que pegou com ela, contaminado? Sabe-se lá. O certo é que esse Gê está ruim. Até a Norazinha dele está biruta também. Encostei, perguntando, indagando. Ela só me disse: – Não tem nada, não senhor. Não tem nada não. Está tudo bem. Não tem nada, não senhor. – Como é que não tem nada, não senhor? Será a aids que caiu aqui? Não pode ser isso não. Que tem alguma coisa, isso tem! Alguma coisa há de haver com eles. Ignoro o quê. Preciso urgentemente saber. Esse é meu ofício. Sei tudo de todas as pessoas que têm algum grau de importância nestas Minas... Coleciono podres mineiros. Podia escrever um tratado sobre isso, se valesse a pena. Escrever e publicar, pensariam os otários. Nunca, jamais! Seria a maior bestagem. Jornal existe é para se saber e esconder. Nosso dever público é dar garantias a todos de que as pessoas de bem são sérias e raramente pecam. De que criminosos detestáveis são os que de fato o são, essa gentinha, que se arvora e cai na violência e ladroagem. Passou o tempo dos inconfidentes falastrões. Aqui, agora, ninguém fala. É tempo de saber e calar. Calar. Se tivesse que me arrepender na vida, seria do que publiquei, jamais do que engavetei. Vez por outra, surge um desses menininhos de talento descobrindo novidades, querendo aparecer montado nelas, cavalgando escândalos. Eu, ou bem catequizo o putinho, no estilo do jornalista responsável e engavetador, ou mando rodar, não serve para a profissão. Pus muitos pra fora, de pé na bunda. Amargura pessoal, ressentimento social, não se cura em jornal. Façam eles a revolução lá fora, depois venham aqui dentro fazer seu jornal de merda. Pior que o meu, tenho certeza, mais engavetador. Agora eu preciso é saber desse Gê. Ele não vale nada, não tem importância nenhuma. A importanciazinha que tem fui eu que dei. Mas ele, mal-agradecido, está escondendo alguma coisa de mim. Tenho certeza! Que é que esse puto está calando, enfiando dentro de si mesmo, fechado a mim? O que é que ele esconde? Ele bem sabe, e sabe com certeza, que eu o que sei dos amigos, sei e não conto. Guardo. Não chantageio ninguém, seria besteira. Só me imponho. Preciso saber do que há com eles, nesta casa. Sabendo posso dar segurança de que eles contam comigo. Se todos confiam, por que eles desconfiam? Até hoje ninguém se arrependeu de confiar em mim. Nem foi mal-agradecido. Nem Gê. Aqueles lotes da Pampulha que eu queria, já tenho. Podia ter pedido mais, fiquei com os três. É uma esquininha preciosa. Que é que eu ganho como guardião das sacanagens das Gerais? Nada. Alguns trenzinhos parcos e a vida boêmia que levo nestes tantíssimos anos de ofício. Vidinha de comedor de putas. Comi cada sirigaita que caiu na vida aqui em Belo Horizonte. Toda gente sabe, na zona, que primeiro é do Uriel, que dá sorte e proteção. Protetor de putas contra delegados, isso é o que eu sou lá, resumidamente. Se alguma escapou, coitadinha, não terá sido por culpa minha. Estaria fora, andando por aí, pro Rio, a chamado do doutor Assis ou em outra missão. Amor, só o delas: nenhum. Muitíssimas quiseram se enrabichar comigo. Queriam casa, com vistas não na minha pica, mas na minha grana. Rejeitei sempre. Sou das variações, como e largo. Como e largo. Puta é pros homens. O homem é um animal polifódico. Eu sou polifodiquíssimo. Isso é o que vale. Foder! Tudo mais é amargura familiar. O meu caro Gê está aflito demais. Que será? Tanta sofreguidão, até suspiros dá. Suspirando, o Gê, por quê? Suspirou o tempo todo. Ele, suspirando de um lado e a Stela fungando do outro. Esse fungo não é de coca, é de outra coisa, do quê? Essa mulher estará dopada? Não será por algum raspão miúdo que eles ficaram assim. A norazinha dele também está muito ressabiada, demais. Há mistério aqui. Que mistério? Essa Stela, amada preterida, revolucionária desbundada. O que que há? Há aqui alguma coisa. Que há, eu sei que há. Há! O quê?

QUARTO

Zeca jantou aqui, cordial no sorriso, fala de seda, escondendo garras. Estamos perdidos. Eu e Nora. Debochado e suserano, ele nos oprime sem dó.

– Pombinha de fel, que tal o pinto do fessô? Ele ainda fode? Fode bem? Põe no seu cuzinho?

– E você, Gê, meu pai postiço, quem diria? Comborço meu. Nora é boa de cama, né? Você já fodeu mulher igual? Amestrada por mim, já se vê, tem de saber foder.

Jantamos a sopa da tarde, reforçada com pão. Ele comeu dois pratos, eu nenhum. Elogiou. Ao sair, veio a explosão:

– Pois é, comborço, agora vou dormir mais vezes aqui. Quero gozar a companhia de vocês dois, meus putinhos. Pra não incomodar, mudo pro quarto do professor. Agora é meu. A alcova conjugal fica pr'ocês. O casal da casa, né?

– Que fazer? – Pergunto eu a Nora e ela a mim. – Obedecer? Nora em dois dias emagreceu, envelheceu horrores. Anda trêmula de dar pena, me olha aflita, febril.

– Que pecados cometemos contra Deus, Gê?

– Pecar, pecamos, Nora. Não ponha Deus nisso não. Temos que nos ver é com o Zeca, que é o diabo. Eu não mudo não! Daqui do meu quarto eu não saio não. Não saio nem à força.

Amanhã escrevo mais. Não posso mais.

Hoje é amanhã. Ele voltou. Eu mudei sim, me arranchei no quarto da empregada. Lá onde Zeca nasceu: filho da puta! Ele veio tranquilão, tirou minhas roupas do armário, juntou com meu cinzeiro e o radiozinho de cabeceira, levou tudo pro quarto deles. Jogou em cima da cama de casal. Tudo isso sem dizer palavra, mas limpando a goela, ameaçante. Eu, daqui do escritório, ouvia o filho da puta rearrumando meus móveis pra se ajeitar. Qualquer dia traz uma puta pra cá.

Minha vontade é arrebentar com ele, mas como? Com essas duas mãos? Gostaria mais de dormir aqui no escritório. Pensei até em me ajeitar no sofá. Mas não quero ficar perto dele. Não posso. Vou morar mesmo é lá no quarto dos fundos.

Dormi lá esta noite. Nora está passada. Logo cedo, abriu a porta, enfiou a cara, desassossegada, me olhou e saiu apressada. Eu demorei lá no quartinho.

Queria chegar aqui no escritório, mas temia olhar a porta fechada do meu quarto, onde o puto dormia. Mas não ia. Temia encontrá-lo. Volta e meia ela voltava, mas nada me dizia. Afinal, levantei. Vi que ele tinha saído. Agora estou aqui, tentando voltar ao normal. Voltar a Nora.

Me dá uma certa tranquilidade sentar aqui nesta cadeira minha, em que me sentei a vida inteira. Não posso viver mais nesta casa, com ele aqui dentro. É horrível! Com Nora assim desassossegada, também. É ruim demais. Ou ele ou eu. Nós dois aqui não dá. Que fazer?

QUE FAZER?

Esta casa, meu monastério, foi invadida, arrombada. Derrubadas as paredes, devassada. Aqui neste escritório eu me isolava, certo de que estava só. Exilado. Agora não, aqui me escondo, com medo. Gostava de pensar que era como os monges e abadessas – metidos nos seus claustros, vivendo sós. Na verdade, eu vivia muito mais só que qualquer homem ou mulher enclausurado. Aqui vivia eu, me cozinhando a mim mesmo, lentamente, no meu caldo.

Assim será por toda parte, com gente como eu, de pensamento. Vivemos isolados. Para pensar precisamos estar sós. Não sabemos viver perseguidos. Não sou caça, nem sei ser caçador. Pensar é coisa que não se faz agindo. Pensar se pensa sozinho. Para pensar preciso me isolar, sabendo que nada me ameaça. O hábito de me isolar pra ler, pensar, escrever tornou-se minha natureza.

Agora só me angustia estar aqui. Pego um livro, quero ler, como ler? Escrever mal posso. Nos meus longos anos de isolamento, aqui neste escritório, toda a convivência externa me foi ficando molesta. O tráfico com as mulheres, principalmente, foi rareando. Até as confluências passei a gozar mais, depois, em pensamento. Agora, que eu tenho todo o amor que quis, aqui estou, acuado.

Aqui, posto em mim, antes vicejava, criava. O que seria pra muita gente prisão terrível a mim me libertava. Agora aqui ou em qualquer lugar da casa me sinto pior do que lá fora, na rua, num espaço aberto em que não me sinta olhado, perseguido, enclaustrado, encarcerado. O espaço de que necessito para ser, talvez, ainda se abra para mim. Mas será lá fora, se eu fugir daqui. Mas fugir como, deixando Nora aqui nas mãos dele?

Vivi sempre descuidado das opiniões alheias. Uma opinião vale outra, pensava eu, nenhuma vale nada. Fico com a minha, que aí está a me dizer que eu tenho é que me isolar pra escrever. Hoje sou réu julgado e condenado. Aceito minha culpa. Assumo. Mas não se trata de pecado que se lave com confissão. É culpa que o destino me cobra, a mim e a ela. Passei a vida toda quase inteira aqui, nesta sala, arrodeado destas estantes, sabendo que na minha solidão construía. Tinha minha alma dentro de mim criando ou me devolvendo, em lembranças, outra vez a vida, que vivida me ressurgia, regurgitava. Hoje, minha alma está encolhida ali, naquele canto. Agachada. Olhando para mim. Assombrada. Para ela, eu é que sou fantasmal. Antes, não me exibia, não saía, mas aqui me libertava. Agora, aqui me acoito. Sou a caça perseguida, amedrontada.

A vida toda carreguei em mim dramaticidades alheias. Glórias, dramas, tragédias, que repensava, elaborava, novelava. Agora carrego é minha tragediazinha, com medo apavorado. Zinha? Com os demônios. É medonha. Desabou-se o mundo sobre mim, sobre nós. Ninguém quer nada de mim, senão ele, Zeca, que sobre mim se arvora. É meu juiz. É nosso algoz. Eu não valho nada. Ele me culpa. Nora também me culpará? Que esperará ela que eu faça? Me vendo assim desfeito, exaurido a pensar, atormentado, Nora só verá em mim covardia. E tem carradas de razão. Não tenho espaço mais nem para respirar dentro do meu pensamento. Transtornado, macerado, meu espírito caiu no abismo. Minha alma que tudo vê, me argui e me responde, ali do canto:

– Que é isso? Não desespere. Tudo tem remédio. Tudo passa, passa!

Qual! Não passa não. Isso não passará nunca. Jamais. Vou estourar de impotência inerte. Estourar!? Não! Nem isso. Vou é desfalecer, esperando. Esperando o quê? Eu, aqui dentro desta sala, aqui dentro de mim, só estou vivo porque não estou morto. Ando com um medo como nunca tive. Medo medonho de me morrer por mim, de ser matado. Assim vivo. Ente vivente entre os mais, me sentindo morto condenado.

Para que me esforcei tanto a vida inteira? Para merecer o amor de Nora, que tive e tenho, e de que me arrependo. Tudo se resume, agora, nisto: sou um traste, uma coisa nas mãos dele. Fazendo o que ele manda, dormindo com a mulher dele. Se eu, ao menos, se meu amor tivesse a força dessa tragédia. Não tem.

Se houvesse jeito de levar isso na pândega. Ofertas de dinheiro: herança. Podia dar a esse filho da puta o que tenho e o que não tenho. Podia me endividar para dar uma vida regalada a ele. Pagar o que quisesse para me deixar, nos deixar em paz. Talvez até ele aceitasse, se eu ousasse. É tão corno, tão canalha. Aparentemente, é isso que está fazendo quando me põe a dormir com Nora. Que será dela? Hoje, minha. Amanhã, de outro, de quem? Que coisa horrível de pensar. Pelo gosto dele, o bom seria jogá-la na merda, a ela, Nora, minha amada assim jogada. Não! Não tem saída não. O que pode segurar esse demônio é o sogro. A herança dela.

Vida, vida minha, que ia indo distraída. Caí no precipício. Despenquei. Despencamos! Diabos! Não é hora de filosofar nem de me consolar. Tenho é que enfrentá-lo, fazer alguma coisa:

– O que, Nora? O quê? O que fazer? O quê?

O privilégio dele é nos atormentar. Angustiar. Humilhar. O nosso é tudo sofrer. Magoados. Agoniados. Amofinados. Amargurados. Merda!

Há pouco Nora entrou aqui, se encostou um pouco em mim. Queria carinho. Carente estava de carinho meu, coitada. Sentado, passei a mão carinhosamente na barriga dela, sobre a saia, afagando. Nora agarrou minha mão, levantou até os seios, depois levantou mais, beijou acarinhando, lambendo, mimando. Eu me levantei, cingi Nora nos braços, abraçando sua cabeça e seus ombros, lentamente, amorosamente. Sentindo sua carne trêmula, debaixo das minhas mãos. A carne do seu corpo, a carne de sua alma, trêmula como a minha. Tentei fazê-la rir:

– Você tem costas, bem, sabia? Tem cabeleira cheirosa. Tem espinha que vai daqui até a bunda. Viu, meu bem? Benzinho meu. – Quando nos sentimos ambos mimados, eu me sentei. Ela se foi. Calada.

Que vou
Fazer
Do ser
Que sou?

Jules Laforgue

FUGA

Paro um pouco aqui no escritório. Outra vez pego este caderno para escrever. Estou ainda mais agoniado. Não paro mais em casa. Tenho andado demais pela cidade, ultimamente. Ando por toda parte. Descobri o mercado, cheio de gente verdadeira, como a do Mangueiral ou quase: comprando, vendendo, falando. E ninguém me conhece. Maravilha!

Como é diferente esta minha nova gente de feirantes e de compradores da que via eu nos meus percursos habituais. Ir à faculdade. Ouvir conferências aqui e ali. Receber a aposentadoria. Ir às livrarias. Sempre encontrando conhecidos, colegas, admiradores.

Por onde ando agora, não. Passeio despreocupado. Sou um no meio de muitíssimos. Tal e qual os demais. Às vezes, vejo um olhar perspicaz, espantado de me ver ali. Mas não é a mim que veem. É a um homem feito eu. Parecem perguntar:

– Quem é esse? Que é que faz aqui esse cara encasacado, engravatado? Sabem bem que eu não sou natural dali. Olham e passam. Eu lá me vou, sossegado, quase fagueiro. Só não vivo mais contente de mim porque sei o que se passa aqui: Nora! Se não tivesse de vir pra casa, tudo bem.

Quanta cor e cheiro eu vi nas montanhas de frutas, queijos, carnes, verduras, feijão, e tudo o mais que se vende lá. A gente olhando, comprando, desejando. Uma gente humana, diferente, comprando quantidades mínimas de coisas. Às vezes suponho que cada um traz escrito nas rugas da cara, nos dentes que sobram e nos que faltam, nos trajes desencontrados, nos gestos, uma história pessoal legível, pra quem tenha olho de ler. Eu não tenho não.

É uma fartura de humanidade essa que anda aí, pela cidade toda, gente que eu não via, de que nem sabia. Até parece um estoque de reserva. Dele sairão, suponho, como sucedeu sempre, os poucos, os raros, que se destacarão, deixando de ser povo, para ser gente. Gente de proa, mandante, possante, que jamais se devolve ao povo. Se ocupa é de oprimir esse gentio, explorá-lo com sua astúcia, com a força do seu poder, do seu dinheiro, do seu saber.

Não me canso nunca de andar por lá, de olhar esse povo do fundo, cara a cara, cada uma de suas mil caras. Por mais que procure ruindade nelas, vejo mais bondade que maldade. De longe, eu não sabia, mas os imaginava como um covil de bandidos, ruins, degenerados. De perto são isso aí: gente, pobre gente. Feia gente. Minha gente.

Que me importa toda essa gente, santo Deus dos desgraçados? É Nora, só ela me importa, santo Demônio dos infelizes. Somos nós dois, nós, nas mãos do degenerado. Que será de nós? Eu, escorraçado daqui de casa, zanzo por aí, vagabundo. Ela, pregada aqui, carpe nossa dor, se humilhando, se agachando de pavor apavorado. Meu mundo, nosso mundo, desabou sobre nós.

Nora aí está, trespassada, em espanto. Suporta impávida esse horror. Não foge. Não reclama. Não chora. Aguenta. Só nos olhos exaltados, nos gestos e nos atos hirtos, comedidos, se vê como está pasmada.

Muitas vezes me senti desolado, angustiado, jamais desesperado. Agora vivo no desespero, acuado, sem ver saída. Perdi até a esperança que antes me envolvia, me dava rumo. Que vai suceder? Que posso fazer? Dizer que malogrei? Aceitar meu fracasso é não fazer nada. Seria abandonar covardemente Nora à sua sorte nas mãos do desgraçado.

Sempre me ocupei do mundo, do destino alheio, me vendo muito competente para resolver qualquer problema. Agora não se trata dos outros, trata-se de mim, dela, de nós dois que somos um e aqui estamos desenganados, desesperados frente ao ignóbil. Mas é ele, esse merda, o ignóbil? Ou sou eu? Somos nós – que o traímos? Não! Isso é um equívoco, uma mistificação.

O amor nos sucedeu, natural, como o dia amanhece, como a fruta amadurece. Ele podia até, sentindo-se traído, revoltar-se. Podia e pode resgatar sua dignidade ultrajada, se tivesse dignidade. Mas não, ao invés disso, nos atrapa. Somos seus servos para o que der e vier, para o que ele bem quiser. Por agora, ao que parece, quer é nos humilhar. Amanhã, o que há de querer de nós? Nos esmagar? Seria o mais simples. Não o fará. Nos utilizará, isso é o que vai fazer. Nos desmoralizará, sem assumir nenhum compromisso moral, da forma mais fria e imoral.

Que direito tenho eu, agora, de exigir atitudes éticas da vítima a quem sempre desprezei? Estou ficando idiota? Que vítima? Nada disso tem sentido, as vítimas somos nós! Confundo tudo. Enfrento uma situação concreta, horrivelmente prática, que exige ação. Qual? Fugir? Fugir só? Fugir com Nora? Não posso é continuar escapando nesses passeios ao mercado ou ao bar, deixando Nora aqui.

Sempre vivi como um homem livre, responsável. Hoje, não sou livre nem posso assumir responsabilidade pelo que faço ou não faço. Colho o fruto que plantei, é verdade. Mas não é assim tão simples; tenho as mãos amarradas, me sinto impotente. Que faria outro em meu lugar? Algo tenho que fazer. Teria, se não estivesse tão acovardado. O respeitável professor Ageu se entrega, avassalado, amedrontado, diante de um merda, porque é ainda mais merda.

CABAÇO

Zeca comeu Vazinha! Filho de uma cachorra! Ao voltar pra casa, Nora me contou, quase contente, como aconteceu.

– Vazinha levou pau. É o que ela queria, né?

– Que é isso, Nora, Vazinha, uma menina!

– Tá é com inveja, né? Você é que mais queria. – Aí contou. Viu Vazinha vagando pelo quintal e olhando através da janela, bisbilhotando. – Naturalmente, procurava você – disse. Viu foi Zeca se balançando na rede, indiferente. A idiota foi se chegando, regateira. Ele nem parecia ver. Afinal, a putinha encostou-se na janela e saudou:

– Ei, Zeca, balançando na rede? Se falaram – contou Nora – ela acabou saltando a janela. – Como tantas vezes, digo eu. Nora seguia contando:

– Eu assuntava, atenta a cada som. O que não vi, adivinhei. Disso tenho experiência. Vi, a certa altura, irem pro quarto. Ele, imagino, prometeu mostrar alguma coisa. A coisa, eu sabia bem o que era. A safadinha devia estar sabendo, também. – Da sala, Nora acompanhava tudo, calada.

– Senti quando ele agarrou Vazinha. Ouvi que ela quis escapar. Até pensei em ir lá dentro, gritar. Pra quê? Por quê? O que ela queria era pau: sua alma, sua palma.

Não demorou muito, disse Nora, Vazinha saiu. Saltou da janela para o quintal e lá se foi, com as duas mãos nas virilhas, descabaçada, violentada. Que é que eu posso fazer? Eu e Nora? Não podemos nada.

Hoje é o descanso dele, domingo. Para não o ver, passei o dia todo à toa, ruando. Não queria estar aqui, vendo ele e Nora. Assisti duas fitas, no Cine Brasil, filmes para criança. Andei demais, cansei. Até sentei, envergonhado, num banco de jardim, o que nunca tinha feito. Pensei em visitar alguém. Quem? Preocupado, alterado como estou, notariam. Elmano já anda desconfiado. Uriel mais ainda. Também, se nunca visitei ninguém, a quem é que podia visitar? Só vim pra casa agora, já de noite, e dou com isso.

Depois do serviço na Vazinha, Zeca se foi. Vestidíssimo, perfumado, disse Nora. Que nos sucederá agora, a mim e a Nora? A desgraça caiu em nossa cabeça. Cada dia mais uma paulada. Destino desgraçado:

Errei todo o discurso de meu anos.

Camões

E eu, cretino, fazendo literatura, me consolando. Pouca vergonha e nenhuma hombria, *em minha perdição, se conjugaram.* Destino podre esse meu. Literato de merda, isso é o que eu sou. Completamente, reduzindo meu drama, nosso drama, a palavras.

RÉQUIEM

Zeca morreu. Um ladrão entrou aqui ontem de madrugada. Matou Zeca com três tiros. Um na cara, dois no corpo. Um quarto atravessou a cabeceira de minha cama e fez um rombo na parede.

O enterro saiu ontem mesmo, às cinco. Mila chorou. Vazinha choramingou. O sogro sofreu muito, passou mal. Nora, comovidíssima, ficou no quarto, com a mãe. Lá esteve o dia todo, apalermada. Não fala com ninguém. Mal falou com o pessoal da polícia, arguida comigo, pelo delegado, na presença do Uriel, que tomou conta de tudo. Elmano e Canuto passaram o dia inteiro aqui. Saíram há pouco. Stela também, e estava até bem.

Guedes veio, sem o Cura. Veio me dar assistência e enterrar o afilhado. Ficou até a saída do corpo e foi ao cemitério, acompanhando. Elmano ficou comigo. Entrou aqui há pouco para me dizer:

– Não foi nada não, Sô. Tudo resolvido. – Como é que não foi nada? Foi tudo! Mas ele tem razão: tudo resolvido. Graças!

O bispo, para minha surpresa, também veio me confortar. Ainda não alcancei entender foi o que ele me disse, ou por que falou o que disse. Que há atrás de suas palavras? Disse:

– Seu Gê, o senhor pensar que eu sou ateu! Uma injustiça. O senhor se engana. Não sou ateu, não. – O que é que eu tenho com isso? Que eu não vejo fé nele, não vejo nenhuma, mas ateísmo também não vejo não. E nunca disse isso a ninguém. Não sou confessor dele. Que é que ele queria dizer, insinuar o quê? Isso não importa. Só me cabe reconhecer que esse bispo, tão ascético na magreza, homem de altas virtudes eclesiais, tem também virtudes humanas. Hoje eu vi. Veio aqui, nesta hora minha de transe. Isso me basta. Para céus, não careço de padrinho nem de ninguém. Mas sua padrinhagem aqui na terra ajuda muito. Estou grato, gratíssimo. A ele e a Uriel.

O bispo até rezou missa de corpo presente, soleníssima, aí na sala. Missa cantada. Para isso, Stela puxou meu toca-discos e pôs, bem alto, o Réquiem de Mozart. Os vizinhos encheram a sala toda, chorosos, orantes. Nora, só nessa hora, apareceu um pouco, na boca do corredor abraçada com a mãe. A cara inchada de chorar. Tranquila, graças às pílulas de Stela.

O relato escrito por Uriel saiu hoje no *Minas*. Conta lá que o casal dormia quando surgiu o ladrão. Baixinho, com o enorme revólver na mão. Zeca levantou-se, num salto, para defender a mulher, mas foi fulminado por vários tiros que o iam jogando pra trás. Horrível. Nora, encolhida num canto, apavorada. Vendo o estrago que fez, o ladrão fugiu. Acordado pelos tiros, o professor Ageu foi correndo ver o que era. Ainda viu o vulto que saltava fora pela janela da sala. Ao chegar ao quarto deparou com aquele horror.

Só digo a vocês que os vizinhos, alarmados pelos tiros, saíram para ver. Souberam, pelas luzes, que a tragédia era aqui em casa. Ficaram batendo na porta um tempão, assustados. Nora e eu demoramos a abrir, paralisados pelo susto. Afinal, abrimos, eles entraram e tomaram conta de tudo. Tiraram uns lençóis sangrando e mexeram em muita coisa mais, o que deixou a polícia indignada.

Canuto foi que se surpreendeu demais, ao ver que o quarto deles, ultimamente, era meu antigo dormitório, aqui ao lado do escritório. Expliquei que há tempos, com a enxaqueca, não suporto o barulho da rua. Quando Canuto se foi, Stela, sempre inesperada, meteu sola:

– Manda essa dona embora, Gê. Que vá pros infernos ou pra casa dela. Se quiser, venho pra cá, numa boa.

Balancei a cabeça, desconsolado. Stela se foi, não sem antes me abraçar, trêmula. Saía ela por uma porta, pela outra entrava Nora, com a garrafa térmica e a xícara do meu café.

Vida e obra de Darcy Ribeiro

Luciana Whitaker / Folhapress

1922

Nasce na cidade de Montes Claros, estado de Minas Gerais, a 26 de outubro, filho de Reginaldo Ribeiro dos Santos e de Josefina Augusta da Silveira Ribeiro.

1939

Começa a cursar a Faculdade de Medicina de Belo Horizonte. Nesse período, inicia a militância pelo Partido Comunista do Brasil (PCB), do qual se afastaria nos anos seguintes.

1942

Recebe uma bolsa de estudos para estudar na Escola de Sociologia e Política de São Paulo. Deixa o curso de Medicina e segue para a capital paulista.

1946

Licencia-se em Ciências Sociais pela Escola de Sociologia e Política de São Paulo, especializando-se em Etnologia, sob a orientação de Herbert Baldus.

1947

Ingressa no Serviço de Proteção aos Índios, onde conhece e colabora com Cândido Mariano da Silva Rondon, o Marechal Rondon, então presidente do Conselho Nacional de Proteção aos Índios. Realiza estudos etnológicos de campo entre 1947 e 1956, principalmente com os índios Kadiwéu, do estado de Mato Grosso, Kaapor, da Amazônia, diversas tribos do alto Xingu, no Brasil Central, bem como entre os Karajá, da Ilha do Bananal, em Tocantins, e os Kaingang e Xokleng, dos estados do Paraná e Santa Catarina, respectivamente.

1948

Em maio, casa-se com a romena Berta Gleizer.
Publica o ensaio "Sistema familial Kadiwéu".

1950

Publica *Religião e mitologia Kadiwéu*.

1951

Publica os ensaios "Arte Kadiwéu", "Notícia dos Ofaié-Chavante" e "Atividades científicas da Secção de Estudos do Serviço de Proteção aos Índios".

1953

Assume a direção da Seção de Estudos do Serviço de Proteção aos Índios.

1954

Organiza o Museu do Índio, no Rio de Janeiro (rua Mata Machado, s/nº), que dirige até 1957. Ao lado dos irmãos Orlando e Cláudio Villas-Bôas, elabora o plano de criação do Parque Indígena do Xingu, no Brasil Central. Escreve o capítulo referente à educação e à integração das populações indígenas da Amazônia na sociedade nacional, da Superintendência do Plano de Valorização Econômica da Amazônia (SPVEA).
Publica o ensaio "Os índios Urubus".

1955

Organiza e dirige o primeiro curso de pós-graduação em Antropologia Cultural no Brasil para a formação de pesquisadores (1955/1956). Sob sua orientação, o Museu do Índio produz diversos documentários sobre a vida dos índios Kaapor, Bororo e do Xingu. Assume a cadeira de Etnografia Brasileira e Língua da Faculdade de Filosofia, Ciências e Letras da Universidade do Brasil, no Rio de Janeiro, função que exerce como professor contratado (1955/1956) e como regente da cátedra (1957/1961). Licenciado em 1962, é exonerado em 1964, com a cassação dos seus direitos políticos pela ditadura militar, e retorna à universidade somente em 1980, já com o nome de Universidade Federal do Rio de Janeiro (UFRJ). Por incumbência do Departamento de Ciências Sociais da UNESCO, realiza um estudo de campo e de gabinete sobre o processo de integração das populações indígenas no Brasil moderno.

Publica o ensaio "The Museum of the Indian".

1956

Realiza estudos sobre os problemas de integração das populações indígenas no Brasil para a Organização Internacional do Trabalho (OIT).

Publica o ensaio "Convívio e contaminação: defeitos dissociativos da população provocada por epidemias em grupos indígenas".

1957

Nomeado diretor da Divisão de Estudos Sociais do Centro Brasileiro de Pesquisas Educacionais (1957/1959) do Ministério da Educação e Cultura (MEC).

Publica os ensaios "Culturas e línguas indígenas do Brasil" e "Uirá vai ao encontro de Maíra: as experiências de um índio que saiu à procura de Deus" e o livro *Arte plumária dos índios Kaapor* (coautoria de Berta Ribeiro).

1958

Empreende um programa de pesquisas sociológicas, antropológicas e educacionais destinado a estudar catorze comunidades brasileiras representativas da vida provinciana e urbana nas principais regiões do país. É eleito presidente da Associação Brasileira de Antropologia, exercendo o cargo entre os anos de 1958 e 1960.

Publica os ensaios "Cândido Mariano da Silva Rondon", "O indigenista Rondon" e "O programa de pesquisas em cidades-laboratório".

1959

Participa, com Anísio Teixeira, da campanha de difusão da escola pública frente ao Congresso Nacional, que elaborava a Lei de Diretrizes e Bases da Educação Nacional.
Publica o ensaio "A obra indigenista de Rondon".

1960

É encarregado pelo governo Juscelino Kubitschek de coordenar o planejamento da Universidade de Brasília (UnB). Organiza, para isso, uma equipe de uma centena de cientistas e pensadores.
Publica os ensaios "Anísio Teixeira, pensador e homem de ação", "A universidade e a nação", "A Universidade de Brasília" e "Un concepto de integración social".

1961

É nomeado diretor da Comissão de Estudos de Estruturação da Universidade de Brasília por Jânio Quadros.

1962

Toma posse como o primeiro reitor da Universidade de Brasília, cargo que exerce até 1963. É eleito presidente do Centro Brasileiro de Pesquisas Físicas. Assume como ministro da Educação e Cultura do Gabinete Parlamentarista do primeiro-ministro Hermes Lima.
Publica o ensaio "A política indigenista brasileira".

1963

Exerce a chefia da Casa Civil do presidente João Goulart, até 31 de março de 1964, quando se exila no Uruguai devido ao golpe militar.

1964

Exerce, até setembro de 1968, o cargo de professor de Antropologia em regime de dedicação exclusiva da Faculdade de Humanidades e Ciências da Universidade da República Oriental do Uruguai.

1965

Publica o ensaio "La universidad latinoamericana y el desarrollo social".

1967

Dirige o Seminário sobre Estruturas Universitárias, organizado pela Comissão de Cultura da Universidade da República Oriental do Uruguai. Publica o livro *A universidade necessária.*

1968

Recebe o título de Doutor *Honoris Causa* pela Universidade da República Oriental do Uruguai. Retorna ao Brasil em setembro por ter sido anulado, pelo Supremo Tribunal Militar, o processo que lhe havia sido imposto pelo tribunal militar. Com o Ato Institucional nº 5 do regime militar brasileiro, é preso em 13 de dezembro.
Publica os ensaios "La universidad latinoamericana" e "Política de desarrollo autónomo de la universidad" e o livro *O processo civilizatório: etapas da evolução sociocultural* (Série Estudos de Antropologia da Civilização).

1969

Julgado por um tribunal militar, é absolvido por unanimidade a 18 de setembro, em sentença confirmada pelo Superior Tribunal Militar. É aconselhado a retirar-se novamente do país. Fixa-se em Caracas, sendo então contratado pela Universidade Central da Venezuela para dirigir um seminário interdisciplinar de Ciências Humanas, destinado a professores universitários e estudantes pós-graduados, e para coordenar um grupo de trabalho dedicado a estudar a renovação da Universidade.
A revista *Current Anthropology* promove um debate internacional sobre seu livro *The Civilizational Process* e seu ensaio "Culture-Historical Configurations of the American People".

1970

Participa do 39º Congresso Internacional de Americanistas, realizado em Lima, Peru, em agosto, como coordenador do seminário Formação e Processo das Sociedades Americanas, no qual apresenta o trabalho "Configurações Histórico-Culturais dos Povos Americanos", que publicaria no mesmo ano. Conclui seus estudos dos sistemas universitários, publicados em *La universidad latinoamericana.* A convite da Universidade Nacional da Colômbia, integra, em setembro, um grupo de peritos em problemas universitários que realiza um seminário em Bogotá para debater os aspectos acadêmicos da universidade: políticas, programas, estrutura.
Publica os livros *Propuestas acerca de la renovación* e *Os índios e a civilização: a integração das populações indígenas no Brasil moderno* (Série Estudos de Antropologia da Civilização).

1971

Prepara, a pedido da Divisão de Estudos das Culturas da UNESCO, a introdução geral à obra *América Latina em sua arquitetura*. Participa de um congresso sobre o problema indígena, realizado em Barbados, sob os auspícios do Conselho Mundial de Igrejas, e colabora como um dos redatores da Declaração de Barbados sobre etnocídio dos índios. Participa do Colóquio Internacional sobre o Ensino das Ciências Sociais, realizado em Argel, apresentando trabalho em colaboração com Heron de Alencar. Em julho, convidado pelo Atheneo de Caracas, ministra uma série de seis palestras sobre Teoria da Cultura, resumidas em quatro conferências na Universidade de Los Andes, Mérida, Venezuela.
Publica o livro *O dilema da América Latina: estruturas de poder e forças insurgentes* (Série Estudos de Antropologia da Civilização).

1972

Em janeiro, com Oscar Varsavsky, Amílcar Herrera e um grupo de educadores do Conselho Nacional da Universidade Peruana, prepara um plano de reestruturação do sistema universitário peruano. Participa da II Conferência Latino-Americana de Difusão Cultural e Extensão Universitária, promovida em fevereiro, no México, pela União das Universidades Latino-Americanas (Udual), apresentando o trabalho "¿Qué integración latinoamericana?". Em abril, volta a Lima para reunião do Conselho Nacional da Universidade Peruana (Conup) e escreve, em seguida, o estudo "La universidad peruana". Radica-se em Lima, Peru, onde planeja, organiza e passa a dirigir o Centro de Estudos de Participação Popular, financiado pelo Programa das Nações Unidas para o Desenvolvimento (PNUD), pela Organização Internacional do Trabalho (OIT) e por sua contraparte peruana, o Sistema Nacional de Mobilização Social (Sinamos). Por solicitação do Ministério de Educação e Pesquisa Científica da República da Argélia, elabora o projeto de estruturação da Universidade de Ciências Humanas de Argel, que conta com um projeto arquitetônico de Oscar Niemeyer. Entre junho e julho, assina, em Genebra, um contrato com a OIT para dirigir o projeto PNUD-OIT Per 71.550. Posteriormente, segue para Belgrado, Paris e Madri para visitar e estudar cooperativas e sistemas de participação. Em setembro é contratado como professor visitante do Instituto de Estudos Internacionais da Universidade do Chile e fixa residência em Santiago.
Publica os ensaios "Civilización y criatividad" e "¿Qué integración latinoamericana?" e o livro *Os brasileiros: teoria do Brasil*.

1973

Viaja ao Equador para participar de um programa de estudos do Centro Nacional do Planejamento e de seminários nas universidades.
Publica o ensaio "Etnicidade, indigenato e campesinato" e o livro *La universidad nueva, un proyecto.*

1974

Participa, em agosto, do 41º Congresso Internacional de Americanistas, realizado no México, dirigindo um seminário sobre o problema indígena. Em outubro, participa do Ciclo de Conferências nas Universidades do Porto, de Lisboa e de Coimbra, sobre reforma universitária. Em dezembro, regressa ao Brasil para tratamento médico, pondo fim ao seu exílio político. Separa-se de Berta Ribeiro.
Publica o ensaio "Rethinking the University" e os livros *Uirá sai à procura de Deus: ensaios de etnologia e indigenismo* e *La universidad peruana.*

1975

Reassume, em junho, a direção do Centro de Estudos de Participação Popular, em Lima.
Em outubro, participa da comissão organizada pelo PNUD para planejar a Universidade do Terceiro Mundo, no México.
Publica o ensaio "Tipologia política latino-americana" e o livro *Configurações histórico-culturais dos povos americanos.*

1976

Participa do Seminário de Integração Étnica do Congresso Internacional de Ciências Humanas na Ásia, África e América, organizado pelo Colégio do México e realizado na Cidade do México, em agosto. Preside um simpósio sobre o problema indígena, realizado em Paris, em setembro, pelo Congresso Internacional de Americanistas.
Em outubro, regressa definitivamente ao Brasil.
Publica o ensaio "Os protagonistas do drama indígena" e o livro *Maíra,* seu primeiro romance.

1977

Participa de conferências no México e em Portugal.

1978

Participa da campanha contra a falsa emancipação dos índios, pretendida pela ditadura militar brasileira.
Casa-se com Claudia Zarvos.
Publica o livro *UnB: invenção e descaminho.*

1979

Recebe, em 13 de maio, na Sorbonne, o título de Doutor *Honoris Causa* pela Universidade de Paris IV. A coleção "Voz Viva de América Latina", da Universidade Nacional Autônoma do México (Unam), lança um disco de Darcy Ribeiro apresentado por Guillermo Bonfil Batalla. No disco, Darcy recita trechos de seu livro *Maíra.*
Publica o livro *Sobre o óbvio: ensaios insólitos.*

1980

Anistiado, retorna ao cargo de professor titular do Instituto de Filosofia e Ciências Sociais da Universidade Federal do Rio de Janeiro. Participa como membro do júri do 4º Tribunal Russell, que se reuniu em Rotterdam, na Holanda, para julgar os crimes contra as populações indígenas das Américas. Integra a Comissão de Educadores convocada pela UNESCO e que se reuniu em Paris, em novembro de 1980, para definir as linhas de desenvolvimento futuro da educação no mundo. A revista *Civilização Brasileira,* em seu volume 19, publica uma entrevista com Darcy Ribeiro sob o título: "Darcy Ribeiro fala sobre pós-graduação no Brasil". É eleito membro do Conselho Diretor da Faculdade Latino-Americana de Ciências Sociais (FLACSO).

1981

Participa como membro da Diretoria da 1ª Reunião do Instituto Latino-Americano de Estudos Transnacionais (Ilet).
Publica o romance *O Mulo.*

1982

Participa do Seminário de Estudos da Amazônia da Universidade da Flórida (fevereiro/março). Visita São Francisco e Filadélfia. É recebido na Universidade de Columbia e participa da reunião da Latin American Studies Association (Lasa), em Washington. Participa, em abril, do ciclo de conferências na Universidade de Madri.
É eleito vice-governador do Estado do Rio de Janeiro.
Publica o ensaio "A nação latino-americana" e o romance *Utopia selvagem.*

1983

Participa dos Rencontres Internationales de la Sorbonne: Création e Développement.
Assume as funções de secretário de Estado da Secretaria Extraordinária de Ciência e Cultura e de chanceler da Universidade do Estado do Rio de Janeiro.

1984

Como secretário extraordinário de Ciência e Cultura:

1) Planeja e coordena a construção do Sambódromo.
2) Constrói a Biblioteca Pública Estadual do Rio de Janeiro, organizada como um centro de difusão cultural baseado tanto no livro como nos modernos recursos audiovisuais, destinado a coordenar a organização e o funcionamento das bibliotecas dos Centros Integrados de Educação Pública (CIEPs).
3) Organiza o Centro Infantil de Cultura do Rio, como modelo integrado de animação cultural, aberto a centenas de crianças.
4) Reedita a *Revista do Brasil.*

Publica o ensaio "La civilización emergente" e o livro *Nossa escola é uma calamidade.*

1985

Coordena o planejamento da reforma educacional do Rio de Janeiro e põe em funcionamento:

1) uma fábrica de escolas, destinada a construir mil unidades escolares de pequeno e médio porte;
2) a edificação de 300 CIEPs para assegurar a educação, em horário integral, de 300 mil crianças.

Organiza, no antigo prédio da Alfândega, o Museu França-Brasil (atualmente Casa França-Brasil), com a colaboração do Ministro da Cultura da França, Jack Lang.
Publica o livro *Aos trancos e barrancos.*

1986

Darcy licencia-se dos cargos de vice-governador e secretário de Estado para concorrer ao pleito fluminense. Deixa para o Estado do Rio de Janeiro vários legados, como o Monumento a Zumbi dos Palmares, a Casa de Cultura Laura Alvim; o Restauro da Fazenda Colubandê, em São Gonçalo, e quarenta atos de tombamento, incluindo 150 bens imóveis, com desta-

que para a Casa da Flor, a Fundição Progresso, os bondes de Santa Teresa, quilômetros de praias do litoral fluminense, a praia de Grumari, as dunas de Cabo Frio, diversos coretos públicos, a Pedra do Sal e o sítio de Santo Antônio da Bica, de Antônio Burle Marx. Cria a Casa Comunitária, um novo modelo de atendimento para milhares de crianças pobres.
Edita, com Berta Ribeiro, o livro *Suma etnológica brasileira*, em três volumes. Reintegra-se ao corpo de pesquisadores do CNPq, para retomar e concluir seus estudos de Antropologia da Civilização.
Publica os livros *América Latina: a pátria grande* e *O livro dos CIEPs*.

1987

Assume o cargo de secretário de Estado da Secretaria de Desenvolvimento Social no Estado de Minas Gerais, para programar uma reforma educacional. A convite da Universidade de Maryland (EUA), participa de um ciclo de debates sobre a realidade brasileira. Elabora a programação cultural do Memorial da América Latina, a convite do então governador de São Paulo, Orestes Quércia.

1988

Profere conferências em Munique, Paris e Roma. Comparece à reunião anual da Tribuna Socialista em Belgrado e visita Sarajevo. Viaja a Cuba, México, Guatemala, Peru, Equador e Argentina para selecionar obras de arte para constituir o futuro acervo do Memorial da América Latina.
Publica o romance *Migo*.

1989

Como parte da campanha de Leonel Brizola à presidência da República do Brasil, coordena, nas capitais do país, a realização do Fórum Nacional de Debates dos Problemas Brasileiros. Participa, em Caracas, do Foro de Reforma do Estado, onde fala das Dez Mentiras sobre a América Latina. É reincorporado ao corpo docente da Universidade de Brasília, por ato ministerial proposto pela universidade. Comparece, como convidado especial, ao ato de posse do presidente Carlos Andrés Pérez, da Venezuela. Participa das jornadas de reflexão sobre a América Latina.
Publica o ensaio "El hombre latinoamericano 500 años después".

1990

Participa de debates internacionais na Alemanha (sobre intercâmbio cultural Norte-Sul) e na França (sobre a Amazônia e a defesa das populações indígenas). Integra o Encontro de Ensaístas Latino-Americanos, realizado em Buenos Aires. É eleito senador pelo Estado do Rio de Janeiro, nas mesmas eleições que reconduziram Leonel Brizola ao Governo do Estado do Rio de Janeiro.
Publica o ensaio "A pacificação dos índios Urubu-Kaapor" e os livros *Testemunho* e *O Brasil como problema*.

1991

Licencia-se de seu mandato no Senado para assumir a Secretaria de Projetos Especiais de Educação do Governo Brizola, com a missão de promover a retomada da implantação dos Centros Integrados de Educação Pública (ao todo, foram inaugurados 501 CIEPs).

1992

É eleito membro da Academia Brasileira de Letras, ocupando a cadeira de nº 11. Elabora e inaugura a Universidade Estadual do Norte Fluminense, em Campos dos Goytacazes.
Publica os ensaios "Tiradentes estadista" e "Universidade do terceiro milênio: plano orientador da Universidade Estadual do Norte Fluminense" e o livro *A fundação do Brasil, 1500/1700* (em colaboração com Carlos de Araújo Moreira Neto).

1994

Concorre, ao lado de Leonel Brizola, à Presidência da República.
É internado em estado grave no Hospital Samaritano do Rio de Janeiro.
Publica o ensaio "Tiradentes".

1995

Deixa o hospital e segue para sua casa em Maricá, no intuito de concluir a série de estudos de Antropologia da Civilização, o que acaba por conseguir com a obra *O povo brasileiro: a formação e o sentido do Brasil*. Publica também o livro *Noções de coisas* (com ilustrações de Ziraldo).

1996

Assina uma coluna semanal no jornal *Folha de S.Paulo*. Retoma sua cadeira no Senado e concentra suas atividades na aprovação da Lei nº 9.394/1996

(Lei de Diretrizes e Bases da Educação Nacional – Lei Darcy Ribeiro). Recebe o título de Doutor *Honoris Causa* da Universidade de Brasília. Recebe o Prêmio Interamericano de Educação Andrés Bello, concedido pela Organização dos Estados Americanos (OEA).
Publica os ensaios "Los indios y el Estado Nacional" e "Ethnicity and Civilization" (este com Mércio Gomes) e o livro *Diários índios: os Urubu-Kaapor*.

1997

Publica os livros *Gentidades*, *Mestiço é que é bom* e *Confissões*.
Falece, em 17 de fevereiro, na cidade de Brasília, no dia em que defenderia o seu Projeto Caboclo no Senado.

Leia também, de Darcy Ribeiro

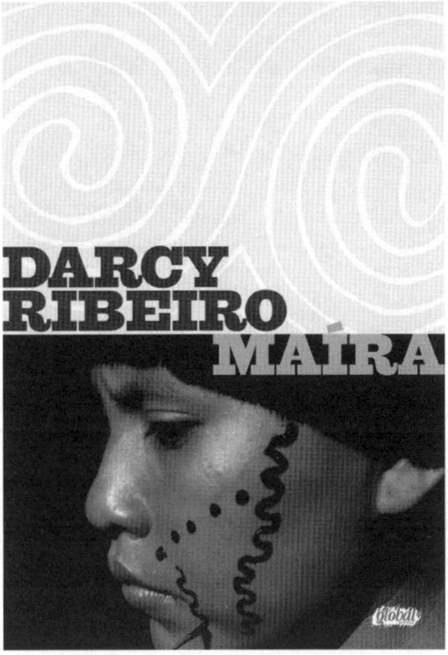

Darcy Ribeiro foi um homem múltiplo: antropólogo, etnólogo, político, educador e um dos mais importantes intelectuais brasileiros, além de ter ajudado na fundação do Parque Indígena do Xingu. *Maíra*, seu romance de estreia, traz para o universo ficcional sua experiência como antropólogo, o que levou o crítico literário Antonio Candido a afirmar: "curioso é o caso de um antropólogo como Darcy Ribeiro, que no romance *Maíra* renovou o tema indígena, superando a barreira dos gêneros numa admirável narrativa onde o mitológico, o social e o individual se cruzam para formar um espaço novo e raro".

Em *Maíra*, o índio Avá deixa o convívio de sua tribo, ainda menino, e parte para Roma com o propósito de se tornar padre e missionário. Seu retorno, acompanhado da carioca Alma, resulta em momentos intensos, que mostram a riqueza da cultura indígena e sua inadequação aos valores hegemônicos da sociedade cristã.

No romance, vê-se a apaixonada defesa da causa indígena, promovida pelo autor durante toda sua trajetória de antropólogo. Embebido por leituras teóricas sobre o universo dos índios e, especialmente, por sua experiência de vida junto a eles, Darcy constrói aqui uma narrativa instigante e envolvente em torno do contato entre o mundo dos conquistadores e o dos conquistados, flagrando os desdobramentos trágicos resultantes desse encontro.

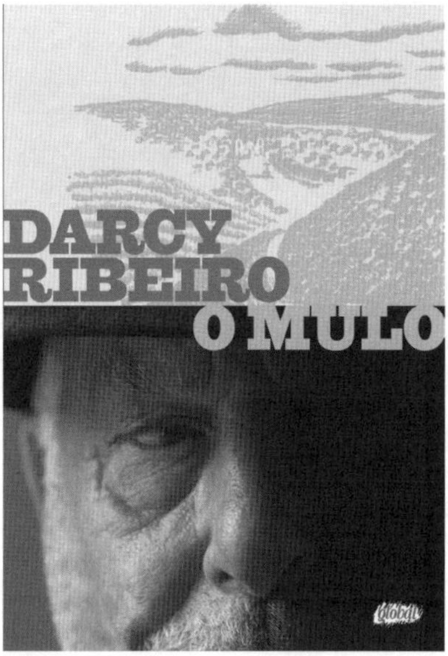

Com suas primeiras linhas gestadas no exílio, *O Mulo* conduz o leitor por uma viagem a um Brasil profundo, aquele dos sertanejos que sofrem diariamente com as asperezas do trabalho no campo.

As histórias destes seres humanos vêm à tona por meio da confissão escrita de um homem que, por sentir estar nos últimos dias de sua vida, decide deixar à disposição de um padre um relato de toda a sua trajetória, desde a infância de menino órfão até a realidade do homem feito, dono de grandes propriedades, de gado e de gentes. De modo intencional, são as vozes destas gentes que Darcy nos faz ouvir, cansadas da exploração desmedida de sua mão de obra, do racismo e das injustiças sociais que vincam suas existências.

Ainda que *O Mulo* possa parecer, num primeiro momento, um romance focado na realidade dos habitantes do sertão, ele reverbera para além desta região, denunciando as agruras vividas por todo o povo humilde desse Brasil.

Utopia selvagem, que tem o esclarecedor subtítulo "Saudades da inocência perdida" é uma fábula (assim o autor a batizou) escrita em tom lúdico, como se o mundo dos homens fosse um grande parque de diversões. É uma boa maneira de se dizer verdades duras e seduzir o leitor, sem aborrecê-lo. Com irreverência e deboche, Darcy Ribeiro conta as aventuras de um novo Macunaíma (a comparação é inevitável), em busca do Eldorado, vividas em um Brasil mítico e simbólico, mas em substância muito real, povoado por amazonas, índios que não entendem a civilização dos brancos, missionárias religiosas que não entendem a cultura dos índios e uma tropa do exército brasileiro numa estapafúrdia missão na Amazônia.

Engolido por uma nuvem branca, o negro Pitum cai no "país mulheril", tribo indígena habitada só por mulheres, onde exerce as funções de reprodutor único. A felicidade não é eterna, e logo a tal nuvem branca o leva a outra tribo de índios, oportunidade para o autor dar plena vazão à fantasia, realçando o choque entre a mentalidade dos índios e a dos civilizados e a busca problemática de uma inocência perdida, que talvez nunca tenha existido. E, de repente, como saído do nada, surge o personagem Próspero, emissário da civilização moderna, garoto de recado das multinacionais, revelando o pensamento das grandes potências sobre uma discutível estrutura de poder e gozo vigente no Brasil.

Polêmico, visionário, divertidíssimo e contraditório, *Utopia selvagem*, com sua liberdade de composição, sua mistura de fantasias e reflexões contundentes, ditas em tom descompromissado e terminando com uma inesquecível e gozadíssima guerra escatológica, é na verdade uma antiutopia, um retrato mágico de um país ainda em busca de sua verdadeira identidade.

GRÁFICA PAYM
Tel. (11) 4392-3344
paym@terra.com.br